Conny

Das Buch

Adrian Mole ist wieder da – diesmal im Alter von 30 ¾ Jahren. Der beliebteste Tagebuchautor Englands bekommt langsam eine Glatze, fühlt sich selbst ganz als Intellektueller, trifft Bridget Jones und arbeitet als Koch in dem noblen Szenelokal *Hoi Polloi* in Soho. Sehr zu seinem Leidwesen ist noch immer nichts aus der erträumten Schriftstellerkarriere geworden. Auch ansonsten verläuft in Adrians Leben bei weitem nicht alles nach Plan: Seine Ehe liegt in Scherben, sein junger Sohn wird von der Mutter in Ashby-de-la-Zouch aufgezogen, seine 16-jährige Schwester zieht mit ihrem mehrfach gepiercten Freund zusammen, und sein Vater ist manisch-depressiv ans Bett gefesselt. Adrian führt immer noch Listen mit jugendlichen Neurosen und befasst sich ausgiebig mit der lebenswichtigen Frage, ob Viagra tatsächlich hält, was es verspricht. Von einem Kabelfernsehproduzenten entdeckt, wird Adrian schließlich zum Star einer Kochsendung, die sich auf Innereien spezialisiert hat. Selbstverständlich träumt Adrian immer noch von seiner großen Liebe Pandora Braithwaite, die mittlerweile für Tony Blairs Labour-Partei kandidiert. Es versteht sich von selbst, dass er sogleich ins heimatliche Leicester aufbricht, um seine Stimme für die atemberaubende Politikerin abzugeben …

Sue Townsends typisch scharfer Witz macht auch diesen Teil der Mole-Saga zu einem unvergleichlichen Lesevergnügen – und einem absoluten Muss für alle, die mit Adrian Mole groß geworden sind!

Die Autorin

Sue Townsend lebt als freie Autorin von Romanen, Drehbüchern und Theaterstücken in Leicester. Sie ist die Schöpferin des Helden Adrian Mole, dessen Lebensgeschichte sie zur internationalen Bestsellerautorin machte.

Sue Townsend

Die Cappuccino-Jahre

Aus dem Tagebuch des Adrian Mole

Aus dem Englischen von
Peter A. Schmidt

WILHELM HEYNE VERLAG
MÜNCHEN

HEYNE ALLGEMEINE REIHE
Band-Nr. 01/13610

Für Louise

Die Originalausgabe
ADRIAN MOLE: THE CAPPUCCINO YEARS
erschien 1999 bei Michael Joseph, Londen

Umwelthinweis:
Dieses Buch wurde auf chlor- und
säurefreiem Papier gedruckt.

Taschenbucherstausgabe 07/2002

Wilhelm Heyne Verlag GmbH & Co. KG, München
Printed in Dänemark 2002
Umschlagillustration: Mick Brownfield
Umschlaggestaltung: Nele Schütz Design, München
Satz: Schaber Satz- und Datentechnik, Wels
Druck und Bindung: Nørhaven Paperback A/S, Viborg

ISBN: 3-453-21215-0
http://www.heyne.de

Den großen Säugling, so Ihr seht, ist seinen Windeln nicht entwachsen.

Shakespeare, *Hamlet*

Gewiss, wir hätten genausogut auch nicht ankommen können, aber es war nun mal der Fall. Wenn die Leute nur ein klein wenig mehr darüber nachdächten, würde ihnen aufgehen, dass sich allzu viel Beunruhigung über das Leben nicht lohnt.

Lermontov, *Ein Held unserer Zeit*

Es kommen vor und spielen mit:

ABBO UND ALAN: Dürfen als Abordnung der Ashby-de-la-Zouch-Sektion der AIDS-Hilfeorganisation Terrence Higgins Trust im Trauerzug von Prinzessin Diana mitgehen.

ALAN, DER GROSSE: Inhaber des »Secrets Club« und des schicken Saufschuppens »165«.

ANDREW: Archie Taits Kater.

ANNETTE: Zeitungsverkäuferin. Verkauft auf dem Strand den ›Evening Standard‹. Unterhält eine fleischliche Beziehung zu Malcolm, Spülkoch im Restaurant »Hoi Polloi«, Adrians Arbeitsstätte.

ASHBY: Rosie Moles Plastikbaby zum Einüben der Mutterrolle.

ATKINS, JEFFREY: Zahnarzt. Adrian holt ergänzend seine Meinung ein. Feinfühliger Mann mit buschigen roten Augenbrauen.

AZIZ: Beikoch im Hoi Polloi.

BANKS, LES: Vom Pech verfolgter Dachdecker. Wurde von Adrian mit der Durchführung dringend notwendiger Arbeiten am Haus von Archie Tait beauftragt.

BAXTER, BERT: Mittlerweile verstorbener betagter Bekannter Adrians. Kommunist und Rentner. Ältester und anstoßerregendster männlicher Einwohner von Leicester. Kam einen Tag vor seinem einhundertsechsten Geburtstag zu Tode.

BELINDA: Persönliche Assistentin und rechte Hand von Zippo Montefiori.

BOTT, GLENN: Sohn von Sharon Bott. Als Väter kommen Barry Kent und Adrian Mole gleichermaßen infrage. Laut Rosie Mole ein »Spinner«. Hat die Nase von Adrian Mole.

BOTT, SHARON: Alte Flamme von Adrian und Mutter von Glenn Bott. Des Weiteren Mutter von Kent, Bradford und des Mädchens Caister.

BRAITHWAITE, IWAN: Pandoras Vater. Angeblich freiberuflicher Unternehmensberater für das Molkereigewerbe. Freidenker.

BRAITHWAITE, DR. PANDORA: Labourabgeordnete für Ashby-de-la-Zouch mit besten Wahlchancen. Selbsternannter »Hellster Stern am Blair-Firmament« und »Wählerliebling«. Adrian Moles erste Liebe, der als Erster die Hand (die linke) in Pandoras baumwollenen fleischfarbenen Sport-BH einführen durfte (1981).

BRAITHWAITE, TANIA: Pandoras Mutter. Lehrstuhlinhaberin für Frauenfragen an der Universität De Montfort.

BROADWAY, BILL: Von Les Banks beauftragter Subunternehmer.

CAINE, ALFIE: Selbsternannter Cockney und Moderator der Pie-Crust-Produktion »In die Pfanne gehauen«.

CATH: Produktionsassistentin von »Alle schreien nach Innereien«, einer weiteren Produktion von Pie Crust.

CAVENDISH, JACK: Pandoras ältlicher und mit ihr zusammenlebender Liebhaber. Alkoholiker und Professor für Sprachen in Oxford.

CHANG, DR.: Die Behandlung minderbemittelter Patienten ablehnender Zahnarzt, da deren »Kalies« nach seinem Dafürhalten selbst verschuldet ist.

CLIVE, DER CLEVERE: Kleinkrimineller aus Adrians Bekanntenkreis.

CLOUGH, MISS: Labour-Wählerin und alleinerziehende Mutter von drei Kindern.

DALE, LILLIAN: Kandidatin der Grünen für Ashby-de-la-Zouch.

D'ARCY, MABEL: Rentnerin und Wählerin von Sir Arnold Tufton. Ihr Ur-Urgroßvater überlebte als Schiffsoffizier den Untergang der Titanic.

DOUGGIE: Sharon Botts Lebensgefährte. Wohnt bei ihr.

DOVECOTE, CHARLIE: Anwalt von Pauline Mole.

EAGLEBURGER, BRICK: Literaturagent von Adrian Mole.

EDDIE STOBART: Ein Speditionsunternehmen. Einige Fahrer des Unternehmens reagieren auf grüßendes Blinken, andere nicht.

ELF, MISS: Adrians und Pandoras zimperliche, aber moralisch hochstehende Leiterin der Theater-AG an der Neil-Armstrong-Gesamtschule.

FLOOD, ELEANOR: Nachhilfelehrerin für Leseschwache an der Neil-Armstrong-Gesamtschule. Hat äußerst zierliche Handgelenke.

FONG, DR.: Stationsarzt am Royal-Infirmary-Krankenhaus von Leicester. Untersucht und behandelt William Mole.

FOX, LEN: Wirtschaftskrimineller und Mobilfonmagnat. Freund von Sir Arnold Tufton.

GIPTON, FRED: Schauspieler mit Insiderwissen über den Wahlausgang.

GOLDMAN, später GOLDFRAU, BOSTON: Rechte Hand von Brick Eagleburger.

GRIMBOLD, MARCIA: Kandidatin der Partei »Bring back the Rates«. Möchte das alte System der Grundbesteuerung wiederhaben.

HAMFRI: Kater, wurde von Malcolm adoptiert. Weist auffallende Ähnlichkeit mit Humphrey, dem Kater von No. 10 Downing Street, auf.

HETHERINGTON, GLORIA: Godfreys Ehefrau. Idealbesetzung: Pauline Quirke.

HETHERINGTON, GODFREY: Hauptfigur von »Der weiße Lieferwagen«, Adrian Moles zwerchfellerschütternder Serienmörder-Komödie. Ist tagsüber Buchhalter, nachts Serienmörder. Idealbesetzung: Harry Enfield.

HUND, DER NEUE: Bellt fast nie. Ersetzt seit fünf Jahren nur unvollkommen den Alten Hund.

JIMMY DER GRIECHE: Inhaber der griechischen Taverne neben dem »Hoi Polloi«.

JUSTINE: Tanzkünstlerin im »Secrets Club«.

KENNETH: Kellner im Hoi Polloi.

KENT, BARRY: Ex-Skinhead und Kleinkrimineller, inzwischen preisdekorierter Dichter und Romancier. Verfasser des Gedichtes »Nacht« und des modernen Klassikers »Tagebuch einer Arschgeige«.

KENT, EDNA: Mutter von Barry Kent. Toilettenfrau, später Inhaberin zweier Hochschuldiplome und Pandoras Sekretärin im Unterhaus.

KEVIN: Wenig hilfsbereiter Verkäufer von Kinderkostümen.

LEAF, SANDRA: Weibliche Sicherheitskraft mit rechteckigem Kinn von der Firma »Citadel Security Ltd.«. Zieht durch eine angeblich stichprobenhaft durchgeführte Leibesvisitation Pauline Moles Zorn und Prozessdrohung auf sich.

HO! IHR FLACHEN HÜGEL MEINER HEIMAT: Adrians Roman, später umbenannt in »Verspätungen«, für den er befremdlicherweise immer noch einen Verleger sucht.

LUCY: Vollschwester am Leicester Royal Infirmary und allein erziehende Mutter.

LUIGI: Oberkellner im Hoi Polloi. Italienischer Kommunist. Wählt an seinem Wohnort Croydon liberaldemokratisch.

LUPIN, SKY: Adrians Stressberater.

MALCOLM: Spülkoch im Hoi Polloi mit schwankendem Wählerverhalten.

MARILYN: Bankangestellte mit Kamikazeneigungen.

MICHAELWAITE, AARON: Jugendlicher. Ist des Englischen durchaus mächtig, sieht aber furchtbar aus. Rosie Mole sucht seine Gesellschaft.

MOLE, GEORGE: Vater von Adrian. Ist arbeitslos und leidet unter Erektionsschwäche.

MOLE, JO-JO: Adrians von ihm getrennt lebende Ehefrau und Williams Mutter. Ist wieder in ihr Heimatland Nigeria zurückgekehrt. Hat alles, was man sich wünschen kann: Schönheit, Verstand, Geld und Talent, war aber, ehrlich gesagt, eine andere Klasse als Adrian und außerdem zehn Zentimeter größer.

MOLE, PAULINE: Adrians Mutter. Unausgefüllte und vom Leben enttäuschte Germaine-Greer-Anhängerin.

MOLE, ROSIE: Adrians Schwester. Fünfzehnjähriger Vamp mit losem Mundwerk.

MOLE, SUSAN: Adrians Tante. »Vollzugsbeamtin des Jahres 1997«. »Verheiratet« mit Lebensgefährtin Amanda.

MOLE, WILLIAM: Adrians kleiner Sohn. Ist fasziniert von den Teletubbies und von Videos des Rennfahrers Jeremy Clarkson.

MONTEFIORI, ZIPPO: Geschäftsführender Direktor der Produktionsgesellschaft Pie Crust Productions, aus deren Studios »In die Pfanne gehauen« und »Alle schreien nach Innereien« stammen.

MUTTON, KEITH: Kandidat der Nonsens-Splitterpartei »Monster Raving Looney Party«.

NEIL-ARMSTRONG-GESAMTSCHULE: Alma Mater von Adrian, Pandora, Nigel und Barry Kent.

NG, DR.: Adrians Hausarzt. Verschreibt ihm das Antidepressivum Prozac.

NIGEL: Adrians bester Schulfreund. Ist inzwischen homosexueller Buddhist und Auslieferungsfahrer für das Textil- und Bekleidungshaus »Next«.

NOBBY: Hilfskraft von Les Banks.

NORBERT: Nigels Freund.

O'CASEY, LIAM: Student. Nachbar von Archie Tait.

PANKHURST, MIRANDA: Sharon Botts Anwältin.

PARVEZ, MRS: Liberale Stadträtin und Betreiberin der von William Mole besuchten privaten Kindertagesstätte »Kidsplay Ltd.«.

PATIENCE, ROGER: Neuer Rektor der Neil-Armstrong-Gesamtschule.

PEACOCK, IDA: Rentnerin und Wählerin der Liberaldemokraten. Vertraut darauf, dass Tony Blair sie mit neuen Hüftgelenken ausstatten wird.

PERKINS, BOB: Inhaber des gleichnamigen Gartenzentrums.

PURBRIGHT, LENNIE: Pandoras Wahlmanager und früherer Betreiber einer Imbissbude.

RAJIT: Angestellter der BP-Tankstelle.

ROD: Inhaber von »Hot Rods«, einer dem Hoi Polloi gegenüberliegenden Szeneboutique für Homosexuelle.

SASHA: Beikoch von Adrian im Hoi Polloi.

SAVAGE, PETER: Aristokrat und eine unflätige Ausdrucksweise pflegender Inhaber des Hoi Polloi. Vertreter des »traditionellen englischen Tageseinheitsmenüs«. Leidet an Stressinkontinenz. Hasst Tony Blair und New Labour.

SAVAGE, KIM: Ex-Frau von Peter Savage und Ex-Societyfloristin.

SEAN: Kellner im Hoi Polloi.

SCRUTON, MR: Auch bekannt als »Popeye« Scruton. Vormaliger Rektor der Neil-Armstrong-Gesamtschule und glühender Thatcher-Anhänger.

SINGH, DEV: Schlüpfrigkeiten keineswegs abgeneigter Co-Moderator von »Alle schreien nach Innereien«.

SPICER-WOODS, CHRISTINE: Kandidatin der Partei »Sozialistische Lesbierinnen gegen Globalisierung«.

STOAT, ARTHUR: Verleger der Stoat Books Ltd. Möchte »Alle schreien nach Innereien« als Buch herausbringen.

SURINDER, DR.: Ärztin am Leicester-Royal-Infirmary-Krankenhaus. Untersucht William.

SWAYWARD, JUSTIN: Angestellter und Prozessbevollmächtigter der Firma »Shoe Mania!«.

TAIT, ARCHIE: Rentner und Wähler der linksorthodoxen Sozialistischen Labour-Partei.

TRELLIS, MISS: Glenn Botts Mathematiklehrerin.

TUFTON, SIR ARNOLD: Parlamentskandidat der Konservativen für Ashby-de-la-Zouch und Pandoras Gegner in den allgemeinen Wahlen.

TWYSTLETON-FIVE, JULIAN: Pandoras homosexueller Ex-Mann.

VALENTINE DUFF, RON: Kandidat der Partei der repatriierten Ausländer.

VLJKJKJV, JAJKJ: Belgrader Übersetzer. Möchte »Verspätungen« übersetzen.

WELLINGBOROUGH, MRS.: Empfangsdame von Mr Chang.

WONKY, DAVE: Moderator von Radio Zouch.

WORTHINGTON, HARRY: Rentner und Labour-Wähler.

ZO: Maskenbildnerin der »Pie Crust Productions«.

Dean Street, Soho

Mittwoch, 30. April 1997

So greife ich denn wieder zur Feder, um das Treiben meiner Zeitgenossen aufzuzeichnen (den Schmus »und -genossinnen« kann ich mir bei der strengen Nichtöffentlichkeit dieses Tagebuchs gottlob sparen).

Ich wage vorherzusagen, dass mit Anbruch des übermorgigen zweiten Mai die Labour Party mit hauchdünner Mehrheit obsiegt haben und folglich die neue Regierung bilden wird. Das Gerede von einem erdrutschartigen Wahlsieg ist hysterischer Medienschwachsinn.

Meine Prognose ruht auf »Insider-Informationen«, der Insider ist ein Schauspieler namens Fred Gipton. Er spielte in der Produktion »An Inspector Calls« mit Tony Booth, dem Schwiegervater unseres zukünftigen Premierministers. Im »Hoi Polloi«, dem Restaurant, in dem ich arbeite, ließ Gipton die Katze aus dem Sack, nachdem er zwei Flaschen Jacob's Greek, einen Pernod und ein Wodka-Sorbet intus hatte. Unter dem Siegel absoluter Verschwiegenheit offenbarte er mir, er habe über verschlungene Kanäle in Erfahrung gebracht, Mr Blair rechne damit, mit einer hauchdünnen Mehrheit zu gewinnen, die Rede war von drei Stimmen. Er vertraute mir auch an, dass Mr Blair Toupetträger sei, aber ich habe die Zehn-Uhr-Nachrichten mitgeschnitten und die Szene, in der Mr Blair auf einem Schulsportplatz von Bord eines Hubschraubers geht, auf Standbild geschaltet und kann guten Gewissens behaupten, dass kein Toupet den Sturmböen der Rotorblätter standgehalten hätte. Tony trägt Eigenhaar, das ist amtlich.

Jede Stimme zählt also, und deshalb werde ich, wenn heute Abend in meinem Restaurant Schicht ist, nach Ashby-de-la-Zouch hinauffahren. Als ich Savage wissen ließ, ich wolle einen Tag frei nehmen, um meiner Wahlpflicht zu genügen, schimpfte er, es sei hirnrissig, die Belegschaft vom »Hoi Polloi« im Wahlgeschehen mitmischen zu lassen. »Wenn ich dieses Scheißland regieren würde«, stänkerte er (bei dem Präfix »Scheiß …« sträubt sich mir jedes Mal die Feder), »würde ich nur Männer über vierzig wählen lassen, und davon auch nur die, die im Jahr mindestens siebzigtausend Pfund anschaffen.«

»Sie würden also Frauen nicht an die Urnen lassen?«, erkundigte ich mich.

»So eine Scheiße wie weibliche Wähler käme für mich nicht infrage«, höhnte er. »Die haben doch alle was an der Waffel. Entweder haben sie PMB (das sind postmenstruelle Beschwerden) oder HAS (das wiederum sind hormonelle Anpassungsschwierigkeiten), oder zumindest SAU.«

Ich machte ihn darauf aufmerksam, dass SAU für »sich abzeichnende Unterwäsche« steht, aber wie üblich war er keiner vernünftigen Ansprache zugängig. Während er die Verfehlungen und Unbotmäßigkeiten seiner von ihm getrennt lebenden Ehefrau Kim aufzählte, verzog ich mich in die Küche, um die Zwiebelsauce für die Kohlrouladen anzurühren.

Nachdem er sich wieder etwas beruhigt hatte, versuchte ich es noch einmal. »Mr Savage«, sagte ich, »vor sechs Wochen hatte ich meinen letzten freien Tag.«

»Was wollen Sie eigentlich wählen?«, fragte er lauernd.

Ich fand, das ging ihn nichts an, antwortete aber dennoch.

»Labour.«

»Dann schlagen Sie sich das verdammt noch mal aus dem Kopf, Mann«, brüllte er und führte ein Highballglas unter den Rumspender, um es erst halbvoll wieder fortzunehmen (oder auch halbleer, je nach Charakterlage). Er nahm einen kräftigen Schluck, als wäre es Perrier.

»Wozu soll ich an einem unserer arbeitsreichsten Tage auf einen wertvollen Mitarbeiter verzichten, nur damit diese Schwuchtel Blair einen Wahlsieg einfährt?«, hustete er, mit dem Anzünden eines seiner fragwürdigen französischen Glimmstengel beschäftigt. Ich verwies darauf, dass Mr Blair keineswegs ein Schwuler und in der Tat Vater von drei Kindern sei. Savage produzierte ein schwer verschleimtes Lachgeräusch, wobei er die Schenkel zusammenklemmte (er leidet an Stressinkontinenz). Dann schob er mich zur Tür und deutete auf »Hot Rods«, den Laden gegenüber. Rod war in der Auslage damit beschäftigt, eine Kollektion von nietenverzierten Männerslips hübsch auf eine Schaufensterstellage zu dekorieren. »Also, das ist doch ein Laden für Schwule, Mole, oder nicht?«, sagte er, wobei mir seine Rumfahne ins Gesicht wehte.

»Es ist ein Geschäft, das sich auf Kleidung und Accessoires für einen homosexuellen Kundenkreis spezialisiert hat«, räumte ich ein.

»... und von dem ganzen Kundenstamm ist natürlich kein einziger glücklich verheiratet, nicht wahr?«, höhnte er mit theatralischer Vertraulichkeit.

»Dann ist also für Sie die Ehe von Mr Blair eine Farce, und seine Kinder sind reine Zweckgeschöpfe«, sagte ich, um triefende Ironie bemüht, »... einem zynischen Beilager entsprungen, damit dieser Blair eines Tages dem britischen Volk Sand in die Augen streuen und sich wählen lassen kann, nachdem jeder Bürger sich in dem Glauben befinden muss, er sei ein heterosexueller Sozialist, während er in Wirklichkeit …«

»Mole, Sie werden noch an mich denken: Blair ist einer von Rods ›Freunden‹, da beißt die Maus keinen Faden ab, und sein Sozialismus ist genauso illusorisch.«

Ich machte mich an die Vorbereitung der Kohlrouladen fürs Abendessen. Savage schätzte es, wenn der Kohl mindestens eine halbe Stunde Garzeit hatte. Seit Savages Einführung des traditionellen englischen Tageseinheitsmenüs war meine Arbeit als Küchenchef ein Klacks. Unser heutiges Menüangebot lautete:

Heinz Tomatensuppe
(mit Croûtons)

★

Graulammkoteletts
Kohlroulade mit Dan-Quayle-Kartoffeln
Gebräunte Zwiebelsoße

★

Hecht in Aspik à la Clinton (Schwanzstück)
Eiertunke (steifgeschlagen, Haut £ 6.00 extra)

★

Cheddarkäse, Butterkräcker
Nescafé
After-Eight-Pefferminztäfelchen

★

Dazu zweierlei Wein – weiß £ 46, rot £ 46

★

Die Preise verstehen sich excl. Bedienung. Die Gäste werden gebeten, zwischen den Gängen zu rauchen. Zigarren- und Pfeifenraucher sind besonders willkommen.

Das Restaurant ist sechs Wochen im Voraus vollkommen ausgebucht. Herzogin Michael von Kent musste sich gestern Abend von Savage an der Tür wieder wegschicken lassen. Sie war sauer.

Der Restaurantkritiker A. A. Gill schrieb letzte Woche in seiner gastronomischen Rezension in der »Sunday Times«, im »Hoi Polloi« komme ein abscheuerregender Kantinenfraß auf den Tisch. »Die Würstchen auf meinem Teller könnten Hundeköttel gewesen sein. Sie sahen aus wie Köttel, sie rochen wie Köttel, sie schmeckten wie Köttel und hatten die Konsistenz von Kötteln. Wenn ich es mir recht überlege, *waren* es Köttel.«

Savage ließ die Rezension im Copyshop auf Plakatformat vergrößern und hängte sie ins Fenster, wo sich ein zahlreiches, begeistertes Publikum an ihr erfreut.

Gegen Mitternacht erkundigte ich mich bei den der Landessprache Kundigen meiner Arbeitskollegen, ob sie beabsichtigten, heute zur Wahl zu gehen. Der Oberkellner Luigi ist italienischer Kommunist, aber in Croydon, wo er wohnt, wird er für die Liberaldemokraten stimmen. Malcolm, der Spülkoch, meinte, er denke daran, die Konservativen zu wählen, »weil sie etwas für die Selbständigen tun«. Ich versuchte ihm begreiflich zu machen, dass er lediglich deshalb selbständig sei, weil Savage für ihn weder Sozialversicherung noch Lohnsteuer abführt. Malcolm machte im Gegenzug geltend, er sei für John Major, denn er (Malcolm) sei von einem Ehepaar aufgezogen worden, das in Huntingdon wohnt – Majors Wahlkreis. Während Malcolm im Spülbecken mit den Aaldosen im Handgemenge lag, ließ ich mir von ihm das Wahlprogramm der Konservativen erläutern.

»Sie ham gesagt, Steuer erhöhen is' bei ihnen nich'«, verkündete er mit seiner Quäkstimme.

»Malcolm«, sagte ich, »darf ich dich daran erinnern, du *zahlst keine* Steuern. Du kriegst deine Kohle bar auf die Kralle. Du arbeitest hier schwarz, und deswegen kannst du Arbeitslosengeld beziehen, kannst du umsonst zum Zahnarzt, kannst du für lau mit der Taxe in die Klinik fahren, alles für lau!«

»So gesehen, könnte ich eigentlich auch Labour wählen«, quäkte Malcolm sinnend.

Donnerstag, 1. Mai

In drei Stunden von Dean Street, Soho, London, bis zum Wisteria Walk, dem Glyzinienweg, in Ashby-de-la-Zouch, Leicestershire.

Nicht schlecht, wenn man bedenkt, dass ich mich ziemlich strikt an die Geschwindigkeitsbegrenzung gehalten habe. Unterwegs hörte ich im Auto die Sendung »Talk Radio«, wo sich die Kandidatin der Labour Party für Ashby, Frau Dr. Pandora Braithwaite, über familienpolitische Wertvorstellungen ausließ. Vor Wut verschluckte ich mich an meinem Gummibärchen und wäre fast auf die falsche Spur geraten. Hat man Töne für eine solche Heuchelei!

Pandora hat nie einen Hehl aus ihrer Geringschätzung des Familienlebens gemacht. Ihr erster Ehemann Julian war ein bekennender, um nicht zu sagen militanter Schwuler, und ihr Liebhaber Jack Cavendish, der mit ihr in der ehelichen Wohnung lebt, war dreimal verheiratet und hat offiziell zehn Kinder, von denen sich drei quer übers Land verteilt im Drogenentzug befinden. Sein Ältester sitzt immer noch in der Türkei im Knast. Die anderen zeigen eine auffallende Hinwendung zu merkwürdigen Religionsgemeinschaften, Tom, der Jüngste, ist gar Vikar in Hull.

Mir ist schleierhaft, wie Pandora die Hürde des Labour-Wahlkomitees bewältigt hat. Sie raucht mindestens vierzig Zigaretten am Tag. Der Rundfunkjournalist erkundigte sich nach ihrem Lebensgefährten.

»Er ist Professor für Sprachen in Oxford«, antwortete sie mit ihrer rauchigen Stimme. »Und er unterstützt mich, wo er kann. Ich stütze ihn allerdings auch«, setzte sie hinzu.

»Und ob«, schrie ich mein Radio an, »wenn du ihn nicht stützen würdest, könnte sich dieser Vollgesoffski ab acht Uhr abends keine Minute länger aufrecht halten!«

In Höhe der Ausfahrt Nummer achtzehn gingen mir die Gummibärchen aus. Ich fuhr in eine Raststätte und besorgte mir drei Packungen. Ob die Hersteller heimlich etwas in die Dinger hineinschmuggeln? Etwas, das süchtig macht? In der letzten Zeit habe ich eine ziemliche Menge davon vertilgt. Neulich wachte ich nachts um drei Uhr auf und musste entsetzt feststellen, dass ich kein einziges Gummibärchen mehr in der Bude hatte. Auf der Suche nach Gummibärchen durchstreifte ich die Straßen von Soho. Innerhalb von zwei Minuten nach Verlassen meiner Wohnung hatte ich Angebote für lesbischen Sex, Heroin und eine Rolex, aber bis ich eine harmlose Tüte Gummibärchen aufgetrieben hatte, verging eine halbe Stunde. Was sagt uns das über die Welt, in der wir leben?

Unter einer Labour-Regierung wird sich das alles ändern. Mr Blair ist überzeugter Christ. Ich möchte voraussagen, dass eine Woge der religiösen Erneuerung durch das Land rollen wird. Ich fiebere dem Tag entgegen, an dem ich morgens beim Aufwachen die Welle vorbeirauschen höre. Halleluja! Auch ich glaube an Gott!

Als ich auf dem Rückweg zum Auto die Gummibärchentüte aufriss, trat ein großer Mann im typischen LKW-Fahrer-Kombi auf mich zu. Die Art, wie er mich mit seinem dicken Arm am Weitergehen hinderte, ließ darauf schließen, dass er etwas auf dem Herzen hatte.

»Sind Sie der Klotzkopf mit dem Montego?«, bellte er. »Der Arsch, der die ganze Zeit auf der mittleren Spur mit gerade mal hundert vor mir durch die Gegend gezockelt ist?« Sein aggressiver Ton behagte mir nicht. Ich machte geltend, dass ich hundert Kilometer pro Stunde auf dieser nassen Fahrbahn für ein durchaus vertretbares Tempo hielt.

»Seit Watford hat Ihnen 'n dicker Brummi auf der Stoßstange gesessen«, sagte er. »Ham'se nicht gemerkt, dass ich geblinkt hab wie 'n Leuchtturmwärter?«

»Sicher«, gab ich zur Antwort, »ich dachte, Sie wollten mich freundlich grüßen.«

»Wie komm ich dazu, einen Arsch wie Sie freundlich zu grüßen?«, sagte er.

Ich setzte mich in mein Auto und beobachtete ihn, wie er sich in sein Führerhaus schwang. Mit Erleichterung stellte ich fest, dass er nicht für Eddie Stobart fuhr, bei dem alle Fahrer unter dem Overall Hemd und Krawatte tragen und dessen Fahrzeuge immer makellos gepflegt sind. Dieser Neandertaler karrte eine LKW-Ladung Mineralwasser von Cornwall nach Derbyshire. Kann mir jemand sagen, warum? Derbyshire *schwimmt* im Mineralwasser. Auf Schritt und Tritt fällt man dort in Wildbäche, Bergseen und reißende Flüsse.

Nachdem ich noch ein paar Minuten auf dem Parkplatz im Auto zugebracht hatte, um den Brummidompteur ein paar Kilometer Abstand zwischen sich und mich legen zu lassen, reihte ich mich wieder ins Verkehrsgeschehen ein. Durch den jüngsten Zwischenfall nachdenklich geworden, trat ich aufs Gas und brachte den Wagen auf einhundertzehn Kilometer.

Sofort nach der Abfahrt von der Autobahn schaute Pandoras wunderschönes Gesicht am Straßenrand von einem an eine Kastanie gehefteten Wahlplakat auf mich herunter. Ich hielt an und stieg aus, um es aus der Nähe zu betrachten. Es war ein Glamour-Foto, das an das Hollywood der vierziger Jahre erinnerte. Pandoras lichtumspieltes dunkelblondes Haar fiel in sanften Wellen auf ihre Schultern. Ihre schimmernden Lippen waren leicht geöffnet und gaben Blendax-weiße Zähne frei. Ihre Augen riefen *Schlafzimmer!* Sie trug ein dunkles Jackett-Dingsda, unter dem eine Andeutung von weißer Spitze hervorlugte, und darunter mehr als die Andeutung eines Dekolletés. Ich wusste, jeder Mann von Ashby würde auf den Knien herbeirutschen, um für Pandora die Stimme abgeben zu dürfen.

Welch eine Vorstellung: Ich, Adrian Mole, war der Erste, der diese göttlichen Lippen geküsst, der Erste, der die Hand (die linke) unter ihren baumwollenen fleischfarbenen Sport-BH geschoben hatte! Auch hatte mir Pandora am 10. Juni 1981 ihre Liebe gestanden.

Die Tatsache, dass sie geheiratet hat, ist ohne Belang. Ich *weiß,* dass ihre wahre Liebe ganz allein mir gilt und dass sie die meine ist. Wir sind Arthus und Guinevere, Romeo und Julia, Charles und Camilla.

Als ich Jo-Jo heiratete, kam Pandora zur Hochzeit, und ich konnte beobachten, wie sie sich die Tränen aus den Augen wischte, als sie zu meiner Frau ging und »schmerzlichen Glückwunsch« sagte. Sie entschuldigte sich sofort für ihren Lapsus und sagte, sie hätte natürlich »*herzlichen* Glückwunsch« sagen wollen. Doch ihre Fehlleistung ließ tief blicken und verriet, wie sehr es sie getroffen hatte, nicht selber Mrs Adrian Albert Mole geworden zu sein.

Ich sandte zu der Pandora am Baum ein »Ich liebe dich, mein Schatz« hinauf, klemmte mich wieder hinters Steuer und setzte meine Reise nach Ashby-de-la-Zouch fort. Auf dem ganzen Weg lächelte Pandora mich aus Schaufenstern und von Plakatwänden an. »Wählt Braithwaite – wählt Labour« stand auf den Plakaten.

Aus den Fenstern größerer Häuser glotzte gelegentlich auch der groteske Schweinskopf von Pandoras konservativem Rivalen Sir Arnold Tufton von den Anschlägen. Wenn man ihn auf der Landwirtschaftsausstellung in Leicester in den Schweinezuchtwettbewerb schicken würde, hätte er gute Aussichten auf eine Medaille. Gegen die Jugend, Ausstrahlung und intellektuelle Brillanz von Frau Dr. Pandora Braithwaite ist er völlig chancenlos – zudem war Tufton in Auseinandersetzungen wegen seiner freundschaftlichen Beziehungen zu dem zwielichtigen Mobilfon-Magnaten Len Fox verwickelt (man munkelt etwas von einem braunen Umschlag, der in Marbella den Besitzer wechselte), was seine Chancen zusätzlich belastet.

Die Einwohner von Ashby-de-la-Zouch sind nicht gerade als Exponenten für ein heißblütiges Temperament bekannt, was es schwer macht, ihnen anzusehen, ob sie sich im Halbschlaf oder in revolutionärer Stimmung befinden. Sogar die Katzen und Hunde wirkten im frühmorgendlichen Sonnenschein irgendwie phlegmatisch.

Im Wohnzimmerfenster meines Elternhauses am Wisteria Walk hing ein Wahlplakat der Labour Party, und im Fenster meiner Schwester Rosie hing ein Poster von den Spice Girls. Hinter den Plakaten waren die Vorhänge noch zugezogen. Nachdem ich fünf Minuten an die

Tür getrommelt hatte, wurde geöffnet. In einem ehemals weißen Frotteebademantel und grauen Männerwollsocken stand meine Mutter vor mir, eine Ultra Low Feinschnitt zwischen den Fingern. Ihr violetter Nagellack war abgeplatzt, der Lidschatten vom Vorabend marmorierte ihr Auge. Vermutlich in einem Frisiersalon hatte jemand sein entsetzliches Unwesen mit ihrem Haar getrieben. Zwei Brillen hingen an Goldkettchen um ihren Hals. Eine davon setzte sie sich auf die Nase. »Ach, du bist's«, sagte sie darauf. »Ich hatte gehofft, es wäre die Lieferung. Ich hab mir nämlich beim Textilhaus ›Next‹ einen roten Hosenanzug bestellt, und der soll heute kommen.« Sie nahm die erste Brille wieder ab und setzte die zweite auf, um die Straße hinauf- und hinabzuspähen. Sie seufzte, gab mir einen Kuss und ging vor mir her in die Küche.

Am Küchentisch saß mein Sohn William und verzehrte mit einem Vorlegelöffel Kokos-Pops. Als er mich erblickte, hüpfte er von seinem Stühlchen und warf sich gegen meine Genitalien. Ich konnte das Schlimmste gerade noch verhindern, indem ich ihn mir griff und in die Luft emporriss.

Seit ich meinen Sohn vor drei Wochen das letzte Mal gesehen habe, hat sich seine Sprachkompetenz considerabel verbessert (das Wort »konsiderabel« muss ich mir abgewöhnen – John Major ist daran schuld). William ist erst zweidreiviertel Jahre alt, aber zu meiner konsiderablen Besorgnis schon völlig balla-balla über den Motorsportflegel Jeremy Clarkson im Fernsehen. Meine Mutter verwöhnt das Kind hemmungslos, indem sie es endlos die von ihr gefertigten Videoaufzeichnungen der testosteronlastigen Fernsehauftritte Clarksons abnudeln lässt. Ich verstehe nicht, woher William sein zwanghaftes Interesse an Automobilen hat. Von unserer

Seite der Familie gewiss nicht. Seine nigerianische Großmutter war einmal Geschäftsführerin einer Importfirma für LKW-Reifen in Ibadan. Das mag vielleicht etwas weit hergeholt klingen, aber mit den Genen ist das ja so eine Sache. Niemand hat mir bis jetzt erklären können, aus welcher Ecke mein schöpferisches Talent als Schriftsteller und Koch auf mich gekommen ist. Die Familie meiner Mutter (Norfolk) bestand praktisch aus Analphabeten und schien sich von Pellkartoffeln und Fertigsaucen zu ernähren, und die Familie meines Vaters (Leicester) brachte Büchern, soweit sie nicht reich bebildert waren, einen tiefen Argwohn entgegen. May Mole, meine Großmutter väterlicherseits, war eine kunstlose Köchin, für die essen lediglich eine schlechte Angewohnheit war. Gott sei Dank hat sie das Zeitliche gesegnet, bevor ich das Kochen zu meinem Beruf machte. Sie pflegte sich damit zu brüsten, ihr Lebtag nie in einem Speiselokal gegessen zu haben. Sie redete über Restaurants wie andere Leute über Pornoshops.

Ich darf nicht unerwähnt lassen, dass mein Junge ein hübsches Kind ist. Seine zarte Haut hat die Farbe eines dunklen Cappuccinos. Der Farbton seiner Augen trifft genau das »Eiche, dunkel« aus der Farbskala von Caparolbeize. Rein körperlich dominiert bei ihm das nigerianische Blut, aber ich meine an ihm doch einen gewissen englischen Einschlag erkennen zu können. Er ist etwas tolpatschig, und beim Betrachten der Clarkson-Videos im Fernsehen (um ein Beispiel zu nennen) klappt ihm der Mund auf, was ihn ein ganz klein wenig unbedarft aussehen lässt.

»Hast du etwas von Jo-Jo gehört?«, erkundigte sich meine Mutter, wobei sie den Neuen Hund mit einem Tritt zur Tür hinausbeförderte, damit er nicht immer an seinem abstehenden Hodensack herumleckte.

»Nein«, sagte ich. »Du etwa?«

Sie zog eine Schublade auf, um einen mit nigerianischen Luftpostbriefmarken zugepflasterten Briefumschlag herauszuholen.

»Lies schon mal den Brief«, sagte sie, »ich bringe William inzwischen nach oben und mache ihn fertig.«

Der Anblick von Jo-Jos außerordentlich schöner Handschrift wirkte auf mich wie ein körperlicher Schlag. Die schwingenden Bögen der schwarzen Buchstaben erinnerten mich an ihren Körper und ihre Stimme. Mein Penis regte sich unwillkürlich, als sei er neugierig, was meine Frau mitzuteilen hatte.

Allerliebste Pauline,
leider muss ich dir mitteilen, dass Adrian und ich uns scheiden lassen.

Ich weiß, dass dich das nicht sonderlich überraschen kann, Zumal er, wie du weißt, bei meinem letzten Besuch mir die Schuld darangab, dass er sich auf dem Weg nach Alton Towers verfahren hatte und anschließend die Landkarte wütend in zwei Teile riss.

Ich bedauere, dass du und George (und vor allem William) Zeugen dieser Szene werden mussten.

Liebe Pauline, es ist leider wahr, dass es viele derartige Zwischenfälle gegeben hat, und deshalb halte ich es für besser, unsere Ehe jetzt zu beenden. Wenn ich an William denke, werde ich vor Sehnsucht ganz krank. Fragt er nach mir? Bitte, schick mir doch ein aktuelles Foto von ihm.

Liebe Pauline, ich bin dir ja so dankbar, dass du dich um William kümmerst, solange seine Eltern nicht da sind. Wenn sich hier die politische Situation etwas gebessert hat, werde ich ihn holen lassen.

Liebe Grüße an dich und die Familie
von Jo-Jo.

»Du hättest mir sagen sollen, dass ihr euch scheiden lassen wollt«, sagte meine Mutter zu mir. »Warum hast du nie etwas davon gesagt?«

»Weil ich dachte, sie würde es sich vielleicht noch mal überlegen«, sagte ich wahrheitsgemäß.

»Wenn man sich vorstellt, dass du dir eine so schöne Frau wie Jo-Jo durch die Lappen gehen lässt!«, meinte sie. »Du musst total bekloppt sein. So 'ne Klassefrau kriegst du nie wieder. Sie hat alles, was ein Mann sich wünschen kann: Schönheit, Verstand, Geld, Talent ...«

»Sie kann nicht kochen«, warf ich ein.

»Sie kann phantastisch nigerianisch kochen«, widersprach meine Mutter, Jo-Jos größte Bewunderin.

»Sicher«, sagte ich, »aber ich bin Engländer.«

»Ein kleiner Engländer«, höhnte meine Mutter, die kaum je über die Grenzen von Leicestershire hinausgekommen war. »Willst du wissen, woran deine Ehe meiner Meinung nach kaputtgegangen ist?«

Ich sah in den Garten hinaus. Die Wiese war mit bunten Plastikwäscheklammern gesprenkelt, die von der Leine abgefallen waren.

»Ich höre«, sagte ich.

»Erstens«, sagte sie, »hat dir gestunken, dass sie einen akademischen Titel hat. Zweitens hast du deine Reise nach Nigeria fünfmal verschoben. Und drittens«, fuhr sie fort, »bist du nie damit zurechtgekommen, dass sie dich um zehn Zentimeter überragt.«

Ich wusch mir die Hände im Küchenbecken.

»Unter dem Brief steht ein Postskriptum«, sagte meine Mutter. Sie las genüsslich vor:

»PS: Hast du die Kritik über das Hoi Polloi von A. A. Gill in der ›Sunday Times‹ gelesen? Ich musste die Zeitung vor meiner Familie verstecken.«

Somit sind meine Kochkünste sogar in Lagos in

Nigeria ein schlechter Witz. Ich hätte unbedingt verhindern müssen, dass Savage Bratwurst mit Kartoffelbrei auf die Karte setzt.

Und warum, ach, warum nur musste dieser Gill mit seiner blonden Begleiterin ausgerechnet an jenem Abend aufkreuzen, an dem uns die traditionellen handgemachten Würstchen ausgingen, die ich immer in meiner Metzgerei in der Brewer Street holen gehe? Ich hätte Gill ins stählerne Auge blicken und die Schmach eingestehen sollen, anstatt schnell jemand in den Supermarkt zu schicken.

Draußen hörte man einen Dieselmotor im Leerlauf nageln, dann wurde ungeduldig an die Tür geklopft. Ich ging aufmachen und sah mich einem adretten jungen Mann mit einem Paket in der Hand gegenüber. Es war Nigel, mein bester Freund von der Neil-Armstrong-Gesamtschule.

»Nigel!«, rief ich überrascht. »Wie kommt es, dass du mit einem Lieferwagen herumfährst? Ich dachte, du bist schwul.«

»Schwulsein ist kein *Beruf,* Moley, sondern ein sexuelles Verhaltensmuster!«, belehrte er mich.

»Aber ich dachte immer«, stotterte ich, »du würdest irgendetwas mit *Kunst* machen.«

»Zum Beispiel *kochen?*«, meinte er und lachte meckernd.

»Ich glaubte bislang, du wärst Buddhist«, sagte ich, womit unser Gespräch schon wieder in einer Fallgrube landete.

»Buddhisten dürfen trotzdem Lieferwagen fahren«, seufzte er.

»Aber du läufst nicht mehr in diesen gelben Gewändern herum!«, bemerkte ich unnötigerweise zu dem von Kopf bis Fuß in Jeans gekleideten Nigel.

»Ich bin an dem Punkt, wo ich gemerkt habe, dass die äußerlichen Manifestationen der Spiritualität lediglich eine Maskerade für die inneren sind«, erläuterte Nigel.

Ich fragte nach seinen Eltern. Sein Vater war zur Erneuerung der Stahlplatte in seinem Schädeldach im Krankenhaus gewesen, und die Mutter erkundigte sich immer noch bei ihrem Sohn, wann er mit einem netten Mädchen sesshaft zu werden gedenke.

»Deine Eltern wissen immer noch nicht, dass du schwul bist?«

»Nein«, gestand er mit einem verlegenen Blick auf den nagelnden Lieferwagen an der Bordsteinkante.

»Das wird jetzt ein längeres Gespräch«, sagte er. »Lass uns doch ein andermal treffen.« Nach dem Austausch unserer Handynummern fuhr er davon.

Meine Mutter kam mit William die Treppe herunter. Mit den Worten: »Da ist ja mein Outfit zum Sieg der Labour Party! Diesen Hosenanzug zieh ich heute Abend zur Wahlparty an«, riss sie ungeduldig das Paket auf. Ihre Gesichtszüge sackten tiefer als gewohnt, als im Seidenpapier ein marineblauer Hosenanzug zum Vorschein kam. »Ich habe doch rot bestellt!«, klagte sie. Auf Pandoras Siegesparty heute Abend könne sie unmöglich in Marineblau auftreten, entrüstete sie sich und drohte dem Textilhaus »Next« wegen des psychologischen Traumas, das man ihr zugefügt hatte, Klage an. Als ich den Bestellschein aus der Verpackung zog, wurde offenbar, dass meine Mutter in der Rubrik Farbe ihr Kreuzchen hinter »Marine« gesetzt hatte. Es stammte eindeutig von ihr. Nach und nach entließ sie die Firma »Next« aus der Alleinschuld. Wenn Mutters Anwalt Charlie Dovecote Kenntnis von dem Vorgang gehabt hätte, wäre er über die entgangenen Gebühren in Tränen ausgebrochen. Vor einiger Zeit war meiner

Mutter auf dem Gipfel des Mount Snowdon ein Stöckelabsatz abgebrochen, deshalb steht ohnehin noch ein Gerichtstermin gegen die Firma »Shoe-Mania!« ins Haus. Was mich angeht, hoffe ich, dass sie den Prozess verliert, denn ihr Sieg wäre wieder mal eine schallende Ohrfeige für den Rechtsstaat. Charlie Dovecote nutzt offensichtlich schamlos den Umstand aus, dass eine durch das Klimakterium in der Zurechnungsfähigkeit verminderte Frau kein auf ihren speziellen Zustand abgestimmtes Hormonpräparat findet.

Ich erbot mich, bei »Next« anzurufen, um die Expresslieferung eines roten Hosenanzugs zu veranlassen. Meine Mutter verstand sich zu dem Kommentar: »Kikifax.« Desungeachtet rief ich Nigel über sein Handy an, und er versprach sein möglichstes zu tun, nicht ohne darauf hinzuweisen, dass bei dem zu erwartenden Erdrutsch für Labour »alles, was rot ist« der Firma förmlich aus den Händen gerissen werde. Bei meinem Versuch, Nigel die Erkenntnisse meines Informanten Fred Gipton zuzuspielen, brach die Verbindung zusammen. Verärgert stellte ich fest, dass verschüttete Milch in die winzige Sprechöffnung gesickert war.

Meine Verärgerung erhielt zusätzliche Nahrung, als William, vom Neuen Hund abgelenkt, seine zweite Portion Frühstücksflocken umstieß und eine unansehnliche braune Milch- und Zuckerpampe von der Tischkante auf den Schritt meiner steingrauen Chinos herabtropfte. Ich sprang zum Spülbecken, griff mir ein Geschirrtuch und rubbelte die Bescherung ab, allein die Falten des Geschirrtuchs bargen offensichtlich eine zweite, noch misslichere Unreinlichkeit – ich tippe auf Orangensaft –, die sich nunmehr als zweite Schicht über den Schoko-Pops-Flecken legte. Das Endresultat legte den Schluss auf langjährige Inkontinenz nahe.

Mein Blick suchte die Waschmaschine, doch ich erfuhr, dass das Gerät neuerdings Gegenstand einer Auseinandersetzung mit dem Hersteller geworden war, in dessen Händen es sich zur Zeit befinde. An Mangel an Beschäftigung schien Charlie Dovecote nicht zu leiden.

»Du wirst dir bei deinem Vater ein Paar Hosen ausleihen müssen«, meinte meine Mutter.

Die Vorstellung, in meines Vaters Hosen herumzulaufen, ließ mich laut auflachen. »Übrigens, wo steckt er denn?«, erkundigte ich mich.

»Er liegt oben mit der offiziellen Diagnose Depressionen im Bett«, sagte meine Mutter mit wenig Mitgefühl.

»Wovon hat er die denn bekommen?«, erkundigte ich mich, während wir die Treppe hinaufstiegen (auf der halsbrecherisch verstreut jede Menge Spielzeugautos herumlagen).

»*Erstens,* weil er weiß, dass er nie mehr arbeiten wird«, sagte meine Mutter auf dem Treppenabsatz zu mir, wobei sie die Stimme senkte. »Jedenfalls nicht ganze Tage, wie sich das gehört. *Zweitens* hat er Hämorrhoiden und fürchtet sich davor, sie wegmachen zu lassen. *Drittens* ist er seit drei Monaten impotent.«

»Und *viertens*«, hörte man die Stimme meines Vaters drinnen im Schlafzimmer brüllen, »hat er die Schnauze voll von der Schwatzhaftigkeit seiner Frau Gemahlin, die jedem dahergelaufenen Schnösel den sexuellen Befund ihres Mannes auf die Nase bindet!«

Meine Mutter stieß die Schlafzimmertür weit auf. »Adrian ist aber kein dahergelaufener Schnösel«, rief sie in den düsteren Zigarettendunst dahinter.

»Stimmt, der Kerl aus der Videothek aber schon«, brüllte mein Vater zurück.

William warf sich auf seinen darniederliegenden Opa

und küsste ihn leidenschaftlich. Mein Vater murmelte: »Wenn der kleine Kerl nicht wäre, hätte ich mich schon längst vom Acker gemacht.«

»Opa, was ist vom Acker machen?«, wollte William wissen, der angefangen hatte, die Schlafanzugsjacke meines Vaters aufzuknöpfen. (Er entwickelt eine erstaunliche manuelle Geschicklichkeit.)

Ich schaltete mich schleunigst ein – meinen Eltern ist durchaus zuzutrauen, dass sie einem zweidreivierteljährigen Kind erklären, was Selbstmord ist. »Sich vom Acker machen bedeutet ... äh ... das ist, wenn man draußen nicht herumlaufen will und lieber zu Hause ist«, improvisierte ich. »Vater, würde es dir nicht gleich viel bessergehen, wenn du die Vorhänge und das Fenster aufmachen und ein bisschen Licht und Luft hereinlassen würdest?«

»Bloß nicht!«, sagte er kläglich, und dann, mit einer Stimme wie Blanche Du Bois in »Endstation Sehnsucht«: »Das Licht macht mich fertig.«

Ich sah mich um und bemerkte, dass Mutters wildes Durcheinander von Büchern, Zeitschriften, Kosmetika und Verschönerungszubehör abgeräumt war. Von den Fläschchen mit dem Antidepressivum Prozac meines Vaters abgesehen fehlte alles, was aus einem Raum ein Zimmer macht. Meine Eltern schliefen offensichtlich getrennt.

»Willst du nicht aufstehen? Ich würde dich zum Wahllokal fahren«, sagte ich freundlich.

Mein Vater drehte stöhnend das Gesicht zur Wand. Ich bemerkte, dass die kahle Stelle auf seinem Schädel, die am zweiten April 1997, als ich ihn das letztemal sah, noch die Größe eines Fünfpencestücks gehabt hatte, sich jetzt auf das Format eines Kekses aus einer Prinzenrolle vergrößert hatte.

Ich entschloss mich zu dem Versuch, unserer Beziehung eine grundlegende Wende zu geben, sprich: Ich wollte versuchen, mit meinem Vater so zu reden, als hätte ich einen ganz normalen Menschen vor mir. Dazu schob ich zunächst William beiseite und legte mich zu meinem Vater ins Bett. Während ich Vaters knochige Schulter tätschelte, sagte ich etwas, das ich im Fernsehen bei einem Experten für Familientherapie aufgeschnappt hatte, der in der »Oprah-Winfrey-Show« aufgetreten war. »Es tut mir Leid, dass du nicht glücklich bist, Dad«, sagte ich. »Wie kann ich dir helfen?«

Vater drehte mir das Gesicht zu. »Du redest wie einer, der mir was andrehen will«, sagte er. »Adrian, auch mir tut es Leid, dass ich nicht glücklich bin, aber weißt du, was Freud über das Glücklichsein gesagt hat?«

»Nein«, musste ich zugeben. »Ich bin Jungianer.«

Mein Vater stützte sich auf den Ellbogen. »Freud hat im ›Reader's Digest‹ geschrieben: ›Um glücklich zu sein, braucht ein Mann zwei Dinge: Liebe und Arbeit‹ – und bei mir ist beides inzwischen Fehlanzeige.« Sein Mund fiel ein, und sein Kopf rollte wieder zur Wand.

»Oh, *herzlichen* Dank, lieber George«, sagte meine Mutter bitter. »*Meine* Liebe zählt wohl nicht.« Tränen füllten ihre Augen und drohten mit Lidschatten angereichert über ihre Wangen herunterzukullern. »George, Tony Blair wird dir wieder einen Job verschaffen«, redete sie meines Vaters Rücken an, »und die Sache mit der Liebe kriegen wir auch wieder hin.« Sie wendete sich zu mir und senkte die Stimme. »Wenn er Liebe sagt, meint er eigentlich *Sex*.« Sie beugte sich vor und küsste die kahle Stelle auf Vaters Hinterkopf. »Lass uns wieder zu diesem Sexualtherapeuten gehen, ja?« Ich verließ das Bett meines Vaters und arbeitete mich zentimeterweise zur Tür, wobei es mir inzwischen lieber gewesen wäre, ich hätte diese Nachmittags-Talkshow-artige Familienszene nicht angezettelt. William schob mir sein Händchen in die Pfote, und wir zogen gemeinsam ab, bedauerlicherweise jedoch nicht schnell genug, um nicht noch meinen Vater sagen zu hören »… aber Spritzen ins Rohr kommt mir nicht wieder in die Tüte, Pauline.«

»Wieso will Opa mit dem Rohr nicht in die Tüte spritzen?«, wollte William wissen, während wir die Treppe hinunterstiegen.

Emma, eines der Spice Girls, bügelte in der Küche einen Minirock von den Dimensionen einer afrikanischen Briefmarke. Es handelte sich um meine Schwester Rosie.

»Und wie läuft das Lernen?«, erkundigte ich mich.

»Ach, die müllmäßigen Wiederholungsfächer«, kicherte sie. Ich hatte das Gefühl, es sei meine Pflicht, sie anzuhalten, ihren Sekundarschulabschluss nicht allzusehr auf die leichte Schulter zu nehmen. Ihre Eltern waren offensichtlich von der Wiederbelebung ihres desolaten Geschlechtslebens zu stark in Anspruch genommen, um sich im gebotenen Maß der Erziehung ihrer Tochter zu widmen. Ich war noch mitten in meinem kleinen Vortrag, als Rosie wütend das Bügeleisen aufs Bügelbrett knallte. »Reg dich ab, Mann«, schrie sie, während der Dampf zischte, »examensmäßig hab ich alles voll gecheckt, klaro?«

»Bitte nicht diesen Ton vor William«, bat ich.

»Ich sag doch gar nichts, du Kalkleiste«, verteidigte sie sich.

In betont ruhigem Ton machte ich sie darauf aufmerksam, dass das Bügeleisen ihren sogenannten Minirock ansengte. Sie schnappte das Eisen und stellte es hochkant. Einen Augenblick lang verdeckte eine Dunstwolke ihr Gesicht und ließ mich an einen unlängst gesehenen Horrorfilm denken, in dem eine Mörderin in einer New Yorker Sauna Amok lief.

Während ich meinen Sohn beim Vertilgen seiner dritten Ladung Schoko-Pops beobachtete, versuchte ich mich zu erinnern, ob ich als Teenager auch so eine Pest gewesen war wie Rosie. Liebes Tagebuch, ich kann guten Gewissens sagen, dass ich ein recht zufriedenes Bürschchen gewesen bin, höflich, zuvorkommend und keine Spur unangepasst. Und wenn man in Rechnung stellt, dass es mir an elterlicher Unterstützung rundum gebrach (kein Lexikon, keine Schreibtischlampe), dann konnten sich meine Durchschnittsnoten beim Sekundarschulabschluss durchaus sehen lassen.

Ich rief die Zentrale von »Next« an und bestellte mir ein Paar helle Chinos aus dem Katalog. Dann rief ich noch mal Nigel über sein Handy an und bat ihn, die Jeans zusammen mit dem roten Hosenanzug für Mutter zu liefern.

»Eine Daunendecke oder ein paar Kissenbezüge wäre einfacher«, sagte er. Ich musste ihn jedoch belehren, dass ich keinerlei Bedarf an Bettzeug hatte. Ich bat ihn vielmehr: »Bitte vergiss nicht, bei der Hose die Größe zu kontrollieren. Ich habe zweiunddreißig Inch Taillenweite und einunddreißig Inch Schrittlänge, innen gemessen.« Ich hörte ihn geräuschvoll einen Gang einlegen, dann riss die Verbindung grußlos ab.

Um nicht einzuschlafen, während William jedes Schoko-Pop einzeln zwanzigmal kaute (das Kind ist einfach ein Genie: Wie viele noch nicht einmal ganz Dreijährige können schon bis zwanzig zählen?), studierte ich Pandoras Wahlbroschüre, die mit einem Magneten am Kühlschrank befestigt war. Ein billiges Dokument. Sie war bei weitem zu freigebig mit reißerischen Satzzeichen umgegangen.

Liebe Wählerinnen und Wähler! (so ging es schon los)

- Haben auch Sie genug von den Skandalgeschichten und unglaubwürdigen Rechtfertigungsversuchen des moralisch vollkommen abgewirtschafteten Tory-Kandidaten für Ashby-de-la-Zouch, Sir Arnold Tufton?

Ja? Ich auch!

- Sind Sie der Meinung, dass seine Auffassung von Bürgerrechten (wie sein Antrag an den Stadtrat von Ashby-de-la-Zouch erkennen lässt, dem Vandalismus in öffentlichen Toiletten durch Installation von Überwachungskameras Einhalt zu gebieten) ein Skandal ist?

Ja? Ich auch!

- Sind Sie mit Sir Arnold Tufton der Meinung, dass Schwarzseher mit einer Mindestfreiheitsstrafe von fünfzehn Jahren belegt werden sollen?

Nein? Ich auch nicht!

- Wünschen Sie Aufklärung darüber, wie es zu dem Foto von Sir Arnold Tufton in Marbella in Gesellschaft des Wirtschaftskriminellen Len Fox gekommen ist? Würden Sie gerne wissen, was sich in dem braunen Umschlag befand, den Sir Arnold in der Bar Espagnol von Len Fox zugesteckt bekam?

Ja? Ich auch!

- Ich, Dr. Pandora Braithwaite, Linguistin aus Leicestershire und Dozentin in Oxford, verspreche allen Wählerinnen und Wählern, die am 1. Mai für mich ihre Stimme abgeben, meinen aufrichtigen, redlichen und unerschütterlichen Einsatz für die Anliegen der Bevölkerung von Ashby-de-la-Zouch. Hier steht die Wiege der Demokratie! Hier tagt die Mutter aller Parlamente! Schicken Sie mich ins Unterhaus!
- ES LIEGT IN IHREM EIGENEN INTERESSE!

Um neun Uhr brachte ich meinem Vater eine Tasse Nescafé hinauf. Er lag noch da, wie wir ihn Stunden zuvor verlassen hatten, das Gesicht zur Wand, die Hände wie in verzweifeltem Gebet verflochten. Er sagte, er könne in einer Zimmerecke Tony Blair flüstern hören. Einen Sekundenbruchteil lang fürchtete ich, jetzt hätte es ihn erwischt, der Verstand hätte ihn endgültig verlassen, und man würde ihn bald in einer Zwangsjacke abholen kommen, doch dann bemerkte ich, dass sich der Radiowecker automatisch eingeschaltet hatte. Radio Four brachte einen Zusammenschnitt von Tony-Blair-Reden. Ich ging zu dem Apparat und schaltete ihn aus. Mein Vater schien sich zu entspannen. Ich konnte ihn jedoch nicht dazu überreden, aufzustehen und mit mir und Mutter wählen zu gehen.

Ich öffnete Vaters Kleiderschrankhälfte und ging seine mitleiderregende Sammlung von Beinkleidern durch, eine Lobeshymne auf Kunstfasern im Stile von Elvis in Las Vegas. Nichts davon war zu gebrauchen. In einer Schublade seiner Kommodenhälfte stieß ich allerdings auf ein Paar ungetragener 501er Jeans, offenbar ein Weihnachtsgeschenk meiner Mutter aus dem Jahr 1989. Während ich mich beim Anprobieren der Jeans im Spiegel betrachtete, glitt ein Sonnenstrahl über meinen Scheitel. Wie ich entsetzt feststellen musste, war mein Haar bereits so dünn geworden, dass das Licht problemlos bis zu den Haarwurzeln hinabdringen konnte. Ich ging ins Badezimmer und untersuchte meine Kopfhaut im gnadenlosen Licht des Vergrößerungsspiegels am Fenstersims. Der Befund war eindeutig: Ich hatte Haarausfall.

Selbst während meiner Untersuchung lösten sich einzelne Haare, schwebten sanft von meinem Kopf herab und landeten unten im Waschbecken. Mühseligst sammelte ich sie wieder auf und verwahrte sie in der Tasche meines Hemdes mit dem Ralph-Lauren-Logo. Man frage mich nicht, warum.

Mit William und dem Neuen Hund machte ich einen Spaziergang ums Karree. Die Vorgärten waren eine einzige Kirschblütenorgie. Ist das Bepflanzen der Vorgärten mit Kirschbäumen in Ashby-de-la-Zouch eine Zwangshandlung? Ist es infolge einer Gemeindeverordnung obligatorisch? Auf dem Straßenpflaster herrschte ein Schneetreiben von weißen Blütenblättern. William tobte darin herum, griff mit beiden Händen hinein und bewarf den Neuen Hund. Das Tier sah aus wie eine bärtige Braut.

Ich gab mir große Mühe, den Neuen Hund zu mögen, aber ich kann mich nicht an ihn gewöhnen. Er hat einen trübseligen Gesichtsausdruck – der Alte Hund schien immer zu lachen. Zudem lässt der Neue Hund jegliche Neugier vermissen. Er zieht nie an der Leine und gerät niemals in Aufregung. Als allerdings ein weißer Lieferwagen, der blaue Ballons hinter sich herzog, mit der aus blechernen Lautsprechern scheppernden Hymne »Land of Hope and Glory« vorbeifuhr, hob der Neue Hund den strubbeligen Kopf und entblößte die Zähne, was mich dann doch ein klein wenig für ihn einnahm.

Während William auf der Schaukel saß, rief ich Nigel an und bestellte die Hose wieder ab. Er war sehr kurz angebunden. Er sagte, er sei persönlich extra zum Lager hinausgefahren und hätte die größten Scherereien gehabt usw. usw. Er meinte, er sei gerade auf dem Weg, um absprachegemäß zu liefern.

Ich erklärte ihm die Sache mit den 501er Jeans, aber er wirkte desinteressiert. Da ich es nicht leiden kann, wenn ein Gespräch mit einem Misston endet, fragte ich ihn, ob er Pandora wählen wolle. Er sagte, er hätte schon gewählt, nämlich Lillian Dale, die Kandidatin der Grünen, die ihren Wahlkampf vom Moutainbike aus geführt habe, bis es ihr geklaut worden sei. Nigel war inzwischen offensichtlich ein eifriger Radler geworden. Ich wies ihn darauf hin, dass zu starker Satteldruck zur Verminderung der Spermienproduktion führen könne (wie eine amerikanische Studie bewies). In einem für mich sarkastisch klingenden Ton rief er aus: »O je, und ich wollte doch mit dem netten Mädchen, von dem mir meine Mutter immer in den Ohren liegt, mindestens vier Kinder haben!«

Ich fragte ihn, wann wir das besagte Bier miteinander trinken gehen wollten, aber er hatte seinen elektronischen Organizer nicht dabei, und so verabschiedeten wir uns. Ich zerrte William von der Schaukel, und wir gingen nach Hause.

Mutter und ich ließen William in der Obhut seines depressiven Großvaters und seiner sich unfein ausdrückenden Tante zurück und gingen die knapp fünfhundert Meter zum Wahllokal zu Fuß.

Vor dem als Wahllokal dienenden Pfadfinderheim drängten sich die Wähler (und -innen). Einige tüchtige Pfadfinder hatten einen Stand aufgebaut, an dem sie Chili-Doritos samt Salsa-Sauce in Näpfchen verkauften. Die Getränkeauswahl bestand aus Cola und Cola Light. »Was ist bloß aus Tee und selbst gemachtem Gebäck geworden, wie es das früher einmal gab?«, fragte meine Mutter einen Oberpfadfinder, der auch so aussah. Wie sich herausstellte, war er der Verantwortliche.

»Wir müssen mit der Zeit gehen«, sagte er höflich. »Die Leute wollen das nun mal so.«

»Baden-Powell würde sich im Grab umdrehen«, meinte sie.

Der Mann wurde rot und wandte sich ab. Er beschäftigte sich eingehend mit seiner Salsasauce, als ob ihm etwas peinlich wäre.

»Hab ich was Falsches gesagt?«, wollte meine Mutter von mir wissen, während wir die miefige Bude betraten.

»Baden-Powell hat in der Sendung ›World in Action‹ eins auf den Deckel bekommen. Er hatte ein bisschen zu viel für kleine Jungs übrig«, sagte ich.

»Es gibt einfach keine Helden mehr«, meinte sie. »Außer Tony Blair ...«

Eine Dame mit längst überfälliger Gebisskorrektur reichte uns lächelnd die Wahlunterlagen. Pandoras Namen zu sehen war für mich ein Erlebnis eigener Art – ihre beiden zusätzlichen Vornamen hatte ich ganz vergessen: Louise-Elisabeth. Ich fragte mich, ob sie diese Initialen je benutzte. Ich begab mich in die Wahlkabine, ergriff den durch eine Schnur unentwendbar gemachten Stift und hielt inne, um den Moment auszukosten. Ich, Adrian Mole, war im Begriff, meine demokratischen Rechte wahrzunehmen und für die Regierung meiner Wahl die Stimme abzugeben. Die Realität holte mich wieder ein, als ein Wahlhelfer rief: »Sir, geht es Ihnen gut da drinnen?« Ich setzte ein dickes schwarzes Kreuz neben den Namen von Pandora Braithwaite und gab die Wahlkabine frei.

Während ich vor der Wahlurne meinen Stimmzettel zu einem kleinen Quadrat faltete, versuchte ich, vor mir selbst über die ungeheure Tragweite dieses Augenblicks Rechenschaft abzulegen. Vielleicht war das triste Ambiente des Pfadfinderheims dafür verantwortlich – ich nenne nur die schlaffen Wimpel an der Wand, die ramponierten Stapelstühle, die verblichenen Fotos vom letzten Sommerlager –, dass sich bei mir keine starken Gefühle einstellten. Das unbestimmte Empfinden einer

Antiklimax kann hier nicht zählen. Es wäre gewiss wünschenswert, dass der Wahlakt beim Klang von Trompeten oder umrahmt von massivem Chorgesang stattfände, oder doch zumindest beim Vortrag von Freiheitsliedern durch eine Frauenstimme mit Gitarrenbegleitung. Wir sollten die Ausübung unserer demokratischen Rechte feierlich begehen. Vielleicht sollte dem Wähler (und der -in), nachdem der Stimmzettel der Urne anheimgegeben worden ist, mit einem Glas Champagner oder Bier aufgewartet werden (ausnahmslos natürlich nur ein Glas pro Person). Wenn ich Pandora heute Abend treffe, werde ich ihr unverzüglich diesen Vorschlag unterbreiten.

Beim Nachhausegehen nahm meine Mutter meinen Arm. Es war mir kaum noch unangenehm, denn inzwischen sieht sie so alt aus (sie ist jetzt dreiundfünfzig), dass uns keiner mehr, der uns zusammen sieht, für ein Liebespaar halten würde. Als wir oben am Wisteria Walk angekommen waren, grub sie mir die Fingernägel in den Arm und sagte: »Ich möchte jetzt noch nicht heim.« Sie hatte die Stimme eines kleinen Kindes. Auf die Frage, warum, sagte sie: »Drei Gründe: George, Rosie und William.« Als sie mein Gesicht sah, fügte sie hinzu: »Sie sind alle so entsetzlich *anstrengend,* Adrian.« Sie setzte sich auf ein mit blauem Zeugs bewachsenes Mäuerchen und zündete sich eine Zigarette an. »Sie halten mich pausenlos auf Trab«, sagte sie. »Und der Neue Hund ist ein totaler Reinfall. Ich habe nichts von meinem Leben gehabt.«

Ich beeilte mich, ihr zu widersprechen, aber nachdem ich eingewendet hatte: »Doch, das hast du!«, wusste ich nichts mehr zu sagen. Der Höhepunkt ihres Lebens schien im Jahr 1982 stattgefunden zu haben, als sie mit dem Drecksack Lucas, unserem Nachbarn linker Hand, nach Sheffield durchgebrannt war.

»Sieh dir doch nur mal die ganzen Initialen und Buchstaben vor und hinter dem Namen von Pandora an.« Sie kramte ein zerknülltes Wahltraktätchen aus der Tasche und betrachtete es. »Da steht: Dr., BA und MA, PhD, und wenn sie morgen Abgeordnete ist, bekommt sie noch ein MP. Hinter *meinem* Namen steht gar nichts und davor allenfalls Mrs«, sagte sie bitter. »Und Pandora spricht sechs Fremdsprachen fließend«, setzte sie hinzu. »Ich kann höchstens ›zwei Bier bitte‹ auf Spanisch sagen.«

In diesem Augenblick kam eine alte Frau in ihre Gehhilfe geschirrt um die Hausecke gerollt und schrie: »Sie haben meine Aubretie zerquetscht!« Mir war schleierhaft, was sie meinte, nichtsdestoweniger entschuldigte ich mich bei der Eignerin des Mäuerchens, und wir trollten uns nach Hause.

Während ich noch auf das Auftauen der Lasagne in der Mikrowelle wartete, klingelte das Telefon. Es war Iwan Braithwaite, Pandoras Vater. Er erkundigte sich, ob meine Mutter da sei. »Hallo Iwan, hier ist Adrian«, sagte ich.

»Ach, hallo«, sagte er ohne große Begeisterung. »Ich dachte, du wärst in London. Ich habe übrigens in der ›Sunday Times‹ etwas über dich gelesen, irgendwas mit Fressalien – oder waren es Fäkalien?«

Liebes Tagebuch, wird mich dieses Machwerk des A. A. Gill für den Rest meines Lebens auf Schritt und Tritt verfolgen? Ich sollte mich vielleicht mit Charlie Dovecote in Verbindung setzen und ihn bitten, Gill den Prozess anzudrohen, falls er seine lächerliche Behauptung nicht zurücknimmt.

Ich rief nach meiner Mutter. Als sie mit William in die Küche kam, hatte sie sich meinen Sohn auf die Hüfte gestemmt. Während sie ihn an mich abgab, sagte sie: »Setz ihn nicht auf den Boden, er spielt gerade, dort unten wäre das offene Meer.«

Sie flötete »Hallo Iwan, wie lieb, dass du dich meldest« ins Telefon, um sodann zu verstummen und nur noch gelegentlich zu nicken (Iwan Braithwaite hörte sich immer schon gern selber reden). Einmal unterbrach sie seinen Redefluss und säuselte: »*Natürlich* werden wir gerne helfen, in einer halben Stunde sind wir da.«

Als sie einhängte, glänzten ihre müden Augen vor Begeisterung. »Adrian, man braucht uns«, sagte sie. »Pandora sucht noch ein paar Autos mit Fahrer, um Senioren zu den Wahllokalen zu bringen.«

»Wird der Sprit bezahlt?«, fragte ich, keineswegs ungebührlich, wie ich fand. Die Miene meiner Mutter verdüsterte sich. »Da hat man endlich die Gelegenheit, den alten Fettsack Sir Arnold Tufton vom Sockel zu schmeißen, und du machst dir in die Hosen wegen ein paar Liter Benzin«, rief sie aus und griff nach ihrem Kosmetikbeutel, der sich stets in ihrer Reichweite befand. Als sie sich endlich ein Gesicht gemalt hatte, war es zwei Uhr nachmittags. Ich war inzwischen achtzehn Stunden auf den Beinen.

Die Labour Party hatte vorübergehend ihr Hauptquartier in einem heruntergekommenen Einkaufszentrum draußen am Stadtrand von Ashby-de-la-Zouch in einem pleite gegangenen Süßwarenladen aufgeschlagen. Auf der einen Seite befand sich der Friseursalon »Jolie Madame«, wo ein paar Scharteken unter der Trockenhaube saßen, auf der anderen schaute ein Mann mit missmutig hängendem Schnurrbart aus seinem Futonladen heraus. Im Inneren war kein einziger Kunde zu sehen. Nach dem Gesichtsausdruck des Mannes zu schließen, hatte sich auch noch nie einer darin befunden. Die Futonwelle war an Ashby-de-la-Zouch vorbeigeschwappt.

Pandora saß mit dem Rücken zu mir, die bestrumpften Beine auf dem vormaligen Ladentisch des Süßwarengeschäfts. Auf dem Boden verstreut lag ein Paar schwarze Wildlederpumps, die sie sich von den Füßen geschlenkert hatte. Sie trug ein scharlachrotes enges Kostüm, auf die linke Brust hatte sie sich eine rote Rose drapiert und auf die rechte eine Glanzpapierrosette. Mit ihrer rauchigen Stimme sprach sie in das kleinste Handy, das mir je vor Augen gekommen war. Ihre freie Hand griff in das lange goldene Haar, wand es auf zu einem Dutt, um es dann wieder in voller Länge auf die Schultern herabfallen zu lassen.

Eine schlicht aussehende Frau in schlichtem Rock und schlichtem Pullover reichte ihr eine schlichte Tasse Tee. Pandora setzte ihr Blendaxlächeln auf und sagte: »Mavis, du bist ein Schatz.«

Mavis strahlte, als hätte ihr soeben Richard Gere eine Lebeserklärung gemacht und sie gebeten, mit ihm nach Las Vegas durchzubrennen.

Ich stand neben Pandora und wartete auf die Beendigung ihres Gesprächs mit einem gewissen Boris vom »Sunday Telegraph«. »Boris, mein Schatz, ich verspreche dir, wenn ich heute Abend gewählt werde, feiern wir es umgehend mit einem Festessen, und wenn ich verliere, dann essen wir noch umgehender miteinander. Tschüs, du schlimmer Tory, du.«

Sie klappte Telefon samt Lächeln zusammen, stand auf und stieg in ihre Schuhe. »Was macht *du* denn hier?«, sagte sie. »Ich dachte, du bist in London und kochst Köttel für A. A. Gill.«

»Ich bin gekommen, um zu helfen«, sagte ich, ohne ihre Anzüglichkeit zur Kenntnis zu nehmen.

Sie zündete sich eine Zigarette an. Ein Wahlhelfer, ein schmächtiger Bursche mit Bart, stürzte mit einem Aschenbecher herbei. »Chris, du bist ein Schatz«, raunte sie. Chris taumelte an seinen Platz zurück, als hätte er soeben einen Blick ins Fotoarchiv des »Playboy« tun dürfen.

»Es fressen dir wieder mal alle aus der Hand, wie gewöhnlich«, sagte ich und blickte in die Runde, wo die Wahlhelfer fleißig mit Traktaten, Teebeuteln und Telefonen hantierten.

»Sie freuen sich, dass sie an meinem Erfolg ihren Anteil haben«, sagte Pandora. »Sie wissen, dass ich heute Abend siegen werde.«

»*Ich* weiß noch, wie du über die Labour Party hergezogen bist, weil sie angeblich den Sozialismus verraten hat.«

»Ach, wach endlich auf«, zischte sie mich an. »Was willst du? Sollen die verdammten Tories rausfliegen oder nicht?«

»Rausfliegen natürlich«, gab ich zurück.

»Dann halt verdammt noch mal die Schnauze«, sagte sie. »Ich lebe in der *Wirklichkeit.*«

Ich schaute mich im Hauptquartier um. So sah also die Wirklichkeit aus. Meine Mutter hatte ein Klemmbrett in der Hand. Iwan Braithwaite steckte ihr gerade eine Glanzpapierrosette ans Jackett. Sein behaarter Handrücken strich scheinbar ganz zufällig über ihre linke Brust, und er entschuldigte sich sogleich. Sie verzog die angemalten Lippen zu einer Schnute und neigte den Kopf mit einer unterwürfigen Geste seitwärts, wie ich es zuletzt im Fernsehen in einem Dokumentarfilm (über Gorillas) gesehen hatte. Dieses Köpfchenneigen war mir nicht unvertraut, und es verhieß meist nichts Gutes.

Mavis eilte herbei. »Pandora«, rief sie, »die Ergebnisse der letzten Umfragen sind super!«

Sie reichte Pandora ein Blatt Papier. Pandora würdigte das Schriftstück eines kurzen Blickes, bevor sie es zusammenknüllte und in einen Papierkorb schmiss. »Ich zisch' dann mal ab nach Hause«, sagte sie. Sie legte mir eine rotbekrallte Hand auf die Schulter. »Es ist so schön, dich zu sehen, Schatz«, sagte sie.

»Wage es nicht, mich *Schatz* zu nennen, Pandora!«, verwahrte ich mich. »Ich kenne dich, seit du dreizehndreiviertel Jahre alt warst. Ich habe in deiner Abstellkammer gehaust, als du mit einem schwulen Ehemann und einem legasthenischen Bodybuilder deine *ménage à trois* zelebriert hast. Ich kenne deine Geheimnisse!«

»Tut mir Leid«, sagte sie, »der Wahlkampf hat aus mir ein Scheusal gemacht. Der *Ehrgeiz* hat mich gepackt«, setzte sie betrübt hinzu, als ob Ehrgeiz eine tödliche Krankheit wäre. Ihr Handy trillerte. Sie drückte auf ein Knöpfchen. »Mandy!«, rief sie und drehte mir den Rücken zu.

Ich eiste meine Mutter von Iwan Braithwaite und seinem albernen toupierten Backenbart los. Wir fuhren unsere erste Kundin abholen, eine alte Dame namens Ida Peacock, bei der das ganze Haus nach toten Katzen roch. Ida ging an Krücken und vertraute mir an, dass Tony Blair ihr neue Hüftgelenke spendieren werde. Als zweite ließen wir Mabel d'Arcy zusteigen, deren Ur-Urgroßvater als Schiffsoffizier den Untergang der »Titanic« überlebt hatte. Mabel ventilierte diesen Tatbestand ausgiebig mit meiner Mutter, bis Ida Peacock schließlich sagte: »Er hätte mit seinem verdammten Kahn untergehen sollen wie ein Mann.« Die beiden Damen wechselten kein Wort mehr.

Unser letzter Rentner war ein alter Knabe namens

Harry Worthington. Er sagte, er sei schon eine ganze Woche nicht mehr aus dem Haus gekommen. Meine Mutter meinte, dass er so isoliert sei, fände sie aber schlimm. Darauf Worthington, nein, nein, er sei überhaupt nicht isoliert, er hätte sich nämlich unlängst verliebt und habe die ganze Woche mit seiner neuen Freundin Alice Pope im Bett verbracht. Ida und Mabel kicherten wie unreife Gören und bedachten Harry mit bewundernden Blicken. Er war neunundsiebzig, aber der alte Knabe hielt sich mit seinem vollen Haar und buschigen Schnurrbart wie Hugh Grant. Ich fragte ihn, warum Alice nicht mit zur Wahl käme. Er erklärte, Alice sei Anarchistin und halte nichts von Wahlen. Ich fragte ihn, wer in dem unwahrscheinlichen Fall, dass Alice Popes Anarchisten an die Macht kämen, die Kanalisation in Gang halten würde. Er erwiderte, Alice halte nichts von Kanalisation. Ich gab zu bedenken, dass die Kanalisation zur Aufrechterhaltung der Zivilisation absolut unabdingbar sei. Harry erläuterte, Alice halte nichts von Zivilisation. Kein Wunder, dass er die ganze Woche nicht aus dem Bett gekommen war. Die Frau schien überwältigend animalisch zu sein.

Während ich Mabel am Wahllokal in Rosies Schule aus dem Auto half, ließ sie durchblicken, dass sie Parteigängerin von Sir Arnold Tufton sei und die Konservativen zu wählen gedenke. »Als damals bei mir eingebrochen wurde, war Arnold sehr gut zu mir«, sagte sie.

»Aha, der Gute hat also den Einbrecher überwältigt und die gestohlenen Sachen zurückgebracht«, stellte ich mit gespielter Naivität fest.

»Das nicht, aber er hat zu mir gesagt, wenn er Innenminister wäre, würde er allen Dieben die Hand abhacken lassen«, belehrte sie mich gütig.

»Frau Dr. Pandora Braithwaite betrachtet *Schuld und*

Sühne als ihr großes Anliegen«, sagte ich, und das war noch nicht einmal gelogen. Ich wusste verbindlich, dass sie über Dostojewskis Meisterwerk in der Schule eine Hausarbeit geschrieben und die beste Note der East Midlands bekommen hatte.

Während Mabel den Plattenweg zur Gesamtschule entlangtappte, versuchte ich sie nach allen Regeln der Kunst zwecks Wechsels ihres politischen Lagers einer Gehirnwäsche zu unterziehen. Ich führte einiges an Unwahrheiten ins Feld: Pandora sei eine Blutsverwandte von Winston Churchill, Pandora nehme an der prestigeträchtigen Fuchsjagd von Quorn teil, Pandora backe ihr Brot selber. Dennoch ist ungewiss, für wen sich die alte Schachtel am Ende entschieden hat.

Harry war ein glühender Pandora-Anhänger. Er bewunderte an ihr »ihre kussfrischen Lippen und ihre entzückenden Brüste«, und ihre Beine seien wie die »von Cyd Charisse«.

Ida Peacock stimmte für Paddy Ashdown. »Der Mann hat gedient«, meinte sie. Ob es sie nicht störe, dass er zugegebenermaßen ein Ehebrecher war? Ida lächelte, wobei ihre einundachtzigjährigen Zähne zum Vorschein kamen. »Mädchen haben für Soldaten nun mal was übrig«, flötete sie.

Harry Worthington gab auch seinen Senf dazu und stimmte dann das entsetzliche Lied »I'll See You Again« an, inklusive steinerweichendem Vibrato und grotesk übertriebenem Noël Cowardschen Akzent. Seine Darbietung untermalte unsere Rückfahrt bis zu seinem Häuschen. Ich war froh, als ich die ganze Bagage endlich von hinten sah.

Einmal war ich mit einem Rentner namens Bert Baxter geschlagen, Kommunist und Besitzer eines wenig gefestigten Schäferhundes, der auf den Namen

Sabre hörte und nach Roter Bete süchtig war (Bert, nicht der Hund). Baxter wusste mir die unappetitlichsten Dienste abzunötigen, wie die Pediküre seiner eingewachsenen Zehennägel oder das Ausheben einer Grabstätte für seinen halbverwesten Hund in steinhartem Boden mit einem Kohlenschütteimer. Sabres Bestattung gestaltete sich zu einem der schlimmsten Tage meines Lebens. Der Geruch verfolgt mich noch heute. Bert ist vor zwei Jahren verstorben. Es überraschte mich, dass mir sein Tod doch ziemlich naheging, auch wenn ich gestehen muss, dass beim Vernehmen der Todesnachricht meine Erleichterung über das Ende des Fußnägelschneidens überwog. Bert war der älteste und unanständigste männliche Einwohner von Leicester. An seinem einhundertfünften Geburtstag waren Pandora und ich bei dem Interview zugegen, das im Aufenthaltsraum des »Alderman Cooper Sunshine Home« mit ihm stattfinden sollte. Um ihn herum scharten sich der Oberbürgermeister, die Oberbürgermeistersgattin, Mitbewohner und Personal des Seniorenheims sowie Freunde und Bekannte. Die Interviewerin, eine junge Frau im rosa Kostüm namens Lisa Bromfield, versuchte Bert standhaft davon abzubringen, sich wohlwollend über ihre Brüste auszulassen, die noch nicht einmal besonders üppig waren, wie ich mich erinnere – wohl etwas größer als Jaffa-Orangen, aber keinesfalls so groß wie die Grapefruits bei Marks & Spencer.

Lisa fragte: »Bert, Sie sind einhundertfünf Jahre alt. Wie kommt's, dass Sie so alt geworden sind?«

Die arme Lisa stellte die Frage vierzehnmal. Keine von Berts Antworten hätte vor den Spätnachrichten gesendet werden können. Schließlich, Oberbürgermeister und Gattin hatten sich inzwischen empfohlen, rief Lisa ihren Chef vom Fernsehen an und bat um

Direktiven. Er wies sie an, einfach ein paar Interviews mit Bert aufs Band zu knallen, man würde dann im Studio »etwas daraus machen«.

Meine Ernüchterung über das Fernsehen datiert vom Tag danach. Der Zusammenschnitt präsentierte Bert Baxter als harmlosen, netten alten Herrn. Der Wahrheit zuliebe sei im Folgenden eine von Baxters Antworten ungekürzt wiedergegeben:

LISA: Bert, Sie sind hundertfünf Jahre alt. Was ist Ihr Geheimnis?

BERT BAXTER: Ach wissen Sie, wenn man jeden Tag sechzig Kippen gepafft hat, haben sich die Lungen wohl mit so 'ner Art Lackschicht überzogen. Gejoggt oder irgend so'n Mannschaftssport gemacht hab ich nie und bin auch nie nüchtern ins Bett gegangen. Folglich konnte ich immer gut schlafen! Im Krieg hab ich mich quer durch Europa gevögelt und ernährt habe ich mich hauptsächlich von Roter Bete und englischem Pudding mit Eiersoße. Aber das wahre Geheimnis für ein gesundes Leben lautet, und das möchte ich jedem Jungendlichen ans Herz legen: Lass dein Sperma nicht in deinem Sack vergammeln, lass es raus! *(Lachen)*. Raus damit! *(Husten)*. Pandora, zünd mir'n Stäbchen an, bist ein gutes Mädchen.

Das geschnittene Interview, das über den Sender ging, ist ein beredtes Manifest der Schwarzen Kunst der Redakteure:

BERT: Rote Bete ist das wahre Geheimnis für ein gesundes Leben. Ich habe immer gut geschlafen, in der Jugend Mannschaftssport gemacht, habe nie geraucht und bin quer durch Europa gejoggt.

Als Bert die Lokalnachrichten »Midlands Today« sah, war er schwer getroffen. Den ganzen Tag schon war zwischen den einzelnen Sendungen von einem Sprecher im Off auf den Spot hingewiesen worden: »Und um achtzehn Uhr dreißig in ›Midlands Today‹ stellen wir Ihnen den einhundertfünfjährigen Pensionär aus Leicester vor, der sein langes Leben dem Joggen durch ganz Europa verdankt hat.« Ich weiß nicht, wie die merkwürdige Betonung des Wörtchens »hat« zustande gekommen ist. War es in der Redaktion zum Streit gekommen? Ich glaube es eigentlich nicht.

Ich bin froh, dass Bert an den Folgen eines Unfalls mit dem Treppenlift am Tag vor seinem einhundertsechsten Geburtstag verstarb. Noch so eine grausige Geburtstagsfeier hätte ich nicht überstanden. Und ich weiß aus verlässlicher Quelle, dass der Oberbürgermeister von Leicester und seine Gattin rund um diesen bewussten Tag, den neunten Mai, einen Urlaub auf Teneriffa gebucht hatten. Dennoch glaube ich, Bert hätte an der Größe der Schlagzeile – wenn auch nicht am Inhalt des zugehörigen Artikels –, die im »Leicester Mercury« erschien, seinen Spaß gehabt:

TREPPENLIFT-TRAGÖDIE:
DER ÄLTESTE JOGGER TOT!

Bertram Baxter, der älteste Mann von Leicester, kam heute am frühen Morgen bei einem tragischen Unfall ums Leben, als der Gürtel seines Morgenmantels vom Mechanismus des Treppenlifts des Alderman Cooper Sunshine Home an der Brook Lane erfasst wurde, wo Mr Baxter seit vielen Jahren lebte. Mrs Loretta Harvey, Oberschwester des Seniorenheims, bezeichnete Mr Baxter, dessen Frau Queenie im Jahr 1982 verstarb, als »ein ziemliches Original, dem man nicht auf der Nase herumtanzen konnte«.

Mrs Harvey erinnerte sich an die Zeit, als Mr Baxter mit der Begründung, seine Ernährungsgewohnheiten fänden keine gebührende Berücksichtigung, das Seniorenheim auf Schadenersatz verklagt hatte. Mr Baxter lebte ausschließlich von mit Roter Bete belegten Broten und von im Wasserbad zubereiteten Puddinggerichten mit Eiersoße. Der Rechtsstreit erregte großes Aufsehen, zumal Mr Baxter in den Hungerstreik getreten war, und machte den Kläger eine Zeit lang landesweit als »Rote-Bete-Bertie« bekannt. Sein Sieg wurde allgemein als Triumph des gesunden Menschenverstandes beklatscht – Mrs Harvey ließ allerdings nicht unerwähnt, dass der Prozessausgang für das Küchenpersonal »einen beträchtlichen Mehraufwand« nach sich zog.

Ich wäre keineswegs traurig, wenn mir weitere Senioren erspart blieben. Ich erlaube mir, ihre Lahmarschigkeit, die schlechtsitzenden Gebisse und das zwanghafte Verlangen nach pikant eingemachtem Gemüse zum Kotzen zu finden. Meine Mutter hatte ebenfalls bald die Nase voll und sagte, sie befände sich lieber »im Mittelpunkt des Geschehens«. Ich ließ sie am Labour-Hauptquartier aussteigen und bestritt den restlichen Abholservice im Alleingang.

Meine nächste Fuhre war ein alter Mann namens Archie Tait. Er quälte sich in unerträglicher Langsamkeit ins Auto, und als er endlich drinsaß, räusperte und hustete er in ein großes weißes Taschentuch. Sarkastisch erkundigte ich mich, ob es ihm gut gehe, und er sagte nein, gar nicht, er hätte eine Lungenentzündung. Für einen Reihenhausbewohner pflegte er allerdings einen sehr freundlichen Umgangston.

»Wären Sie da nicht im Bett oder im Krankenhaus besser aufgehoben?«, fragte ich.

»Nein«, meinte er, »ich muss doch wählen gehen, schließlich bin ich Sozialist.«

»Mr Blair würde es bestimmt nicht gut finden, wenn Sie seinetwegen im Wahllokal umfallen«, bemerkte ich.

»Mr Blair?«, schnaubte er verächtlich. »Ich sagte doch gerade, ich bin *Sozialist*. Ich wähle die sozialistische Labour, die Partei von Arthur.«

»Arthur?«, fragte ich zurück.

»Arthur *Scargill*«, sagte er, als habe er einen Hirngeschädigten vor sich.

Ich versuchte, ihn zur Stimmabgabe für Pandora zu überreden, und führte an, dass sie während des Bergarbeiterstreiks Mr Scargill unterstützt hatte. Sie hatte damals in der Schule eine Tombola veranstaltet und den Reinerlös (19.76 Pfund, wie ich mich erinnere) an die Streikkasse überwiesen. Aber er blieb uneinsichtig.

»Ich habe meinen linken Lungenflügel und mein rechtes Bein in Arnheim gelassen«, sagte er, während er aus dem Fond des Wagens kroch, »und der Zweck dieser Übung war nicht, dass die englischen Männer und Frauen sich jetzt auf einmal wie Europäer aufführen und lauwarmen Cappuccino trinken!«

Ich bemühte mich, seinem britischen Isolationismus entgegenzutreten. »Cappuccino ist ein absolut harmloses, wohlschmeckendes Getränk. Ich nehme davon jeden Tag sechs Tassen zu mir«, sagte ich.

»Ach was, das ganze Gesöff besteht doch nur aus ein paar Krümeln Kaffee und einem Haufen Schaum und sonst nichts«, meckerte er.

Er schüttelte mir die Hand und bedankte sich fürs Bringen. Ich war ein bisschen sauer, weil er unter Vortäuschung falscher Tatsachen mit der Behauptung, er sei Labour-Wähler, während er doch lupenreiner Sozialist war, den Abholservice in Anspruch genommen hatte. Moralisch gesehen hätte ich jedes Recht gehabt, ihn mit seiner halben Lunge auf seinem linken Bein in der Elementarschule an der Carts Lane stehen zu lassen, doch ich hörte mich sagen: »Ich warte hier auf Sie und fahre Sie wieder nach Hause.«

Als wir zu seiner Wohnung zurückfuhren, entschuldigte er sich, dass er anfangs so ruppig gewesen sei. Ich tröstete ihn, durch Kraftausdrücke sei ich nicht mehr zu erschüttern, und erklärte, ich sei Koch in einem Restaurant in Soho, wo Kraftausdrücke als Substantive, Adjektive und Verben breiteste Verwendung fänden – der Kraftausdruck bilde sozusagen die Grundsubstanz der meisten in Soho formulierten Sätze.

Als wir vor seinem Reihenhaus anhielten, erlitt er einen fürchterlichen Hustenanfall. Es dauerte lange, bis er wieder zu Atem kam. Ich half ihm, vom Beifahrersitz hochzukommen und aus dem Auto zu steigen, und stützte ihn bei seinem Gang zur Haustür. Japsend an die Hauswand gelehnt, griff er in die Hosentasche und reichte mir seinen Schlüsselbund.

Als die Haustür aufschwang, sah ich ein mit Büchern vollgestopftes Regal. Mein Blick fiel auf »Das Kapital«, »Odysseus« und Nicholsons »Tagebücher«. Unter dem Fenster zur Straße stand eine Liege, daneben ein niedriges Tischchen mit einem Durcheinander von Arzneien und Pillenfläschchen darauf. Im Kamin glommen ein paar Kohlen, davor saß ein dicker Kater auf dem Teppich. Tait legte sich auf die Liege und schloss die Augen. Er war ziemlich groß. Seine Füße (sein Fuß, genaugenommen) hingen unten über den Liegenrand. Auf meinem Gang in die winzige Küche zum Aufsetzen des Teekessels verfluchte ich Gott und den Sozialismus, dass sie mir diesen Rentner gesandt hatten. Werde ich mich niemals von ihnen emanzipieren können? Sind Rentner für mich, was der Albatros für den Matrosen ist? Bin ich dazu bestimmt, im Würgegriff altersfleckiger Seniorenhände durchs Leben zu gehen?

Ich sorgte dafür, dass er es so bequem hatte, wie ein alter Mann mit halber Lunge – und diese noch entzündet – es haben konnte, und notierte mir seine Telefonnummer. Ich ließ mir von ihm bestätigen, dass er keine Verwandten hatte (selbstredend), auch keine Freunde (natürlich), jedoch Streit mit den Nachbarn (aber, ja doch), und – wie hätte man darauf auch kommen sollen? – welch eine Überraschung: Er stand ganz allein auf dieser Welt, wenn man von dem großen rothaarigen Kater absah, den er Ginger nannte. Ich gratulierte Tait zu seinem Zimmertiger und sagte, Andrew sei der größte Kater, den ich je gesehen hätte.

Ich schrieb ihm meine Handynummer auf und steckte den Zettel mit der Bemerkung, er möge anrufen, falls er heute Abend etwas brauche, unter ein Glas mit süßsauren Mixed Pickles auf dem niedrigen Tischchen. Er versicherte mir, dass er sich ausgezeichnet fühle, und bat mich, zu gehen und ihn allein zu lassen. Ich wusste, dass der Tee, den ich für ihn in der großen Porzellantasse mit Rosendekor und Goldrand bereitet hatte, unberührt bleiben würde – ich hatte den Eindruck, Tait fehlte sogar die Kraft, den Kopf vom Kissen zu heben.

Bei der Rückfahrt wünschte ich mir, alle Leute über fünfzig würden Massenselbstmord begehen und uns übrige in Ruhe lassen.

Natürlich ist mir klar, dass gewisse »graue« Industriezweige zusammenbrechen würden – man denkt unwillkürlich an die Hersteller von Gartenspalieren und Angoraunterwäsche. Die Vorteile lägen jedoch auf der Hand: Die Rentenzahlungen könnten eingestellt werden, man müsste keine Altersheime mehr unterhalten, und mindestens die Hälfte der Behindertenparkplätze in der Innenstadt könnte wieder von jungen Menschen mit gesunden Gliedern besetzt werden.

Abermals danke ich Samuel Pepys, dem Hausheiligen der Tagebuchschreiber, dass mein kleines Journal zu meinen Lebzeiten niemals einen Leser haben wird. Es wäre mir unangenehm, wenn man mich für einen zynischen Seniorenverächter hielte. Ich weiß, dass ich mit Erreichen des fünfzigsten Lebensjahres freudvoll mein Leben opfern werde, damit die Jungen nicht durch das Joch der Alten niedergedrückt werden.

Bei genauerem Nachdenken erscheint mir fünfzig vielleicht doch ein bisschen früh. Aber fünfundfünfzig wäre ein idealer Zeitpunkt, um (bei Gesunden und Nichtrauchern) den Schnitt zu setzen, sechzig wäre für mich das *absolute* Limit. Wozu sollte jemand danach noch leben wollen? Ohne Zähne, ohne Mumm, ohne Sex?

Als letzten Job, bevor die Wahllokale um zweiundzwanzig Uhr schlossen, hatte ich noch eine gewisse Miss Clough vom Beverige Estate am Bevan Close abzuholen. Zu meinem Entsetzen hatte sie drei kleine Kinder bei sich. »Ich muss sie mitnehmen«, sagte sie, »ich hab nämlich keinen Babysitter.«

Miss Clough war von der Aussicht auf einen Labour-Wahlsieg begeistert. Sie glaubte, »Tony Blair wird die allein erziehenden Mütter unterstützen«. Sie hatte ihn diese Aussage in der Jimmy-Young-Sendung machen hören und wusste daher, dass sie stimmte. Ich versicherte Miss Clough, dass Tony Blair ein vertrauenswürdiger und fürsorglicher Mann sei, der sein Leben der Beseitigung der Ungleichheiten unserer ungerechten Gesellschaftsordnung gewidmet hat.

»Kennen Sie Mr Blair?«, erkundigte sie sich beeindruckt.

Im Rückspiegel konnte ich den Wechsel meines Gesichtsausdrucks von zuversichtlich auf geheimnisvoll beobachten. »Wer kennt Tony schon wirklich?«, sagte ich. »Ich glaube, sogar Cherie würde behaupten, dass sie Tony nicht *wirklich* kennt.«

Miss Clough rief ihre Kinder zur Ordnung, die sich an dem Luftverbesserer, Duftnote Tannenwald, zu schaffen gemacht hatten. Mit leichter Irritation in der Stimme sagte sie: »Haben Sie Tony Blair wirklich getroffen? Haben Sie sich mit ihm unterhalten? Weiß er, wer Sie sind?«

Ich sah mich gezwungen zuzugeben, nein, ich hätte ihn nie getroffen, mich auch nicht mit ihm unterhalten, und meinen Namen kenne er ebenso wenig. Der Rest der Fahrt verlief schweigend. Miss Clough sollte in den Polizeidienst von Leicestershire eintreten. Bei der Kriminalpolizei könnte sie Großes leisten.

Als ich nach Hause kam, stand Nigels Next-Lieferwagen vor unserer Tür. Nigel selbst war in der Küche und trank mit meiner Mutter und Iwan Braithwaite Tee. Meine Mutter stolzierte zwischen den Arbeitsplatten in einem neuen scharlachroten Hosenanzug auf und ab, dessen Farbton sich (meiner Meinung nach) entsetzlich mit ihren roten Haaren biss. Iwan Braithwaite (fünfundfünfzig und somit reif für den Abschuss) sagte jedoch: »Das ist hochelegant, Pauline, aber dazu *muss* man hohe Absätze tragen.«

Wie kommt Iwan Braithwaite dazu, meiner Mutter Ratschläge über passendes Schuhwerk zu geben? Der Mann ist ein modemäßiges Katastrophengebiet. In seinen hässlichen Rangerhosen und der Birkenstocksandalen-weiße-Socken-Kombination ist er das Dünkirchen der Herrenmode.

Ich ließ ihn wissen, ich sei überrascht, dass er Zeit zum Teetrinken habe – sollte er nicht für Pandora den lokalen Pressekoordinator spielen? Er sagte, die Verlautbarungen für die lokale Presse hätte er schon geschrieben – eine für Pandoras Sieg und eine, falls sie verliert. Er meinte auch, das landesweite Medieninteresse an Pandora sei beträchtlich, da sie außergewöhnlich gut aussehend sei und lange Haare habe. So gut wie alle anderen Labour-Kandidatinnen hätten kurze Haare und könnten kaum einen BH Größe sechsunddreißig mit AA-Körbchen füllen. Außerdem trügen sie trotz fachlicher Anleitung ein Make-up, das ihn an Kleinkinder erinnere, die in der Kosmetikabteilung eines Kaufhauses Amok gelaufen seien.

Braithwaites oberflächliche Einstellung zum demokratischen Meinungsbildungsprozess war für mich ein harter Schlag. Zu keiner Zeit hatte ich von ihm auch nur ein einziges Wort zu den Überzeugungen, den Prinzipien und dem Politikverständnis seiner Tochter gehört. Ich hielt mit meiner Kritik keineswegs hinterm Berg und erinnerte ihn daran, dass er selbst einmal aufgrund seiner Prinzipien aus seinem Labour-Ortsverein ausgetreten war (es hatte Unregelmäßigkeiten bei der Teekasse gegeben).

Zweifellos zur Überbrückung der sich daraufhin einstellenden Gesprächspause sagte Nigel, er bedauere, dass er gehört habe, meine Ehe sei kaputt. Ich bedachte meine Mutter mit einem meiner gefürchteten tödlichen Blicke, und sie hatte den Anstand, die Augen abzuwenden und zu erröten (wieder zwei Rottöne, die sich bissen). Zu Nigel sagte ich, ich sei so viel besser dran. Darauf meine Mutter: »Im Gegenteil, wenn hier jemand besser dran ist, dann Jo-Jo.«

Ich sagte, ich könne nicht verstehen, weshalb Jo-Jo als Scheidungsgrund unbilliges Verhalten meinerseits angegeben hätte. »Also hör mal«, erwiderte meine Mutter, »was war denn damals mit dem Niesen in den Cotswolds? Allein darüber habt ihr euch drei Tage lang gestritten.«

Die Bemerkung meiner Mutter bezog sich auf meinen an Jo-Jo gerichteten damaligen Vorwurf, sie würde auf exhibitionistische Weise niesen, indem sie auf das ausklingende ».. .tschieh« des Nieslauts eine unnötig starke Betonung lege und es auch viel länger als funktional erforderlich nachklingen lasse. Ich warf ihr vor, lediglich Aufmerksamkeit auf ihre Person ziehen zu wollen. Jo-Jo machte geltend, sie sei eine hochschwangere, einen Meter und fünfundsiebzig große schwarze Frau mit Perlenschnüren in ihrem zu afrikanischen Zöpfchen aufgeflochtenem Haar, die sich in den hinterwäldlerischen Cotswolds auf einer ausschließlich von Weißen stark begangenen Straße bewege. Man starre sie unverhohlen an. »Kann sein, dass ich so manches brauche, Adrian, aber Aufmerksamkeit *wirklich* nicht!« Sie nieste abermals, unter geradezu lächerlicher Dehnung des »...tschiiiiieh«. Manche Männer sind wegen Geringerem zum Mörder geworden, was ich auch keineswegs verhehlte. Meine Mutter und mein Vater, die ich fatalerweise eingeladen hatte, mit uns in unserem Ferienhäuschen zu wohnen, stellten sich voll hinter Jo-Jo. Man ließ mich buchstäblich am ausgestreckten Arm verhungern.

Jo-Jos Exhibitionismus verschärfte sich indessen. Sie verlegte sich jetzt darauf, eine noch stärkere Betonung, eine jeden erträglichen Rahmen sprengende Betonung auf das »Haa...« *vor* dem »...tschieh« zu legen. Ich litt Folterqualen. Nach der Rückkehr nach Soho verordnete mir mein Hausarzt Dr. Ng Prozac in starken Gaben.

Kurz nach den katastrophalen Ereignissen in den Cotswolds kam William in einem Geburtsbecken des Royal

Infirmary Maternity Hospital in Leicester zur Welt und trat somit – auf mein Betreiben – in die Dynastie der Moles ein, die dort das Licht der Welt erblickt hatten (in der Klinik, nicht im Geburtsbecken). Mein Wunsch lautete dahingehend, William möge den Weg in diese Welt in warmem Wasser bei Kerzenlicht und Bachmusik antreten, wie es in einer Broschüre der »Gesellschaft der radikalen Geburtshelferinnen« so schön beschrieben wird. Jo-Jo jedoch gab sich anfänglich merkwürdig spröde und sagte, sie würde lieber während der gesamten Wehenperiode unter Betäubung stehen. Als ich meiner Verwunderung Ausdruck gab und sagte: »Jo-Jo, ich bedauere, dich so etwas sagen zu hören. Ich hatte gedacht, dass gerade du als afrikanische Frau eine etwas natürlichere Einstellung zum Kindergebären hättest«, brach sie zu meiner äußersten Überraschung in zornige Tränen aus und schrie mich an: »Warum suchst du nicht einen Acker für mich, auf dem ich mit geplatzter Fruchtblase während meiner ganzen Wehen arbeiten kann? Auf dem Acker muss übrigens ein Baum stehen, weil ich als *afrikanische* Frau natürlich unter den Zweigen eines Baumes niederkommen will. Und sobald das erledigt ist, werde ich mir mein Kind selbstverständlich sofort auf den Rücken binden und unverzüglich die Feldarbeit mit meinem Grabstock wieder aufnehmen.«

Die Wassergeburt war, wie es oft so geht, eine schwere Enttäuschung. Die Hebamme übertrug mir die Aufgabe, Jo-Jos Nachgeburt mit einem Spielzeugkescher aufzufischen. Als ich ein solches Gerät das letzte Mal schwang, war ich acht Jahre alt, und mein Fang bestand aus Kaulquappen, die ich in einem Marmeladenglas aufbewahrte. Tragischerweise verpasste ich die eigentliche Geburt meines Sohnes, weil mich meine Mutter in just diesem Moment im Kreißsaal anrief, um einen

Lagebericht einzuholen. Ich fand ihre Intervention unverzeihlich.

Iwan Braithwaite lud meine Mutter und mich sowie Nigel und dessen Freund Norbert zur Bekanntgabe der Stimmergebnisse ins Rathaus und danach zur Siegesparty im Red Lion Hotel ein. Mein Vater und Mrs Tania Braithwaite blieben notorisch unerwähnt. Es ist, als wären sie bereits im Orkus der Geschichte verschwunden, wie Stalin oder Anita Harris.

Nach einer fürchterlichen Mahlzeit, die meine Mutter hastig und kunstlos zubereitet hatte (Hummernüsschen und Onkel Ben's Reis), begab ich mich nach oben und versuchte meinen Vater zum Aufstehen zu bewegen. Ich sagte zu ihm, Pandoras Wahlprognosen sähen sehr gut aus.

»Adrian, das ist mir egal«, sagte er. »Mir ist alles egal. Mein Leben war vollkommen für den Arsch. Ich bin weder auf einen grünen Zweig noch sonstwohin gekommen. Abgesehen von meiner Familie und der Branche der Hersteller von Speicherheizungen kennt kein Mensch meinen Namen. Ich habe noch nicht einmal die fünfzehn Minuten Ruhm gehabt, die dieser Idiot Andy Warhol allen verspricht.«

»Das war Marshall McLuhan«, korrigierte ich ihn.

»Siehst du?«, sagte er und drehte sich wieder zur Wand. Ich versuchte ihn aufzumuntern, indem ich ihn daran erinnerte, dass er es doch schon einmal zur Berühmtheit gebracht hatte – vielleicht nicht fünfzehn Minuten lang, aber doch zumindest für fünf. Als wir nämlich einmal in Wells-next-the-Sea Urlaub machten, hatte ihn der Wind auf einer Luftmatratze von der Form eines falschen Gebisses aufs Meer hinausgeblasen. Er war schon zwei Meilen weit hinausgetrieben worden, bevor ihn ein RAF-Hubschrauber mit der Seilwinde retten konnte. Das Regionalfernsehen – »Midlands Today« – hatte die Geschichte gebracht, und sie war auch auf der Titelseite des »Leicester Mercury« erschienen. Sogar der »Daily Telegraph« hatte sie übernommen.

MANN UM HAARESBREITE
DEM TODE ENTRONNEN!

Captain Richard Brown vom Hubschrauberrettungsdienst der RAF bezeichnete das Verhalten des Mannes aus Leicester, der auf einer Luftmatratze in Form eines falschen Gebisses in den Wellen trieb, als »bodenlosen Leichtsinn«.

»Bei der Überprüfung haben wir in der linken Luftkammer ein nadelfeines Leck festgestellt«, sagte Captain Brown. »Der Mann hätte sich nicht mehr lange halten können.«

Captain Brown fordert ein gesetzliches Nutzungsverbot des Meeres durch Zivilpersonen. »Das Meer ist kein Spielplatz«, erklärte er heute.

Mein Versuch war ein Fehlschlag. Er ließ bei meinem Vater das ganze Erlebnis wieder hochkochen. »Die Wellen waren *ellenhoch*«, sagte er schreckensgeweiteten Blicks. »Und ich hatte nichts weiter am Leib als meine Badehose. Für eine Zigarette hätte ich *sonstwas* gegeben.«

Ich beruhigte ihn, indem ich eine Rothman's Kingsize anzündete und ihm reichte.

Als Mutter und ich aus dem Haus gehen wollten, klammerte sich William weinend an meine Beine. Rosie, die eigentlich auf ihn aufpassen sollte, verfolgte gebannt die »Jerry-Springer-Show«, wo eine total überfettete schwarze Frau über das Transvestitentum ihres Gatten herzog. Ich trug den Jungen nach oben ins

Schlafzimmer zu meinem Vater und sagte zu William: »Opa geht es ganz schlecht. Möchtest du Doktor mit ihm spielen?« Dann ging ich ins Bad und holte den Erste-Hilfe-Kasten aus dem Badezimmerschränkchen. Nachdem ich einige erschreckend lange abgelaufene Pillen und Arzneien ausgesondert hatte (eine Tube Augensalbe war im Februar 1989 verfallen), übergab ich dem Kind das Konvolut. »William, du bist der Onkel Doktor«, sagte ich. »Sei lieb und sorg dafür, dass Opa wieder auf die Beine kommt.«

Mein Vater lag apathisch in seinen Kissen. William machte sich daran, an Vaters linkem Arm einen Verband anzulegen. Während ich die Treppe hinunterstieg, hörte ich die Stimme meines Vaters: »Mensch, doch nicht so verdammt fest! Du schnürst mir ja den ganzen verfluchten Scheiß-Blutkreislauf ab!«

Kurz bevor die Haustür ins Schloss fiel, hörte ich gerade noch William schreien: »Keine Schimpfworte, Opa, sonst kommst du ins Gefängnis!« Der Junge hat zweifellos eine rechtslastige Law-and-Order-Auffassung.

Als ich den Zündschlüssel umdrehte, schepperte Radio Four aus den Lautsprechern – ein paar Schriftsteller führten eine Podiumsdiskussion über die möglichen Auswirkungen eines Labour-Sieges auf die Literatur. Eine alte Ziege ereiferte sich mit gequetschter Stimme über Harold Wilson, über eine bestimmte Person namens Jennie Lee und über die Förderpolitik des Arts Council. Sie wurde von Barry Kent, Ex-Skinhead, preisgekrönter Dichter und Schriftsteller, unterbrochen. In seinem betonten Leicester-Akzent sagte er: »Ja, eh, aber wer scheißt sich schon um diesen Arts Council Schwachsinn, eh? Ein Autor muss *Revolutionär* sein, eh. Seine wahre Funktion ist es, dieses Scheiss-Establishment aufzumischen, eh, egal ob es die Fuzzis von den Torys oder die Labour-Wichser sind. Und wenn ein Schreiber diese jämmerliche Förderknete braucht, *bevor* ihm ein paar passende Worte einfallen, eh …«, er lachte sarkastisch, »dann soll er mal auf ein paar Tage bei mir längskommen, da werden ihm die Augen schon aufgehen, eh. Ich kann ihn Armut und Entwürdigung satt tanken lassen. Bei mir kann er Leute peilen, die sind urig auf dem Armutstrip, eh.« An dieser Stelle brach er in eines seiner ungebärdigen Schmähgedichte aus, die ihm bereits sechs Literaturpreise eingetragen hatten (drei britische und zwei französische):

Reiche Macker an die Wand!
Ihre Schuppen sollen brennen!
Ihre Tussis sollen flennen! –
Prolopower checkt das Land!
usw., usw., usw.

Als er die Ehrendoktorwürde der De-Montfort-Universität von Leicester empfing, machte er in der gesamten englischsprechenden Welt Schlagzeilen, indem er die Schöße seines Talars auseinander schlug, wobei sich zeigte, dass er nichts darunter anhatte. Dazu intonierte er »Ho, ich bin ein Mann«, jene machtvolle Hymne, die überall auf den Fußballtribünen der sogenannten zivilisierten Welt erklingt:

Ho! ich bin ein Mann
Ho!
Ich bin ein Mann!
Hab 'ne
dreckige Fresse,
Hab
dreckige Wäsche.

Im Stadion um vier
ist mein Revier!
Ho!
Ich bin ein Mann!
Mach alle an!
Bier in Dose oder Pulle,
In der Schnauze eine Lulle.
Wenn der Schiedsrichter zickt,
Wird er kräftig gefickt.
Ho! Ich bin ein Mann!
Ho! Ich bin ein Mann!
Ho! Ich bin ein Mann!
Ho!

Die fünfhundert schwitzenden Studenten, die im überhitzten Festzelt seit drei Stunden ausgeharrt hatten, gerieten völlig aus dem Häuschen und bereiteten Kent stehende Ovationen. Dann rief Kent seine Mutter Edna auf die Bühne und sagte: »Eh, Leute, das ist Edna, meine Mum. Sie ist Klofrau. Soll ihr das vielleicht peinlich sein, eh?«

Mrs Kent, der meines Wissens in ihrem beruflichen Umfeld bislang noch nie etwas peinlich war, trat nervös von einem Fuß auf den anderen und sah aus, als würde sie Barry anschließend hinter der Bühne gleich eins hinter die Löffel geben. Ich bin bestens über den Vorfall informiert, weil meine Mutter mir auf unserer Fahrt zur Bekanntgabe der Wahlergebnisse alles haarklein erzählt hat.

Vor dem Rathaus hatte die Firma Citadel Security Ltd. einen strikten Sicherheitsbereich eingerichtet. Wir mussten uns in einer langen Reihe anstellen, um unsere Namen mit einer Liste abgleichen zu lassen. Meine Mutter wurde ungeduldig und begann, sich lauthals zu beschweren. Es konnte mich nicht überraschen, dass sie, scheinbar ganz zufällig, von einer grimmig dreinblickenden weiblichen Sicherheitskraft mit markantem Kinn namens Sandra Leaf aus der Reihe gebeten und einer Leibesvisitation zugeführt wurde. Als meine Mutter zurückkam, stieß sie gegen Sandra Leaf und die Firma Citadel Security Ltd finstere Drohungen aus und sagte, sie werde gleich morgen früh Charlie Dovecote anrufen und dafür sorgen, dass er »denen wegen sexueller Belästigung eins reinwürgt«.

Wir waren kaum ins Innere des Rathauses gelangt, da flog Iwan Braithwaite auf meine Mutter zu und rief aus: »Pauline, jawohl! Diese Schuhe sind *perfekt!*« Was hat der Mann? Ist er Schuhfetischist? Meine Mutter ließ lässig den Fuß auf dem spitzen Absatz wippen, und Iwan kam praktisch verzögerungslos zur Ejakulation. Ich empfand es als wohltuend, dass Mrs Braithwaite herbeikam und sich zwischen ihrem Mann und meiner Mutter aufbaute.

Ich fragte mich, wie viel Zeit Mrs Braithwaite wohl vor ihrem offenen Kleiderschrank verbracht haben mochte, bis sie sich für das zu einem Wahlabend passende Outfit entschieden hatte. Hatte sie sich darauf einzustellen versucht, als Mutter der Kandidatin möglicherweise vor die Kameras treten zu müssen? Der Abend war angenehm warm. War ein grüner Mohairpullover mit eingestickten Pudelmotiven wirklich eine gute Wahl? War ein Faltenrock in Prince-of-Wales-Musterung das bestmögliche Pendant? Waren marineblaue Clarks-Sandalen dazu geeignet, das Ensemble gefällig abzurunden? Nein, nein und abermals nein! Was war nur aus der Frau geworden, die ich vormals für ihren eleganten und künstlerischen Kleidungsstil bewundert hatte!

Ich bat meine Mutter um Erklärung. Mrs Braithwaite

hatte im vergangenen Dezember einen leichten Schlaganfall erlitten, sich allerdings bis auf den Totalverlust ihres vormals ausgezeichneten Geschmacks in Modedingen wieder gut erholt. Es war eine ausgemachte Tragödie. Ich musste sechsundzwanzig Jahre alt werden, um zu entdecken, dass es in Wirklichkeit sechs Sinne gab: Den Gesichtssinn, den Gehörsinn, den Tastsinn, den Geruchssinn, den Geschmackssinn und den Sinn für gute Kleidung.

Die Fernsehteams standen bei Pandora Schlange, um ein Interview zu ergattern. Zwischen den einzelnen Takes griff sie zu einem kleinen schwarzen Schminkset mit Chanel-Logo, um ihr hinreißendes Gesicht zu pudern.

Sir Arnold Tufton stand, von trübsinnig dreinblickenden Herren in Nadelstreifenanzügen umgeben, in einer Ecke.

Zwischenzeitlich häuften sich immer mehr Bündel mit Labourstimmzetteln auf den Klapptischen, die man im Rathaussaal die Wände entlang aufgestellt hatte. Das Wort »Erdrutsch« machte flüsternd im Saal die Runde. Pandoras Wahlmanager, ein Cockney und früherer Imbissbetreiber für Krustentiere mit Namen Lennie Purbright, stellte sich mir vor mit den Worten: »Ich möchte Ihnen gern die Hand schütteln. In Ihrem Lokal habe ich neulich *hervorragend* gegessen. Meiner Meinung nach müsste euch ein Michelinstern verliehen werden.« Selbstredend war ich sehr verblüfft und fragte, welches Gericht er denn im Hoi Polloi verzehrt hätte. »Kutteln mit fetten Pommes und gebackenen Bohnen«, antwortete er, wobei ihn die Erinnerung genüsslich schmatzen ließ. »Übrigens«, sagte er, »ihr habt mich verdammt lang warten lassen.«

Ich erklärte ihm, dass Savage in der Küche keinen

Mikrowellenherd duldet, da er die »schädlichen Strahlen« fürchtet, die beim Öffnen der Gerätetür austreten, wie er glaubt. Daher dauere das Auftauen der tiefgefrorenen Kutteln nun mal seine Zeit. »Na klar«, sagte Lennie, »das Warten hat sich schließlich gelohnt. Will ja gar nicht meckern.«

Ich fragte ihn, wie es zu seinem ungewöhnlichen Wechsel vom Imbissbetreiber zum Politprofi gekommen war. Er sagte, eines Morgens sei er von Billingsgate mit einem Lieferwagen voll Schnecken zurückgekommen und hätte im Autoradio in der Sendung »Today« auf Radio Four gehört, wie Lord Hattersley über John Major sagte: »Er wäre schon mit einer Imbissbude überfordert.« Lennie Purbright fühlte sich von Lord Hattersleys Bonmot dazu inspiriert, seinem Leben eine andere Richtung zu geben. Ich verriet ihm, dass Lord Hattersley als Stammgast im Hoi Polloi verkehrt. Aufgewärmtes Allerlei mit Fray Benton's Corned beef und HP-Sauce war sein spezielles Lieblingsgericht. Buster, sein Hund, wurde ausnahmsweise ebenfalls ins Restaurant eingelassen, vorausgesetzt, er saß bei Herrchen bei Fuß und belästigte weder die anderen Gäste noch frei herumlaufendes Geflügel.

Um ein Uhr dreißig forderte eine Durchsage die Kandidaten auf, sich in fünf Minuten auf der Bühne einzufinden. Ich stürzte zum Klo. Meine Blase pflegt in spannungsgeladenen Situationen überempfindlich zu reagieren. Die Pinkelabteilung war überfüllt, deshalb schaute ich unter die Tür der ersten Klozelle, um festzustellen, ob sie besetzt war. Sie war – von einem paar roter Stöckelschuhe und zwei Birkenstocklatschen. Für dieses Arrangement von Fußbekleidungen gibt es gewiss eine Unzahl denkbarer Erklärungen, allein, ich verfiel immer wieder auf die naheliegendste: Meine

Mutter und Pandoras Vater lechzten derart nach ein klein wenig Privatsphäre, dass sie sogar mit einer wenig appetitlich riechenden Klozelle vorlieb zu nehmen bereit waren.

Ich flüchtete aus der Herrentoilette zu den Damen. Eine leere Zelle wartete bereits auf mich. Mitten im erleichternden Fluss kamen zwei Damen herein und ließen sich rechts und links von mir nieder. Sie setzten ihr angefangenes Gespräch fort.

ERSTE DAME: Ich habe jedes Mal Angst davor, wirklich. Neun Tage!

ZWEITE DAME: Bei mir sehen die Bömbchen nachher immer aus wie Erdteile. Letzten Monat hatte ich ein *perfektes* Afrika!

Wieder floh ich. Das Händewaschen musste unterbleiben.

Die Kandidaten hatten sich in einer Reihe auf der Bühne aufgestellt. Ich bemerkte, dass an Sir Arnolds Hosenladen ein Knopf offenstand. Man half einer kahlgeschorenen, aber durchaus munteren Frau auf die Bühne. Sie trug ein T-Shirt mit dem Logo SLGG quer über der Brust. Ich fragte meine Mutter, was das heißt.

»Sozialistische Lesben gegen Globalisierung«, erläuterte sie. »Das ist Christine Spicer-Woods, war früher bei der Luftwaffe, patente Person.«

»Was veranlasst eine Frau zu einer solchen Frisur?«, wunderte ich mich.

»Chemotherapie«, sagte meine Mutter und vermied meinen Blick.

Miss Spicer-Woods war gewiss ein ungewöhnlicher Anblick, doch sämtliche Blicke galten Pandora. Nigel und sein Freund Norbert drängten sich nach vorn zu mir. Nigel sagte: »Seit Leonardo DiCaprio habe ich kein so hinreißendes Geschöpf mehr gesehen.« Sein Freund, ein Muskelpaket mit Gucci-Sonnenbrille, meinte: »Yeah, Nigel, Superklasse – und die Klamotten sind oberaffengeil. Chanel, oder?«

Nigel erläuterte, dass Norbert in der Textilbranche tätig war und jede Designermarke auf tausend Schritt Entfernung zu identifizieren vermochte.

Der Wahlleiter, ein kleiner Mann mit Bibergesicht, blickte ins Publikum. Es wurde still, bis auf ein paar schwache Rufe »Keith! Keith! Keith!« von Parteigängern einer Splitterpartei hinten im Saal, die ihrem Kandidaten Keith Mutton Mut machen wollten. Nach dem Einschreiten von Sandra Leaf und ihren Citadel-Kollegen war endlich Ruhe, und die Bekanntgabe der Stimmauszählung konnte beginnen. Ich hielt Ausschau nach meiner Mutter und Iwan Braithwaite, doch sie waren nirgendwo zu sehen. Als der Wahlleiter gerade »Marcia Grimbold, Bring back the Rates, 759 Stimmen« sagte, entstand hinten im Saal Unruhe. Ich drehte mich um und bemerkte Pandoras ältlichen Liebhaber Jack Cavendish im Polizeigriff von Sandra Leaf. Ein uniformierter Polizist bahnte sich zu ihnen den Weg durch die Menge. »Ich bin der Lebensgefährte von Pandora Braithwaite! Mein Platz ist neben ihr auf dem Podium, ihr verdammten Faschisten!«, hörte man Cavendish brüllen, dann hatte man ihn schon durch den Notausgang zu den Müllcontainern und dem defekten Büromobiliar in den Hof hinausbefördert.

Ich schaute zu Pandora hinauf. Ich wollte ihre Reaktion auf den brutalen Hinauswurf ihres Liebhabers beobachten. Das Lächeln wich keine Sekunde von ihren Lippen. Der Ehrgeiz hatte ihr Gewissen getötet. Ihr Blick wanderte zum Objektiv der Kamera. Die Kamera zwinkerte ihr zu. Es war nicht zu übersehen, dass Pandora und die Fernsehkamera am Beginn einer leidenschaftlichen Affäre standen.

Sir Arnold Tuftons Gemahlin – eine beuteltierartige kleine Frau in einem Zweiteiler aus Seide und etwas an den Füßen, das wie der Bequemschuh von Marks & Spencer aussah – deutete aufgeregt auf den Schritt ihres Gemahls. Tufton fummelte mehrfach an dem leeren Knopfloch herum, was den ungünstigen Eindruck aufkommen ließ, er onaniere. Liebes Tagebuch, ich bin wahrlich nicht Tuftons Freund und finde seine Habgier-ist-schön-Philosophie abscheulich, aber ich muss gestehen, mein Herz fühlte mit ihm, besonders als auf dem Fernsehmonitor seine gnadenlos herangezoomte Hand im Kampf mit dem offenen Hosenlatz erschien.

Christine Spicer-Woods bekam einen gewaltigen Beifall von ihren Mit-SLGGlerinnen, als sie bei der Ansage der für sie abgegebenen 659 Stimmen grinsend die Arme in die Luft warf.

Sir Arnold Tufton und seine Frau studierten angelegentlich die Leuchtstoffröhren zu ihren Häuptern, als sein Abschneiden bekanntgegeben wurde: 18 902 Stimmen. Jetzt kam Pandoras Ergebnis. Der Wahlleiter setzte an: »Pandora Louise Elisabeth Braithwaite ...« Er konnte gerade noch sagen: »Zweiundzwanzigtausendvierhundertundfünfundsiebzig«, da brach der ganze Saal in einen langanhaltenden Begeisterungssturm aus, der den Staub vom Dachgebälk herabrieseln ließ.

Pandora fuhr sich mit der Zunge über die Lippen, ob aus Vorfreude über die Verlockungen ihrer neuen Karriere oder um ihr Fernsehlächeln noch strahlender werden zu lassen, vermag ich nicht zu sagen. Sie stand mit gesenktem Blick, die Hände wie im Gebet verschränkt.

Sie ist eine begabte Schauspielerin. Die wenigsten, die

dabeigewesen sind, werden ihre erschütternde Gestaltung der Rolle der Maria im Krippenspiel der Neil-Armstrong-Gesamtschule je vergessen. Miss Elf, die Regie geführt hatte, sagte nach der Vorstellung: »Die Darstellung der Geburt Christi als Zangengeburt ist Pandoras persönlicher Beitrag gewesen.«

Pandora schien sich wieder zu »fassen« und schritt zum Mikrofon. Ihre Stimme bebte vor »Bewegung«, als sie der Polizei, dem Citadel Security Service und den freiwilligen Helfern und *Helferinnen* dankte, die das Wahlhauptquartier während des Wahlkampfes bemannt und »befraut« hatten. Während ihrer anschließenden leidenschaftlichen Rede über Freiheit und Gerechtigkeit gab sie sich dem Zusammenbruch nahe und erwehrte sich mannhaft der Tränen. Sie endigte mit den Worten: »Ashby-de-la-Zouch hat das Joch des Toryregimes abgeschüttelt. Zum erstenmal seit über fünfundvierzig Jahren haben die Menschen von Ashby eine Labour-Abgeordnete. Liebe Bürger von Ashby, ich werde alles tun, um mich des Vertrauens würdig zu erweisen, das Sie mir in so eindeutiger Weise ausgesprochen haben!«

Ich griff nach meinem Handy am Gürtel und rief meinen Vater an, um ihm von Pandoras triumphalem Sieg zu berichten.

William nahm ab. »Hallo«, sagte er, »wer ist da?«

»Daddy«, sagte ich alarmiert. Warum war William um zwei Uhr nachts noch wach?

»Wo ist denn Opa?«, fragte ich und versuchte die aufsteigende Panik nicht in meine Stimme einsickern zu lassen. Es kam keine Antwort, aber ich konnte William kräftig ins Telefon schnaufen und das eigenartige Geräusch der Teletubbies nachahmen hören. »WILLIAM, WO IST OPA?«, sagte ich etwas lauter, in der Hoffnung, William aus seiner Gedankenverlorenheit zu reißen. Entsetzliche Szenarien liefen vor meinem inneren Auge ab:

- William spielt an den Gashähnen neben dem Pseudokaminfeuer im Wohnzimmer.
- William hat im Bierkrug auf dem Kaminsims das Feuerzeug und die Streichhölzer entdeckt.
- William bemächtigt sich der Küche und hantiert mit dem extrascharfen Sabader-Messerset, das ich meiner Mutter zu Weihnachten geschenkt hatte.
- William schaltet den elektrischen Wasserkocher ein und versucht, Tee zu kochen.
- William schraubt ohne große Mühe den kindersicheren Verschluss des Paracetamolfläschchens auf und schüttet sich das Zeug in den Schlund.
- William öffnet die Haustür und wandert im Schlafanzug durch die nächtlichen Straßen von Ashby-de-la-Zouch.
- Polizeitaucher springen, von einem Kamerateam des Lokalfernsehens beobachtet, in den örtlichen Badesee.

Das Telefon wurde allmählich leiser. Ich schrie: »WILLIAM, DU MUSST OPA WECKEN!« Das Signal erstarb, und ich fluchte auf den Satelliten, der uns überflogen hatte, ohne seine verdammte Pflicht und Schuldigkeit zu tun.

Nach dreißig mit fruchtlosem Knöpfchendrücken vergeudeten Sekunden bemerkte ich das rote Warnlämpchen für den leeren Akku. Mit wildem Blick suchten meine Augen einen öffentlichen Fernsprecher. Meine Mutter kam freudig erregt auf mich zugerannt, Iwan Braithwaite lief knapp hinter ihr. Er sagte: »Pandora spricht gleich draußen zu den Leuten, dann gehen wir ins La Zouch feiern!«.

»Du musst schleunigst nach Hause«, sagte ich zu meiner Mutter. »William stellt das Haus auf den Kopf, und Vater liegt entweder im Tiefschlaf, oder er ist bereits tot!«

»Es handelt sich um *dein* Kind und *deinen* Vater«, antwortete sie kratzbürstig. »Du wirst nach Hause fahren. Ich bleibe hier zum Feiern.«

Nachdem ich den beiden aufgetragen hatte, weiterhin die telefonische Kontaktaufnahme mit zu Hause zu versuchen, rannte ich aus dem Saal und drängte mich durch die zahlreichen aufgekratzten Labour-Parteigänger, die sich auf der Straße und dem Vorplatz eingefunden hatten. Aller Augen waren nach oben auf den kleinen Balkon gerichtet, wo Pandora wie Evita Perón ihren Auftritt vor den versammelten Bauern von Ashby-de-la-Zouch machen würde.

Im Schrittempo steuerte ich meinen Wagen durch die Menge. Die Leute traten beiseite, aber vor mir baute sich ein neues Hindernis auf. Ein Ungetüm von einer Limousine stand am Bordstein. Ein Chauffeur in grauer Uniform und Mütze schritt um das groteske silbergraue Gefährt und riss sämtliche sechs Schläge auf. Barry Kent entstieg in knallrotem Lederjackett und Sonnenbrille dem Wagen, Kents Mutter Edna, seine beiden Schwestern und Brüder mit Sonderschulstatus tauchten nacheinander ebenfalls aus dem Wageninneren auf und stellten sich undekorativ neben Kent aufs Pflaster. Edna zerrte am fließenden Stoff ihres Kleides, das sich zwischen den Backen ihres Pferdehinterns eingeklemmt hatte.

Zwei grinsende Polizisten geleiteten Kent und seine Gefolgschaft durch die Menge. Barry sah mich hinter der Windschutzscheibe verzweifelt brüllen und hielt an. Ich kurbelte das Fenster herunter.

Barry steckte den Kopf zu mir herein. Er roch teuer.

»Moley, bleibste nich da zum Feiern mit deiner alten Kirschblüte?«, wollte er wissen.

»Nein, bei mir zu Hause brennt's«, sagte ich. »Sag deinem Gorilla, er soll ein Stück vorfahren.« Barry Kent steckte zwei Finger in den Mund und pfiff. »Hey, Alfonso«, schrie er, »zieh die Karre mal 'n bisschen vor!«

Als der Parkplatz endlich hinter mir lag, raste ich wie ein Berserker durch die verlassenen Straßen. Manche Ampeln überquerte ich bei dunkelgelb. In meinem Nacken pochte gefährlich eine Ader. Mein Gaumen fühlte sich an wie ein klebriger Schwamm. Ich verfluchte den Tag, an dem jenes Spermium sich vorwitzig den Weg bis zu und hinein in Jo-Jos Eizelle gebahnt und William gezeugt hatte. Wieso hatte mich niemand gewarnt, dass Elternschaft und Märtyrertum identisch waren?

Die Schuld lastete zur Gänze auf der Neil-Armstrong-Gesamtschule. An dieser sogenannten Lehranstalt hatte man mir nicht die Spur einer Unterweisung in der Kunst der Elternschaft angedeihen lassen.

Am Wisteria Walk waren eigentlich keine Rettungsfahrzeuge zu sehen. Auch schlugen keine Flammen aus dem Dach. Das Haus lag in Dunkelheit. Ich verschaffte mir Zutritt und rief: »William! William!« Aus dem Wohnzimmer hörte ich ein schwaches Geräusch. Ein Teletubbies-Video lief. Vater lag schlafend auf dem Sofa. Jemand (es konnte nur William gewesen sein) hatte mit Filzstift die kahle Stelle auf seinem Hinterkopf bekritzelt. Ich suchte das ganze Haus ab. Von William keine Spur.

Rosie – sie war schändlich spät von der Orgie nach Hause gekommen, an der sie teilgenommen haben mochte – fand schließlich meinen Sohn. Er lag nackend im Hundekorb unter der Spüle in der Küche und schlief. Es sah aus wie ein Plakat für eine Sammelaktion des Kinderschutzbunds. Er hatte offensichtlich Hundekuchen gegessen – die Krümel hafteten noch an seinem Mund, in seiner Kinderfaust steckte der Rest. Wenn das Jugendamt je davon Wind bekommen sollte, würde der Junge noch in einem Kinderheim landen und im Boulevardblatt »Sun« als Wolfsjunge vom Glyzinienweg Urstände feiern.

Zur Strafe verschwieg ich meinem Vater das Graffito auf seinem Hinterkopf.

Nachdem ich William ins Bett gesteckt hatte, schaltete ich im Fernsehen die aktuelle Berichterstattung ein und verfolgte die Wahlergebnisse. Es war zwar höchst befriedigend zuzusehen, wie auf der Kegelbahn der Geschichte die Kugel des Wählers das arrogante und pompöse Kegelspiel der Tories umschmiss, aber der Höhepunkt konnte nur Pandoras Auftritt auf dem Balkon des Rathauses von Ashby-de-la-Zouch sein.

Barry Kent stand neben ihr und dirigierte die Menge, die zur Melodie von Beethovens »Ode an die Freude« Pan-do-ra-oh-du-Sieh-geh-rin sang.

Ihre Ähnlichkeit mit Eva Perón war auffallend und, davon bin ich überzeugt, durchaus beabsichtigt.

Ich erinnere mich noch an Pandoras Projekt über südamerikanische Diktaturen in der fünften Sekundarklasse unserer Schule. Sie wurde fuchsteufelswild, als sie nur ein B minus bekam und nicht ihr gewohntes A plus. Mr Fagg, ihr Geschichtslehrer, hatte unter ihre Arbeit geschrieben: »Eine gut recherchierte und wie üblich brillant geschriebene Arbeit, die jedoch durch den umfangreichen und stupend überflüssigen Abschnitt über Eva Peróns Vorliebe für den Couturier Balenciaga keineswegs gewonnen hat.«

Rosie gesellte sich zu mir, während ich die Mitglieder der neuen Labour-Regierung bei ihrer Siegesfeier in der Royal Festival Hall beobachtete. Zu dem Song »Things Can Only Get Better« schnippten die Politiker mit den Fingern und wackelten mit den Hüften in der Erwartung, Tony & Cherie in den Tanz einfallen zu sehen.

Ich wand mich vor Scham. Die Vorstellung erinnerte mich an den Tanz meines Vaters auf der Hochzeitsfeier meiner Tante Susan im Gemeinschaftsraum der Bediensteten des Strafvollzugs. Kaum hatte der DJ (ein Freigänger) »Brown Sugar« von den Rolling Stones aufgelegt, da sprang mein Vater auf und paradierte à la Mick Jagger durch den Saal.

Tante Susans neue »Frau« Amanda stand neben mir an der Bar und süffelte ein Guinness. Als mein Vater vorbeigeschlendert kam, einen Arm in die Luft gereckt, den anderen provokativ auf die gekippte Hüfte gestemmt, sagte sie nur: »Armer alter Sack.«

Einen ganz ähnlichen Abscheu empfand ich beim Anblick von Robin Cooks gequälten Versuchen, sich rhythmisch zu bewegen. Ich wage nicht, mir vorzustellen, wie dieser Mann den Geschlechtsverkehr vollzieht, dessen ganzes Geheimnis in der Rhythmik liegt. Ich vermute allerdings, dass er das Vögeln schon vor langer Zeit eingestellt hat. Irgendwo habe ich gelesen, dass sich seine ganze Leidenschaft an Rennpferden entlädt.

Während wir noch dem Tanz der Politiker zusahen, steckte sich Rosie zwei Finger in den Rachen und produzierte laute Kotzgeräusche. Ich sah mich genötigt, die neue Regierung und deren unschuldiges Vergnügen beim Amtsantritt zu verteidigen.

»Rosie«, sagte ich, »sei doch ein bisschen tolerant.«

»Tolerant?«, höhnte sie. »Auf Toleranz fährt vielleicht deine Gruftigeneration ab, Mann, aber nicht meine.

Wenn ich Diktator wäre«, höhnte sie weiter, »hätten bei mir die ganzen Larrys über achtzehn totales Tanzverbot!«

In einem Zwischenschnitt sah man Peter Mandelson locker und schwungvoll wie ein Amerikaner den Rhythmus klatschen. »Ätzend!«, sagte Rosie und ging ins Bett.

Freitag, 2. Mai

Um sechs Uhr vierzehn hörte ich den kaputten Auspuff von Iwan Braithwaite den Wisteria Walk heraufröhren und vor unserem Haus anhalten (offenbar in Tateinheit mit dem Rest seines Autos, und das kann man *laut* sagen). Ich quälte mich vom Sofa hoch und spähte durch einen Spalt in den Vorhängen. Meinem Auge boten sich Mutter und Braithwaite in erregtem Gespräch. Mutter zog heftig an ihrer Zigarette, Braithwaite hielt vor lauter Qualm die Augen halb geschlossen. Plötzlich stieß meine Mutter die Autotür auf. Braithwaite lehnte sich mit einem gequälten Ausdruck auf dem unrasierten Gesicht über den Ganghebel. Meine Mutter lief hinten um sein Auto herum und dann, ohne sich noch einmal umzudrehen, den Weg zur Haustür hinauf. Ich hörte den Schlüssel an der Schlossplatte scharren, während sie versuchte, ihn ins Schlüsselloch zu stecken. Sie hat es noch nie, kein einziges Mal, geschafft, die Tür in weniger als drei Minuten aufzubekommen. Ich erlöste sie aus ihrem Elend und öffnete von innen. Sie schien zusammenzuschrecken, als sie mich sah.

»Was war im Auto denn los?«, fragte ich.

Sie zog ihr rotes Jackett aus und hängte es über die Lehne eines Küchenstuhls. Ihre Oberarme sahen teigig und schlaff aus, als hätte man eine klumpige weiße Sauce hineingepumpt. Sie sagte: »Ich habe mich gerade mit Iwan darüber gestritten, wer … wer von den Fernsehfritzen am besten moderiert hat.«

»Und welcher Fritze hat dich am meisten überzeugt?«, fragte ich einigermaßen sarkastisch zurück.

»David!«, rief sie aus, aber sie konnte mir nicht in die Augen blicken. Als sie sich oben ins Bett warf, hörte ich kurz das Bettgestell knarren. Dann war es still.

Ich lag wach auf dem Sofa und überlegte, ob ich einschreiten sollte, bevor meine Mutter erneut Unglück über unsere Familie bringen konnte. Mir die Freude am Sieg der Labour Party zu vergällen hatte sie bereits geschafft. Was eine großartige Morgenröte des Optimismus und ein Triumph der besten Werte des Menschengeschlechts hätte werden sollen, war nun von dunklen Wolken überschattet, die sich drohend über dem Familienglück der Moles und der Braithwaites zusammenzogen. Und alles nur, weil zwei am Ausgang ihrer Lebensmitte stehende Leute vom Hafer gestochen wurden.

Ein Uhr nachmittags

Das Haus hat heute lang geschlafen. Wir wurden von Tania Braithwaites Anruf geweckt, die sich erkundigen wollte, ob Iwan bei uns sei. Offensichtlich ist er nicht nach Hause gekommen und hat sein Handy ausgeschaltet. Meine Mutter, die das Telefonat und meine geheuchelte Besorgnis mitbekam, riss mir den Hörer aus der Hand und unterzog Tania einem Kreuzverhör.

Ich fütterte den Neuen Hund und William und brachte eine Tasse Nescafé zu meinem Vater hinauf. Er lag auf der Seite, das Gesicht zur Wand. Seine kahle Stelle war immer noch mit den schwarzen Filzstiftkrakeleien dekoriert. Sonnenlicht flutete ins Zimmer. Als ich die Tasse auf seinem Nachttisch abstellte, bat er mich, die Vorhänge zuzuziehen.

»Dad, heute solltest du glücklich sein«, sagte ich. »Tony wird wahrscheinlich dein ganzes Leben verändern.«

Mit einem rauen Lachen setzte er sich auf und griff nach seinen Rothman's. »Mein Sohn, hör mal zu«, sagte er. »Unter Mrs Thatcher konnte ich dreimal die Woche, und wenn die Sonne schien, war ich eine verdammte Sexmaschine.«

»Ich habe eigentlich die sozioökonomischen Aspekte der neuen Regierung gemeint.«

»Meinetwegen«, sagte er und zog an seiner Zigarette. »Ich meine ja nur, solange Maggie an der Macht war, hatte ich noch Zorn in der Hose.«

Ich verließ das Zimmer. Für mein Dafürhalten war es sinnlos, sich mit einem Mann zu streiten, dessen Zorn in der Hose endete.

Bevor ich wieder nach London aufbrach, versuchte ich den Mut aufzubringen, mit meiner Mutter über die verheerenden Konsequenzen zu sprechen, die ein Techtelmechtel mit dem Vater der örtlichen Parlamentsabgeordneten unweigerlich nach sich ziehen musste. Der Geheimdienst würde sie auf Schritt und Tritt beschatten. Ihr Telefon würde abgehört werden, und, was noch viel wichtiger war, war sie wirklich darauf aus, meinem Vater zum *zweiten Mal* den Nervenkrieg einer Scheidung zuzumuten?

Ich machte mich auf, um sie mir vorzunehmen, und traf sie im Wohnzimmer an, wo sie mit unbändiger Freude endlos ein Video mit der Aufzeichnung von Michael Portillos Gesichtsausdruck abnudelte, als jenem die Erkenntnis dämmerte, dass ihn seine vormaligen Wähler aus dem Amt gejagt hatten. »Jawohl, du arrogantes Schwein«, schrie sie die Mattscheibe an, »weißt du jetzt, wie man sich fühlt, wenn man zum alten Eisen geworfen wird wie George Mole?« Ich wollte aus ihrem Glückszustand nicht die Luft herauslassen. Und überhaupt, ich konnte es nicht auf eine Auseinandersetzung ankommen lassen, die mit ihrer Weigerung enden konnte, sich weiterhin um ihren Enkel zu kümmern.

William musste von meinen Beinen abgepflückt werden, bevor ich wieder in den Montego steigen konnte. Als ich ihm versprach, er dürfe ein Video anschauen, auf dem Jeremy Clarkson einen Lamborghini probefährt, ließ er mich endlich ziehen. Der Kleine winkte hinter mir her, bis ich am Ende der Straße um die Kurve bog. Ich kämpfte mit der Versuchung, den Rückwärtsgang einzulegen, ihn ins Auto zu heben und nach London mitzunehmen. Aber was hätte ich den ganzen Tag mit dem Kerlchen anfangen sollen, wenn ich zur Arbeit war?

Es war wunderbar warm. Ich kurbelte das Fenster herunter und ließ mir die Brise ins Gesicht blasen. Kurz vor der Auffahrt zur Autobahn geriet unglücklicherweise ein Insekt in mein linkes Nasenloch, sodass mir auf dem ganzen Weg nach London leider die Augen tränten.

Ich habe elf Eddie-Stobart-LKWs gesehen, wurde jedoch nur neunmal zurückgegrüßt. Die beiden anderen Fahrer haben wohl mein Blinksignal nicht bemerkt. Ansonsten verlief die Fahrt ohne Zwischenfall.

Ich kam um siebzehn Uhr am Parkplatz des Einkaufszentrums am Brent Cross an, wo ich immer meinen Montego abstelle. Um achtzehn Uhr traf ich mit dem Bus in Soho ein. Warum liegt in Soho der nächstgelegene freie Parkplatz in Brent Cross? Ich habe mich in die Warteliste für Anwohnerparkplätze eingetragen, aber es stehen schon zweitausend Namen vor mir. Der »clevere Clive«, ein Kleinkrimineller aus meinem Bekanntenkreis, hat sich erboten, mir einen illegalen Anwohnerparkausweis zu beschaffen. »Der Typ ist abgekratzt. Der braucht so bald keinen Parkplatz. Der steht im Stau, aber für immer.« Ich lehnte das Angebot jedoch ab. Ich will mir nicht auf Kosten von Verstorbenen Vorteile verschaffen. Außerdem wollte Clive fünfhundert Pfund.

Ich musste erst um neunzehn Uhr dreißig anfangen zu arbeiten. Ich kaufte mir also den »Guardian« und setzte mich in der Bar Italia in der Greek Street draußen hin.

Ich hoffte, in der Zeitung zu lesen, dass der Preisboxer Frank Bruno und die Fernsehgrößen Paul Daniels und Bruce Forsyth in Heathrow gesehen worden seien, um wie versprochen im Falle des Labour-Sieges das Land zu verlassen, aber man hatte sie noch nicht gesichtet. Ich vermute, dazu ist es noch etwas zu früh. Sie müssen erst noch ihre Anwesen im nachgemachten Tudor-Stil zu Geld machen und ihre Finanzbroker konsultieren.

Meine Freundin Justine, Tänzerin im »Secret«, leistete mir für einen Espresso Gesellschaft. Sie sagte, gestern Abend sei das Geschäft hervorragend gelaufen. »Es hätte keiner mehr in den Laden gepasst, und wenn man allen den Pimmel abgeschnitten hätte«, sagte sie, wobei mir die bildliche Vorstellung des dergestalt unter Kontrolle gehaltenen Gedränges kalte Schauer über den Rücken jagte. »Und die meisten waren Labour-Anhänger«, berichtete sie in ihrem Gateshead-Akzent weiter. Sie erzählte mir, dass ihr Chef, der Große Alan, sich über den drohenden Regierungswechsel »in die Hosen geschissen« hatte. Er hatte für den Fall eines Labour-Sieges massive Beschäftigungseinbrüche für Sohos Gunstgewerblerinnen prognostiziert. »Die konservativen Abgeordneten halten bei uns das Sado-Maso-Geschäft am Laufen«, erläuterte Justine. »Der Große Alan gibt ihnen immer einen schönen Rabatt – sie brauchen nur ihren Parlamentsausweis vorzuzeigen.«

»Und welche Vorlieben haben Labour-Abgeordnete?«, erkundigte ich mich.

»Also, ich habe einen alten Labour-Abgeordneten aus Preston«, sagte sie und rückte mir ihr sonnenbankgebräuntes Gesicht vertraulich näher, »der bringt eine Liste mit, da stehen Sachen drauf, die ich schreien soll, wenn ich so tue, als ob ich komme.«

»Zum Beispiel?«, drängte ich neugierig.

»Komisches Zeug«, meinte sie, wobei sie den Busen in ihrem Wonderbra der besseren Geltung halber etwas höherschob. »Ich muss ›Oktoberrevolution‹ schreien und ›Verstaatlichung‹, und mit ›Betty Boothroyd‹ muss es aufhören«, verriet sie mir.

Die Geschichte der Labour-Party war für sie offensichtlich ein Buch mit sieben Siegeln. Ich verstand natürlich die Bezüge, war ich doch Gründer und Führer einer politischen Bewegung gewesen, die sich die »Rosa Brigade« nannte. Wir waren eine Gruppe von radikalen halbwüchsigen Heißspornen gewesen. Unsere Forderungen lauteten:

- Fahrradwege an den Autobahnen
- Ein Moratorium für Rentner bei Strafgebühren der öffentlichen Bibliotheken

- Keine Mehrwertsteuer auf Skateboards
- Anhebung des Mindestpreises für Zigaretten auf 10 Pfund pro Packung
- Anbindung der Entlohnung für Babysitter an den Lebenshaltungsindex
- Frieden statt Krieg

Pandora war im Exekutivkomitee der Rosa Brigade, trat aber nach drei Monaten infolge einer schweren Auseinandersetzung über die Anti-Raucher-Politik zurück. Im Alter von sechzehn Jahren lag ihr Zigarettenkonsum bereits bei fünfzehn Benson & Hedges pro Tag zuzüglich gelegentlich einer Zigarre nach dem Essen.

»Oktoberrevolution, Verstaatlichung und Betty Boothroyd«, skandierte Justine, als versuche sie, dem erotischen Gehalt der Wörter auf die Spur zu kommen. »So leicht verdientes Geld hatte ich noch nie«, sagte sie. »In einer halben Stunde ist er rein und wieder raus, und mit der Kohle kann ich den kompletten Wochenbedarf an Parisern finanzieren.«

Nachdem sie zu ihrem Arbeitsplatz geeilt war, grübelte ich über die Natur unseres Soho-Dorfklatschs nach. Ich konnte mir ein Gespräch über derlei weltliche Themen in einem Dorf in Leicestershire eigentlich nicht vorstellen, ausgenommen vielleicht in Frisby-on-the-Wreake, wo, falls die Gerüchte stimmen, der Paganismus immer weiter um sich greift.

Samstag, 3. Mai, zwei Uhr nachts

Ich habe soeben meine Arbeit beendet, und obwohl es schon spät in der Nacht ist, bin ich zum Schlafengehen viel zu aufgedreht. Savage gab heute den ganzen Abend die Wildsau ab. Ein Keiler mit Drogen-, Alkohol- und Persönlichkeitsproblemen. Der Albtraum begann, als ich zur Arbeit kam und bemerkte, dass er mit Klebeband ein großes Plakat ins Fenster gehängt hatte:

Keine Sozialisten
Keine Handys
Keine Silikontitten
Keine Sodomisten
Keine Gesichtskorrekturen
Keine Kreditkarten
Keine Waliser
Keine Vegetarier
Keine Rentner
Keine Antialkoholiker
Keine Spiralkalender
Keine Mitglieder des Groucho Clubs
Keine Journalisten
Keine Arbeiter
Keine Komiker
Keine Behinderten
Keine Lesbierinnen
Keine Blindenhunde
Keine Dicken
Keine Liverpooler
Keine Kinder
Keine Joghurtesser
Keine Designer-Handtaschen
Keine Christen
Keine Belgier
Keine schwulen Wichser, die lieber Risotto haben wollen
Keine Rothaarigen
Keine Ex-Frauen

Vor dem Restaurant war ein wütender Menschenauflauf entstanden. Eine dicke rothaarige Frau, die eine

Designer-Handtasche mit Bambusgriffen trug, sagte in singendem walisischen Tonfall: »Ich bin in Liverpool geboren, und meine ehemals verheiratete Lebensgefährtin ist eine nichtrauchende lesbische Komikerin. Es ist ein Skandal.«

Drinnen konnte man Savage an seiner Zigarette ziehen und dem Volksauflauf mit Champagner zuprosten sehen. Ich schlich mich hinein und durchquerte das Restaurant auf meinem Weg zur Küche.

»Das Landei ist wieder da!«, brüllte Savage zum Gruß. »Wie steht's im guten alten Leicester?«

»Meine Familie lebt jetzt in Ashby-de-la-Zouch«, erwiderte ich kühl.

»Wie kann man nur immer alles auf die Goldwaage legen«, fauchte Savage.

»Lieber Pedant als Fundamentalist«, gab ich zurück. »Mit diesem Plakat verwehren Sie der Mehrzahl unseres Stammpublikums den Zutritt. In einem Monat sind Sie pleite, und wir stehen alle auf der Straße.«

»Darum geht es ja«, sagte er gefällig. »Wenn ich pleite bin, kann ich Kim doch ihre Alimente nicht mehr zahlen, oder?«

Sein Rausch lieferte mir die Gelegenheit fortzufahren. »Sie sind doch selber schuld, dass Kim finanziell von Ihnen abhängig ist. Sie haben sie ja nicht arbeiten lassen, solange sie noch mit Ihnen zusammengelebt hat.«

»Arbeiten!«, schrie er. »Ein paar verkrüppelte Dreckszweige in einen Kübel stecken nennst du *arbeiten?*«

»Sie war eine Floristin für die besseren Kreise«, erinnerte ich ihn. »Sie hatte drei Läden und einen Vertrag mit dem noblen Einrichtungshaus Conran.«

Savage lachte sein fürchterliches, beinahe stummes Lachen. Ich ging nach oben in meine »Wohnung« über dem Restaurant. Ich setze das Wort »Wohnung« ironisierend in Anführungsstriche, weil es sich eigentlich um einen Lagerraum handelt. Ich teile mein Quartier mit Großgebinden von Fertigsaucen und Gemüsekonserven in Jumbodosen. Mein »Wohnzimmer« ist vollgerammelt mit zwei gewaltigen Tiefkühltruhen, gefüllt mit Innereien und portioniertem Fleisch minderer Qualität. Es ist jedoch noch genügend Platz für einen Mehrzweckschreibtisch mit Stuhl (in Anthrazit) und ein Zweisitzersofa mit einem bedruckten Sonnenblumenüberwurf. (Ich empfinde eine Geistesverwandtschaft mit Van Gogh: Die Anerkennung durch die Großstadtintelligenzia bleibt/blieb uns beiden zu unseren Lebzeiten vorenthalten.) Ich zog meine weißen Kochklamotten an, fütterte meinen Goldfisch und ging hinunter in die Küche, um mit der Vorbereitung des Essens für die paar Gäste zu beginnen, die unter Savages verschärften Zugangsbedingungen noch Einlass finden mochten. Wir boten unser übliches Samstagsmenü:

Krabbencocktail

*

Rinderleber mit Zwiebeln und Speck
Pellkartoffeln
Karottenrädchen
Zuckererbsen aus der Dose
Fertigsauce

*

Co-op-Marmeladenpudding
Cremesauce (besonders klumpig, Haut £ 10 extra Wochenendzuschlag)

*

Nescafé
After-Eight-Pefferminztäfelchen

Ich war verärgert, weil niemand daran gedacht hatte, die Rinderleber aufzutauen, und musste die eisigen Brocken bei geringer Hitze ins Backrohr legen. Das Gemüse war allerdings schon vorbereitet, deshalb setzte ich zunächst fünf Liter Sauce an. Während die Pampe aufkochte, rührte ich in einer großen Schüssel das Pulver für die Cremesauce, Milch und Zucker ineinander, wobei ich darauf achtete, die Bestandteile nicht zu gut zu vermengen, weil sonst die Klumpenbildung beeinträchtigt wird, wenn man die heiße Milch hinzugibt.

Luigi kam herein und legte Mantel, Socken und Schuhe ab. »Muss mir unbedingt wasche die Fuße in Spulbecke«, sagte er, wobei er auf die Abtropffläche kletterte. »Habe ich, wie sagt man, Fußepilz.« Er hatte das Wort in der Radiosprechstunde aufgeschnappt, wo es ihm zum erstenmal zu Ohren gekommen war. »Juckt wie verruckte«, sagte er und kratzte sich zwischen den Zehen.

Ich warf einen Blick auf den Anschlag an der Tür der Personaltoilette. »Unbedingt Hände waschen«, stand dort. Von Füßen war keine Rede. Savage kam in die Küche geschlurft und wankte in die Toilette. Er sparte sich die Mühe, die Tür zu schließen. Ein Geräusch wie der Sambesi bei Hochwasser scholl deutlich heraus.

Ich rannte in den kleinen Gang und schlug die Tür des Gehäuses hinter ihm zu. Als ich wiederkam, stieß ich auf den Spülkoch Malcolm. Er zog gerade den Reißverschluss seines Blousons auf und war sichtlich empört. Ich fragte ihn, was los sei.

»Das ist eindeutig nicht korrekt«, sagte er und deutete mit dem Kopf auf Luigis Füße im Spülbecken. »Das ist mein Revier, und überhaupt, was ist, wenn die Gesundheitspolente kommt und kontrolliert?«

»Ich abe seit siebenundzwanzig Jahre in Restaurante

gearbeitet«, schrie Luigi. »Abe bedient Prinzessin Margaret und Tony, Cassius Clay und Tommy Steele. Sind alle mein persönliches Freunde. Wenn Sophia Loren in London gewese, ist immer gekomme zu mir, und einmal sie hat gesagte: ›Luigi, abe ich Ratschlag für dich: Musst du immer Obacht gebe auf dein Fuße!‹« Luigi schwang die Füße aus dem Becken und trocknete sie mit ein paar sauberen Gläsertüchern ab.

Malcolm sagte »Wer's glaubt!« und wickelte sich in seine speckige Schürze.

Ich widmete mich dem Auftauen der Rinderleber. Aus den Dauerkonflikten in der Küche versuche ich mich herauszuhalten. Man nennt mich zwar Chefkoch, aber das will nichts heißen. In der Hackordnung des Hoi Polloi rangiere ich ziemlich weit unten. Meine Anstellung verdanke ich lediglich meiner rein englischen Abkunft und der Verwurzelung in den Ernährungsgewohnheiten der Arbeiterklasse.

Nach zehn Minuten tauchte Savage wieder aus der Toilette auf. Sein Auge strahlte, und er wirkte zufrieden. Ich machte ihn darauf aufmerksam, dass Talkumpuder an seiner Nasenspitze haftete. Er lachte und sagte: »Ist wohl was danebengegangen, he«, um sich dann zum Eingang zu begeben und aufzuschließen. Die Kellner Kenneth und Sean kamen eine halbe Stunde zu spät – und wo waren Sasha und Aziz, meine Beiköche?

Eine Viertelstunde bevor wir anfingen zu servieren, kam Jimmy der Grieche aus seiner Taverne nebenan zu uns in die Küche. Er sagte, Britanniens griechische Gemeinde habe geschlossen Labour gewählt, wegen eines Versprechens von Neil Kinnock, das jener vor zwölf Jahren abgegeben hatte: Sobald die Labour Party wieder an die Macht gekommen sei, würden die von

Lord Elgin geraubten Marmorstatuen wieder an ihren angestammten Standort im Parthenon zurückgebracht werden. Jimmy war herübergekommen in der Hoffnung, bei uns einen hochrangigen Labour-Politiker anzutreffen – jemand, den er an das Versprechen erinnern konnte.

Ich wendete die brutzelnden Leberscheiben in der Pfanne. »Jimmy«, sagte ich, »ich wusste gar nicht, dass du dich für historische Kunstwerke interessierst.«

»Lord Elgin und die Türken haben Hackfleisch aus uns gemacht«, sagte Jimmy und schnippte die Zigarettenasche ins Spülbecken. »Ich will Gerechtigkeit für mein Land. Für Griechenland würde ich in den Tod gehen!«, fügte er melodramatisch hinzu.

»Für England würde ich nicht in den Tod gehen«, meinte Malcolm. »England hat für mich nie was getan.«

»Dank der NATO und der atomaren Abschreckung wird keiner von euch beiden in die Verlegenheit kommen, in den Tod gehen zu müssen«, sagte ich. »Jetzt aber, bitte, wenn ihr nichts dagegen habt, da draußen warten zweiundsechzig Leute auf mein Essen, und ich habe kein Personal!« Ich erlaube mir gelegentlich einen Wutanfall. Von einem Chefkoch wird das erwartet, und nach Ansicht meines ehemaligen Stressberaters Sky Lupin sorgt es für Stressabbau.

»Ich helf dir gern beim Kellnern«, sagte Malcolm, »aber nich' für drei Pfund die Stunde.«

»Malcolm«, sagte ich, »schau dich doch an. Du bietest keinen gepflegten Anblick. Deine Bestimmung ist das Leben hinter der Bühne.«

Zu meiner Überraschung traten Tränen in seine Augen. »Kann schon sein, dass du das glaubst, Moley, aber von jetzt an kümmert sich Tony Blair um mich. Ich bin 'n Arbeiter, und Labour hat sich immer um die Arbeiter gekümmert.«

»Schon«, meinte ich, »aber einen kostenlosen Benimmlehrgang werden sie dir wohl kaum spendieren.«

»Das nicht, aber ich habe jetzt doch freien Zugang zur Bildung, oder? Tony hat es versprochen, dreimal sogar.« Malcolm sprach von Mr Blair, als wäre er sein persönlicher Freund.

»Bevor das mit der Bildung etwas werden kann, musst du erst einmal *lesen* können«, sagte ich. Die Worte waren noch nicht aus meinem Mund, da taten sie mir schon Leid.

Malcolm sagte: »Das ist ja die Bildung, von der ich rede. Tony wird mir das Lesen beibringen.«

Ich machte mich daran, Krabbencocktail aus einer Großschlauchpackung in sechzig Stielschalen abzufüllen (zwei der Gäste hatten eine Krustentier-Allergie). Savage platzte in die Küche und schrie: »Wo bleibt die Scheißvorspeise? Draußen an Tisch zwölf habe ich Michael Jackson sitzen, und er wartet auf seinen Fraß.«

»Warum kommt verruckte Michael in Hoi Polloi?«, wunderte sich Luigi. »Abe gehört, er esse nur Mungbohne und Sojasprosse in Sauerstoffzelte mit Krankeswester danebe und Rettungshubsraubere swebe in Lufte daruber.«

»Hat er den Affen Bubbles dabei?«, forschte Malcolm.

Sobald sich Savage wieder ins Restaurant begeben hatte, gab es einen Massenansturm auf die Pendeltür. Einer drängte den anderen beiseite, um einen Blick auf das Gesangswunder und Opfer der Gesichtschirurgie zu erhaschen. An Tisch zwölf saßen aber weder ein Mensch mit Plastiknase noch ein Affe, sondern vier

Männer in Armanianzügen, die sich angelegentlich unterhielten.

Luigi sah im Reservierungsbuch nach. Einer der Männer war Michael Jackson, der neuernannte Chef von Channel Four. Ich schickte Malcolm nach oben in meine Wohnung und ließ mir von ihm die kurze Inhaltsangabe von »Der weiße Lieferwagen«, meiner Action-Komödie für das Fernsehen in zwölf Folgen, herunterbringen. Es geht darin um einen Mann, Godfrey Hetherington, der tagsüber seinem Beruf als Buchhalter bei der BBC nachgeht und sich nachts als Serienmörder betätigt. Godfrey fährt in einem weißen Bedford-Lieferwagen in den Grafschaften in der Umgebung Londons herum und murkst Frauen ab.

Die BBC hatte meinen Entwurf im Februar bereits abgelehnt.

DER WEISSE LIEFERWAGEN
Kurze Zusammenfassung

»Der weiße Lieferwagen« ist *eine Fernsehkomödie mit Action-Elementen in zwölf halbstündigen Folgen.*

Die Hauptfigur ist Godfrey Hetherington (Harry Enfield), der tagsüber als Buchhalter bei der BBC arbeitet und nachts mit einem weißen Lieferwagen die Grafschaften der Umgebung Londons als Frauen-Serienmörder unsicher macht.

Das Komödienhafte entspringt dem Umstand, dass Godfreys Frau Gloria (Pauline Quirke) nichts von den nächtlichen Aktivitäten ihres Gatten ahnt. Sie glaubt, er sei für die Suppenküche einer Wohlfahrtseinrichtung zu den Lagerplätzen von Obdachlosen unterwegs.

Ein dichter Pointenhagel begleitet die in letzter Sekunde immer wieder scheiternden Versuche des tölpelhaften Polizeiinspektors (David Jason), Godfreys habhaft zu werden.

Wir werden Zeuge, wie zwölf gut aussehende Opfer durch zwölf originelle und jedes Mal wieder neue Methoden ins Jenseits befördert werden. Das britische Fernsehpublikum ist ein Freund herzhaften Gelächters und gibt sich ebenso bevorzugt (auch wenn es zynisch klingen mag) der Faszination durch Serienmörder anheim. »Der weiße Lieferwagen« ist eine geniale Verbindung von beidem.

Gedreht werden soll in den BBC-Studios von White City und an verschiedenen Schauplätzen in den umliegenden Grafschaften.

»Der weiße Lieferwagen« ist eine Parabel auf unser Zeitgeschehen. A. A. Mole

(Achtung: Die genannten Schauspieler sind auf ihre Mitwirkung bislang noch nicht angesprochen worden.)

ENDE

Kenneth und Sean erschienen gerade noch rechtzeitig, um beim Garnieren der Krabbencocktails mit nicht mehr ganz frischen Petersiliensträußchen zu helfen. Sie entschuldigten ihr Zuspätkommen damit, dass sie in Mornington Crescent mit der U-Bahn anderthalb Stunden im Schacht steckengeblieben seien. Ich erkundigte mich nach der Ursache. Sean sagte: »Ratten haben die elektrischen Kabel durchgefressen und die U-Bahn lahmgelegt, echt.« Ich fragte nach, woher er das wisse. »Als ich zum Fenster rausschaute«, sagte er, »war da eine Ratte, so groß wie ein Hund, echt, und glotzte mich an. Und ich schwöre beim Leben meiner Mutter, aus ihrem gefräßigen Maul hing echt noch ein Stück Kabel heraus.«

Kenneth sagte: »Du bist doch ein verlogener irischer Quatschkopf. Ich sage, von Ratten keine Spur. Blödsinn, das war ein Selbstmord. Es dauert doch jedes Mal eine Stunde, bis sie die Leiche vom Waggon und den Schachtwänden abgekratzt haben. Da kann man die Uhr nach stellen.«

»Bestimmt einer, wo konservativ gewählt hat«, sagte Malcolm. Es sollte komisch sein, aber der Witz zündete nicht.

Wir erörterten die möglichen Gründe für das Nichterscheinen von Sasha und Aziz. Nach unserer überwiegenden Meinung waren sie ins Netz der Einwanderungsbehörde gegangen, jener wie ein Damoklesschwert über der Gastronomie hängenden Institution, die jegliche langfristige Planung unmöglich und umschichtige Urlaubsvertretungen etc. notorisch zunichte macht.

Malcolm bat in aller Form um die Beförderung zum Küchenassistenten. Ich sagte, ich würde mit Savage darüber reden, sobald jener nüchtern war (also nie). Er verlegte sich anschließend aufs Räsonieren über Mindestlöhne, Arbeitnehmerrechte und Arbeitsbedingungen. Ich riet ihm von derlei brisanten Äußerungen im Küchenbereich dringend ab, allerdings in sehr freundlichem Ton, um ihn erkennen zu lassen, dass auch ich einer Verbesserung der schlechten Arbeitsbedingungen im Hoi Polloi nicht prinzipiell ablehnend gegenüberstehe.

Ohne Sasha und Aziz sah Savage sich gezwungen, mir beim Anrichten der zweiundsechzig Portionen Rinderleber zur Hand zu gehen. Malcolm erhielt einen Holzlöffel in die Hand gedrückt und wurde mit dem Aufwärmen der Sauce im Kessel auf dem Herd betraut.

Gegen zweiundzwanzig Uhr berichteten Kenneth und Lam, die lange Wartezeit auf das Hauptgericht lasse die Gäste allmählich ungehalten werden, außerdem hätten sich einige über den Frischezustand der Petersiliengarnierung beschwert.

Savage brüllte: »Sag den Arschlöchern, wer hier wegen der *Frische* antanzt, soll sich lieber in ein Ökorestaurant verziehen!«

Als endlich alle auf ihrer Rinderleber herumkauten (sie war doch etwas zäher als geplant aus der Röhre gekommen), stellte ich mich an die Zwischentür und hielt im Restaurant nach bekannten Gesichtern Ausschau. Mr Mandelsohn speiste an seinem Stammplatz hinten in der Ecke: Er möchte stets mit dem Rücken zur Wand sitzen. Harry Enfield dinierte zusammen mit seinem Vater Edward. Richard Ingrams, Herausgeber von »Oldie«, der Zeitschrift für Senioren, saß ebenfalls mit am Tisch. Ich habe das Blatt seit einem Jahr abonniert. Das Abonnement war ein Geschenk an mich selbst zu meinem dreißigsten Geburtstag. Manche Leute meinten damals, über mich spotten zu müssen. (Meine Frau Jo-Jo ist überzeugt, dass ich die Reinkarnation einer alten afrikanischen Frau bin, und meine Großmutter hat in der Tat oft zu mir gesagt: »Adrian, du bist als alter Mann auf die Welt gekommen.« Wir hatten eine Reihe von Vorlieben gemeinsam: Radio Four, Zitronen-Longdrinks, Yorkshire Pudding, korrekte Interpunktion und dergl. mehr.)

Savage dinierte *à deux* mit einer schlanken Blondine, die angewidert ein paar Brocken Leber auf dem Teller hin und her schob.

Kim Savage war durch den Kücheneingang hereingekommen. An der Verbindungstür zum Restaurant trat sie zu mir. Ihr Parfüm raubte mir fast die Sinne. Ich röchelte: »Wie heißt dieser Duft?«

»Poison«, sagte sie. Ihre Augen wurden schmal, als sie Savage mit der Blondine anstoßen sah.

Sie warf ihre schwarze Haarmähne zurück. Die Leser

der Zeitschrift »Floristik heute« hatten sie im Jahr 1987 zur Miss Floristik gekürt.

Ich betrachtete prüfend Savages Tischgenossin. »Wer ist das?«, fragte ich.

»Bridget Jones«, zischte Kim. »Ihre Tagebücher standen monatelang auf der Bestsellerliste.«

»Ihre Tagebücher?«, fragte ich zurück. »Aber sie ist doch keine Frau, die man kennt, oder doch?«

»Nein«, sagte »aber das könnte sie leicht werden, falls sie sich von Savage zu seiner fünften Frau machen lässt.«

Während ich noch hinschaute, stand Bridget unvermittelt auf und verließ abrupt das Lokal.

»Aber in diesen komischen Hosen sieht dein Hintern wirklich ganz schön dick aus«, rief Savage hinter ihr her.

Kim sagte: »Sag dem feisten Bastard, dass er mir drei Monate Unterhalt schuldig ist.« Und verschwand.

Savage sah mich an der Tür stehen. »Scher dich verdammt noch mal in die Küche, Mole«, schrie er.

Mr Ingrams schenkte mir einen mitfühlenden Blick, während ich mich wieder meinen niedrigen Pflichten zuwandte.

Ich portionierte den Marmeladepudding. Wütend musste ich feststellen, dass Malcolm sämtliche Klumpen in der Sauce glattgerührt *und die Haut weggeschmissen hatte.* Wie die schlappe Hülle eines großen gelben Ballons lag sie im Abfall für den Schweinemäster. Luigi sortierte sie aus dem Unrat heraus und wusch sie mit den Worten »Kein Aas wird merke, dass in Sweinekubel gewese ist« unter warmem Wasser wieder sauber.

Erschrockene Stille lag über der Küche, als er die dicke Saucenhaut in vier Teile schnitt und draußen an Tisch zwölf servierte: Es war offensichtlich ein Sonderwunsch zur Feier der neuen und einflussreicheren Stellung von Mr Jackson.

Im Beschäftigungsloch zwischen Pudding und Nescafé mit After Eight rief ich im Wisteria Walk an. Meine Mutter nahm ab. »Bei deinem Vater stimmt was nicht mit seiner Kopfhaut«, sagte sie.

»Er hat doch immer schon chronisch Schuppen gehabt«, erinnerte ich sie.

»Ja, aber was er jetzt hat, ist etwas anderes.« Ihre Stimme bebte. »Als er heute früh seinen Hinterkopf im Schlafzimmerspiegel gesehen hat, hat er durchgedreht. Ich musste den Arzt kommen lassen.«

»Woran leidet er denn?«, fragte ich, und dann, leiser, »außer daran, dass du ihm Hörner aufgesetzt hast.«

Sie überging meinen gemurmelten Hinweis auf ihren mutmaßlichen Seitensprung und sagte: »Seine Kopfhaut hat sich *schwarz verfärbt*«, sagte sie. »An seiner kahlen Stelle ist es besonders schlimm. Dr. Chaudri weiß auch nicht, was er davon halten soll. Es sieht aus wie Blutvergiftung«, setzte sie hinzu.

»Blutvergiftung!«, rief ich. Malcolm und Luigi, die After-Eight-Täfelchen auf Untertassen verteilten, sahen von ihrer Arbeit auf. »Bei Blutvergiftung muss er sich unverzüglich den Kopf amputieren lassen.«

Meine Mutter fand es nicht zum Lachen. Malcolm und Luigi aber sehr wohl. Sie lachten sich dumm und dusselig. Sie wieherten immer noch, als Savage bekanntgab, dass eine Delegation von Journalisten des »Daily Telegraph« das politisch unkorrekte Plakat im Fenster heruntergerissen hatte. Ein weiteres Anzeichen dafür, dass das vormals auf dem rechten Flügel angesiedelte Blatt langsam, aber sicher zur linken Mitte driftet.

Samstag, 3. Mai

Den letzten medizinischen Berichten zufolge hat sich das Haupt meines Vaters von der Blutvergiftung erholt.

Nach einer schlaflosen Nacht konnte er überredet werden, sich in ein warmes Bad zu legen, das mit einer Badeessenz angereichert worden war (Ringelblumenöl). Er massierte seine Kopfhaut mit Seetang und unterzog das spärliche Resthaar einer pflegenden Einreibung mit einem aus irischen Moorpflanzen gewonnenen Pflanzenmus. Als er aus dem Badezimmer wieder auftauchte, hatte seine Kopfhaut, laut Bericht meiner Mutter, wieder das »gewohnte hübsche Rosa« angenommen. Meine Mutter sieht in dieser Episode einen schlagenden Beweis der therapeutischen Wirksamkeit pflanzlicher Mittel. Ich hoffe, sie kommt nie dahinter, dass die ganze Krankheit ein Filzstift war. Sie hat in ihrem Leben schon so viele Desillusionierungen hinnehmen müssen.

Heute früh tauchte Kim in Begleitung von zwei kräftig gebauten Burschen auf und ließ ein paar Kisten Champagner aus dem Keller bergen. »Sag Savage, es ist eine Anzahlung auf die Kohle, die er mir schuldet«, trug sie mir auf.

Ich konnte mir nicht erklären, weshalb sie über Nacht so drastisch gealtert war. Dann ging mir buchstäblich ein Licht auf: Ich hatte sie zum erstenmal im gnadenlosen Tageslicht von Soho gesehen!

Sonntag, 4. Mai

Nachdem ich das Mittagessen zubereitet hatte –

Lammhals
Geröstete Kartoffeln
Rübstiel
Gedünsteter Blumenkohl
Feuchter Yorkshire Pudding

★

Pflaumen-Mehlpudding
mit Libby's Büchsenmilch

★

Nescafé
After-Eight-Pfefferminztäfelchen

– überließ ich Malcolm seinem üblichen Kampf mit dem Leergut im Spülbecken und begab mich nach oben in meine Wohnung. Ich arbeitete den ganzen Nachmittag an der dritten Folge meiner Fernsehserie »Der weiße Lieferwagen«. Ich kam gut voran. Ich glaube wirklich, meinen Stil gefunden zu haben. Was für eine Freude, meine Kunst zu verfeinern und mich in der von meinen Protagonisten bevölkerten Welt zu verlieren. Ich stand vom Schreibtisch auf und schaute sinnend auf die Straße hinunter. Ich nehme an, dass ich von unten aussah wie eine Figur (ein Schriftsteller vielleicht?) aus einem französischen Film. Mir schauderte vor dem nächsten Tag. Als Tag der Kutteln war mir der Montag schon immer verhasst. Ich habe Savage angefleht, die Kutteln aus dem Menüplan zu nehmen, aber wie immer vergebens.

Montag, 5. Mai

Feiertag im Vereinigten Königreich und der Irischen Republik

Heute traf ich den Schriftsteller und Kolumnisten Will Self. Apropos glaubwürdige Erscheinung: Dieser Mann hat alles – hohen Wuchs, gutes Aussehen, den größten Wortschatz in London, wenn nicht im ganzen Land, versteht sich anzuziehen. Außerdem hat er ein epochemachendes Buch geschrieben, in dem ein Landstreicher mit einem toten Hund kopuliert. Es kann auch ein Hund mit einem toten Landstreicher sein, ich weiß nicht mehr genau, wie herum.

Dienstag, 6. Mai

Als ich heute Abend auf die Personaltoilette ging, war der Boden überall mit Talkumpuder besprenkelt. Savage war als letzter vor mir auf dem Klo gewesen. Was treibt er hier in diesen vier Wänden? Wozu braucht er so viel Talkumpuder? Der Gedanke lässt mich schaudern.

Mittwoch, 7. Mai

Moslemisches Neujahrsfest

Man hat Pandora und die anderen Blair-Bienen zusammen mit Tony vor dem Parlamentsgebäude fotografiert. Keine zeigte so viel Zähne, Busen und Bein wie Pandora. Sie hatte sich unmittelbar an Mr Blairs Seite gearbeitet. Auf einem der Fotos legt sie ihm den Arm lässig auf die Schulter, wie jemand, mit dem man auf gleicher Stufe steht.

Heute Abend nach der Arbeit ging ich zur exklusiven Eröffnungsfete für den neuen Saufschuppen des Großen Alan, »The 165«. Der Laden hat seinen Namen nach der Zahl der im Parlament verbliebenen Tory-Abgeordneten und liegt in einem Kellergeschoss in der Brewer Street.

Justine fungierte als Alans Dame des Hauses. Sie schien die meisten Abgeordneten beim Vornamen zu kennen. Wenn Nadelstreifenanzüge Wasser wären, ich wäre ersoffen. Niki Hasnun, der Designer des 165, war auch da. Er tönte mächtig herum, was er alles kann und wen er alles kennt – wozu offenbar ein gewisser Pugin gehören und etwas, das er »Diktatoren-Kitsch« nennt. Mit einem Menschen namens Mobutu ist er ebenfalls befreundet.

Wenn man mich auffordern würde, den Stil der Einrichtung zu beschreiben, würde ich sagen »altväterlicher Klassizismus, durchsetzt mit animalischen Motiven, oder: der Bahnhof St. Pankras tarnt sich als Tierpark von Whipsnade«. Die Wirkung kann einen schon nervös machen. Beim Großen Alan erkundigte ich mich, wie er es geschafft hatte, dass die Handwerker innerhalb von fünf Tagen angetanzt und unter vollständiger Erledigung der Arbeiten auch schon wieder abgezogen waren. Er schaute aus seiner großen Höhe auf mich herab und murmelte etwas, das für mich wie »Eiertreten« klang. Ich kann mich aber auch verhört haben – der Geräuschpegel in dem winzigen Laden war beträchtlich.

Ein Teil des Lärms ging auf eine lautstarke Auseinandersetzung innerhalb eines Pulks von Tory-Abgeordneten über den zu krönenden neuen Anführer zurück. Manche waren für Michael Howard (jedes Wort eine Schleimspur), andere hätten lieber William Hague gehabt (den ich persönlich für das Kind der Liebe von Margaret Thatcher halte).

Donnerstag, 8. Mai

Weltrotkreuztag – Himmelfahrtstag

Ich möchte die Tatsachen, die mich zu der These »Thatcher = Mutter/Hague = Thatchers Kind der Liebe« veranlassen, näher erläutern:

1. Hague ist auf den Namen William getauft. Vermutlich nach William Pitt, eine von MTs erklärten Heldengestalten.
2. Hagues sogenannte »Eltern« produzieren und vertreiben Softdrinks und Fruchtsaftgetränke.
3. Im Laden von Margaret Thatchers Vater wurden ebenfalls Kribbelwässer und stärkende Alkoholika feilgeboten.
4. Während der letzten vier Monate vor William Hagues Geburt am 26. Mai 1961 befand sich Margaret Thatcher auf einem geheimnisvollen Auslandsaufenthalt in der Schweiz. Das Land nimmt eine anerkannte Führungsrolle auf dem Gebiet der Geburtshilfe ein.
5. Als William Hague mit sechzehn Jahren vor den Parteikongress der Konservativen trat, hatte er in Margaret Thatcher eine von *mütterlichem* Stolz geschwellte, hingerissen lauschende Zuhörerin. Ich weiß es genau. Ich habe es anhand der Videoaufzeichnung überprüft. Ihr Gesichtsausdruck war der einer anbetungsvollen Mutter.
6. Sie haben die gleiche Haarfarbe.
7. Sie haben die gleiche Augenfarbe.

8. Sie haben beide starken Haarausfall.
9. Sie lesen beide im Bett die Parlamentsprotokolle, zum Entspannen (!).
10. Es gibt noch eine wichtige Tatsache, die mir aber im Moment entfallen ist.

Freitag, 9. Mai

Zippo Montefiori, Geschäftsführer von Pie Crust Productions, wurde heute dreißig und hat beschlossen, zur Feier dieses einschneidenden Ereignisses das Hoi Polloi (was übersetzt, an dieser Stelle sei's gesagt, so viel wie Hinz und Kunz heißt) für eine Privatfete anzumieten.

Die Glücksfee muss beträchtlich länger über seiner Wiege geschwebt haben als über der meinen. Mit seiner schwarzen Matte und den Augen eines Labradorhundes ist er, was ich eine Frau einmal »teuflisch gut aussehend« nennen gehört habe. Transpiration ist ihm unbekannt, obwohl man ihn nie ohne seinen schwarzen Armani-Mantel sieht. Er spricht gelassen und mit seidenglatter Stimme, wobei er seinem Gegenüber in die Augen blickt, als könne er jedem bis auf den tiefsten Grund der Seele schauen.

Das Bestehen einer Warteliste von Frauen, die sich von ihm ausführen lassen wollen, ist verbürgt.

Er ist ein großer Liebhaber der Hervorbringungen von Anstaltsküchen – er hat das Internat Harrow besucht. Unsere Speisenfolge berücksichtigte einige seiner Lieblingsgerichte mit Innereien. Zur Hebung der Authentizität des Schulspeisungseindrucks gab ich ein paar Räupchen aus Plastik zwischen die Salatblätter. Am Ende des Abends kam Zippo in die Küche, um dem Personal zu danken. »Astreiner Fraß«, sagte er, »und die Raupen waren echt der Heuler.« Nachdem wir uns ein klein wenig ausgetauscht hatten, zum Beispiel über die Quelle, wo ich die Raupen »abgestaubt« hätte (ein Scherzartikelgeschäft in Leicester), überraschte er mich mit der Frage, ob ich schon mal daran gedacht hätte, im Fernsehen aufzutreten!

»Als was?«, erkundigte ich mich.

»Als Koch natürlich«, sagte er. »Sie könnten ein paar von Ihren Innereienspezialitäten kochen.«

Ich erklärte ihm, ich sei eine Art Intellektueller. Ich würde nicht fernsehen und besäße auch keinen entsprechenden Apparat. Er würde mir einen vorbeibringen und gebührenfrei installieren lassen, sagte er, damit ich mir die von Pie Crust Productions hergestellten Kochstudiosendungen anschauen könnte!

Schlaf zu finden fiel mir schwer. Zum Teil, weil sich unten zwischen Savage und Kim ein lautstarker Krach abspielte, vor allem aber wegen des Entsetzens, das mich bei dem Gedanken an einen Auftritt als Fernsehkoch packte. Ich kann in Wahrheit überhaupt nicht kochen.

Samstag, 10. Mai

Heute kam der Fernseher. Ein Videogerät war auch dabei. Savage ist im St. Thomas Hospital. Sein gebrochener Kiefer musste durch Drähte auf dem gesunden fixiert werden. Ex-Frau Kim kam wegen schwerer Körperverletzung in Haft. Er hatte zu ihr gesagt (war auch noch stolz darauf!), er habe während ihrer Ehe die Mehrzahl seiner Orgasmen fingiert.

Sonntag, 11. Mai

Sonntag nach Himmelfahrt

Zippo rief mich morgens um halb neun an und sagte, ich solle mir seine Pie-Crust-Sendung »In die Pfanne gehauen« um neun anschauen. Er ist voller Tatendrang. Ich habe mich entschlossen, auf das Auftreten im Fernsehen zu verzichten. Es ist mir jedoch gelungen, die Sendung auf Band aufzunehmen, nachdem ich einen indischen Import-Export-Laden in Heathrow (Sonntag!) angerufen hatte, um mir erklären zu lassen, wie es geht.

Ich rief zu Hause an und sprach mit meinem Vater. Er und William waren als Einzige im Haus. Rosie war vom Abend vorher noch nicht wieder aufgetaucht, und meine Mutter macht neuerdings mit dem Neuen Hund ausgedehnte Spaziergänge. »Wenn sie wiederkommen, ist der Hund immer fix und fertig«, sagte mein Vater.

Ich wurde sofort hellhörig und erkundigte mich nach der durchschnittlichen Dauer und der genauen Strecke dieser »Spaziergänge«. Wie vermutet, nahm meine Mutter zumeist den kleinen Weg, der hinten am Braithwaiteschen Grundstück vorbei und dann in den Wald führt. Zufällig ist mir bekannt, dass sich in der Gartenmauer ein Türchen befindet, das den Garten mit dem Pfädchen verbindet. Zufällig ist mir auch bekannt, dass Mrs Braithwaite das Haus um acht Uhr dreißig verlässt, um ihrer Lehrtätigkeit als Dozentin für Frauenfragen an der De Montfort Universität nachzugehen. Und noch etwas weiß ich: Iwan Braithwaite arbeitet von zu Hause aus, in einem zentralbeheizten Holzhäuschen im Tiroler Stil mit Veranda *in seinem Garten*. Ich war schon drinnen. Das Häuschen ist bequem ausgestattet. Es gibt einen Schreibtisch, einen Computer mit Modem, einen Chefsessel, Kanalanschluss, einen Heißwassertopf, eine Kaffeemaschine *und ein Sofa.* Damit ist der traurige Fall leider hinreichend umrissen.

Ich muss Pandoras Telefonnummer herausbekommen und sie vor der katastrophenträchtigen Situation warnen, in die die Häuser Mole und Braithwaite hineinzuschlittern drohen.

Montag, 12. Mai

Savage ist wieder aus dem Krankenhaus heraus. Er kann zwar noch keine feste Nahrung zu sich nehmen, aber er nuckelt ganz zufrieden mit seinem Strohhalm seinen Rum black (mit Brombeersaft). Heute hatten wir zum Mittagessen:

*Spiegeleier (zwei)**
Fette Pommes frites (in Schweineschmalz frittiert)
Erbsen, in Knochenmarkfett gewälzt
Zwei Scheiben Weißbrot mit Butter
HP-Sauce oder Heinz-Ketchup
★
Schokoriegel oder Florentinerkeks
★
Nescafé
After-Eight-Pfefferminztäfelchen

* Wir garantieren unseren Gästen die ausschließliche Verwendung von Eiern aus Legebatterien

Ich bekam einen Stapel Videos von »In die Pfanne gehauen« gebracht. Die Sendung ist von vorne bis hinten ein halbgarer Mischmasch und wird von einem Mann mit Backenbart und einem starken Cockney-Akzent präsentiert. Der backenbärtige Cockney erläuterte in seinem mit ermüdenden Stabreimen durchsetzten Slang, er sei Besitzer einer Arbeiterkneipe namens Sylvia Plath (!). Der Typ nennt sich Alfie Caine. Ich führte mir sämtliche sechs Halbstundensendungen zu Gemüte:

- Würstchen: Dicke oder dünne?
- Eier: Der Innenhautfaktor
- Speck: Wie vermeidet man, dass er sich in der Pfanne wellt?
- Tomaten: Frisch oder aus der Dose?
- Pfannengeröstetes Brot: Erfolg garantiert!
- Bohnen, Pilze, Plumpudding: Kann man darauf verzichten?

Ich notierte mir ein paar Sätze des unschönen Geschwafels dieses Mannes aus der Folge »Pfannengeröstetes Brot«: »Also, liebe Leute, wollt wohl wissen, wie man Brot braun brät? Dauernd dran denken, nur 'n Fussel Fett in die Fanne!«

Seit ich vor acht Jahren nach London gezogen bin, habe ich schon so manchen Cockney kennen gelernt, einschließlich eines Herrn, der aus Bow Bells gebürtig war. Aber keiner hat je geredet wie dieser Alfie Caine. Der Kerl ist eine elende Farce.

Als Zippo anrief, sagte ich ihm über »In die Pfanne gehauen« meine ehrliche Meinung: mich im Umfeld eines so billigen Machwerks zu betätigen, fände ich ehrenrührig. Zippo lachte und sagte, »In die Pfanne gehauen« sei eine überaus ironische postmoderne Dekonstruktion der »Kochen mit irgendeinem Prominenten«-Sendungen als Unterhaltung für Doofe. »Ham'se nicht den Gag mit dem Sylvia Plath mitgekriegt?«, fragte er.

»Ach so, das war komisch«, sagte ich.

»Aber sowieso!«, meinte er.

»Ich musste aber nicht lachen«, wandte ich ein.

Zippo seufzte. »Lachen ist eigentlich nicht unbedingt das Zentralanliegen von Pie Crust Productions. Unsere Zielgruppe sind Studenten, die mit der Nachbereitung des Vorlesungsstoffs und mit schriftlichen Arbeiten wenig am Hut haben und sich allmählich aufs Durchfallen einstellen. Wir produzieren Shows für Loser.«

Ich war sprachlos. Ich erkundigte mich nach der Sehbeteiligung der Pie Crust Shows. »Die Tomatensendung ›Frisch oder aus der Dose‹ wurde von siebenhundertdreiundfünfzigtausend Zuschauern gesehen. Wir registrieren großes Interesse auf dem Werbemarkt.«

»Welche Produkte sind denn bei verkrachten Studenten besonders umsatzstark?«, wollte ich wissen.

»Vor allem Katzenfutter«, sagte er, »gefolgt von Cadburys Cremeeiern, dem Apfelcidre von Strongbow und den Instantnudeln der Firma Pot.«

»Was bekommt Alfie Caine eigentlich so pro Show?«, erkundigte ich mich.

»Alfie hat einen Agenten, das treibt die Preise natürlich ein bisschen nach oben«, ließ mich Zippo wissen.

»Aber wie viel kriegt er denn?«, bohrte ich.

»Darüber kann ich unmöglich Auskunft geben, das wäre einfach unprofessionell von mir. Sagen wir mal, es bewegt sich in der Gegend von einem Pauschalurlaub auf Teneriffa.«

»Haupt- oder Nachsaison?«, fragte ich nach.

»Oh, schon Haupt…«, sagte er. »Wir reden hier von August.«

»Ein oder zwei Wochen?«

»Zwei«, sagte er, »Halbpension und Balkon mit Meeresblick.«

Seine Art, einfach vorauszusetzen, dass jemand wie mir die Preise für einen Pauschalurlaub auf Teneriffa im August geläufig seien, verdross mich. Ich ließ es jedoch dabei bewenden.

»Und dieser Pauschalurlaub auf Teneriffa – den gibt's doch pro Show, oder?«, kartete ich nach.

»Natürlich pro Show«, versicherte er.

Ich sagte, ich würde in einer halben Stunde wieder bei ihm anklingeln. Ich rief bei Thomas Cook in der Regent Street an und dann wieder bei Zippo, um ihm mitzuteilen, ich würde es machen.

4 Uhr morgens
Kann nicht schlafen, kann nicht kochen.

5 Uhr morgens
Habe den »Leicester Mercury« gelesen, den mir meine Mutter mit der Post nach London nachschickt, weil das Blatt hier nirgendwo zu haben ist.

Ich war schockiert, dass meine alte Penne, die Neil-Armstrong-Gesamtschule, zu einer der 297 Schulen auf dem absteigenden Ast erklärt worden ist. Ein bewaffneter Überfall mit Geiselnahme wird täglich erwartet. Zu meiner Zeit, als die Schule noch unter der Leitung von Rektor »Pop-Eye« Scruton stand, hatte sie einen guten Ruf. Ihre Fußballmannschaft spielte Erfolge ein, und die Schule gewann regelmäßig die Midlands Inter-County Schul-Schachtrophäe. Es gab auch eine anerkannte Schülerzeitung, die »Stimme der Jugend«, mit mir als Herausgeber. Dann kam Roger Patience in das Amt des Schuldirektors. Ich nehme an, heute tut es ihm Leid, dass er damals den Schülern erlaubt hat, die Schuluniformen wegzuschmeißen, und sie ermunterte, ihn beim Vornamen zu nennen.

Donnerstag, 13. Mai

Ich habe einen Brief an die Medienköchin der Nation geschrieben:

Liebe Miss Delia Smith,

bitte vergeben Sie mir, falls ich Sie fälschlicherweise als »Miss« tituliert haben sollte, während Sie in Wirklichkeit möglicherweise längst verheiratet sind. Ich schreibe Ihnen mit der Bitte um absolute Vertraulichkeit. Ich bin mir gewiss, Sie werden meinen dahingehenden Wunsch in dieser Angelegenheit respektieren, da ich irgendwo gelesen habe, dass Sie sich als christliche Frau verstehen. Auch ich bin von einer christlichen Grundhaltung durchdrungen, obwohl nicht in der Weise gesegnet wie Sie, da mir Gott bislang noch nicht erschienen ist, um mir zu versichern, dass ER – oder vielmehr: SIE – existiert. Dieser Brief soll sich allerdings weniger mit unseren respektiven Einstellungen zur Existenz oder Nichtexistenz Gottes beschäftigen. Es geht ums Kochen.

Vielleicht haben Sie schon einmal von mir gehört. Ich bin derzeit Chefkoch des Hoi Polloi. Mein Problem, liebe Miss Smith, besteht darin, dass meine Stellung im Hoi Polloi von mir keinerlei kulinarische Kenntnisse und Fertigkeiten erheischt. Mir wird nichts weiter abverlangt, als vorgekochte Speisen aufzutauen, fertigzukochen, in die Pfanne zu legen oder aufzuwärmen. Ich gehöre zu Ihrer erklärten Zielgruppe von Personen, die noch nicht einmal ein Ei kochen können.

Auf der Suche nach einem für den absoluten Anfänger geeigneten Kochbuch habe ich bereits sämtliche Buchhandlungen durchkämmt – allerdings vergeblich. Bitte, helfen

Sie mir. Ich bin aufgefordert worden, im »Millennium Kabelkanal« meine Kochkunst zu demonstrieren – doch es *gibt nichts zu demonstrieren*. Bitte helfen Sie mir, der äußersten Schmach zu entgehen.

Ich verbleibe, verehrte Frau, als Ihr sehr ergebener Diener
A. A. Mole

Mittwoch, 14. Mai

Heute früh rief ich Pandora im Unterhaus an. Eine höfliche Dame in der Vermittlung sagte: »Ah, Frau Dr. Braithwaite, die Abgeordnete für Ashby-de-la-Zouch. Sie hat bislang noch kein Büro zugeteilt bekommen, aber falls Sie eine Nachricht hinterlassen wollen, werde ich Frau Dr. Braithwaites Sekretärin veranlassen, sich mit Ihnen in Verbindung zu setzen.«

Ich bat um den Namen der Sekretärin und war gelinde amüsiert, als ich erfuhr, sie heiße Edna Kent – eine witzige Namensgleichheit mit Barry Kents Mutter.

Ich habe das Tagebuch von Bridget Jones im »Independent« gelesen. Die Frau ist vollkommen von sich selbst besessen! Sie schreibt, als hätte auf der ganzen Welt kein Mensch außer ihr Probleme. Allerdings ist mir durchaus klar, dass es ziemlichen Mut erfordert, sein verkorkstes eigenes Leben mit vollkommen fremden Leuten zu teilen, selbst wenn es die Leser des »Independent« sind, bei denen es sich bekanntermaßen vorwiegend um mitfühlende Linksintellektuelle handelt.

Ich setzte einen Brief an Miss Jones auf:

Liebe Bridget Jones,

nach der Lektüre Ihrer Veröffentlichung im »Independent« möchte auf eine weitere, wenn auch vage Verbindung zwischen uns hinweisen. Ich bin Peter Savages Chefkoch im Hoi Polloi.

Ich möchte direkt zum Wesentlichen vorstoßen. Ich habe Tagebuch geführt, seit ich ungefähr dreizehndreiviertel Jahre alt war, und glaube, meine Aufzeichnungen könnten für das allgemeine Publikum, aber auch für Soziologen und zukünftige Historiker von Interesse sein.

Wie haben Sie die Veröffentlichung Ihrer Tagebücher erreichen können?

Ich wäre Ihnen für ein Antwortschreiben sehr dankbar – aber vielleicht rufen Sie mich im Hoi Polloi an, damit wir uns irgendwo auf einen Kaffee (oder ein Glas Weißen!) verabreden können.

Mit freundlichem Gruß
A. A. Mole

PS: Ich bin Nichtraucher.

Ich habe beschlossen, die täglichen Fluktuationen meines Verhaltens und Befindens zu dokumentieren:

Gummibärchen – 2 Tüten
Alkohol – null
Zigaretten – null
Gewicht – 67,1 kg
Verdauung – träge
Haarausfall – unverändert
Beschwerden – pochender Schmerz im großen Zeh (links)
Pickel – 1, am Kinn
Penisfunktion – 3/10
Medikamente/Drogen – Prozac, Schmerzmittel (Nurofen)

Donnerstag, 15. Mai

Zippo hat heute im Hoi Polloi unser in Brühe gekochtes Schafshirn zu Mittag gegessen. Er möchte, dass ich damit am kommenden Sonntagnachmittag meine »Pilotsendung« bestreite. Der Arbeitstitel lautet »Alle schreien nach Innereien«, denn Zippo glaubt, dass Innereien der *dernier cri* im Kochen sind. »Innereien liegen voll im Trend«, sagte er.

Ich wusste nicht so recht, wovon er redete, nickte aber höflich. Von der geplanten Pilotsendung habe ich bislang noch niemandem etwas erzählt (außer Delia Smith).

Ich habe versprochen, an diesem Sonntag nach Leicester zu fahren und William zu besuchen. Ich werde unter einem Vorwand absagen müssen. Meine Mutter darf den wahren Grund nicht erfahren. Ich könnte ihre Enttäuschung nicht ertragen, falls Pie Crust Productions mit der Sendung nicht in Serie geht. Außerdem würde sie es in Ashby-de-la-Zouch allen Leuten auf die Nase binden. In der Küche wurde ich Zeuge einer Diskussion über die Rede der Queen. Malcolm war sehr befriedigt über das geplante Mindestlohngesetz, obwohl Savage angedroht hatte, uns alle rauszuschmeißen und durch illegale Einwanderer aus Somalia zu ersetzen, wenn das Gesetz durchkommt.

Freitag, 16. Mai

Gummibärchen – 3 Tüten
Alkohol – 6 doppelte Wodka, 2 Tonic
Zigaretten – null

Medikamente/Drogen – 4 Nurofen, 1 Joint (mit Malcolm)
Verdauung – Totalstillstand
Gewicht – 66,7 kg
Haarausfall – unverändert
Pickel – 1 (reifend)
Penisfunktion – lustlos

Edna Kent rief heute um die Mittagszeit an. Savage nimmt immer noch sämtliche Anrufe entgegen, obwohl seine Kiefer mit Draht aufeinander fixiert sind (kein Wunder, dass die Reservierungen einen Tiefstand erreicht haben). Dadurch entstand anfangs Verwirrung, wer die Anruferin sei und wen sie zu sprechen wünsche. Ich brauchte ein paar Minuten, bis ich mich damit vertraut gemacht hatte, dass *Edna Kent,* städtische Angestellte, Milchmannswitwe, mehrfach nichtversetzte Sekundarschulabbrecherin, Alter *fünfundfünfzig,* tatsächlich im Unterhaus als Sekretärin der klügsten Frau Englands tätig war.

Ich fragte sie, wie sie den dramatischen Wechsel von der Toilettenfrau in ihre derzeitige prestigegeladene Position geschafft hatte. »Bildung, Bildung, Bildung!«, lachte sie, und ich meinte Malcolm zu hören. »Ich habe an der Uni als Klofrau gearbeitet, und Aidy, ich will mal ganz ehrlich zu Ihnen sein, ich habe nie einen größeren Stuss gehört wie das, was die Professer und Dozenten dort abgelassen haben.« (Es juckte mich, sie zu unterbrechen und zu sagen: »Nicht größer *wie,* Edna, sondern größer *als,* Edna, größer *als,* Komparativ!«, aber das war natürlich unmöglich, völlig ausgeschlossen, sprach ich doch, bei Gott und allen Teufeln, mit einer *zweifach* Diplomierten!) Sie fuhr fort: »Da hab' ich mich bei eim' von die Aufbaukurse angemeldet.«

»Mein' ersten Abschluss hab' ich in Familienrecht

gemacht«, sagte sie. In diesem Fach hatte sie zweifellos viel Rückenwind durch die zahllosen Gerichtsverfahren gegen ihre Kinder. »Und meinen zweiten in Betriebswirtschaft. Unser Barry war der Meinung, ich sollte mit den neuen Technologien auf Zack sein, E-Mail, wissen Sie, Internet und so.«

Ich fand fast keine Worte. Ich war vor Eifersucht wie gelähmt. Ich schaffte es gerade noch zu krächzen: »Herzlichen Glückwunsch, Mrs Kent. Ich hatte ja keine Ahnung davon, dass Sie den Beruf gewechselt haben.«

»Ich habe mich ja auch bedeckt gehalten«, sagte sie. »Sie wissen doch, wie eifersüchtig die Leute auf unsereim oft sind, wenn man sich verbessert. Unser Barry kann ein Lied davon singen, seit er scheinbar pausenlos Erfolge einheimst.«

»*Scheinbar* ein wohlverdienter Erfolg«, sagte ich heuchlerisch. Für mich ist Barry Kent ein talentloser Scharlatan, der die Anbiederung an seine rüpelhaften Altersgenossen in eine Karriere umzumünzen verstanden hat. Es ärgert mich maßlos. Es ärgert mich einfach maßlos, dass sein »Tagebuch einer Arschgeige« als moderner Klassiker gehandelt wird und dass dieses Machwerk acht Jahre nach seinem Erscheinen in den meisten guten Buchhandlungen immer noch ganz vorne in den Regalen zu finden ist. Wann immer ich den reißerischen Schutzumschlag sehe (eine Katze im Fußballtrikot mit dito Schuhen), macht es mir ein diebisches Vergnügen, das ganze Sortiment hinter den Büchern von Charles Dickens verschwinden zu lassen, der immerhin noch als kompetenter Schriftsteller der englischen Sprache gelten darf.

Mrs Kent sagte: »Kurz und Pups, Aidy, worum geht's denn eigentlich? Ich hab nämlich noch schwer zu tun.

Pan drechselt an ihrer Antrittsrede, und ich hab mein' neuen Laptop noch nicht voll im Griff.«

»Es handelt sich um eine persönliche Angelegenheit, Mrs Kent«, sagte ich zähneknirschend. »Würden Sie Pan bitte ausrichten, sie möchte mich auf meinem Handy anrufen?«

Ich gab ihr die Nummer. Sie sagte: »Aidy, Sie müssen mal vorbeikommen und unser Haus besuchen. Wir haben eine Terrasse zum Teetrinken!«

Als ich den Hörer auflegte, dachte ich an meine letzte Teestunde mit Mrs Kent. Damals tobte um uns herum die Kentsche Kinderschar, die Teekanne hatte einen Sprung, die Küche stank nach dem ewig nicht saubergemachten Katzenklo, und Mrs Kent war mit einer Wickelschürze angetan, das strähnige Haar mit einem Gummiband am Hinterkopf zusammengehalten. Nie hatte sie auch nur einen Augenblick lang die für den Erwerb von gar *zwei* Diplomen erforderliche Intelligenz erkennen lassen – wohingegen ich mich, bei meiner Kenntnis der Weltliteratur und meinem ungeheuren Wortschatz, gewaltig anstrengen musste, um in zwei Fächern ein »Gut« zu bekommen (und das auch erst beim dritten Anlauf). Warum, weshalb, wieso?

Samstag, 17. Mai

Heute früh rief ich meine Mutter an. Ich log ihr vor, ich hätte mir eine schwere Darmgrippe zugezogen, wäre völlig dehydriert, käme vom Klo überhaupt nicht mehr herunter und dergl. mehr. Während des Gesprächs fragte ich sie, weshalb sie mir nichts von Edna Kents Fortbildungserfolgen erzählt hatte. Sie sagte eine ganze Weile lang gar nichts. »Weil ich davon keine Ahnung hatte«, bekannte sie schließlich.

Sonntag, 18. Mai

Pfingsten

Ein wirklich scheußlicher Tag. Als ich am Parkplatz vom Einkaufszentrum am Brent Cross ankam, musste ich feststellen, dass mein Wagen vor fünf Tagen abgeschleppt worden war und sich in Polizeigewahrsam befand. Eine Taxe brachte mich für fünfundzwanzig Pfund irgendwohin nach Archway, wo mir eröffnet wurde, ich hätte 239 Pfund zu berappen. Ich hatte nicht genügend Bargeld bei mir, und meine Kreditkarte steckte zu Hause in meinem zweitbesten Jackett. Ein zweites Taxi brachte mich wieder zur Dean Street zurück (acht Pfund fünfzig), wo ich auf meine Mutter, meinen Vater und William stieß, die sich in meinem Wohn-/Lagerraum häuslich niedergelassen hatten. Savage hatte sie eingelassen und sie trotz verdrahteter Kiefer davon in Kenntnis zu setzen gewusst, dass ich ihnen mit meiner Darmgrippe einen Bären aufgebunden hatte.

Ich schnappte mir meine Kreditkarte und überredete meinen Vater, mich mit seinem Auto nach Purley zu fahren, wo ich wieder in den Besitz meines Wagens gelangte. Das Ganze hat mich vermutlich ein Jahr meines Lebens gekostet, so *wütend* war ich. In der Tat spürte ich die Vorboten eines Herzinfarkts, während ich die Empfangsquittung und den Kreditabschnitt unterzeichnete. Die Situation besserte sich keineswegs, als William einen vulkanausbruchartigen Wutanfall produzierte, weil ich nicht in der Stimmung war, bei McDonald's anzuhalten und ihm einen Kinderburger zu kaufen. Meine Mutter war nicht davon abzubringen, zu den Produktionsstätten von Pie Crust Productions in Shoreditch mitzukommen, und machte geltend: »So was muss ich gesehen haben.« Ihr Gesicht wurde merklich länger, als sich vor Ort herausstellte, dass das Studio nur nach Überwindung von sechs Etagen Feuertreppe zugänglich war.

Zippo und das Produktionsteam nahmen es sehr gelassen, dass ich meine ganze Familie zum Dreh mitgebracht hatte, allerdings vermittelte sich mir doch der Eindruck, dass sie nicht unbedingt hellauf begeistert waren.

Zippo küsste meiner Mutter die Hand und machte ihr Komplimente über das Shirt, das sie anhatte. »Das muss Vivienne Westwood sein«, murmelte er.

»Nein«, murmelte sie zurück. »C&A.«

»Sie *sind* aber raffiniert!«, flötete er.

Meinen Vater nahm er für sich ein, indem er ihm einen schweinischen Witz über Prinz Edward erzählte, und Williams Sympathie flog ihm zu, als er dem Kleinen verriet, er fahre in der Stadt einen Ferrari und einen Cadillac-Pickup auf dem Land.

Da wir uns verspätet hatten, war für eine ordentliche Probe keine Zeit. Nachdem ich meine weiße Kochmontur angelegt hatte, wies mich eine eher vollschlanke Produktionsassistentin mittleren Alters namens Cath schnell in den Set mit Herd und Spülbecken ein. Sie öffnete den Kühlschrank und wies nickend auf eine Platte mit allerlei Innereien und verschiedene Schüsseln mit kleingeschnittenem Gemüse. Sie deutete auf den Brühwürfelvorrat der Marke OXO, tippte mit dem Finger auf die Töpfe, zeigte auf den Messerblock und schob mir einen Krug mit darin steckenden hölzernen Kochlöffeln vor die Nase. Alles wortlos.

»Cath, unser Salz der Erde, wird im Hintergrund dafür sorgen, dass alles läuft«, sagte Zippo. »Aber was auch immer geschieht, sprechen Sie Cath auf keinen Fall vor laufender Kamera an.«

»Ist sie taubstumm?«, erkundigte ich mich.

»Das nicht«, sagte Zippo, »aber dann müssen wir ihr den vollen Gewerkschaftstarif für Schauspieler bezahlen.«

Irgendeine Hand puderte mir das Gesicht und tupfte mir etwas auf die Lippen. Meine Mutter kleckste Spucke auf ihren Zeigefinger und strich mir die Augenbrauen platt. Die Scheinwerfer gingen an. Jemand klemmte mir ein winziges Mikrofon an die Kochjacke.

Zippo rief: »Okay Leute, Aufnahme!« Er richtete etwas, das er »Steadycam« nannte, auf mich, der Teleprompter lief an, dann piepste sein Handy. Er nahm das Gespräch an. »Harvey, du alter Halunke!«, rief er. »Yeah, ›Junge Liebe‹ heißt die Arie. Goldie und Burt sind mit von der Partie. Die Finanzierung steht schon zu achtzig Prozent ... Klar, wirst du! Wirst du! Das ist superduper! Harvey, hör mal, ich bin gerade mitten drin in irgend so'm Kleinkram, kann ich dich zurückrufen? Wo bist du? New York? Hervorragend! Super! Spitze! Geil!«

Meine Mutter hatte das Gespräch mit leicht offenem Mund verfolgt. Ihre müden Augen glänzten.

»Wir haben grünes Licht für ›junge Liebe‹«, rief Zippo seiner persönlichen Assistentin Belinda zu. Dann wandte er sich wieder zu mir. »Tut mir Leid, Adrian, aber es ist mein erster Abendfüller. O.k., lasst uns das hier so schnell wie möglich durchziehen, ja?«

Es ist gar nicht so leicht, vom laufenden Teleprompter Text abzulesen, während man gleichzeitig Innereien hackt, nichtsdestoweniger sei hier der Text so wiedergegeben, wie ich ihn gesprochen habe: »Hallo, Innereienfreunde! Leider muss gesagt werden, Innereien hatten eine schlechte Presse. Jack the Ripper hat diese Delikatesse gewaltig in Misskredit gebracht, und ihr Image konnte sich davon nie wieder richtig erholen. Ich denke aber, liebe Freunde und Zuschauer an den Geräten zu Hause, ich kann Sie davon überzeugen, Innereien sind voll im Trend. Wenn Sie also Ihre Katze gefüttert, Ihr Cremeei verspeist und das heiße Wasser auf Ihre Instantnudeln von Pot gegossen haben, brauchen Sie sich nur noch eine Dose Apfelcidre aus dem Kühlschrank zu holen. Und jetzt legen Sie Ihre schriftliche Arbeit mal beiseite, Sie wissen ja sowieso, dass Sie den Schmarrn nicht zu Ende machen. Setzen Sie sich also ganz entspannt hin, und schauen Sie mir zu. Ich zeige Ihnen, wie Sie mit Ihrer lächerlich geringen Studentenstütze viel länger auskommen können. Sie können sich phantastisch ernähren für den Preis von 'nem Appel und 'nem Ei, will sagen, von 'nem Schafskopf und ein bisschen Gemüse.«

William kreischte auf, als ich unter der Arbeitsplatte einen Schafskopf hervorholte, und musste von seinem Großvater hinausgebracht werden, als ich den Lammschädel in zwei saubere Hälften zerlegte. Ungünstigerweise hatte meine Mutter William in letzter Zeit häufig »Schlaf, Kindchen, schlaf, dein Vater ist ein Schaf« vorgesungen.

Ich schaute in die Kamera und stellte mir die siebenhunderttausend Studenten vor, die mir gebannt zusahen. Da anzunehmen war, dass zumindest einige davon französische Sprache oder Literatur studierten, ließ ich hin und wieder ein *Bonmot* einfließen. Während ich das Gehirn aus der Schädelkapsel löste, sagte ich: »Das ist

Hirn. Sein Verzehr wird Sie nicht unbedingt schlauer machen, aber wer will schon allzu schlau sein? Flaubert hat bekanntlich gesagt: ›Wer glücklich sein will, darf nicht besonders intelligent sein.‹« Ich gab die Hirnbrocken mit zwei OXO-Brühwürfeln und etwas geriebeltem Rosmarin in einen Suppentopf voll Wasser. Als der Sud ans Kochen kam, schöpfte ich den Schaum ab. »Das ist Abschaum«, sagte ich. »Wer von Ihnen öfter in Studentenkneipen verkehrt, wird damit vertraut sein.«

»O.k., gut, das war's«, schrie Zippo. »Guter Schluss zum Rausgehen.« Applaus brandete auf, an- und ausgeführt von meiner Mutter.

»Aid, du bist ein Naturtalent«, meinte Zippo, »das war auf Punkt abgeliefert. Der Flaubert war astrein.« Ich enthielt mich der Bemerkung, dass mir der stabgereimte Sylvia-Plath-Slang als Negativschablone gedient hatte.

Zippo musste schleunigst nach Heathrow. Er wollte nach L. A. fliegen und Kim Basinger zu überreden versuchen, einen Trailer für seine Show zu machen. Für den Satz »Hmm, von Pie Crust, bärig lecker!« wollte er 50 000 Pfund für sie lockermachen. Belinda (zierlich, blasse Haut, rote, sehr rote volle Lippen, Tizianlöckchen, Jogginganzug und Turnschuhe) sagte, wir würden in Verbindung bleiben und »den Deal festklopfen«.

Beim Hinunterklettern über die Außentreppe sagte meine Mutter zu mir: »Wenn du dir nicht jemand besorgst, der weiß, was Sache ist, ziehen die dich nach Strich und Faden über den Tisch.«

Als wir beim Auto ankamen, wiederholte sie ihre Warnung unseligerweise vor meinem Vater. Er hieb in die gleiche Kerbe. »Sind alles Haie, diese Internatskadetten«, sagte er, um sich mir sodann als Manager anzudienen – ein Mann, der sich bislang als Kartoffelgrossist, Nachtspeicherheizungsvertreter, Gewürzregalkonstrukteur und Kanaluferbefestiger betätigt hatte. Höflich lehnte ich sein Angebot ab. Die Atmosphäre im Wagen war sofort zum Schneiden. Sogar William hielt endlich einmal die Klappe.

Wieder in meiner Wohnung angekommen, nahm mich meine Mutter beiseite. *»Vielen Dank!«,* zischte sie. »Das bisschen Selbstvertrauen deines Vaters hast du ja glücklich wieder zertrampelt. Es hat mich eine geschlagene Stunde gekostet, ihn zum Aufstehen und Herfahren zu bewegen, damit ich dir bei deiner *schweren* Darmgrippe beistehen kann, wegen der du dich gestern früh schon im Krankenhaus am Tropf gesehen hast!«

William überreichte mir eine Gute-Besserung-Karte, die er aus bemalten Eierschalen gebastelt hatte. Ich wünschte mir inzwischen, ich hätte nicht so unverschämt gelogen. Weniger wäre mehr gewesen. Es hätte den Zweck erfüllt und nicht alle nach London getrieben. Abends um sieben fuhren sie wieder ab.

Meine Mutter sagte, sie müsse rechtzeitig wieder zu Hause sein, um mit dem Hund Gassi zu gehen. Sie versuchte, mir einen Kuss zu geben, aber ich entzog die Wange ihren ehebrecherischen Lippen.

Montag, 19. Mai

Heute früh um halb neun hat Pandora sich endlich gemeldet. Sie sagte, sie sei schon im Fitnessraum gewesen und säße jetzt an ihrem Übergangsschreibtisch in ihrem Übergangsbüro im Unterhaus. Ich erzählte ihr von meinen Mutmaßungen über ihren Vater und meine Mutter. »Ich weiß«, sagte sie. »Sie sind ineinander verliebt – furchtbar, nicht?«

Als ich fragte, woher sie ihre gesicherte Kenntnis hätte, sagte sie, sie hätte ein Fax meiner Mutter an ihren Vater gefunden. Es waren ein paar Zeilen aus einem Gedicht von John Betjeman. Zwei Punkte erstaunten mich:

a) Es war mir neu, dass meine Mutter Zugang zu einem Faxgerät hatte und ein solches bedienen kann.
b) Es war mir neu, dass meine Mutter die Gedichte von Sir John Betjeman mag, obwohl Sir John immer noch Englands beliebtester moderner Dichter ist. Er kommt knapp vor Barry Kent (den ich lieber ermordet sähe), Pam Ayres und Ted Hughes.

Ich bat Pandora, mir die Gedichtzeilen zuzufaxen. Sie sagte, sie würde Edna beauftragen, sich darum zu kümmern. Ich wollte auch wissen, ob sie glaube, dass sie von der Affäre unserer Eltern politisch geschädigt werden könnte. Sie sagte: »Ich bin bereits unter Beschuss geraten, weil ich am Wahlabend ein Chanel-Kostüm getragen habe. Irgend so eine kleine trübselige Labour-Parteiameise in einem lila Hosenanzug von der Stange bei ›Principles‹ hat sich darüber aufgeregt und gesagt, ich müsste erkennen lassen, dass ich die englische Textilindustrie unterstütze.«

»Du bist die Prinzessin Di vom Unterhaus, Pandora«, sagte ich. »Da musst du mit gutem Beispiel vorangehen.«

Ich hörte ihr Feuerzeug klicken. »Hör mal«, sagte sie knapp, »man konnte Prinzessin Di zwar in die unmöglichen Catherine-Walker-Fetzen reinzwingen, aber ihre Handtaschen sind immer noch von Hermès.«

Ich hatte keine Ahnung, wovon sie sprach. (Ich gewinne zunehmend den Eindruck, die Leute reden in einer Art Geheimcode, dessen Schlüssel mir vorenthalten wird.) Ich fragte sie, was wir wegen unserer Eltern unternehmen sollten. Sie lachte und sagte: »Wir könnten doch meine Mutter und deinen Vater verkuppeln und dafür sorgen, dass sich die beiden ebenfalls ineinander verlieben. Die labile Psyche haben sie schon gemeinsam.«

»Und ziehen sich beide furchtbar an«, lachte ich. Ich fragte Pandora, ob ich sie im Unterhaus besuchen kommen könnte.

»Ich muss meine Jungfernrede zusammenbasteln«, sagte sie.

Ich erkundigte mich, über welches Thema sie sprechen werde.

»Es dürfte dich kaum interessieren, Adrian«, meinte sie.

»Versuch's doch mal«, forderte ich sie auf.

»Über die Rekapitalisierung abgestorbener Konsumgüterindustrien«, sagte sie

Sie hatte Recht. Es interessierte mich nicht.

Mittwoch, 21. Mai

Kim Savage ist im vollbesetzten Restaurant aufgetaucht, als gerade das Mittagessen serviert werden sollte. Sie schmiss den Servierwagen mit dem Eintopfgericht um und schleuderte eine Batterie Suppenwürzeflaschen in die Bar (wobei sie den Kopf von Nigel Dempster nur knapp verfehlte). Die Polizei wurde gerufen, bei deren Eintreffen sie sich allerdings schon mit dem Ruf »Mit deinem dämlichen Hausverbot kannst du mir den Buckel runterrutschen« empfohlen hatte. Savage machte hinterher seine Honneurs an den Tischen mit den grollenden Worten: »Das hat man nun als Mann von Stand davon, wenn man in die Unterklasse hineinheiratet.« Die Anwesenheit mehrerer Regierungsmitglieder und eines hohen Gewerkschaftsfunktionärs schien ihn nicht anzufechten.

Donnerstag, 22. Mai

Das Hoi Polloi war heute rappelvoll mit Reportern von der Boulevardpresse. Einer von der Petersborough-Kolumne im »Telegraph« war auch dabei. Sie hofften zweifelsohne auf Einzelheiten über den gestrigen Anschlag von Kim Savage, von dem die Klatschkolumnen der meisten heutigen Morgenblätter berichteten:

ÖFFENTLICHES EHEDRAMA

Kim Savage, getrennt lebende vierte Ehefrau von Peter Savage (Restaurantbesitzer und zweiter Sohn des Earl von Boswell), sorgte gestern bei den Gästen von Peter Savages beliebtem Szenerestaurant in Soho für Aufsehen, als sie im Lokal einen Amoklauf mit Speisewürzen inszenierte und sich damit über ein gerichtlich verhängtes Hausverbot in der bei einem anspruchsvollen Publikum sehr beliebten Speisestätte hinwegsetzte. Mrs Savage verunglimpfte ihren Deckung suchenden Gatten mit den Worten: »Ich weiß alles über dich und Ivana Trump, du dreckiger alter H...bock.«

Mrs Savage, die frühere Society-Floristin Kim Didcott, verließ schluchzend das Lokal. Sie wurde von einem Angestellten getröstet, der das Geschehen mit den Worten kommentierte: »Wie schon Tolstoi sagte, pflegt jede Familie ihr eigenes Unglück.«

Savage ließ uns heute Abend in einer Reihe antreten und verlangte die Preisgabe des Namens des Angestellten, der »diese durchgedrehte Schnepfe« getröstet hatte.

Alle hielten dicht, aber hier in der Küche weiß jeder, dass ich mit »Krieg und Frieden« bereits ein Viertel durch bin.

Kein Wort von Belinda (Pie Crust)
Keine Antwort von Miss Smith
Alkohol – null
Zigaretten – null
Gummibärchen – 4 Tüten
Medikamente – 1 Paracetamol
Verdauung – Abgang von großen Mengen Gas
Haarausfall – unverändert
Penisaktivität 5/10

Freitag, 23. Mai

Noch eine Kostprobe aus der Klatschkolumne der »Daily Mail«:

Als der belesene Sprecher, der gestern zum traurigen Scheitern der Savageschen Ehe Stellung genommen hat, wurde der Chefkoch des Hoi Polloi, Adrian »Köttel« Mole (30) ausgemacht. Ein Insider äußerte sich: »In den Beschäftigungslöchern zwischen den einzelnen Gängen pflegte er die russischen Klassiker zu lesen.«

Ein kleines Vögelchen hat uns allerdings ins Ohr gezwitschert, dass Adrian möglicherweise nicht mehr allzu lange im Hoi Polloi tätig sein wird. Nachdem Zippo Montefioris Produktionsgesellschaft »Pie Crust Productions« Interesse signalisiert hat, ist Adrian im Begriff, sich der unaufhaltsam wachsenden Gilde der Fernsehköche anzuschließen.

Samstag, 24. Mai

Als ich heute Morgen herunterkam, fand ich Savage zusammengesunken auf einem Hocker an der Anrichte sitzen. Er gestand, seit Lokalschluss um drei Uhr hier gesessen zu haben. Er liebe seine Kim immer noch. Ich wollte wissen, woran die Ehe eigentlich ursprünglich gescheitert sei. Er wischte sich eine Träne aus dem Auge. »Ich habe ihr das Geld für einen zehnwöchigen Sprecherziehungskurs gegeben«, sagte er. »Dieser Essex-Akzent jeden Morgen beim Aufwachen machte mich einfach total fertig.« Die aufkeimende Erinnerung ließ ihn schaudern, als wäre der Akzent seiner Frau etwas quasi Materielles, einem ekelhaften Insekt vergleichbar, das übers Bettzeug krabbelt. »Vorgeführt hat sie mich, Adrian«, klagte er. »Sie ist kein einziges Mal hingegangen. Bei ihrer Freundin Joanna Lumley hat sie sich ein paar Ausspracheetips geholt, das war alles!«

»Was hat sie denn mit dem Geld gemacht?«, wollte ich wissen.

Nun brach er vollkommen zusammen und schluchzte wie ein kleines Kind. Ich tätschelte seine konvulsiv zuckenden Schultern. »Für diesen verfluchten Kursus habe ich tausend Pfund abgedrückt«, schluchzte er. »Eintausend verdammte Pfund. Und weißt du, wofür sie den Zaster verbraten hat?«

»Schuhe?«, riet ich ins Blaue hinein.

Er schüttelte den Kopf.

»Einen Liebhaber?«

»Quatsch.«

»Kokain?«

»Ach was«, brauste er auf, »viel schlimmer!« Er senkte Kopf und Stimme und flüsterte: »Sie hat es der Scheiß-Labour-Partei gespendet!!«

Wann wurde ein Mann jemals so schändlich betrogen? Jetzt weiß ich auch, warum Joanna Lumley im Hoi Polloi Hausverbot hat.

Sonntag, 25. Mai

Dreifaltigkeitssonntag

Ich machte mir Savages tiefe Trauer zunutze und bat ihn, mir für heute freizugeben. »In Ordnung«, sagte er, »willst wohl den Choko besuchen.«

»Nein«, sagte ich, »meinen Sohn.«

»Wusste gar nicht, dass du zwei hast«, antwortete er.

Savages Humor ging mir etwas zu weit. »Für mich ist der ›Choko‹ mein Sohn«, sagte ich. »Er heißt übrigens William.«

Savage könnte durchaus von einem Kursus zum Abbau von Rassenvorurteilen profitieren. Ich werde es ihm gelegentlich mal unterjubeln. Ich finde seine Vorurteile *äußerst* beleidigend. Er ist wie *alle* diese Aristokraten. Solche inzuchtgeschädigten sexuellen Sonderlinge gehören *einer wie der andere* an die Bruchsteinmauern ihrer Landsitze gestellt und, na ja, nicht gerade erschossen – aber man sollte es ihnen jedenfalls hübsch ungemütlich machen.

Gestern Abend hatte ich zu Hause angerufen und meiner Mutter gesagt, ich würde zum Wisteria Walk kommen und ein Stück illegales Rindfleisch am Knochen mitbringen. Rosie war ans Telefon gegangen und hatte den Anruf in ihrer gewohnt nervtötenden Art mit einer für das unbewaffnete Ohr praktisch nicht mehr wahrnehmbaren Lautstärke entgegengenommen.

»Ist Dad da?«

»Mhmm.«

Eine lange Pause entstand, in der ich verschnupftes Atmen vernahm. »Rosie?«, vergewisserte ich mich.

»Hhhb.«

»Ich möchte mit Dad sprechen!«, brüllte ich in den Hörer.

»Er ist im Bett«, schrie sie unvermutet zurück und verstand sich dann tatsächlich ungefragt zu der Auskunft, dass er mit einer schweren Depression schon die ganze Woche im Bett gelegen hatte – verursacht durch den Stress der Fahrt nach London am letzten Sonntag. Ich erkundigte mich, wo William war, und hörte, er säße in einem leeren Kellog's-Cornflakes-Karton vor dem Fernseher und schaue sich ein Jeremy-Clarkson-Video an. Die Trostlosigkeit dieses Bildes trieb mir einen Kloß in den Hals. Ich konnte es kaum erwarten, nach Ashby-de-la-Zouch zu kommen und den Kleinen in die Arme zu nehmen.

Später

Abgesehen von dem Wiedersehen mit William war der Besuch reine Zeitvergeudung. Kein Mensch wollte etwas von dem Rindfleisch am Knochen. Meine Mutter war fast den ganzen Nachmittag mit dem Hund »Gassi«, mein Vater lag bei zugezogenen Vorhängen im Bett, und Rosie ging mit einem Knaben namens Aaron Michelwaite aus dem Haus, dessen Gesicht durch Lippen-, Augenbrauen-, Nasen-, Lid-, Ohr- und Zungenringe entsetzlich verunstaltet war. Rosie sah, wie mir fast die Augen aus dem Kopf fielen, und sagte: »Du solltest erst mal seinen Prinz Albert sehen!« Wieder einmal verstand ich gar nichts.

Ich hatte große Mühe, gegenüber dem Burschen an mich zu halten. Er kann zwar unsere Sprache ganz ordentlich, aber für Rosie ist er viel zu alt (er ist neunzehn). Durch die Blume gab ich ihm zu verstehen, dass meine Schwester noch jungfräulich war und dass ich es nicht ungern sähe, wenn dieser Stand der Dinge möglichst lange gewahrt bliebe. »Rosie sieht vielleicht aus wie Baby Spice von den Spice Girls«, sagte ich, »aber sie ist noch *unschuldig,* verstehst du, Aaron?«

»Unschuldig ...« Er zog den Rotz hoch. »Ich hab' mit Rosie schon die eine oder andere Dose knallen lassen, Kumpel.« In jenem Augenblick deutete ich diese beziehungsreiche Bemerkung in der Weise, dass sie gemeinsam schon etliches an Soft Drinks und Dosenbier – vielleicht sogar Stärkeres? – zu sich genommen hatten. Aber je mehr ich auf der Rückfahrt nach London darüber nachdachte, desto unabweisbarer wurde für mich die Erkenntnis, dass sie eine sexuelle Beziehung mit allem Drum und Dran aufgenommen hatten.

Dreizehn Eddie-Stobart-LKWs gesehen. Neun haben zurückgeblinkt, vier nicht.

Verdauung – blockiert
Penis – reizunempfindlich

Montag, 26. Mai

Belinda von Pie Crust Productions rief an, aber ich war gerade mit einem Paar Hammelhoden mitten in einer schwierigen Phase und konnte das Gespräch nicht entgegennehmen.

Luigi hat mich aufgeklärt, dass ein »Prinz Albert« ein

am Penis getragener Ring-Kettenschmuck ist. Ich habe mich hingesetzt, um Rosie einen Brief zu schreiben. Ich spüre die Verpflichtung, die brachliegende Elternstelle bei ihr einzunehmen.

»Meine liebe Rosie«, hob ich an, aber weiter kam ich nicht. Der Gedanke an Aaron Michelwaites Prinz Albert brachte mich derart auf die Palme, dass ich angewidert den Füller wieder hinschmiss.

Freitag, 30. Mai

Malcolm hat mir von Pie Crust/Belinda eine Nachricht übermittelt. Sie bittet dringendst um Rückruf. Malcolm sagte: »Es hat sich angehört, als hätte sie es dringend nötig.« Ich bestärkte ihn in dem Glauben, dass Belindas Interesse an mir sexueller Natur sei.

Edna rief an, um meine Verabredung mit Pandora abzusagen. Pandora müsse zu Hause auf den Lieferanten ihres Futons warten. Ich erklärte Edna, ich könnte ja zu Pandora in die Wohnung kommen, die ich im Übrigen noch nicht kenne, und dort gemeinsam mit ihr auf den Futon warten, aber offensichtlich wartet Pandora lieber allein.

Samstag, 31. Mai

Belinda kam heute in die Küche spaziert und sagte: »Okay, ich werde meinen Stolz vergessen. Ich bin gekommen, dich zu bitten, dass du's machst.«

Malcolm, Luigi und die derzeitigen Küchengehilfen

Sven und Boris beglotzten Belindas Titten und Hintern, die in dem Radlertrikot und den Radlerhosen bestens zur Geltung kamen. Ich dirigierte Belinda hinaus in den Hinterhof, wo die Feuerlöscher geparkt sind, bis der Diensthabende vom Brandschutz anruft und sagt, er käme gleich mal vorbei, um zu kontrollieren.

»Ich habs mir anders überlegt«, gestand ich Belinda. »Ich kann nämlich nicht kochen.«

Seit Savage sein Innerstes vor mir nach außen gekehrt hat (oh, hätte er es doch wirklich getan, ich hätte seine Innereien liebend gern in ein bisschen Knoblauchsalz gekocht und verzehrt!), um mir seine unsterbliche Liebe zu Kim zu gestehen, ignoriert er mich völlig. Heute früh wollte ich mich erkundigen, ob er die Karottenkonserven bestellt habe. »Wir sind schon gefährlich knapp«, sagte ich zu ihm, aber er schaute durch mich hindurch, als wäre ich Luft. Ich benutze die aufgestapelten Karottendosen als Nachttischchen und merke daher immer sofort, wenn unser Vorrat zur Neige geht.

Sonntag, 1. Juni

Verbrachte den Tag alleine, nur mit dem »Observer«. Im Hinterhof tauchte heute ein Kater auf, der eine erstaunliche Ähnlichkeit mit Humphrey aufweist, dem Kater, der vormals in Nr. 10 Downing Street residierte, bis Cherie Blair ihren Gatten bat, das Tier »im Guten, nötigenfalls aber auch im Bösen« zu entfernen – wie ein hochrangiges Mitglied des Tierschutzvereins Luigi verriet, der es an Malcolm weitergab, der es *mir* erzählt hat.

Der Kater, den ich heute Vormittag sah, war zweifelsfrei Humphrey – dünner zwar, mit verwahrlostem Fell, flohgeplagt und ohne jegliche amtliche Erkennungsmarke, aber er war es, das steht für mich ganz außer Frage. Die Geschichten über das »gute Heim, das er irgendwo in Streatham gefunden hat«, sind reine Lügenmärchen. Die Wahrheit wird zweifelsohne ans Licht kommen, wenn die Geheimhaltung der Kabinettsunterlagen nach einunddreißig Jahren von Gesetzes wegen erlischt. Ich werde dann einundsechzig sein und die stille Genugtuung genießen, den ausgestoßenen Kater des Premierministers mit Kabeljauköpfen gefüttert und ihm den Kampf ums Überleben in den unwirtlichen Straßen von Soho erleichtert zu haben.

Montag, 2. Juni

Humphrey hat heute früh erbärmlich an der Küchentür miaut. Malcolm wollte ihn mit zu sich nach Hause nehmen, aber ich wies darauf hin, dass der Schlafsaal eines Wohnheims kein Zuhause im eigentlichen Sinne sei. Ich glaube, Malcolm konnte meiner Logik folgen. Als sein Dienst nach dem Mittagessen beendet war, zog er los und kaufte Humphrey ein Katzenhalsband mit Namensgravur. Malcolm wurde unglücklicherweise rein phonetisch alphabetisiert, sodass der Kater jetzt »Hamfri« heißt.

Dienstag, 3. Juni

Hamfri hat inzwischen zwei Schüsselchen, ein Bett, einen Korb, einen Kratzbaum, eine Zerstäuberflasche aus Weichplastik mit Flohpulver, Wurmtabletten, einen

Ball mit Glöckchen, einen Katzenstriegel und ist in der tierärztlichen Praxis am Beauchamp Place registriert. Malcolm hat das Tier mit seinen Ersparnissen und seiner Liebe überschüttet. Der Kater lässt allerdings keine Spur von Dankbarkeit erkennen.

Zippo kam heute Abend ins Restaurant und sagte: »O.k., Adrian, du hast gewonnen. Du wolltest es nicht unter neunfünfzig pro Show machen, also sollst du die neunfünfzig auch kriegen. Limo-Service hin und zurück ist auch noch drin, und zusätzlich schmeißen wir dir einen erstklassigen Satz Töpfe.«

Interessehalber sagte ich bedächtig: »*Fünfzehnhundert* plus Zweitverwertungsrechte.« »Plus Zweitverwertungsrechte« ist eine Floskel, die ich im Hoi Polloi oft gehört habe. Ich habe zwar keine Ahnung, was sie bedeutet, aber feilschenden Fernsehleuten kommt sie unaufhörlich von den Lippen. Genau in diesem Moment zirpte Zippos Handy.

»O.k., fünfhundert Riesen für Burts Haarteil, aber damit ist für mich absolute Sense«, brüllte Zippo in das Gerätchen hinein und klappte es sofort wieder zusammen. Er wandte sich wieder zu mir und sagte: »Wir ziehen in zwei Tagen sechs Shows durch – elender Schlauch. Ich sorge für ein paar Pillen.« Schon wieder Geheimsprache – ich komme mir vor wie in einem Paralleluniversum gestrandet.

Mittwoch, 4. Juni

Heute Vormittag rief ich Edna Kent an und bat sie um die Nummer von Barrys Agent. Sie gab mir seinen

Namen, sagte aber, er sei nicht im Telefonbuch eingetragen. Schließlich verriet sie mir die Nummer dennoch. Es gibt eben doch noch Solidarität unter uns Ashby-de-la-Zouchianern.

Barrys Agent ist Amerikaner und heißt Brick Eagleburger. Ich rief Mr Eagleburger an und wurde sofort auf Warteschleife geschaltet, nachdem eine Amerikanerin mit scharfem Organ (eine Tonkonserve) geschnarrt hatte: »Hi, ich bin Bricks Assistentin Boston. Zur Zeit ist niemand frei. Bitte gedulden Sie sich einen Moment, wir melden uns sofort bei Ihnen.« Anschließend wurden mir Auszüge aus »Porgy and Bess« zu Gehör gebracht. Ich summte gerade die Melodie von »Bess, You Is My Woman Now« mit, als die zuvor gehörte scharfe Stimme die Darbietung mit den Worten unterbrach: »Hi, hier spricht Boston Goldman, was kann ich für Sie tun?«

Ich riss mich zusammen und stammelte, ich sei ein ganz alter Freund von Barry Kent und bräuchte einen Rat, eine Fernsehkarriere zeichne sich für mich ab. »Klingt irgendwie aufregend«, warf Boston ein, »aber Brick hat die Klientenliste mit Wirkung erster Januar geschlossen.«

Ich war nicht sicher, ob ich alles richtig verstanden hatte, und bat Boston, ihre Worte noch einmal zu wiederholen.

»Seit dem ersten Januar«, sagte sie ganz langsam, als spräche sie mit einem Deppen oder einem Ausländer, »hat Brick seine Klientenliste geschlossen.«

»Er nimmt also keine neuen Klienten mehr an?«, vergewisserte ich mich.

Bostons Tonfall wurde etwas ruppiger. »Congratulations! – wie euer englisches Schlagertalent Cliff Richard so schön singt«, witzelte sie – allerdings ziemlich ungekonnt für meinen Geschmack.

Donnerstag, 5. Juni

Habe wieder Edna angerufen und ihr mein gestriges Gespräch geschildert. Sie verriet mir, dass Boston eine gescheiterte Komikerin war. Das erklärt manches. Edna gab mir den Rat, nicht locker zu lassen, bis ich mit Brick persönlich gesprochen hätte. Savage hat spitzbekommen, dass Hamfri in der Küche gehalten wird, und von uns verlangt, dass wir uns seiner (Hamfris) entledigen. Der Große Alan hat ihm (Savage) gesteckt, dass die Kontrolleure vom Gesundheitsamt im Gebiet von Soho mitternächtliche Überraschungsrazzien planen. Malcolm ist sehr betrübt. »Kein Mensch macht sich was aus mir«, klagte er heute Abend, »und niemand will sich von mir anfassen lassen. Aber Hamfri ist überglücklich, wenn er auf meinen Schoß darf.« Hamfris Interesse an Malcolm beruht einzig auf dem Fressen, das er von ihm bekommt, stündlich. Ich hätte es Malcolm beinahe gesagt, aber ich konnte mich noch im letzten Moment bremsen.

Freitag, 6. Juni

Hamfris Besitztümer haben sich um ein weiteres vermehrt: Ein Katzenklo. Auf meiner Bude.

Samstag, 7. Juni

Brick angerufen, Boston am Draht. Um mich bei ihr beliebt zu machen, erkundigte ich mich, ob sie auf den Namen Boston getauft worden sei. Sie bekam aber einen Wutanfall. »Sie glauben wohl, alle Leute wären Christen? Eingebildetes britisches Bürschchen! Wäre ihnen wohl recht, wenn meine Mutter und mein Vater im Mittelwesten in irgendso einer schäbigen protestantischen Kirche am Taufbecken gestanden und mich in die Gemeinschaft der Christen *hineingetauft* hätten? Das fänden Sie wohl koscher!«

Ich sagte, es täte mir Leid, wenn ich sie gekränkt hätte. Obwohl, liebes Tagebuch, ich weiß eigentlich nicht, was es da für mich zu entschuldigen gab, wenn ich ehrlich bin.

Ich trug noch einmal die Bitte vor, mit Brick zu sprechen. Ich wurde wieder auf Warteschleife geschaltet. Inzwischen kann ich fast sämtliche Songs von Porgy and Bess auswendig mitsingen. Mit einigen davon könnte ich durchaus schon auftreten.

Sonntag, 8. Juni

William hat heute angerufen. Er wollte wissen, wann ich ihn besuchen käme. Ich sagte, ich könnte es derzeit noch nicht sagen (was auch stimmt: Für die Verhandlungen mit Pie Crust muss ich in London greifbar sein). Das Kind erzählte über jemand oder etwas namens Barney munter drauflos und hängte auf einmal unvermutet ein, sodass ich ihm kein nettes »Auf Wiedersehen« sagen konnte. Meine diesbezüglichen Schuldgefühle hatte ich auch eine halbe Stunde danach noch nicht abgebaut.

Offensichtlich haben sich Savage und Kim wieder versöhnt. Ich weiß es lediglich aus der Klatschkolumne in der »Sunday Times«. Mir persönlich soll es recht sein:

Kim ist die Einzige, die sich mit dem Lagerhaltungsprogramm unseres Computers auskennt. Vielleicht kommen die vor Tagen angeforderten Karotten doch noch.

Mittwoch, 11. Juni

Schlimmer Tag. Um dreiundzwanzig Uhr hatten wir eine Razzia der Gesundheitspolizei. Zu einem ungeeigneteren Zeitpunkt hätte sie nicht kommen können. Malcolm hatte gerade den Kater von oben heruntergeholt und knuddelte ihn neben dem Nahrungsmittelvorrat in seinen Armen. Luigi, Fluch über ihn, saß wieder einmal auf der Abtropffläche und kühlte sich die Füße im Spülbecken.

Savage und Kim waren vollkommen betrunken und schienen die beiden Inspektoren, einen gewissen Mr Voss (dürr, blass) und eine gewisse Miss Sykes (dürr, Sonnenbank), für eine komische Nummer zu halten.

Ein feiner Kamm wäre ein grobes Gerät gewesen, wenn man diesen etwas unpassenden Vergleich mit der peinlichen Sorgfalt ziehen will, die Herr Voss und Fräulein Sykes bei der Untersuchung der Küchen walten ließen. Als sie sich um zwei Uhr dreißig verabschiedeten, hatten sie einhundertzwanzig Verstöße gegen das Hygienegesetz zu Protokoll genommen, darunter auch die Verunreinigung des Spülbeckens durch Fußpilzsporen.

Gott sei Dank habe ich durch Pie Crust Productions noch ein Eisen im Feuer.

Donnerstag, 12. Juni

Im Fenster vom Hoi Polloi hängt eine neue Bekanntmachung:

Auf Anordnung von Kommissar Blair wurde das Lokal vom Geheimdienst der Regierung geschlossen – als Repressionsmaßnahme gegen den Tatbestand, dass das Hoi Polloi ein Bollwerk freiheitlicher Gesinnung ist.

Gezeichnet Hon. Peter Savage

Freitag, 13. Juni

Der Große Alan hat Malcolm einen Job in seinem Stripteaseladen angeboten. Er soll in der Garderobe abgefallene Pailletten und Federn zusammenfegen. Kostenlose Mahlzeiten, fünf Pfund die Stunde, Minitaxi nach Hause. Malcolm sagt, er würde es sich überlegen. Was gibt's da zu überlegen? Luigi ist von Schuldgefühlen zerfressen und hat auch allen Grund dazu. Allein seine Füße waren für siebzehn Verstöße gegen das Hygienegesetz gut.

Am Montag mache ich die Aufzeichnung der ersten drei Sendungen.

Samstag, 14. Juni

Meine Tante Susan wurde mit der begehrten Auszeichnung »Vollzugsbeamtin des Jahres« geehrt. Sie wurde ihr vom Innenminister Jack Straw verliehen. Sie hat meiner

Mutter erzählt, Mr Straw beabsichtige eine Untersuchung über Lesbierinnentum im Gefängnis durchzuführen. »Beim Personal oder bei den Insassen?«, hatte sich meine Tante erkundigt. Sie berichtete, Mr Straw sei bei der Frage rot geworden und habe das Gespräch auf ein weniger verfängliches Thema gelenkt: die Nacktschneckenplage in den Gärten.

Nigel rief an und fragte, ob er übers Wochenende bei mir auf meiner »Ottomane« übernachten könne. Er sagte, er käme nach London, um ein Seminar einer Gruppe mit der Bezeichnung »Outing« mitzumachen. Die Gruppe ist darauf spezialisiert, homosexuelle Männer und Frauen zu beraten, wie sie den Eltern am besten vermitteln, dass sie andersherum sind. (Natürlich nicht die Eltern. Die dürften es gegebenenfalls in aller Regel bereits wissen. Obwohl ich glaube, dass man homosexuell sein kann, ohne es zu wissen. In diesem Fall: Bin ich es? Ich bin seit Jahren ein großer Bewunderer von Judy Garland.) Ich sagte, er könne ruhig auf dem Sofa schlafen (oder der Ottomane, wie er zu sagen beliebt), aber ich warnte ihn vor dem Dekor. Er sagte, es sei ihm egal, solange er eine Stellfläche zur Ablage seiner Peelingmaske fände.

Samstag, 15. Juni

Nigel wird den ganzen Tag nicht da sein und Seminare bei Outing besuchen. Ich erzählte ihm, meine Tante Susan (siehe oben) habe meine Großeltern von ihrem Lesbentum in Kenntnis gesetzt, indem sie sagte: »Hört mal zu, ich bin lesbisch, ob's euch passt oder nicht!«

»Die ganze Sache war in fünf Sekunden vorbei, das

Geschrei allerdings nicht mitgerechnet«, sagte ich zu Nigel.

Nigel schauderte und sagte: »Ohne Betäubung! Wie heldenhaft.« Als ob Tante Susan sich einer Beinamputation unterzogen hätte.

Tag und Nacht bin ich von der Sex-Industrie Sohos und von Menschen umgeben, deren Leben vom Sex beherrscht wird. Dabei bin ich keusch wie ein Seepferdchen. Ich glaube, Justine hat ein paar Vorstöße in meine Richtung gemacht. Ich habe sie gestern zufällig im Café Italia getroffen, und sie hat mich löffelchenweise mit dem Schaum von ihrem Cappuccino gefüttert. Sie sagte, sie hätte läuten hören, Savage und Kim wollten das Hoi Polloi verkaufen und eine Sauerstoffbar aufmachen, wo Gesundheitsfreaks Frischluft tanken können. Unter Savages Ägide wird ein solcher Laden binnen weniger Tage in die Luft fliegen. Er hinterlässt brennende Zigarettenkippen, wo er geht und steht.

Nigel hat mir die Haare geschnitten, damit ich morgen vor die Kamera treten kann. Er sagte: »Ich kann nicht zulassen, dass du auf dem Bildschirm erscheinst und aussiehst wie eine testosterongeschädigte Prinzessin Diana.«

Er hatte noch nicht richtig angefangen, da hörte ich ihn scharf die Luft einziehen. Ich wusste, jetzt hat er meine dünne/kahle Stehe entdeckt. Ich bat ihn, mit dem Bandmaß in meinem Schweizer Offiziersmesser die Stelle auszumessen.

Er ermittelte für die kahle Stelle einen Umfang von zweieinhalb Zentimetern. Wie wir jedoch feststellen konnten, ließ sich durch Verwendung eines geeigneten Haarsprays und durch Kämmen des Haares in südwestliche Richtung mein Geheimnis wahren.

Nigel ist nach Leicester zurückgefahren, um seinen Eltern und seinem Arbeitgeber Next reinen Wein über seinen Liebhaber Norbert einzuschenken. Savage hat mir die Wohnung gekündigt. Aber eher werde ich ihn vor das höchste Gericht des Landes zerren, als dass ich mich füge. Obwohl ich zugeben muss, dass mir die Rückkehr nach Leicester in immer verlockenderen Farben erscheint.

Montag, 16. Juni

Um fünf Uhr auf, Goldfisch gefüttert, Streu im Katzenklo erneuert, rasiert, angezogen, mit der U-Bahn nach Shoreditch. War eine Stunde zu früh da, bei Pie Crust noch alles dicht. Auf der Straße nur lauter Verrückte, Männlein und Weiblein. Spazierengegangen. Kam mir in Anzug, Weste und Mantel reichlich deplaziert vor. Hoffte, nicht umgerannt zu werden mit Schweinskopf in Next-Nylon-Einkaufstasche.

Um sieben Uhr gemeinsames Eintreffen von Belinda, Zippo und Maskenbildnerin in schwarzem Taxi. Waren erstaunt, mich zu sehen. Belinda: »Haben Limo geschickt zum Abholen.« Sie sehr ärgerlich. Rief über Handy Fahrer an. Hörte sie sagen: »Ja, ich weiß, der Hornochse ist *hier.*«

Später
Zo betrachtet Haare. Fragt: »Wer war da zuletzt dran? Handamputierter Freund mit stumpfer Schere?« Sage ja. Frage, woher sie weiß. Verdreht Augen und frisiert Haare in Stil »1940, Hitler«. Sage, mag keine Hitlerfrisur. Zo: »Zippo, wie viel 1940 soll er kriegen?« Konferenz

von Zippo, Belinda und Zo über meine Frisur. Frisur soll offensichtlich Thema Innereien aufnehmen, Kriegsjahre etc.

Ich bin den Bridget Jonesschen Telegrammstil jetzt Leid und werde in meinem natürlichen und frei fließenden Prosastil weiterschreiben.

»Deshalb frisiere ich ihn ja auf Hitler«, sagte Zo, die, wie sich erkennen lässt, sehr wenig über die Geschichte des zwanzigsten Jahrhunderts weiß. Ich erklärte ihr, dass Hitler ein Ungeheuer und für den Zweiten Weltkrieg verantwortlich gewesen sei. »Ich habe damals in der Schule den Geschichtskurs abgewählt«, sagte sie in rechtfertigendem Ton, »und Umweltkunde genommen.«

Für Zo und viele andere ihrer Generation ist Hitler einfach »der mit dem Bärtchen«.

Für meine Fernsehfrisur einigten wir uns schließlich auf eine Art Dammbruch-Konzept, »hinten eher kurz, aber an den Seiten etwas mehr Fülle«, wie Zo sagte. Sie warnte mich, mein Haar begänne oben dünn zu werden, und empfahl mir ein amerikanisches Spray mit der Bezeichnung »Falsehair«, das sich an die Kopfhaut anlagert und wie echtes Haar wirke. Es sei über den Shopping-Kanal im Kabelfernsehen zu beziehen und in sieben verschiedenen Farbtönen erhältlich, »auch in dem Ihren – mausgrau mit einer Spur silber«.

Ich bemerkte (ziemlich cool, wenn man bedenkt, dass ich fast einen Herzstillstand erlitten hätte): »Fängt wohl schon an mit den silbernen Strähnen, eh?« Ich hörte mich an wie der Komiker Jerry Seinfeld.

»Ihre Graurate ist erst schlappe zweieinhalb Prozent«, sagte Zo, »aber wenn Sie's kaschieren wollen, es gibt da ein Produkt mit dem Namen …«

Liebes Tagebuch, ich stieg nicht weiter darauf ein.

Es war einer jener Augenblicke, in denen man sich der eigenen Sterblichkeit jäh bewusst wird. Das schnelle Abgleiten der Follikel in den Tod, der Zusammenbruch des Gewebes, Verhärtung mancher Gefäße, Verengung von anderen. Die Rückkehr der Knabenstimme des Heranwachsenden stand in absehbarer Zeit bevor.

Ich habe den Zenit meiner Lebenskraft erreicht, ohne es zu bemerken oder etwas davon zu haben. In wenigen Dekaden werde ich nicht mehr fähig sein, mir selbst die Zehennägel zu schneiden. Kann ich mich auf Mr Blair verlassen? Wird das Gesundheitssystem der Zukunft die Abgabe von Pampers für Erwachsene auf Rezept vorsehen, falls ich solcher Leistungen bedarf? All diese Gedanken rasten mir in Sekundenbruchteilen durch den Kopf. Zo brachte mich wieder in die Gegenwart zurück. Sie bat mich, den Mund zu schließen, während sie eine dicke Grundierung auf mein »pickelnarbiges« Gesicht auftrug. Zwischenzeitlich wurden in der Küchenattrappe in einer Ecke des Studios schon die Scheinwerfer eingestellt. Man stellte mich meinem »Co-Moderator« vor, einem Inder namens Dev Singh. Er hatte dickes, blauglänzendes Haar, große braune Augen, Wimpern wie Büschel von Palmzweigen, und diese Zähne! Diese Lippen! »Ich habe schon seit zwei Tagen kein Auge mehr zugemacht«, gestand er. »Ich hab ja solches Lampenfieber.«

Ich räumte ein, dass auch ich etwas nervös war. »Oh, vielen Dank, danke, ich danke Ihnen, dass Sie so offen sind!«, sagte er. Dann bekannte er, dass er strikter Vegetarier sei, allein schon von dem Gedanken, Innereien berühren zu müssen, werde ihm übel. Belinda schaltete sich ein. »Dev, Sie brauchen hier nur dekorativ herumzustehen. Wir erwarten nicht von Ihnen, dass Sie das eklige Zeug anfassen.«

Ich erkundigte mich bei Belinda, welche Rolle Dev genau zugedacht sei, und erklärte, von der Notwendigkeit eines Co-Moderators sei bislang mit keinem Wort die Rede gewesen. »Ja, also, wir haben uns das Pilotband ein paarmal reingezogen, und da dachten wir, es wäre nicht verkehrt, wenn wir das ein bisschen aufpeppen«, sagte sie.

Dankenswerterweise hatte ich immer noch Cath. Sie hatte bereits sämtliche Zutaten vorbereitet und in kleinen Schüsseln bereitgestellt. Sogar den Schweinskopf hatte sie schon zur Hälfte durchgetrennt. Ich zog meine weiße Montur an, Dev schlüpfte in ein rotes Seidenhemd und ein paar enge weiße Levi's, und wir wurstelten uns durch einen Probedurchgang. Am Ende sagte Zippo: »Cath, sieh mal zu, ob du irgendwo ein bisschen geiles Obst und Gemüse auftreiben kannst – bist ein Schatz.« Fünf Minuten später war Cath mit einer Tragetasche voll Möhren, Gurken und Melonen wieder da und kippte alles auf die Arbeitsplatte. »Dev, schauen Sie doch mal, was Sie damit anstellen können«, sagte Zippo. »Fünf Minuten Probe, dann nehmen wir auf.«

Dev manipulierte an der beziehungsreich aussehenden Pflanzennahrung herum wie ein Magier beim Einstudieren eines Zaubertricks, dann blickte er von seinem Werk hoch und sagte: »Ich bin jetzt fertig, wie man am Zustand meiner Hose ablesen kann.«

Das ganze Studio lachte, außer mir und Zippo, der wieder einmal wegen der Kosten für die Eben-erst-aufgewacht-Perücke von Burt Reynolds mit L. A. telefonierte.

Ich habe in meinem Leben schlimmere Momente erlebt – beispielsweise, als ich als Fünfzehnjähriger mit einem an der Nase haftenden Modellflugzeug – der Sekundenkleber hatte verblüffend schnell gewirkt – im

Krankenhaus in der Notaufnahme saß, aber von Dev und seinen zweideutigen Gemüseplastiken in den Schatten gestellt zu werden war nicht weit davon entfernt. Auf der Heimfahrt in der Limousine überkam mich Selbstverachtung. Seit Wochen habe ich kein einziges kreatives oder poetisches Wort mehr zu Papier gebracht. Ich habe meine Seele für eine widerliche Suppenpampe verkauft.

Donnerstag, 19. Juni

Heute Abend hat mich Justine gefragt, ob ich schwul sei! Pandora ist an allem schuld. Seit ich dreizehndreiviertel Jahre alt war, bin ich leidenschaftlich in sie verliebt und unfähig, mich emotional (oder sexuell) einer anderen Frau zuzuwenden.

Freitag, 20. Juni

Zippo rief an, um mir zu sagen, dass die ersten drei Sendungen geschnitten seien. Die Beiträge von Dev Singh seien auf ein absolutes Minimum reduziert, die haarsträubende Nummer mit der Gurke und den Schweinsohren sogar komplett herausgeschnitten worden.

Zippo räumte ein, dass »man darüber nachdenken muss, ob man Dev vielleicht ganz herauslassen sollte«. Ich sagte, das hielte ich für eine kluge Entscheidung. Zippo bat mich, ihm eine Liste der für die Aufzeichnung am Montag benötigten Zutaten zu faxen. Ich faxte ihm drei Rezepte: Hühnerkleinauflauf, gebackenes

Ochsenherz und Armeleutesuppe. Ich wollte ihn eigentlich noch fragen, ob er daran interessiert sei, den »Weißen Lieferwagen« zu produzieren, aber er hatte es wieder einmal eilig. »Muss jetzt Schluss machen«, sagte er. »Goldies Agent ist am anderen Apparat. Sie verlangt perückenmäßig gleichgestellt zu werden.«

Montag, 23. Juni

Pandora hat angerufen und gesagt: »Wenn heute jemand von ›News of the World‹ bei dir anrufen sollte, musst du sagen: ›Kein Kommentar‹«. Nähere Angaben wollte sie nicht machen. Die Sache klingt ominös. Wir redeten noch eine Weile über die Affäre unserer Eltern, wobei wir einen Code benutzten: A war meine Mutter, B Pandoras Vater. Pandora sagte, C (ihre Mutter) habe sie in Tränen aufgelöst angerufen und gesagt, sie hätte die Einwickelfolie von einem Kit-Kat-Schokoriegel in der Anoraktasche von B gefunden.

»Gut!«, sagte ich. »A isst jeden Tag zwei Kit-Kats. Aber warum ist C deshalb so argwöhnisch? Schließlich könnte B ja auch ein Kit-Kat gegessen haben.«

»B boykottiert die Produkte des Herstellers Rowntree seit 1989«, sagte Pandora. »Es war da mal was wegen den Arbeitsbedingungen in den Kakaoplantagen.«

»Sie sind unvorsichtig geworden«, sagte ich. Wir kamen überein, die ABC-Situation in der nächsten Woche erneut zu besprechen.

Ich legte mich wieder ins Bett. Von den gestrigen Aufnahmen bin ich immer noch total fertig. Ich möchte nie wieder Innereien sehen, riechen oder gar *anfassen* müssen.

Dev Singh ist nicht »herausgelassen« worden. Ganz im Gegenteil. Man hat ihn vollkommen von der Leine gelassen. Das ganze Studio konnte sich über seine Mätzchen vor Lachen nicht mehr einkriegen – außer Cath und mir.

Als er mit dem Hühnerklein jonglierte und die Geflügelinnereien mit dem Wok klatschend wieder auffing, hätte ich fast das Studio verlassen. Da ich mir jedoch auf meine Professionalität etwas zugute halte, bezwang ich meinen inneren Schweinehund und wahrte Haltung. Außerdem warf ich hin und wieder einen literarischen Aphorismus ein, um den intellektuellen Anspruch etwas zu erhöhen. Während ich vorführte, wie man Soße mit Teebeuteln braun bekommen kann, zitierte ich das folgende Bonmot: »Teebeutel – erst wenns richtig heiß wird, merkt man, wie stark sie sind.« Nancy Reagan hat es als Erste benutzt. Als *mot* ist es nicht besonders *bon,* aber es verfehlte die Wirkung auf Zippo nicht. Glaube ich.

Zwischen den einzelnen Aufnahmesitzungen rief Zippo immer wieder per Wahlautomatik in L. A. an. Manchmal hatte er den Lautsprecher eingeschaltet, wodurch wir alle Zeugen seiner hektischen Gespräche über den (zweifellos vom Pech verfolgten) Film »Wahre Liebe« wurden. Einmal hörten wir den Regisseur von »Liebe«, wie sie alle sagen, Nathan Stag, schreien: »Zippo, du musst endlich mal schnallen, dass kein Perückenmacher der ganzen Branche fünfunddreißig Jahre im Leben von Burt Reynolds ungeschehen machen kann. Das ist einfach nicht machbar, verdammt noch mal!«

»Alle schreien nach Innereien« ist zum Kotzen schlecht. Ich mache mich zum Hanswurst.

Dienstag, 24. Juni

Lag bis vier Uhr wach. Hörte dem Regen zu und machte mir Sorgen wegen »News of the World«. Sorgenmachen müsste eine olympische Disziplin sein. Ich hätte Medaillenchancen. Für Gold.

William rief um halb sechs an, um mich an seinen Geburtstag am 1. Juli zu erinnern. Wie kann man einem knapp Dreijährigen begreiflich machen, dass er nicht vor neun Uhr morgens anrufen soll? Ich liebe den Kleinen, aber ich wäre froh, wenn die britische Telefongesellschaft das Telefon mit Wahlspeicher nicht eingeführt hätte.

Hamfri zwei Tage nicht gesehen.

Mittwoch, 25. Juni

Ich habe von den Sex-Vorwürfen gegen Präsident Clinton gelesen. Jeder Mensch, außer mir, hat Sex. Sogar Malcolm erfreut sich einer fleischlichen Beziehung – mit Annette, einer Frau, die auf dem Strand in der Nähe des Zeitungsviertels den »Evening Standard« verkauft. Ich habe mir die Sache mal angesehen, von der anderen Straßenseite aus. Annettes in Leggings gezwängte Beine sehen aus wie die berühmten Mammutbäume, bei denen die Amerikaner unten mit dem Auto hindurchfahren. Sie hat aber ein nettes Gesicht und würde mit einem vernünftigen Haarschnitt ganz passabel aussehen.

Es ist immer leicht zu erkennen, wann die beiden im Heu gewesen sind. Malcolms Gesicht, Hals, Brust und Schultern sind am nächsten Morgen jedes Mal mit

Druckerschwärze gezeichnet. Er ist übrigens überzeugt, dass die »Schlitzaugen« Hamfri gekidnappt und Rindfleisch mit schwarzen Bohnen und Ingwersauce aus ihm gemacht haben. Er behauptet, er hätte 1993 in Wolverhampton einmal einen Halsbandanhänger mit der Aufschrift »Fluffy« in seiner Schachtel mit Chop-Suey zum Mitnehmen gefunden. Er ging mit der Marke zum Gesundheitsamt, aber die Beamten nahmen ihn nicht ernst. Ich befragte ihn nach seinem Auftreten in den Amtsräumen. »Na ja, damals hab ich noch gesoffen«, räumte er ein. »Der arrogante Sesselpuper hat die Bullen kommen lassen, und die ham mich rausgeschmissen.« Sein bitterer Ton ließ den Groll ahnen, den er noch heute gegen Amtspersonen hegt.

Um zwei Uhr morgens rief Rosie an. Sie bat darum, von mir aus dem Rockfestival in Gladstonbury geborgen zu werden. Das Festivalgelände sei ein einziger knietiefer Morast. Das Schuhwerk habe sie vor längerer Zeit schon eingebüßt. Sie befürchte, inzwischen bereits Fußbrand zu haben. Zwei Stunden habe sie an einem der wenigen Telefone anstehen müssen. Ich sei ihre letzte Hoffnung. Ich eröffnete ihr, ich hätte kein Benzin im Tank, und riet ihr, die Hoffnung auf ihre eigene, vom Tanzverbot für alternde Larrys nicht betroffene hilfsbereite und fürsorgliche Generation zu setzen.

Samstag, 28. Juni

Luigi rief heute an. Er erzählte mir, ein paar reiche Investoren hätten sich »gemeldet«, um das Hoi Polloi zu »retten«. Es soll ein kompletter Umbau stattfinden. Der Keller soll zu einer Sauerstoffbar (!) ausgebaut und der derzeitige Speiseraum mit Katalogmobiliar aus dem Zweiten Weltkrieg im Stil einer Arbeiterküche eingerichtet werden. Für die obere Etage (einschließlich meiner Wohnung) ist ein Raucherclub für eingetragene Mitglieder geplant.

Luigi sagte, dass beitrittswillige Raucher eine ärztliche Bescheinigung vorzuweisen hätten, aus der hervorgehen müsse, dass sie ernsthafte Raucher und keine paffenden Möchtegerne mit völlig intakten jungfräulichen Lungen seien.

Gerüchteweise verlautet, einer der Investoren sei Michael Caine. Die wenigsten wissen es, und ich musste einen Eid auf meine Verschwiegenheit ablegen. Vom derzeitigen Personal soll niemand übernommen werden. Luigi ist bei seinem Schwager, einem Fensterputzer in Cadogan Gardens, als Hilfskraft untergekrochen. Ich habe angefangen, mich nach einer anderen Wohnung irgendwo in London umzusehen. In den Wisteria Walk möchte ich doch nicht zurück. Ich bin der Provinz entwachsen.

Sonntag, 29. Juni

Im Savoy Hotel ist eine Mäuseplage ausgebrochen. Gäste, die eine Maus erblicken, erhalten ein freies Getränk. Heute Abend saß ich dort anderthalb Stunden in der American Bar und hielt mich an einem Glas Mineralwasser fest, wobei meine besondere Aufmerksamkeit den Fußleisten und Böden galt, aber Nager gab es keine zu beobachten. Wieder mal typisch für mein Pech.

Montag, 30. Juni

Bin einsam. Der einzige Mensch, mit dem ich heute ein paar nennenswerte Worte gewechselt habe, war eine japanische Touristin, die mich vor Teco's in Covent Garden ansprach (wo ich Gummibärchen in Großhandelsmengen angeschafft hatte). Sie erkundigte sich, wie sie von hier nach Torquay kommen könne. Es war mir ein Vergnügen, ihr den Weg zum Bahnhof Paddington Station zu beschreiben, wo sie problemlos eine Fahrkarte Richtung Devon lösen könne. Mein Angebot, sie in einem Taxi zu begleiten, lehnte sie allerdings ab.

Im Bett hatte ich Phantasien von der Japanerin in einem schwarzen Lycrabikini am Strand von Torquay, aber viel wurde nicht daraus. Sogar mein Penis hat sich abgemeldet. Habe ich die Erektionsschwäche von meinem Vater geerbt, und den Haarausfall dazu? Vielleicht ist es Zeit, wieder einmal Dr. Ng aufzusuchen. Wenn ich heute anrufe, könnte ich in drei Wochen möglicherweise einen Termin bekommen.

19 Uhr

Bin bei Dr. Ng für den 17. Juli, 10 Uhr 10, angemeldet. Ich kann von Glück sagen, dass keines meiner vielfältigen Gebrechen akut lebensbedrohend ist.

Chris Patten und Prinz Charles haben heute Hongkong an das kommunistische China zurückgegeben. Ich sage voraus, dass auf Levi's und Sony-Walkmen versessene Chinesen Hongkong morgen Abend plündernd überrannt haben werden. Hongkong wird brennen. Frage: Warum hat Chris Patten bei einem so gewichtigen Anlass keine Uniform getragen? Es hätte doch möglich sein müssen, irgendwo irgendetwas Uniformartiges (einen Dreispitz meinetwegen) aufzutreiben, das er sich hätte borgen können. Man kann doch nicht unser Empire im Straßenanzug zurückgeben – das ist einfach schlechter Stil!

Dienstag, 1. Juli

Um neun Uhr wartete ich schon beim Spielwarengeschäft Hamley's vor der Tür. Sobald aufgemacht wurde, fuhr ich mit der Rolltreppe unverzüglich in die Abteilung für Masken und Kostüme hinauf, wo ich ein Jeremy-Clarkson-Outfit verlangte. Kevin, der zuständige Verkäufer, reagierte herablassend auf mein Begehren und sagte: »Wir führen ausschließlich Kostüme fiktiver Gestalten.«

Ich lenkte seine Aufmerksamkeit sogleich auf ein knalliges Robin-Hood-Kostüm (Altersgruppe: 4½ bis 8 Jahre), Komplettangebot seines Hauses mit Federhut, Bogen und Saugnapfpfeil. Kevin bestätigte, dass Robin Hood eine »fiktive Gestalt« sei, und erläuterte, er habe in seiner Diplomarbeit »Menschen und Mythen im Nottinghamshire des sechzehnten Jahrhunderts«, mit der er den Master of Arts der Universität von Nottingham erworben hatte, das gesellschaftliche Bedürfnis nach Helden untersucht.

Ich wollte von Kevin wissen, weshalb er als Inhaber eines Diploms Kostüme für Kinder an den Mann zu bringen versuche. »Um meine Doktorarbeit zu finanzieren«, erläuterte er. Er hat sich schon auf ein Thema festgelegt: »Kaffee. Seine Einführung und die Auswirkung auf das literarische Leben Englands; von Dr. Johnson bis Martin Amis.«

Mein Herz raste vor Eifersucht. Ich fragte ihn, wie er

mit einem solchen Thema einen befriedigenden und gut bezahlten Job zu finden hoffe. Er schob die Dornröschenschreine ordnend zurecht und meinte: »Na ja, vielleicht komme ich bei Nescafé unter.« Ich kaufte das Robin-Hood-Kostüm. William muss lernen, auf seinen East-Midlands-Hintergrund stolz zu sein.

Ashby-de-la-Zouch – Williams Geburtstag

Zum Ausblasen der Kerzen auf dem Geburtstagskuchen, das schließlich einen wichtigen Bestandteil unserer englischen Kultur darstellt, war mein Vater eigens aufgestanden. William gab sich die größte Mühe, bekam die Kerzen aber nicht in einem einzigen Zug aus. Er musste fünfmal pusten und brauchte zusätzlich ein bisschen Unterstützung von mir, bis er sämtliche drei Kerzenflammen gelöscht hatte. Meine Mutter ist daran schuld. Er hängt zu sehr an ihren Rockschößen. Er sollte ein bisschen härter werden. Die Welt da draußen schenkt einem nichts.

Jo-Jo hatte ihm ein paar traditionelle Seidengewänder der Yoruba geschickt. Er zog sie dem Robin-Hood-Kostüm vor und wollte die Gewänder auch zum Schlafengehen nicht ablegen. Meine Mutter sagte zu mir, sie ziehe in Erwägung, Imperial Tobacco auf eine Million Pfund zu verklagen. Sie gibt der Firma die Schuld an ihrer Nikotinsucht, ihrem hartnäckigen Raucherhusten und an ihren Falten.

Donnerstag, 3. Juli

Heute stand in der Zeitung, dass in Torquay eine »orientierungslos« herumwandernde Japanerin aufgegriffen worden sei. Sie hatte offenbar in die Türkei reisen wollen, war jedoch von einem Londoner, der ihr stark japanisch gefärbtes Englisch nicht richtig verstanden hatte, irrtümlich in das Seebad in Devon geschickt worden. Zufälle gibt's!

Freitag, 4. Juli

In der Bar Italia

Zwei Amerikaner feiern ihren Unabhängigkeitstag, indem sie den Kaffee ausnahmsweise mit Koffein bestellen. Doch jetzt, da die Tassen vor ihnen stehen, bemerke ich, dass sie daran nippen, als wäre es flüssiger Sprengstoff.

Samstag, 5. Juli

Savage hat sich heute mit seinem Schlüssel Zugang zu meiner Wohnung verschafft. Er befand sich in Begleitung eines Architekten, der einen Zahnarztkittel mit rundem Kragen trug, wobei ich allerdings vermute, dass es ein Hemd war. Sie bewegten sich in meinem Schlafzimmer, als ob niemand zu Hause wäre, obwohl ich durchaus anwesend war, nämlich in meinem Bett. Meine leichte Niedergeschlagenheit wuchs sich zu einer schweren Depression aus. Als sie gegangen waren, hätte ich am liebsten geheult.

Es regnet ohne Ende.

Sonntag, 6. Juli

Ich muss endlich aufstehen und mir eine Wohnung suchen. Savage schleppte heute drei Bauunternehmer an, wegen der Kostenvoranschläge. Unter den dreien befand sich keiner, der ein kultiviertes oder ehrliches Gesicht gehabt hätte.

Der Regen dauert an.

Montag, 7. Juli

Nigel rief an und sagte, die Information, dass er homosexuell sei, hätte seine Mutter nicht gut aufgenommen. Im Fall Rock Hudson sei sie immer noch »uneinsichtig« und, was ihn selbst angehe, davon überzeugt, er würde umgehend heterosexuell werden, sobald er die richtige Frau getroffen habe. Sein Vater habe etwas von »Ringelpietz mit Anfassen in den Duschräumen von Catterick« gemurmelt und sei dann in seinen Schuppen verschwunden.

Mittwoch, 9. Juli

Malcolm kam vorbei, um nachzufragen, ob Hamfri wieder aufgetaucht sei. Ich musste ihm wahrheitsgemäß sagen, der Kater sei schon seit Tagen abgängig. Ich erlaubte mir die flapsige Bemerkung, Hamfri sei wohl in den Regengüssen der letzten Tage ersoffen. Zu meinem großen Schreck brach Malcolm in Tränen aus. Ich weiß zwar, dass wir Männer der späten neunziger Jahre durchaus in der Öffentlichkeit weinen und unsere Gefühle zeigen dürfen, aber ich kann mich immer noch nicht damit anfreunden. Ich musste mich dazu zwingen, Malcolm nicht aufzufordern, sich am Riemen zu reißen. Ich schenkte ihm zwanzig Pfund und sagte, er soll sich ein Tamagotchi kaufen.

2 Uhr nachts

Mir ist gerade eingefallen, dass Malcolm die Pflegeanleitung seines Tamagotchis nicht lesen kann. Wahrscheinlich ist es inzwischen schon gestorben.

Donnerstag, 10. Juli

Man hat Pandora in der Presse wegen »Umweltvergehen« angegriffen! In einem Interview mit der Zeitschrift »Chat« räumte sie ein, Chanel No. 5 zu benutzen. Sofort stürzten sich die Grünen auf sie wie auf eine gefällte Eiche. Chanel No. 5 enthält anscheinend ein gewisses Öl, das aus einem seltenen exotischen Baum in den gefährdeten brasilianischen Urwäldern gewonnen wird. Ich rief Edna an, um mein Mitgefühl zum Ausdruck zu bringen, und erfuhr von ihr, Alastair Campbell habe Pandora angewiesen, in ihren Wahlkreis zu fahren und ein paar Bäume zu pflanzen, vorzugsweise englische Eichen. Am Sonntag um halb elf wird vor der KP-Kleineisenfabrik in Ashby-de-la-Zouch eine Pressekonferenz stattfinden. Ich werde wohl hinfahren. Ich muss mit Pandora persönlich sprechen.

Heute habe ich mir in der Tottenham Court Road einen elektronischen Organizer gekauft. Ich habe die ganze Nacht gesessen und alle meine persönlichen Daten eingegeben. Das Unwesentliche habe ich diesmal ausgesondert und alles auf Vordermann gebracht. Es ist schon erstaunlich, was so ein Ding alles kann, und dabei passt es in jede Schlafanzugtasche.

Freitag, 11. Juli

Harriet Harman, die Ministerin für Soziales, ist in Rundfunk und Fernsehen aufgetreten und hat das Regierungsprogramm »Durch Arbeit aus der Abhängigkeit« erläutert. Ein paarmal sprach sie von einem »Kreuzzug«. Es muss gesagt werden, dass Frau Harman etwas von einer Fanatikerin an sich hat und immer irgendwie verärgert wirkt. Sie sollte sich die Fransen wachsen lassen, keine Kittelkleider mehr tragen und einen Stütz-BH anschaffen. Sie sollte auch aufhören, sich pausenlos über Sexismus in der Politik zu beschweren. Sie geht einem damit unglaublich auf den Geist.

Sonntag, 13. Juli

Ich stand um zehn Uhr vor der KP-Kleineisenfabrik, mit mir ein Reporter und ein Fotograf vom »Leicester Mercury« und ein Bildjournalist vom »Independent«, der zu mir sagte, Pandora sei die Prinzessin Di der Intellektuellen.

Eine kleine Ansammlung von Wahlvolk wurde von acht Polizisten bewacht, die einsatzbereit in zwei Streifenwagen hockten.

Über der Seifenfabrik tauchte ein Hubschrauber auf, stand dort eine Weile in der Luft, kam dann herübergeschwebt und landete auf dem Gelände der Kleineisenfabrik. Pandora sprang heraus. Sie trug einen Khakianzug mit großem Rohan-Label und hatte einen blitzenden Edelstahlspaten in der Hand. Von ihr abgesehen habe ich noch nie eine Frau gesehen, die in Freizeitklamotten gut ausschaut.

Pandoras Gefolge tauchte aus dem Helikopter auf in Form eines schäbig gekleideten Mannes in fleckiger Jacke und zerknitterten Hosen namens Charlie Whelan. Er steckte sich eine Zigarette ins Gesicht und sagte: »Wo ist denn der Rest von diesen Presseheinis geblieben?«

Der Fotograf vom »Independent« sagte: »Die lauern alle am Kensingtonpalast. Diana hat einen neuen Kavalier, einen Araber.«

Pandora sagte: »Charlie, wo sind die Bäume, die ich pflanzen soll?«

Charlie hieb sich die nikotinverfärbte flache Hand gegen die zerfurchte Stirn. »Oh, Mann«, sagte er, »hab ich doch die Scheißdinger im Heliport stehen lassen.«

An diesem Punkt nahm ich meine Baseballmütze und meine Sonnenbrille ab und gab mich Pandora zu erkennen. Sie wirkte nicht besonders begeistert. »Schon wieder!«, sagte sie. »Adrian, stellst du mir nach?«

Ich versicherte ihr, ich sei lediglich auf dem Weg zu meinem Sohn William kurz hier vorbeigekommen. Ich lud sie und ihren Begleiter zum Sonntagsessen ins Haus meiner Mutter ein. »Gegen ein ordentliches Stück Roastbeef und Yorkshire Pudding hätte ich nichts einzuwenden«, meinte Charlie. Sie sagten ihr Kommen zu, vorausgesetzt, ich verhülfe ihnen zu ein paar Bäumen. Ich fuhr sie zu Bob Perkins' Gardencenter.

Die Presse hängte sich an und fotografierte Pandora zusammen mit dem Namensspender des Etablissements, wie sie beide ein paar mehltaubefallene Baumsetzlinge zu bewundern vorgeben, die matt an einem Gewächshaus lehnen.

Der »Leicester Mercury« fragte Pandora nach ihren grünen Grundsätzen aus: Sie war rückhaltlos *für* Recycling, saubere Luft und die Pläne der Landesregierung von Leicester zur Anpflanzung des Neuen Forsts, und sie war ausdrücklich *gegen* Luftverschmutzung, vergiftete Flüsse und den »verschwenderischen Einsatz von Strom und Gas«.

Während das Interview noch im Gang war, ging ich in ein Gewächshaus, in dem lauter bepflanzte Korbschalen hingen, und rief mit dem Handy meine Mutter an, die noch gar nicht wusste, dass ich in der Gegend war. Als ich ihr sagte, ich hätte mich selbst samt drei Gästen zum Sonntagsessen eingeladen, schrie sie nur noch unartikuliert ins Telefon. Anfangs sagte sie überhaupt nichts, sie schrie nur. Schließlich brüllte sie: »Ich habe eine mickrige Lammbrust, von der Dad, Rosie, William und ich mit Hängen und Würgen gerade mal satt werden. Die Soßenwürfel sind alle, und die Dose mit dem Yorkshire Pudding ist schon ziemlich aufgetrieben. Geh mit denen gefälligst in ein Restaurant.«

Ich sagte: »Wenn wir in Arabien wären, würdest du für solch hohe Gäste sogar die eigenen Augen opfern.«

Meine Mutter wies ziemlich unnötigerweise darauf hin, dass wir uns nicht in Arabien, sondern in Ashby-de-la-Zouch befänden, und überhaupt, warum würde Pandora denn nicht ihre *eigenen* Eltern heimsuchen, die doch gleich um die Ecke vom Gartencenter wohnen.

»Ich weiß, dass sie zu Hause sind«, sagte sie. »Heute Vormittag habe ich nämlich *zufällig* Iwan getroffen, als ich mit dem Neuen Hund Gassi ging.«

Ich lachte hohl in die Sprechmuschel und beendete das Gespräch. Die Lage war ausgesprochen peinlich. Ich musste die Einladung zum Sonntagsessen wieder zurücknehmen. Charlie Whelan stöhnte auf. »Den Yorkshire Pudding hatte ich mir bereits illustriert vorgestellt. Mir läuft bereits das Wasser im Mund zusammen.«

Als ich mich bei Pandora erkundigte, ob ihre Eltern vielleicht darauf ansprechbar seien, kurzfristig ein traditionelles englisches Roastbeef aufzutischen, lachte sie nur. »A und C haben seit Jahren kein Fleisch mehr angerührt«, sagte sie. »Sonntags besteht ihr Hauptgericht aus Rührei auf Toast, während sie sich im Fernsehen die ›Bildungsreise in die Antike‹ anschauen.«

Bob Perkins schlug für das Rondell am Werkseingang von KP *C. leylandii*-Bäume vor. Nachdem die Fotos von der bäumepflanzenden Pandora geschossen waren, verzogen wir uns in das McDonald's an der Umgehungsstraße. Es war vorwiegend mit jungen Vätern besetzt, die ihr Besuchsrecht ausübten und verzweifelt ihre Kinder unter Kontrolle zu halten versuchten.

Pandora wurde unentwegt von Wählern belästigt. Ihr Fischburger blieb unangetastet.

Ein alter Mann im Golfpullover beklagte sich, dass die Leuchtröhren der Straßenbeleuchtung vor seinem Schlafzimmerfenster dauernd flackern und ihn am Einschlafen hindern würden. Ein Inder beschwerte sich, er fände nirgends einen Parkplatz für sein Auto. Und eine etwas verstört aussehende Frau sagte, sie fände es unmöglich, dass Pandora sich nicht öffentlich zum Tode des Schauspielers James Stewart geäußert hätte, der anscheinend am 2. Juli verstorben war.

Als wir gehen wollten, kam einer mit einer beigen Herrenfahrerjacke und Krückstock auf Pandora zugehumpelt und erzählte eine rührselige Geschichte über seinen übelwollenden Nachbarn, der vor fünf Jahren entlang der gemeinsamen Grundstücksgrenze *C.leylandii*-Bäume gepflanzt hatte. »Sie sind jetzt fast fünf Meter hoch und nehmen mir das ganze Tageslicht«, klagte er.

Pandora tippte seinen Namen in ihren elektronischen Organizer ein und sagte, sie würde sehen, was sie für ihn tun könne.

Ein kleine Schar Kinder hatte sich auf Fahrrädern eingefunden, um den Hubschrauber starten zu sehen. Die Polizisten verteilten sich im Verhältnis eins zu zwei auf die Kinder. Ich sah dem Hubschrauber nach, bis er nur noch ein kleiner Punkt am sich verdunkelnden Himmel war, und blieb anschließend noch lange in meinem Auto sitzen, bevor ich zum Wisteria Walk fuhr, um meinen Sohn zu besuchen.

Montag, 14. Juli

Habe den heutigen »Independent« gekauft. Vorn drauf war das Foto von Pandora. Wenn man ganz genau hinschaut, kann man im Hintergrund meine Nasenspitze erkennen.

Ich habe mich entschieden, die Entscheidung, wann ich mich entscheiden werde, erst dann zu entscheiden, wenn es mir entschieden bessergeht. Mein Geisteszustand ist labil.

Das Manuskript meines Romans »Ho! Ihr flachen Hügel meiner Heimat« wurde mir heute von einem Verleger im japanischen Osaka wieder zurückgeschickt.

Er schrieb dazu, es wecke Erinnerungen, sagte allerdings nicht, an wen oder was. Vielleicht sollte ich das Werk umbenennen und ihm einen zugkräftigeren Titel à la »Trainspotting« geben. Nach langem Grübeln habe ich mich für »Verspätungen« entschlossen.

Dienstag, 15. Juli

Ich musste heute Morgen die Wohnung verlassen, um Gummibärchen zu besorgen. Ich lief schnell wieder nach Hause und machte mit »Verspätungen« ein Paket – ich denke, ich könnte es nach Island schicken, wo, wie ich höre, eine kulturelle Renaissance im Gang ist. Vom Restauranttelefon aus rief ich einen Verleger in Reykjavik an. Eine Dame antwortete in einer meinem Ohr völlig fremden Sprache – isländisch, vermute ich. Ich legte den Hörer wieder auf die Gabel. Solange die Leute dort nicht die englische Sprache einführen, wird ihre völlige Isolation von der übrigen Welt kaum zu beheben sein.

Mittwoch, 16. Juli

Was soll ich mit dem verbliebenen Rest meines Lebens anfangen? Wo werde ich wohnen? Wovon soll ich leben, wenn meine Tätigkeit bei Pie Crust beendet ist? Wie lange kann ein Mensch ohne Stuhlgang überleben? Wie viel Geld habe ich auf der Bank? Wird Savage mir einen Job in einem seiner neuen Etablissements anbieten? Wie lange wird es dauern, bis ich völlig kahlköpfig bin? Da fällt mir ein: Wird der Millennium Dome in Greenwich rechtzeitig fertig werden? Wie wird Mr Mandelson mit dieser Belastung fertig?

Donnerstag, 17. Juli

Dr. Ng sagt, Angst und Unsicherheit seien eine völlig normale Reaktion auf eine verrückte Welt. Er riet mir, eine private Rentenversicherung abzuschließen. Darauf also läuft das öffentliche Gesundheitssystem hinaus.

Auf dem Klo kämpfte ich anderthalb Stunden mit meiner Verstopfung. Es klingelte an der Wohnungstür, der Besucher ging aber wieder fort, ohne einen Zettel zu hinterlassen. In Zukunft werde ich dafür sorgen, dass auf der Toilette stets etwas zu lesen bereitliegt. Anderthalb Stunden allein mit den eigenen Gedanken war platterdings nicht zu ertragen. Ganz besonders machte mir die Erinnerung an die Köttel-Rezension von A. A. Gill zu schaffen.

Belinda rief an, um mir mitzuteilen, dass der Millennium Channel uns endlich einen Sendeplatz zugeteilt hat: Mittwoch Vormittag um zehn Uhr dreißig. Ich war schwer enttäuscht und wies darauf hin, dass wir um diese Zeit gegen die Talkshow von Richard und Judy antreten müssten. Sie sagte: »Kannst mir ruhig glauben, Adrian, wenn es zu einem Quotenkrieg kommt, werden die sich noch umschauen, welches Pferd sie getreten hat.«

Freitag, 18. Juli

Habe in meinem elektronischen Organizer erfolglos im narrensicheren Ablagesystem herumgesucht, um meine diversen Kontostände aufzurufen. Aus irgendeinem Grund war die Information nicht verfügbar. Ich ging in die Old Compton Street und kaufte mir in einem Electronic-Shop neue Batterien. Der Typ im Laden war sehr nett und sagte, sein elektronischer Organizer hätte ihn letztes Jahr mit der Adressenliste für die Weihnachtskarten im Stich gelassen. Er erzählte, dass es daraufhin zu massiven Auseinandersetzungen mit der Familie gekommen war, aber ich hörte nur mit halbem Ohr zu. Zufällig sah ich Justine gegenüber aus der Patisserie Valerie herauskommen, gab dem netten Burschen schnell sein Geld, rannte hinaus und hinter Justine her. Auf unserem Weg zur Wardour Street nahm sie meinen Arm. Wollte sie damit signalisieren, dass sie mit mir ins Bett gehen wollte, oder wollte sie sich nur aufstützen? (Sie trug zehn Zentimeter hohe Plateaus.) Heutzutage kennt man sich mit den Frauen einfach nicht mehr aus.

Eine Kollegin von Justine gibt Malcolm zwischen ihren Auftritten Alphabetisierungsunterricht. Justine und ich haben uns für Dienstag verabredet und wollen japanisch essen gehen.

Samstag, 19. Juli

Der geheimnisvolle Besucher am Donnerstag war Malcolm. Er wartet verzweifelt auf Nachrichten von Hamfri. Ich fragte ihn, warum er mir keinen Zettel unter der

Tür durchgeschoben hatte. Er sagte: »Ich kann doch erst ›Die Katze hat Platz‹ schreiben.«

Sonntag, 20. Juli

Habe fast den ganzen Sonntag Kleinanzeigen gewälzt und eine bezahlbare Unterkunft im Gebiet von Soho gesucht. Ein Witzbold verlangt fünfhundert Pfund die Woche für einen umgebauten Wäscheschrank mit Zugang über die Feuerleiter in der Poland Street, kalt, ohne Nebenkosten. Ich muss mich über den neuesten Stand meiner finanziellen Verhältnisse informieren.

Ich rief bei meiner Telefonbank an und nannte meine Codenummer, 9999, und mein Passwort, Yarmouth. Die Sachbearbeiterin, eine Dame mit angenehmer Stimme, die sagte, sie heiße Marilyn, war entsetzt, weil ich ihr das volle Passwort genannt hatte. Sie hatte mich gerade fragen wollen, wie der zweite Buchstabe des Passwortes laute. Hätte ich darauf geantwortet »A«, dann hätte sie mir den aktuellen Kontostand meines jederzeit zugänglichen Hochzinskontos sagen können. »So, wie die Dinge stehen«, sagte sie, »müssen Sie jetzt ein neues Konto eröffnen, denn ab sofort sind alle Ihre Codes auf null und nichtig gestellt.«

Ich bittelte und bettelte, Marilyn möge mich in die Geheimnisse meines eigenen Kontos Einblick nehmen lassen, aber sie sagte: »Die Schließung Ihres Kontos ist vom Computer verfügt worden. Ich lasse Ihnen per Post ein Antragsformular für ein neues Konto zugehen.«

Ich stellte die Frage: »Marilyn, wo genau liegt eigentlich mein Geld? Wird es irgendwo an einem konkreten Ort aufbewahrt, in einem Gewölbe vielleicht?«

»Ihr Geld als solches existiert eigentlich nicht«, erläuterte Marilyn und fuhr fort: »Ihr Geld, Mr Mole, ist eine Abstraktion, die irgendwo zwischen den Institutionen der Finanzwelt im ungewissen herumwabert und vollkommen der Gnade von Inflationsraten und Zinssätzen und dem Gedeihen der Weltwirtschaft ausgeliefert ist.« Sie fasste sich wieder und entschuldigte sich, die Menschlichkeit sei mit ihr durchgegangen. Ihre Antwort war von selbstmörderischer Offenheit gewesen.

Marilyn hatte mich bereits darauf hingewiesen, dass unser Gespräch auf Band aufgenommen werde. Ich versuchte, es noch etwas länger hinzuziehen, aber Marilyn, die mir verraten hatte, sie sei vierundvierzig, dunkelhaarig, Mutter dreier Kinder und verheiratet, sagte: »Mr Mole, andere Kunden warten bereits in der Leitung.«

Montag, 21. Juli

Ich kann mich nicht mehr erinnern, wann ich zum letztenmal die Wärme eines nackten Körpers gespürt habe.

3 Uhr
Es ist mir wieder eingefallen: letzten Sonntag. Der Neue Hund saß auf meinem Schoß, als ich William aus »Grimms Märchen« vorlas.

4 Uhr
Die Angst, Justine könnte zu unserem japanischen Essen wie eine Nutte aufgedonnert antreten, lässt mich nicht schlafen. Ich weiß zwar, dass sie immer teure Sachen anhat, aber sie trägt sie in einer Weise, dass sie aussehen wie aus dem Katalog eines Sex-Versands.

Dienstag, 22. Juli

Es kam wie befürchtet. Ich saß in dem Restaurant die ganze Zeit auf glühenden Kohlen. Unser Aufzug passte vorn und hinten nicht zusammen. Justine trug knappsten roten Versace, ich dagegen zugeknöpften grauen Next. *Ich* kannte mich mit Sushi, Tempura und Stäbchen aus, *sie* schüttelte sich angesichts des rohen Fischs und bat den ausdruckslos dreinblickenden Kellner um Besteck. Justine ist ein intelligentes Mädchen, aber seit sie von der Schule abgegangen ist, hat sie kein einziges Buch mehr in der Hand gehabt. Wir unterhielten uns über Cherie Blair, die letzten Monat beim Gipfeltreffen in Seattle ihren Friseur André Luard für zweitausend Pfund einfliegen ließ. Wir hielten das einhellig für sehr amerikanische Manieren. »Erinnert mich ein bisschen an Elvis, der sich seine Lieblings-Cheeseburger von Memphis nach Las Vegas hinterherfliegen ließ, oder?«, sagte Justine.

Ich erwiderte: »Macht korrumpiert, und absolute Macht korrumpiert absolut.«

»Was du alles auf dem Kasten hast, Adrian!«, rief Justine aus. »Es macht einen schon gebildet, wenn man einfach nur in deiner Nähe ist.«

Mittwoch, 23. Juli

Habe von »Money Direct«, meiner Telefonbank, den Antrag für mein neues Konto bekommen. Als Geheimnummer habe ich 1111 gewählt, mein Briefcodewort lautet »Cromer«.

Warum habe ich nur im Jahr 1995 meinen Bausparvertrag aufgelöst? Wenn ich damals meinen Kontostand wissen wollte, brauchte ich nur den alten Lewisham anzurufen. Er gab unverzüglich und erschöpfend Auskunft und erkundigte sich sogar noch, wie ich mit »Ho!« vorankam. Es muss ihm das Herz gebrochen haben, als ich meine zweitausendsiebenhundertneun Pfund sechsundzwanzig aus der Market Harborough herausnahm.

Freitag, 25. Juli

Prinzessin Diana muss ein enormes Geld für die chemische Reinigung ausgeben. Neuerdings trägt sie nur noch Weiß, was die Aura einer Jungfrau oder Heiligen um sie erzeugt. Wenn ich der Chef der Reinigungskette Sketchley's wäre, würde ich mich für ihre wohltätigen Aktionen als Sponsor anbieten. Einem Typ namens Mohammed hat sie versprochen, ein künstliches Bein zu besorgen.

Samstag, 26. Juli

Habe heute Vormittag bei »Money Direct« angerufen, um meinen Kontostand zu erfragen. Eine Computerstimme nahm meinen Anruf entgegen und bat mich mit dem Hinweis »die Leitungen sind alle belegt« zu warten. Ich lauschte vier Minuten lang Vivaldi (»Vier Jahreszeiten«), dann hängte ich verärgert wieder ein.

Habe bei der Versicherung Front-line Insurances angerufen, man möge mir ein Schadensmeldungsformular zuschicken. Irgendein Lump hat Williams Dreirad geklaut, während ich mit meiner Mutter in einem Zeitungsladen war. Ein Automat antwortete und bat mich dranzubleiben. Dann gratulierte er mir, ich hätte die richtige Nummer gewählt, und beteuerte, dass sich Front-line Insurances über meinen Anruf freue. Anschließend verriet er mir, ich wäre Nummer dreizehn auf der Warteliste. Die ganze Zeit sang Chris de Burgh »Lady in Red«, ein Lied, das ich noch nie leiden konnte. Als Rod Stewart anfing, »Sailing« zu röhren, knallte ich den Hörer hin. Wo sind Englands Telefonistinnen hingekommen? Ist eine Abschussquote beschlossen worden, um ihre Bestände drastisch zu kürzen? Wie lange schon sind die Roboter an der Macht?

Montag, 28. Juli

Justine rief an und wollte wissen, warum ich mich nicht gemeldet hätte. Die Nennung des wahren Grundes war schlecht möglich – dass es mir nämlich lieber wäre, sie würde etwas Vernünftiges von Marks & Spencer anziehen, wenn wir uns in der Öffentlichkeit zeigen. Ich sagte stattdessen, ich hätte mich schwer in meine Fernsehserie »Der weiße Lieferwagen« gekniet. Sie wollte, dass ich ihr eine Rolle besorge, wenn die Serie in Produktion geht. Mitglied der Schauspielergewerkschaft ist sie anscheinend bereits, obwohl mir vollkommen schleierhaft ist, wie die Gewerkschaft einen ihrer begehrten Mitgliedsausweise an ein Mädchen abgeben konnte, das mit einer Boa constrictor einen erotischen Ringkampf ausführt. Was soll eigentlich eine durchschnittlich aussehende, normalbusige Absolventin einer Schauspielschule machen, die gerne Ibsen spielen möchte?

Dienstag, 29. Juli

Savage kam heute früh um sieben in mein Schlafzimmer geplatzt und hat verlangt, dass ich ausziehe. »Bis wann?«, wollte ich wissen.

»Bis in einer Stunde«, sagte er.

»Peter«, sagte ich, »acht Jahre habe ich für Sie gearbeitet, mit Unterbrechungen. Ich weiß nicht, wo ich hingehen soll. Seien Sie gnädig.«

»Um acht stehen hier die Handwerker auf der Matte«, sagte er. »Also jetzt raus hier, verdammt noch mal.«

Freitag, 1. August

In der Wohnung von Justine – Poland Street

Die meisten Männer wären neidisch auf jemand wie mich, der in London mit einem Mädchen, dessen Name in blinkender Neonschrift an einem »Theater« angeschrieben steht, eine Penthousewohnung teilt – warum also bin ich nicht glücklich?

Nach unserem Lebensmitteleinkauf bei Marks & Spencer dirigierte ich Justine in die Abteilung für Damenoberbekleidung. Ich bat sie, sie möchte doch mal einen netten Twinset aus maschinenwaschbarer Wolle anprobieren und dazu ein Paar bequeme Jeans. Sie sah mich an mit einem Blick, in dem das blanke Entsetzen flackerte.

Sonntag, 3. August

Ein Freund von Justine, der bei Harrods in der Handtaschenabteilung arbeitet, hat berichtet, dass Diana sich mit Dodi Fayed verloben will, dem Sohn von Muhammed Al-Fayed, Multimillionär und Eigner der Lieblingseinkaufsstätte der Königin!

Ich kämmte die ganze Presse nach einer Bestätigung dieser lächerlichen Geschichte durch und habe nichts gefunden. Justine soll aufhören, dieses Gerücht weiterzuverbreiten. Ich habe es ihr gesagt.

Montag, 4. August

Der Große Alan kam heute vorbei. Er wirkte nicht besonders erbaut, als er mich an Justines Küchentisch sitzen und die Mahlzeit verzehren sah, die sie soeben gekocht hatte (Engelhaarspaghetti mit Tütensauce). Er sagte: »Justine, ich wusste ja gar nicht, dass bei dir einer wohnt.«

Sie beruhigte ihn: »Das ist doch nur Adrian« – als wäre ich ein mit allem Weltlichen fertiger Eunuch. »Wir schlafen auf getrennten Futons.«

Ich ging ziemlich verärgert aus der Küche, hörte jedoch noch den Großen Alan sagen: »Justine, was liegt dir eigentlich an dem?«

Sie antwortete: »Ich mag intellektuelle Männer. Es gibt auch noch was anderes im Leben als Sex, Al.«

Der Große Alan sagte verblüfft: »Sag bloß!« Die ungekünstelte Überraschung war ihm deutlich anzuhören.

Donnerstag, 5. August

Ich habe mich entschlossen, zölibatär zu leben. Sex wird meiner Meinung nach extrem überbewertet. In ein paar Minuten ist alles vorbei, und die Sache ist das ganze Gezeter und Theater, das jedes Mal vorangeht, überhaupt nicht wert.

Lieber Stephen Fry,

mein Name ist Adrian Mole. Ich hatte einmal die Ehre, für Sie ein Kuttelngericht zu kochen, das als »unvergesslich« Ihren Beifall fand (Hoi Polloi, 15. Sept. 1996). Sie haben uns kein weiteres Mal die Ehre geben, weder zum Mittags- noch zum Abendtisch, doch einerlei, ich bin immer noch ein Bewunderer Ihrer Bildung und der Weite Ihres geistigen Horizonts.

Da ich unlängst beschlossen habe, zölibatär zu leben, und in Bälde zu Prominenz gelangen werde, interessiert es mich, wie Sie als zölibatärer Prominenter mit dieser Doppelbelastung umgehen. Ich muss wohl annehmen, dass Sie sehr beschäftigt sind, bin jedoch sicher, dass Sie die Güte haben werden, etwas von Ihrer kostbaren Zeit auf einen Ratschlag für jemanden zu verwenden, der praktisch Ihr »Doppelgänger« ist. Ich darf mich durchaus zu den Intellektuellen rechnen.

Bis dann, Steve –

Ihr Adrian Mole

PS: Für eine baldige Antwort wäre ich sehr dankbar.

Mittwoch, 6. August

In der Post war eine vom Hoi Polloi nachgesandte Einladungskarte. Vor einem Hintergrund aus schön fotografierten Innereien steht:

Pie Crust lädt ein

Adrian Mole mit Begleitung

Zur Abschlussfete von Alle schreien nach Innereien.
Für Stimmung sorgen Gaumenfreuden,
Champagner und Dev Singh.

Als Justine die Karte las, sagte sie: »Adrian, ich dachte, der Star wärst du.«

»Ich bin der Star«, beruhigte ich sie. »Die Druckerei hat sich offensichtlich vertan.«

Justine wollte wissen, ob sie meine Begleiterin spielen dürfe. Sie war zwar nicht meine erste Wahl, aber nachdem ich viermal erfolglos bei Pandora angerufen hatte, ließ ich sie wissen, sie könne am Freitag mitkommen.

Sie freute sich, sagte aber, sie hätte nichts anzuziehen. Ich ergriff die Gelegenheit beim Schopf und bin gestern Abend zu Marks & Spencer geflitzt, wo ich für sie ein sehr attraktives bodenlanges, weichfließendes Kleid aus flaschengrüner Viskose erstand. Ich überraschte sie damit, als sie um drei Uhr morgens von der Arbeit kam. Ich sagte: »Würdest du mir den Gefallen tun, das morgen bei der Party zu tragen?«

Sie betrachtete amüsiert meinen Kauf und sagte: »So was würde wohl deine Mutter anziehen?«

Da sieht man mal wieder – sie kennt meine Mutter nicht.

Freitag, 18. August

Es war ein Fehler, Justine in das Studio von Pie Crust mitzunehmen. Von dem Moment an, an dem sie in ihrem pinkfarbigen Versace-Fähnchen und ihren kirschroten Manolo-Sling-Stilettos oben von der Feuertreppe hüpfte, stand sie im Mittelpunkt der Aufmerksamkeit. Das ganze Studio betrachtete mich auf einmal mit ganz anderen Augen. Zippo flüsterte mir zu: »Adrian, ich wusste doch, dass du die Dumpfbacke vom Land bloß mimst. Mann, die Frau ist der feuchte Traum eines Onanisten! Sie ist ein erschlafftes Handgelenk! Sie ist der Himmel unter der Bettdecke!«

Ich fand seine zotige Ausdrucksweise abscheulich und ließ es ihn auch wissen. Als wir später nebeneinander auf dem Klo standen, gestand er mir, er habe sich auf den ersten Blick in Justine verliebt. Ich weiß, dass es das gibt, schließlich habe auch ich mich in Pandora verliebt, als mein erster Blick auf sie gefallen war.

Zippo sagte: »Adrian, du musst mich mit ihr bekanntmachen.« Vor lauter Aufregung pinkelte er sich auf seine hellen Gucci-Wildlederslipper, ohne es zu merken. Ich behielt es für mich. Wieso sollte ich ihm die Freude an seiner Party verderben?

Wir gesellten uns zu der Schar von Justines neuen Bewunderern, die atemlos ihren Pflegetips für die Heimhaltung von Pythonschlangen lauschten.

Ich drängte mich nach vorne und stellte Zippo vor. Er hielt Justines Hand weitaus länger, als es die Schicklichkeit erlaubt.

Nach einiger Zeit sagte sie: »Darf ich meine Hand wiederhaben? Ich kriege allmählich einen Krampf.«

Zippo schnappte sich zwei Gläser mit Champagner von Caths Tablett. Eins davon überreichte er Justine mit den Worten: »Ich habe mein ganzes Leben darauf gewartet, Sie kennen zu lernen. Wir müssen dieses glückliche Zusammentreffen unbedingt feiern.«

Justine geriet augenblicklich unentrinnbar in den Strudel von Zippos Anmache. Er gab seinen Neufundländerblick und sie ihre Marilyn-Nummer mit dem Mund.

Ich fragte Zippo, ob er wohl denke, dass wir noch eine zweite Serie machen, aber er ignorierte mich völlig und erkundigte sich bei Justine, ob sie kochen könne. »Eigentlich nicht«, sagte sie. »Ich schmeiß' mir immer solche Fertigsachen in die Mikrowelle.«

»Warm-up mit Justine«, brüllte Zippo begeistert.

Ich wies darauf hin, dass der eine oder andere das als Aerobic-Sendung missverstehen könnte, und machte den Titelvorschlag »Kochen auf Knopfdruck«. Zippo und ein paar Pie-Crust-Leute gerieten darüber ganz aus dem Häuschen, aber da sie alle ziemlich high waren, würde sich morgen ohnehin keiner mehr daran erinnern.

Zippo nahm Justine beiseite. Ich hörte sie ihre Sternzeichen austauschen: Er Skorpion, sie Stier (eine katastrophale Kombination, wie ich meine).

Dev Singh kam reichlich spät, begleitet von einem Sikh-Leibwächter mit Turban. Bald hing ihm eine Traube von Sykophanten an den Lippen, die jedes seiner suggestiven Worte andächtig in sich hineinsaugten.

Pie Crust ist an den Lotteriefond wegen der Finanzierung eines Dokumentarfilms über Dev herangetreten, der ganz postmodernistisch heißen soll: »Wir machen einen Dokumentarfilm über Dev.« Liebes Tagebuch, ich bin wegen dieser Neuigkeit immer noch ganz fertig. Wie tief kann das Niveau noch sinken? Im Keller ist es ohnehin schon.

Die Party zog um in ein Restaurant in Shoreditch. Der Laden heißt »Shock's« und war rappelvoll mit Installationskünstlern und deren Werken. Alles dort schien schwarz zu sein, einschließlich der Speisen: Tintenfisch in schwarzer Tinte, billiger Kaviar, Brombeermus und hinterher Espresso.

Zippo löste sich mühsam von Justine und hielt eine kleine Rede über die Filmarbeiten von »Alle schreien nach Innereien«. Nebenbei erwähnte er auch mich, vor allem aber häufte er Lob auf Dev Singh wegen »seines großartigen Humors, der vielfach an den genialen Komiker Norman Wisdom denken lässt«.

Seine Würdigung rief großes Hallo hervor – sogar die Installationskünstler beteiligten sich daran. Außer vielleicht in Albanien ist Wisdom in Shoreditch offensichtlich noch sehr beliebt.

Zippo fragte mich, ob ich gerne etwas sagen würde. In meinem Kopf entstand schlagartig absolute Funkstille. Dann fiel mir auf, dass ich aufgestanden war und mich für meine schwache Leistung in Folge vier entschuldigte, wo ich achtzehnmal über das Wort »Disestablishmentarisierung« gestolpert war. »Achtzehn Takes sind noch gar nichts«, meinte Zippo. Er hatte läuten hören, dass Fergie, Gräfin von York, die Filmarbeiten für eine Preiselbeersaucenwerbung einhundertdreimal zum Erliegen gebracht hatte, bis es ihr endlich gelungen war, den Satz »Das mag ich!« mit Überzeugung zu artikulieren.

Dies zu hören baute mich wieder etwas auf.

Dev erhob sich und bedankte sich bei Pie Crust und mir für seinen großen Durchbruch. »Ohne Adrian hätte ich mich sehr schwer getan«, sagte er. »Adrian ist ein großartiger Stichwortgeber.«

Ich nahm das Kompliment huldvoll entgegen, hoffe

ich, aber mein Selbstwertgefühl verabschiedete sich und entschwand flugs hinaus in die dunkle Nacht von Shoreditch. Es ist seitdem nicht wieder aufgetaucht.

Ich saß zwischen der stummen Cath und der Klatschtante Belinda, die erzählte, sie kenne jemand, der bei »Chariots of Fire« mitgemacht hatte, das von Dodi Fayed koproduziert worden sei. Dieser jemand habe erzählt, dass man sich mit Dodi nicht unterhalten könne. Dodis einziges Hobby sei das Sammeln von Baseballmützen. Belinda sagte, zur Zeit mache die Story die Runde, dass Dodi und Diana als Koproduzenten eines Films über einen Elefanten aufzutreten planten, der auf eine Landmine tritt.

Ich machte mich beinahe zum Narren, als ich ein Installationskunstwerk fälschlich für die Herrentoilette hielt. Als ich den Irrtum bemerkte, hatte ich den Reißverschluss glücklicherweise erst ein kleines Stück aufgezogen.

Sonntag, 10. August

Leicester

Der Schock ging mir bis ins Mark, als ich heute die Titelseite des »Sunday Mirror« sah. Die Schlagzeile lautete »DER KUSS«. Darunter war ein unscharfes Foto von Prinzessin Diana und dem Baseballmützensammler Dodi Fayed. Sie umarmten einander und hatten in der Tat sehr wenig an. Prinz Charles muss der Ökotoast im Hals steckengeblieben sein.

Meine Mutter und Rosie studierten die Bilder bis ins letzte Detail, dann schickten sie mich zur BP-Tankstelle, um sämtliche erhältlichen Skandalblätter aufzukaufen. William und den Neuen Hund nahm ich im Auto mit. Im Tankstellenshop lief ich dem einbeinigen Rentner Archie Tait in die Arme. Er kaufte sich gerade irgendwelche fragwürdigen Blätterteigdinger für sein Sonntagsmahl. Er sah mich die Skandalblätter »News of the World« und »People« vom Ständer nehmen und hob die Brauen. Ich erklärte ihm, dass die Printerzeugnisse für meine Mutter und Schwester bestimmt seien, worauf er meinte: »Ah, der unstillbare weibliche Hunger nach Banalitäten und Klatsch.« Zutreffender hätte auch ich es nicht formulieren können. Er lud mich und William zum Nachmittagstee ein. Ich hatte keine Lust hinzugehen – es war ehrlich gesagt das allerletzte, wozu ich Lust gehabt hätte –, aber bevor ich mir eine Ausrede zurechtlegen konnte, hatte William die Einladung schon treuhänderisch für uns beide angenommen. Der Junge kommt zu selten aus dem Haus.

Als unser Teebesuch beendet war, brummte mir der Schädel. Archie ist ein sehr intensiver Gesprächspartner und verlangte für jede meiner Ansichten eine Begründung. Er wollte wissen, was ich in London machte, wo doch das Hoi Polloi jetzt von der Gesundheitspolizei geschlossen worden sei (für einen Provinzbewohner ist er sehr gut informiert). Ich erzählte ihm von der Fernsehserie »Alle schreien nach Innereien«. Er nahm seinen Terminkalender mit dem schottenkarierten Einband zur Hand und notierte unter 10. September: »Adrian TV. 10 h 30.« Er hat keinen Kabelanschluss, kennt aber jemand mit Kabel.

Als ich aus Ashby-de-la-Zouch zurückkam, lümmelte sich Zippo auf Justines Futon. Justine machte in der Mikrowelle *moules marinière* für ihn heiß. Sie schauten sich unter lautem Gelächter einen Film mit Norman Wisdom an. Ihre verchromten Handys lagen auf dem transparenten Perspex Couchtisch von Conran einträchtig nebeneinander. In dem Wohnmagazin »Wallpaper« war der Beitrag über galvanisierte Putzeimer aufgeschlagen (das Neueste auf dem Sektor Blumenvasen).

Ich kam mir fehl am Platz vor – als habe sich der Provinzialismus über mich gestülpt wie ein Regenponcho. Ich erbot mich, wieder zu gehen, doch Justine sagte: »Nein, bitte, Adrian, bleib doch hier. Wir hätten so gern, dass es für den ersten Tag unserer Liebe einen Zeugen gibt.«

Ich hatte an der Autobahn schon gegessen, deshalb lehnte ich die angebotenen *moules* ab. Zippo berichtete zwischen den einzelnen Krustentierhäppchen, mit denen er Justine direkt aus der Schale fütterte, dass die erste Folge von »Alle schreien nach Innereien« heute Vormittag den Vertretern einer Zielgruppe vorgeführt worden sei, und die Reaktionen seien so positiv gewesen, dass eine vorhergesagte Sehbeteiligung im Millionenbereich im Raum stünde. Ich ging gegen dreiundzwanzig Uhr dreißig zu Bett und verließ die beiden gegen das Fouton gelehnten und von leergegessenen Muschelschalen und Utensilien zum Drehen von Joints umgebenen Liebenden.

00 Uhr 10

Sie haben soeben den Liebesakt beendet. Justine klopfte an meine Tür, um zu berichten, Zippo sei ein »unglaublicher, liebevoller, aufregender Liebhaber«. Ich sagte, das freue mich für sie.

Sie bat mich, in ihr Schlafzimmer herüberzukommen und Zippo dahingehend zu beruhigen, dass wir nie etwas miteinander gehabt hätten. Zippo neige zu rasender Eifersucht.

Ich zog mir den Morgenmantel über und stolperte in

Justines Schlafzimmer. Der Dimmer war auf Position drei heruntergedreht. In der Lavalampe neben dem Bett amöbten die Blasen. Die Python züngelte in ihrem Terrarium. Zippo hatte sich aufgesetzt, das Laken nur nachlässig über den Genitalbereich geschlagen. Er fragte mich, ob ich mit Justine »gebumst« hätte. Wahrheitsgemäß konnte ich ihm versichern, dass wir aufgrund meines Keuschheitsgelübdes nie den Geschlechtsverkehr ausgeübt hatten. Auch aufgrund meiner Antipathie gegen Justines Python. Anschließend legte ich mich wieder hin.

Es wird Zeit, dass ich mich verziehe.

Montag, 11. August

Nach zwanzigminütigen elektronischen Kniefällen habe ich herausgefunden, dass ich auf meiner Telefonbank ein Guthaben von 3796,26 Pfund habe. Für eine Mietkaution in London ist das zu wenig. Und bis im September endlich mein Honorar von Pie Crust kommt, brauche ich auch etwas Geld zum Leben. Ich ziehe wieder nach Leicester.

Meine Mutter ist nicht begeistert, aber es ist mein Elternhaus, und ich habe ein *Recht,* dort zu wohnen. Meine Mutter meint, bei einem Dreißigjährigen könnte von Recht keine Rede mehr sein. Ich führte ins Feld, dass es im englischen Recht für den Anspruch auf Bleiberecht im Elternhaus keine Altersbegrenzung gäbe. Sie sagte: »Mag sein, sollte es aber.«

Dienstag, 12. August

Während ich meine Sachen zusammenpacke, überraschen mich die schockierenden Enthüllungen über das geheime Leben von Außenminister Robin Cook mit schwarzen Mülltüten und Parkuhren und über die Mätresse, die in einem verdunkelten Zimmer auf ihn wartet. So viel Aufwand zur Befriedigung der Lust! Was bin ich froh, um nicht zu sagen stolz, im Zölibat zu leben!

Wisteria Walk, Ashby-de-la-Zouch

Mittwoch, 13. August

Da bin ich nun wieder – in meinem alten Zimmer. Älter, klüger, aber leider mit lichterem Haar. Die Atmosphäre im Haus ist sehr gespannt. Der Neue Hund sieht stets völlig erschöpft aus. Wenn das Telefon klingelt, rast meine Mutter jedes Mal zum Hörer, als rechne sie mit dem Anruf eines Kidnappers.

Rosie beschwert sich bitter, weil sie jetzt das Zimmer mit William teilen muss. Ich machte ihr begreiflich, dass ich für mein Zimmer *bezahle.* Jawohl, meine eigene Mutter knöpft mir für Unterkunft und Verpflegung vierzig Pfund pro Woche ab! Als ich meine Habseligkeiten in mein Zimmer geschafft hatte, war ich baff, wie wenig doch in vierzehn Jahren Berufsleben zusammengekommen war. Ich machte eine Aufstellung:

2 Steppdeckenbezüge mit passenden Kopfkissenbezügen, 1 mit schwarz-grünem Zickzack, 1 mit burgunder-/cremefarbigen Spiralen
1 Steppdecke mit hochwertiger Faserfüllung
4 Badetücher
1 Rasierspiegel mit Vergrößerungsseite
1 Reisewecker
1 verstellbare Schreibtischlampe (Halogen)
1 Mehrzwecktisch in Anthrazit
1 Bürostuhl auf Rollen
500 Bücher (geschätzt)
1 Indischer Teppich (unecht)
2 Regiestühle von Habitat

1	Sony-Mini-MusiCenter
27	CDs (kaum gespielt)
1	CD-Ständer
1	Fernsehapparat mit Videorekorder (Leihgabe von Zippo)
1	Dualit-Toaster (für 4 Scheiben)
1	Bücherregal (anthrazit)
1	Couchtisch von Willow mit Bücherregaleinsatz
1	Obstschale
1	elektr. Wasserkocher (Sicherheitsmodell)
1	Satz Ikea-Besteck
1	Ikea-Essservice
1	Ikea-Pinnwand (Kork)
1	Sitzkissen (burgunderrot)

Ich rief mir die großzügig ausgestattete Wohnung in Battersea in Erinnerung, die ich mit Jo-Jo während des größten Teils unserer Ehe geteilt hatte. Inzwischen bin ich beinahe einunddreißigeinhalb Jahre alt und darf noch nicht einmal ein richtiges Sofa mein eigen nennen. Ich bin es Leid, auf einem Sitzkissen herumzubalancieren. Das habe ich auch zu meiner Mutter gesagt. Sie meinte bestätigend: »Jeder Mensch über einundzwanzig sieht auf einem Sitzkissen bescheuert aus.«

Ich gebe ihr völlig Recht.

Ich habe das Teil Rosie als Morgengabe schenken wollen. Sie schmiss es mir wieder hin mit den Worten: »Burgunder ist ungeil. In der Farbe haben Manager ihr Köfferchen.«

William wollte es auch nicht haben. Er sagte, es röche unangenehm.

Am Ende brachte ich das Kissen dem Neuen Hund hinunter, der über das Geschenk hoch erfreut war, auch wenn es für seinen Korb etwas zu groß ist. Nun balanciert das arme Tier nervösen Blicks in prekärer Stellung hoch oben auf dem Rundpolster.

Ich habe inzwischen meine Habseligkeiten endgültig eingeräumt. Ich werde lernen müssen, mit der Barbietapete zu leben – aber es wäre mir doch lieber gewesen, Rosie hätte nicht mit einem schwarzen Filzstift sämtliche Barbies mit Schnurrbart und Achselhaaren ausstaffiert.

Freitag, 15. August

Justine hat angerufen. Sie sagte, Alan hätte einen Job für einen Barmann in seinem »The 165«-Club. Ob ich interessiert sei? Ich sagte nein. Konservativen Parlamentsmitgliedern Drinks zu kredenzen entsprach ungefähr meiner Vorstellung von einer armen Seele im Fegefeuer. Ich erkundigte mich, wie ihre unsterbliche Liebesromanze mit Zippo laufe. Sie sagte, es habe sich ausgelaufen. Als sie sich zum Besuch seines Familiensitzes in Cheltenham fein gemacht hatte und die Wohnung verlassen wollte, verlangte er von ihr, etwas Konservativeres anzuziehen. Justine hatte das abgelehnt mit der Begründung, sie müsse sich selbst treu bleiben. Daraufhin habe er gebrüllt: »Wie's aussieht, lebt mein Vater nur noch auf Abruf. Wenn er dich in diesem Fähnchen sieht, kriegt der Alte einen Herzschlag und fällt tot um.«

Versace wird sich einiges fragen lassen müssen.

Samstag, 16. August

Die Zustimmung zur königlichen Familie ist zum erstenmal unter fünfzig Prozent gesunken. *Quelle sur-*

prise! Ich erinnere mich, ein Foto von Prinz William an seinem ersten Schultag in Eaton gesehen zu haben. Der arme Junge hatte ein grünes Sportjackett an! Das letzte grüne Sportjackett, das ich gesehen habe, hing in einem Secondhandshop der Krebshilfe an einem hölzernen Kleiderständer.

Prinzessin Diana ist in einem Gulfstream-Jet von Harrod's nach Athen geflogen, von wo sie mit ihrer Freundin Rosa Monckton auf Kreuzfahrt in den griechischen Inseln gehen wird. Ich hoffe, sie denkt noch daran, dass sie diesem Mohammed ein künstliches Bein versprochen hat.

Am Nachmittag ging ich mit William zur Bürgersprechstunde unserer Abgeordneten, die in einem Büro im Gesundheitszentrum stattfand. Zehn Leute, vor allem Männer, pflegten davor den Wartestand. Aus den Gesprächen ging hervor, dass sich fast alle wegen irgendwelcher Lappalien beschweren wollten. Hauptthema schien die Zuweisung einer besseren Sozialwohnung zu sein, weil die Nachbarn zu viel Krach machten. Ich richtete es so ein, dass ich als letzter ins Sprechzimmer gehen konnte.

Das erschöpfte Aussehen unserer Abgeordneten erschreckte mich zutiefst, und ich sagte es auch.

»Danke«, sagte Pandora, während sie sich eine Zigarette ansteckte. »Ich war bis vier Uhr morgens mit Mandy zugange.« Sie unterdrückte ein Gähnen.

»Im Sambafieber?«, erkundigte ich mich. Mr Mandelsons Vorliebe für südamerikanische Rhythmen war mir nicht unbekannt.

»Nein«, sagte sie, »wir haben eine Erklärung verfasst, mit der wir Jacks Enthüllungen in ›News of the Week‹ am Montag entgegentreten werden. Jack hat mir damit gedroht, seit wir uns am ersten Mai getrennt haben.«

Ich fragte sie, weshalb es zum Bruch gekommen war.

»Dreimal darfst du raten!«, sagte sie. »Da waren seine regelmäßigen anderthalb Flaschen Wodka pro Tag, die hysterischen mitternächtlichen Anrufe seiner letzten Exfrau – und sein Sexismus: Er tat schon beleidigt, wenn ich ihn bat, die Klobürste in die Hand zu nehmen und seine Bremsspuren zu beseitigen.« Sie sagte, sie hätte von Alastair Campbell gehört, dass man Cavendish über fünfzigtausend Pfund dafür geboten hatte, über ihre gemeinsame Vergangenheit aus dem Nähkästchen zu plaudern. »Zwei Kinder von ihm sind zur seelischen Rekonstruktion im Kloster, und eines ist im Alkoholentzug für Promis. Die arme Socke braucht das Moos.«

»Pan, das gibt ihm noch lange nicht das Recht, dich in die Pfanne zu hauen«, sagte ich. Ich versuchte, ihre Hand zu tätscheln, die sich jedoch meinem Zugriff entzog und zur Zigarettenschachtel glitt.

Pandora zeigte mir ihre Erklärung.

Ein mutiges Dokument.

WÄHLERLIEBLING PANDORA BEKENNT:
»ICH WAR EINE NONKONFORMISTIN.«

Pandora Braithwaite, »der hellste Stern an Blairs Firmament«, gab gestern eine ungewöhnliche Erklärung ab, in der sie bekannte, sich in sexueller Hinsicht nonkonformistisch verhalten zu haben: »Ich habe viele Liebhaber gehabt.« Die in ihrem Wahlkreis Ashby-de-la-Zouch wohnende Politikerin erklärte: »Jawohl, es ist die Wahrheit. Während einer gewissen Phase der achtziger Jahre unterhielt ich sexuelle Beziehungen zu drei Männern gleichzeitig. Die Situation wurde von allen Beteiligten als durchaus befriedigend empfunden.«

Erotisch?

Auf die Frage, ob sie bei den Debatten im Unterhaus erotische Unterwäsche trage, erklärte sie: »Ja, gewiss. Ich kaufe meine Wäsche bei ›Agent Provocateur‹ in Soho. Meine Kompetenz als Politikerin wird davon jedoch in keiner Weise berührt. Ich setze mich unermüdlich für die Belange der Wählerinnen und Wähler meines Wahlkreises ein.«

Ist Blair sexy?

Auf die Frage, ob ihr Parteiführer sexy sei, antwortete Pandora: »Aber ja doch.«

Ist Chanel passé?

Zu den von Jack Cavendish in die Welt gesetzten Anspielungen über finanzielle Unregelmäßigkeiten bei der Erstattung von Wahlkampfaufwendungen sagte Pandora: »Ich habe mir ein paar Haute-Couture-Kostüme bei Karl geborgt. Sie waren schon völlig aus der Mode und sind längst zurückgegeben.«

Beim Hinausgehen mussten wir uns fast gewaltsam den Weg durch einen wilden Knäuel von Presseleuten bahnen, die Pandora im Gesundheitszentrum aufgespürt hatten.

Bei William kam das Mercedes-Coupé von Pandora bestens an. Während der Fahrt nach Hause ließ er sich von Pandora das Verdeck ein paarmal auf- und wieder zufahren. Meine Mutter war von Pandoras Kommen hoch entzückt und mehr noch von dem Presserummel, der schon bald vor unserem Gartentörchen einsetzte. Sogar mein Vater verließ kurzzeitig das Bett, um ein Auge zu riskieren. Meine Mutter sorgte dafür, dass er einen frischen Schlafanzug anlegte, einerseits Pandora zu Ehren, andererseits aber auch, falls er zufällig in die Reichweite einer Kamera geraten sollte.

Ein hip-hop-mäßig angezogener merkwürdiger Halbwüchsiger stand auf der gegenüberliegenden Straßenseite, starrte unser Haus an und fraß Chips aus einer

Tüte. Er sah aus wie einer aus dem offenen Vollzug. Ich sagte zu ihm, er solle abhauen, aber er tat, als hätte er mich nicht gehört.

Meine Mutter las Jack Cavendishs Enthüllungen und dann Pandoras Erklärung mit kaum verhohlenem Vergnügen. Um fünfzehn Uhr erschienen Iwan und Tania Braithwaite, beide aschgrau im Gesicht.

»Pauline, Liebling«, sagte Iwan, »ich habe Tania alles erzählt. Ich musste es tun, bevor sie es aus ›News of the World‹ erfährt.«

»Tania *was* erzählt?«, fragte mein Vater, der arme Trottel.

Mein Herz blieb stehen.

Iwan trat in seiner gefälligen Freizeitkleidung auf meinen unrasiert im Pyjama dahockenden Vater zu und sagte: »Tut mir Leid, George, dass ich Ihnen das sagen muss, aber ich liebe Ihre Frau.«

Ich stellte mich zu meinem Vater und fasste ihn an der Schulter. Pandora legte den Arm um ihre Mutter.

Ich konnte das Alter in das Gesicht meines Vaters sickern sehen, während er allmählich begriff, dass seine Frau einen anderen liebte und dass dieser andere Iwan Braithwaite war, ein Freund der Familie.

Der Neue Hund schlich aus dem Zimmer und verzog sich auf seinen weinroten Kissenausguck – möglicherweise in Ansehung der schändlichen Rolle, die er in der Affäre gespielt hatte.

Tania befreite sich aus Pandoras Umarmung und strich sich das lange Blumenbedruckte über den Hüften glatt. »Iwan, ab heute Abend will ich dich in meinem Haus und Garten nicht mehr sehen«, sagte sie mit bebender Stimme.

»Daddy, wie konntest du Mami das nur antun?«, schrie Pandora auf.

»Wir wandeln seit dem ersten Mai auf den Pfaden der Liebe, und seitdem hält uns Amor fest in seinem Bann«, antwortete Iwan in aller gebotenen Schlichtheit.

Die vom Leben gezeichneten Liebenden tauschten einen leidenschaftlichen Blick. Mir wurde fast schwindelig. Iwan sollte versuchen, ein Libretto für ein Musical zu schreiben.

Mein Vater setzte sich hin und zündete sich eine Rothman's an. Der Hosenstall seines Pyjamas stand offen. Er trug keine Unterhose. Hastig stellte ich mich vor ihn hin.

»Liebling, komm jetzt mit *mir*«, sagte Iwan zu meiner Mutter.

Sie griff nach ihrem Kosmetikbeutel, und sie zogen ab. Ich schaute ihnen hinterher, als sie sich am Törchen durch die Reporter drängten. Der Junge auf der anderen Straßenseite stand immer noch da und fraß Käse-Zwiebel-Chips aus seiner Tüte.

Sonntag, 17. August

Es kann lange dauern, bis man ein paar vernünftige Zeilen zu Papier gebracht hat. Pandora und ich saßen bis fünf Uhr morgens an dem folgenden Elaborat, dem Alastair Campbell um sechs Uhr sein Plazet erteilte.

Pandora Braithwaite, Abgeordnete für Ashby-de-la-Zouch, und Prominentenkoch Adrian Mole freuen sich, bekanntgeben zu dürfen, dass Mrs Pauline Mole und Mr Iwan Braithwaite (Bachelor of Arts) im kommenden Frühjahr vor den Traualtar treten werden.

Pandora (30) sagte: »Ich freue mich ja so für die beiden«,

und Adrian (30) fügte hinzu: »Iwan ist ein prima Kerl. Ich wüsste nicht, wer mir lieber wäre.«

Die Hochzeit wird im Schloss von Ashby-de-la-Zouch stattfinden, wo neuerdings auch standesamtliche Trauungen vorgenommen werden können. Weder Mrs Tania Braithwaite noch Mr George Mole standen für einen Kommentar zur Verfügung.

Montag, 18. August

Apropos »Aufzeichnungen aus einem Totenhause«: Lieber Kollege Dostojewski, heute hättest du im Wisteria Walk sein müssen!

Dienstag, 19. August

Meine Mutter rief aus dem knapp vier Kilometer entfernten Post House Motel an, um anzukündigen, sie und Iwan würden heute Abend wiederkommen.

Mittwoch, 20. August

Die Dinge haben eine unglaubliche, skandalöse und verheerende Umkehrung erfahren. Meine Mutter und Iwan wohnen jetzt *hier* am Wisteria Walk, während mein Vater und Tania *dort,* an Iwans früherer Adresse The Lawns wohnen. Ich bin völlig außer mir, wie dieses Arrangement über meinen Kopf hinweg getroffen werden konnte. Die Sache wurde hinter meinem

Rücken eingefädelt. Ich sagte zu meiner Mutter: »Wie konntest du zulassen, dass ein kranker Mann wie Dad bei diesem Hausdrachen Tania Braithwaite unterkriecht?«

»Steck deine Nase nicht in unsere Angelegenheiten«, war ihr ganzer Kommentar.

William hat Iwan schon als Familienmitglied akzeptiert. Iwan hat ihn mit einem pädagogischen Bilderbuch zum Aufklappen bestochen. Mein Vater darf das nie erfahren. Es würde ihn umbringen.

Donnerstag, 21. August

Nigel hat sich heute durch den Pressekordon gekämpft und uns besucht. Das war sehr beherzt von ihm. Jeder, der sich in unser Haus wagt, endet auf der Mattscheibe des Regionalfernsehens (Midlands Today). Pandora hat von Tony Blair ein (persönliches) Solidaritätsschreiben bekommen:

Liebe Pandora,

Cherie und ich möchten Ihnen versichern, dass wir Ihren Beitrag zum Erfolg von New Labour außerordentlich zu schätzen wissen.

Wir beten darum, dass Ihre gegenwärtigen persönlichen und familiären Schwierigkeiten zu einer baldigen Lösung kommen werden und dass Sie sich weiterhin für die Dauer der gegenwärtigen Legislaturperiode dem Dienst an unseren Wählerinnen und Wählern in Ihrem Wahlkreis Ashby-de-la-Zouch widmen können.

Mit besten Grüßen
Tony

Ich werde mich niemals, nie in meinem Leben an den Anblick von Iwan Braithwaites stachelbeerartiger Zahnbürste in unserem Badezimmer gewöhnen können.

Die abgenutzte Zahnbürste meines Vaters steht immer noch zusammen mit seiner Raucherzahnpasta an ihrem gewohnten Platz in der Fischtasse daneben.

Rosie kann nicht begreifen, warum unser Vater »Iwan nicht aufmischt, dass sie dem Penner im Krankenhaus zum Luftholen ein Röhrchen in die Nase schieben müssen«.

Freitag, 22. August

Eine Journalistin namens Gracie Ball klopfte heute an unsere Haustür und bat um ein »Interview mit Pauline oder Iwan«. An der Tür unterhielt ich mich ein Weilchen mit ihr über die Schreiberei im Allgemeinen. Ich ließ einfließen, dass ich die Erzählung »Verspätungen« geschrieben hätte. Als ich mit dem Manuskript wieder herunterkam, war sie im Haus verschwunden und unterhielt sich schon am Küchentisch mit meiner Mutter und Iwan. Die beiden ältlichen Verliebten hielten Händchen und bekannten sich vor Gracie zu ihrer gemeinsamen Schuld.

Samstag, 23. August

Ich riss mich zusammen, drängte mich durch die Reporter und fuhr zu The Lawns hinüber. Am rustikalen Gartentor des Braithwaiteschen Anwesens standen drei Leute rauchend beieinander. Eine der Figuren, eine junge Frau, hatte eine Kamera um den Hals hängen. Als ich ausstieg, schrien die Presseleute »Adrian! Adrian!« Ohne sie zu beachten, lief ich den Weg zur Haustür hinauf. Läden und Jalousien waren geschlossen. Mit dem löwenköpfigen Messingtürklopfer pochte ich an die Tür. In der Diele hörte ich meinen Vater »Hau bloß ab!« schreien.

Durch den Briefschlitz rief ich hinein: »Ich bin's, Adrian!« Ich hörte, wie Riegel zurückgeschoben und Schlüssel in Schlössern gedreht wurden. Die Tür öffnete sich einen Spalt, gerade genug, um mich einzulassen, und fiel hinter mir sofort wieder ins Schloss. Mein Vater und Tania Braithwaite standen bleich und verstört in der geräumigen Diele. Tania sagte: »Oh, bitte, kommen Sie doch in die Küche, ich mache uns einen Kaffee.« Sie tat, als hätten die katastrophalen Ereignisse der letzten Tage nicht stattgefunden.

Ich saß da und konnte keine Worte finden. Was hätte ich zu den beiden auch sagen sollen? Noch vor kaum einer Woche hatten sie sich im sicheren Hafen der Ehe gewähnt, und jetzt wurde ihr Status als gehörnte Ehepartner per Mattscheibe ins ganze Land hinausposaunt. Wir setzten uns an den riesigen Kieferntisch in der Küche. Mein Vater zog eine Untertasse mit einem Berg Kippen und Asche zu sich heran und entzündete eine Zigarette. Tania wedelte mit der Hand vor dem Gesicht.

»Ich dachte, in diesem Haus herrscht striktes Rauchverbot«, sagte ich.

»Ach, normalerweise schon«, sagte Tania, »aber unter diesen Umständen …« Ihre Stimme erstarb.

Mein Vater sagte: »Adrian, was findet deine Mutter eigentlich an dem Kerl?«

Tanias Augen füllten sich mit Tränen. »Iwan ist, öh, war ein wunderbarer Mann.«

»Er hat Sie verraten, Tania!«, sagte mein Vater. Er hörte sich an wie eine Figur aus einem John-Forsyth-Roman über den kalten Krieg. Man merkte deutlich, dass sie noch beide unter Schock standen. Tania erhob sich, um das kochende Wasser in die gläserne Cafétière zu gießen. Als sie den Siebkolben des Apparats langsam herunterdrückte, bemerkte ich den bewundernden Blick meines Vaters. Er hätte schon immer gern der Mittelschicht angehört.

Das Telefon in der Diele läutete. Tania nahm ab. Der Anruf kam offensichtlich von Pandora. Tania sagte: »Ich nehme halt jeden Tag, als wär's der letzte. George ist mir eine große Hilfe.« Sie hörte kurze Zeit zu, dann sagte sie: »Nein, Liebling, du brauchst dich nicht zu bemühen. Adrian ist hier. Er wird bestimmt für uns einkaufen fahren.« Sie sah mich bittend an. Konnte ich da etwas anderes tun, als meine Zustimmung zu geben?

Ich fragte meinen Vater, wie lang er noch vorhätte, in Tanias Haus zu bleiben.

»Weiß nicht«, sagte er. »Wo soll ich denn sonst hin?«

»Ich habe vier leerstehende Zimmer im Haus, Adrian«, sagte Tania. »George ist mir hier willkommen, solange er will. Er versteht besser als jeder andere, was ich durchstehen muss.«

»Weil ich nämlich die gleiche Ochsentour durchmache«, bestätigte er.

Sie wechselten einen bedeutungsvollen Blick, und ich wusste, ich wusste es einfach, dass es ungeachtet ihrer bisherigen gegenseitigen Antipathie bis zur Entdeckung weiterer Gemeinsamkeiten nicht mehr lange dauern konnte.

Tania machte eine Einkaufsliste, und ich gab sie in meinen Organizer ein:

2 Baguettes
2 Dosen Sardellen
2 Artischockenherzen
1 Glas Safranstengel (nur südamerik.!)
sonnengetrocknete Tomaten
Pesto
Ziegenkäse & Feta
Tamarasalat
Fladenbrot
Crème fraîche
Naturjoghurt (griechisch)
1 Paket Always Slipeinlagen
Extra-natives Olivenöl (Italien)
2 60-W-Birnen (matt)
2 Paar Gartenhandschuhe, Größe XL
2 reife Avocados
Blätterteig (tiefgefroren)
Spinat
Zuckererbsen

Als Tania einmal kurz hinausging, warf mein Vater einen Blick auf die Liste und grollte: »Hier werd' ich noch glatt verhungern.« Von indischem Curryhuhn abgesehen, kann er ausländische Küche nicht leiden. Er schob mir zehn Pfund hin und trug mir auf, vierzig Rothmans, einen Laib geschnittenes Brot und eine Schale Schweineschmalz für ihn mitzubringen.

Im Supermarkt gelang es mir nicht, die Einkaufsliste in meinem Organizer aufzurufen, und ich musste frei nach Schnauze einkaufen. Ich lieferte alles ab, blieb aber nicht bis zum Auspacken. Ich hatte unter anderem auch die Rothman's für meinen Vater vergessen. Das würde Ärger geben.

Sonntag, 24. August

In den frühen Morgenstunden vernahm ich aus dem Zimmer meiner Mutter ein quietschendes Bettgestell. Ich hämmerte an die Wand, und das Quietschen hörte auf. »Danke, Aidy!«, hörte ich Rosie rufen.

Montag, 25. August

William fragt immer wieder nach seinem Opa. Ich habe ihn deshalb heute Vormittag nach The Lawns mitgenommen. Tania und mein Vater lagen im Liegestuhl im Garten. Mein Vater hatte offensichtlich kurz zuvor den Rasen gemäht. Er trug eines seiner kurzärmligen Hawaiihemden. An seinem blassen linken Arm war ein gelber Nikotinfleck zu erkennen. Er stand auf und spielte unter Benutzung von Pandoras altem Korbball mit William Fußball. Ein ahnungsloser Passant hätte sich beim Betrachten der idyllischen Szene vermutlich neidvoll gewünscht, es möge seine eigene Familie sein.

Als ich nach Hause kam, war inzwischen die Nachmittagspost gekommen, darunter ein Brief von Arthur Stoat, dem Geschäftsführer des Verlagshauses Stoat Books Ltd. Er fragte an, ob ich Interesse hätte, ein Kochbuch mit dem geplanten Titel »Alle schreien nach Innereien – das Buch!« zu verfassen.

Während ich den Brief las, kam es am Kühlschrank zu einem Zusammenstoß zwischen Iwan und Rosie. Er beanstandete, dass sie die Milch direkt aus der Flasche trank und kein Glas benutzte. Meine Intervention wurde auf beiden Seiten wenig beifällig aufgenommen.

Ich muss William aus dieser Hölle herausholen. Ich verfasste ein paar Zeilen an Stoat Books:

Geschätzter Arthur Stoat,
ja, ich bin durchaus interessiert. Bitte nennen Sie mir Näheres. Entschuldigen Sie die knappe Antwort, doch meine Zeit wird derzeit zur Gänze von familiären Problemen in Anspruch genommen.
Mit freundlichen usw.
A. A. Mole

PS: Geben Sie auch Romane heraus? Ich habe ein druckreifes Ms. mit dem Titel »Verspätungen«.

Mittwoch, 27. August

Im Badezimmer stieß ich auf Rosie. Weinend hielt sie Iwans Kulturbeutel aus burgunderrotem Leder über die Toilettenschüssel (der Deckel war hochgeklappt). Ich tröstete sie, so gut ich konnte. Sie legte den Kulturbeutel auf den Spülkasten zurück, wo Iwan ihn abzustellen pflegte. Nach einer Minute des Schweigens fragte ich: »Du siehst so frisch und rosig aus. Was hast du denn gemacht?«

»Mir das Gesicht gewaschen«, sagte sie. »So sehe ich aus, wenn ich nicht geschminkt bin.«

»Und dein Haar, es ist irgendwie so locker.«

»Hab halt das Haargel weggelassen«, erläuterte sie mit einem stirnrunzelnden Blick in den Spiegel. »Iwan hat mir gestern ein Kompliment gemacht«, sagte sie mit vertraulich gesenkter Stimme. »Er fand mein aggressives und provokatives Image gut.«

»Dann willst du also davon runter?«

»Ja, schon«, meinte sie, »aber ich weiß nicht, was anstatt. Hast'n Vorschlag?«

»Neulich hat er sich doch über die ›ungleich verteilten Chancen bei der Fuchsjagd‹ das Maul zerrissen. Du könntest mit dem Markenzeichen der berittenen Fuchsjagd auftreten: Reithosen und Reitgerte.«

»Ja«, lachte sie, »da würde sich das Arschloch ziemlich ärgern.«

Im Windschatten unserer gemeinsamen Antipathie gegen Iwan den Schrecklichen wagte ich zu bemerken: »Rosie, hast du dir eventuell schon mal Gedanken darüber gemacht, dass du am Tourette-Syndrom leiden könntest?«

»Verpiss dich«, zischte sie und zog die Spülung. Iwans Kulturbeutelinhalt verschwand im Klo.

Getränke – ½ Flasche Wodka
Medikamente/Drogen – 6 Nurofen, 2 joints
Verdauung – keine
Penis – 0/10

Donnerstag, 28. August

Der Klempner hat soeben die Verstopfung der Toilette beseitigt. Die Behebung des Schadens belief sich auf 275 Pfund. Auf der Treppe traf ich meine Mutter. Sie war in kämpferischer Stimmung. »Ich liebe Iwan«, sagte sie, »und er betet mich an. Du könntest wenigstens *versuchen,* höflich zu ihm zu sein.«

»Hat er dich schon einmal ungeschminkt gesehen?«, wollte ich wissen.

»Jawohl, hat er«, schrie sie mich an, »und er verehrt

jede Falte, jeden Tränensack und jedes graue Haar an mir! Er liebt mich noch in Stücke!«

Iwan kam aus dem Wohnzimmer. Er hatte das Kreuzworträtsel im »Guardian« zur Hälfte gelöst (das schwierige – das kleine erledigt er in der Zeit, bis das Teewasser kocht). Er sagte: »Das Trauma, unter dem ihr alle steht, macht mich *echt* betroffen. Wenn sich alles wieder ein bisschen beruhigt hat, sollten wir uns vielleicht alle zusammen in den neuen Gruppierungen in eine Familientherapie begeben.«

Ich werde lieber eine lebendige Kröte verschlucken, als im Kreis herumzusitzen, während er kluge Reden über unser gestörtes Familienleben schwingt.

Freitag, 29. August

Es stimmt: In Krisenzeiten ist die königliche Familie ein starker Trost. Der Gedanke, dass das königliche Familienleben noch gestörter ist als das unsere, hat für mich etwas außerordentlich Beruhigendes. Die neurotische Diana macht mit einem Typ herum, dessen Clan sein Vermögen mit dubiosen Waffengeschäften gemacht hat. Charles ist krankhaft unglücklich und emotional verkrüppelt durch seine unnatürliche Kindheit und seine Tampaxfixierung. Die Radioserie »The Archers« sollte man sterben lassen und durch eine Seifenoper über das Königshaus ersetzen. Vielleicht schreibe ich die Serie selber.

Samstag, 30. August

Das Verhältnis zwischen Rosie und meiner Mutter ist nun völlig gestört. Rosie ist ausgezogen und wohnt bei den Eltern von Aaron Michelwhaite. Meine Mutter fand heraus, dass Rosie auf dem Bauch einen Affen eintätowiert hat.

William hat sich gestern in den Schlaf geweint (in meinem Bett). Er hat Sehnsucht nach Rosie. Sie hat mit ihm die nervtötenden Brettspiele gespielt, auf die er so versessen ist. Sein neuer Gegner bin ich, aber ich bin nur ein schwacher Ersatz. Er verliert schnell die Lust, weil es mir herzlich egal ist, ob ich die Leiter hinaufklettere oder an der Schlange herunterrutsche, und ich finde es einfach zu blöd, die Regeln zu lernen. Liebes Tagebuch, ich finde es ehrlich gesagt überhaupt blöd, irgendwelche Regeln zu lernen. Heutzutage hält sich sowieso kein Mensch mehr daran.

William geht ab dem fünfzehnten September in die private Kindertagesstätte Kidsplay Ltd. Für mich ist das keinen Moment zu früh. Mit Freuden bin ich bereit, Geld dafür bezahlen, dass jemand mit ihm spielt.

Verehrter John Tydeman,

es ist schon ein paar Jahre her, seit ich Ihnen das letztemal geschrieben habe. Damals, als Sie für die BBC arbeiteten, hatte ich Ihnen mehrfach angetragen, meine Werke zu senden.

Unglücklicherweise machten Sie hiervon keinen Gebrauch und haben sich ausgebeten, von mir in Ruhe gelassen zu werden. Unter gänzlich veränderten Voraussetzungen komme ich nunmehr erneut auf Sie zu.

Ich habe eine Familienserie geschrieben, die den Platz der »Archers« einnehmen wird. Ich bin der Meinung, kein denkender Mensch kann sich der Einsicht entziehen, dass die

Tage der »Archers« in ihrer gegenwärtigen Form gezählt sind.

Der Wendepunkt war für mich das Geräusch quietschender Bettfedern, als zwei ältliche Verliebte aus Ambridge sich zum Vollzug des Liebesaktes anschickten.

Meine Familienserie macht geschickten Gebrauch von Motiven aus dem Königshaus.

Eine Kostprobe mit ein paar Seiten aus der ersten Episode finden Sie in der Anlage. Ich habe sie unter Beachtung des Regelwerks »Schreiben für den Rundfunk« und unter Einschluss vielfältiger Geräuscheffekte niedergeschrieben.

Ich weiß, dass es gegenwärtig Mode ist, an Originalschauplätzen aufzunehmen, doch dürfte die Genehmigung im vorliegenden Fall nicht problemlos zu erhalten sein.

Dessen ungeachtet, Mr Tydeman, werfen Sie unverdrossen einen Blick auf die beiliegenden Seiten! Falls Sie interessiert sind, könnten wir uns vielleicht in der neuen Sauerstoffbar H_2O auf ein sauberes Lüftchen treffen.

Mit freundlichen Grüßen
A. A. Mole

DIE WINDSORS

Eine Familienserie nach Motiven aus dem Königshaus als Nachfolgeserie der »Archers«.

1. SZENE, WOHNZIMMER DER QUEEN

Ton: Richard-und-Judie-Show im Hintergrund. Raschelndes Blättern im Boulevardblatt »Sun«. Bellen einer Corgiehündin.

PRINZ PHILIP: Es ist erschreckend, was die Zeitungen über unseren Sohn Charles schreiben!

Ton: Überflug einer Concorde.

QUEEN: Philip, ich kenne doch unseren Charles.

Ton: Draußen landet ein Hubschrauber.

PHILIP: Es gab Zeiten, da kanntest du ihn nicht. Er war so viel mit seiner Kinderfrau zusammen, dass du einmal im Flur an ihm vorbeigelaufen bist und dachtest, er wäre ein Jockey, weil er so klein war.

Ton: Schritte auf einem unbezahlbar teuren Perserteppich.

QUEEN: *(Heftiger Tränenausbruch)* Nicht doch! Nicht doch! Ich war eine Rabenmutter.

Ton: Eine Handtasche klappt auf und zu.

ANDREW: Hallöchen, ihr Grufties, was läuft?

QUEEN: Andrew, war ich eine Rabenmutter?

Ton: Eine königliche Nase schneuzt sich in ein Taschentuch aus Leinendamast.

ANDREW: Weiß nicht, kann mich an dich als Mutter überhaupt nicht erinnern, Ma. Du hast den ganzen Tag nur herumgesessen und Briefmarken in deine Albums gesteckt.

Ton: Eine Tür knallt zu.

CHARLES: Es heißt »Alben«, Andrew, nicht »Albums«. Ich halte deine grammatikalischen Fehler für ziemlich, ahem, unverzeihlich.

Ton: Charles legt die Stirn in Falten: eine Tür geht auf.

ANNE: Ma, wieso hast du uns alle rufen lassen? Ich habe um elf Uhr dreißig einen Termin beim Pferdedoktor.

Ton: Eine Tür knallt zu. Nervöses Husten.

EDWARD: Tut mir Leid, alle zusammen, habe mich verspätet.

QUEEN: Hallo, äh …

EDWARD: Edward. Ich heiße Edward.

QUEEN: In der Tat, in der Tat … Ich habe euch alle aus einem äußerst wichtigen Grund hierher gebeten. Aus einem äußerst wichtigen Grund. In der Tat, äußerst wichtig …

Ton: Musik blendet auf und entlässt den Hörer voll Spannung auf das Kommende.

Copyright: Adrian Mole, August 1997

Das wird hinhauen, das hab ich im Urin. Prinzessin Diana wird sich natürlich nach und nach zum Star mausern. Zur Zeit ist sie ja noch der Star in ihrer eigenen Seifenoper, und das ganze Land ist neugierig darauf, wie es bei ihr weitergehen wird.

Sonntag, 31. August

Die Seifenoper des Lebens hat sich grausam vertan. Man lässt seinen Star nicht mitten in der Serie sterben. Jetzt werden wir niemals erfahren, wie die Geschichte ausgeht.

Eindrücke anlässlich Dianas tragischem Tod

William und Harry werden zur Crathie Church chauffiert. Der Priester spricht mitfühlenderweise nicht darüber, dass die geliebte Mutter der beiden nur zehn Stunden zuvor gewaltsam umgekommen ist.

Es war kein vornehmer Tod. So sterben auch wildgewordene Raser, die sich über Tempo und Kurven erhaben fühlen.

Selbstbeherrschung auf dem Rollfeld: Der Prinz schreitet die Reihe der Männer ab, die den Sarg nach Hause gebracht haben, und schüttelt ihnen die Hand. Die Frau im Sarg hatte geglaubt, Charles würde ein Video ihres Tanzes mit dem Ballettänzer Wayne Sleep, einem wesentlich kleineren Mann, Freude machen. Sie wusste nicht, wie sehr er die Aufnahmen hassen würde. Ich hoffe, sie hat es nie erfahren.

Ihre einzige Auszeichnung in der Schule erhielt sie für den »bestversorgten Hamsterkäfig«.

Sie hat einmal Oliver Hoare, von dem sie wie besessen war, innerhalb von einer Stunde über zwanzigmal angerufen. Sobald er sich meldete, legte sie sofort wieder auf. Die Polizei hat sie danach wegen ihres Verhaltens »belehrt«.

Montag, 1. September

Das Tränenaufkommen unseres Haushalts hätte für einige Flüsse, Kanäle und Seen gereicht. »Die beiden Jungen!«, schluchzte meine Mutter immer wieder, um sich dann abermals in Tränen aufzulösen. Keiner von uns war vom Fernseher wegzubekommen. Ich habe es sogar geschafft, mir anzusehen, wie Michael Cole, der Pressesprecher von Mohammed Al-Fayed, seine Schleimspur über den Bildschirm zog, ohne den Raum verlassen zu müssen.

Rosie kam wieder nach Hause zurück und warf sich in die Arme meiner Mutter. Sie heulten beide derart, dass ich befürchtete, ihr Wasserverlust erheische medizinische Maßnahmen.

Dienstag, 2. September

Iwan Braithwaite ist Republikaner. Er hat sich heute einen schweren Schnitzer geleistet. Vor meiner Mutter sagte er: »Ich kann mir nicht helfen, aber ich finde diesen hysterischen Trauerausbruch ziemlich übertrieben.«

Meine Mutter fing sofort wieder an zu heulen und schluchzte: »Wir weinen nicht bloß über Diana, wir weinen über unser ganzes trauriges Leben. Ich weine, weil ich George so weh getan habe.«

In der Absicht, sie zu trösten, sagte ich: »Mum, du brauchst dir wegen Dad keine Sorgen zu machen. Er und Tania kommen erstaunlich gut miteinander aus.«

Das hatte zum Ergebnis, dass sie noch heftiger schluchzte. Sie fragte bei Iwan an, ob er sie zum Kensington Palast fahren würde, damit sie dort ein paar Blumen am Tor niederlegen und sich anschließend zur Kondolenz zum St. James Palast begeben könne. Iwan sagte, er hätte keine Lust, sich acht Stunden lang anzustellen, nur um zuzusehen, wie meine Mutter ihren Namen in ein Buch hineinschreibt. »Ich werde mehr als nur meinen Namen hineinschreiben«, sagte meine Mutter, »Adrian wird mir für Prinzessin Di ein Gedicht dichten, nicht wahr, Aidy, das dichtest du mir doch?«

Was blieb mir da anderes übrig, als ja zu sagen? Die arme Frau ist vor lauter Trauer nicht mehr sie selbst. Ich erklärte mich bereit, das Gedicht zu schreiben und sie zu den verschiedenen Stätten der Verehrung zu begleiten. Rosie wollte lieber die Trauerfeier im Fernsehen erleben. Sie meinte, das sei irgendwie »echter«.

Mittwoch, 3. September

Heute vormittag haben wir mein Gedicht in Kensington Gardens mit Klebeband an einen Baumstamm gepappt:

> *O Diana!*
> *O Diana!* hieß das Lied
> aus meiner Mutter Jugend. Es wurde gesungen
> von Paul Anka, einem schmächtigen Jungen
> mit weißen Zähnen.
> Der Refrain *O Diana!* wummert in Mutters Kopf
> und würzt ihre Tränen.
> Alles so öde und leer, so marod,
> denn ihre Diana, schubidu, ist tot.

Ich sagte, ich bräuchte noch etwas Zeit, um dem Gedicht den letzten Schliff zu geben, aber meine Mutter wollte nicht so lange warten. Sie hatte Angst, wir würden an den Bäumen keinen leeren Platz mehr finden. Hinter uns stand schon eine lange Schlange von Dichterkollegen an. Auf dem Nachhauseweg auf der Autobahn sagte meine Mutter: »Ich mache noch was aus meinem Leben!« Ich gab ihr den Rat, Iwan Braithwaite in den Wind zu schießen. »Nein, Iwan wird mir dabei helfen«, widersprach sie. »Er hat es mir schon angeboten.«

Als ich um dreiundzwanzig Uhr meine Vorhänge zuzog, sah ich den chipsessenden Halbwüchsigen an unserem Haus vorbeigehen. Er ist eindeutig zu jung, um so spät noch draußen herumzulaufen.

Donnerstag, 4. September

Meine Mutter ist wütend auf die Queen, weil sie die Fahne auf dem Buckingham-Palast nicht auf halbmast setzen ließ und nicht nach London gekommen ist, um den trauernden Massen Trost zuzusprechen, die sich immer noch in den Parks und Straßen der Umgebung der königlichen Wohnsitze drängen. Die Presse wird für Dianas Tod verantwortlich gemacht. Meine Mutter droht damit, das Skandalblatt »Hello!« abzubestellen.

Heute Abend beim Abendessen sagte Iwan: »Diana hat nicht begriffen, dass man nicht an einem Tag die Fotografen bestellen und sich als Titelbild für ›Vogue‹ ablichten lassen kann, um am anderen Tag, wenn man sich vorne auf der ›Sun‹ wiederfindet, über die Verletzung der Privatsphäre durch die Presse zu zetern. Nur ein *bisschen* prominent sein geht nicht.«

Iwan könnte zwar die Meisterschaft als Nervensäge

Nummer eins des gesamten Sonnensystems gewinnen, aber seine Einlassung zum Thema Prominenz hat mich wirklich sehr nachdenklich werden lassen. Ich nahm einen Schluck Sherry und sagte: »Ja, das Prominenzproblem ist auch mein Problem. Am zehnten September trete ich im Fernsehen vor die Nation.«

»Adrian, ich glaube nicht, dass du sehr unter deiner Prominenz zu leiden haben wirst«, meinte meine Mutter. »*Kein Mensch* schaut den Millennium-Kanal.«

Ich sagte ihr das mit den Studenten.

»Studenten zählen doch nicht«, tat sie meinen Einwand ab.

Freitag, 5. September

Habe heute meinen Vater und Tania besucht. Als ich eintraf, demonstrierte Tania meinem Vater gerade ein paar Verwendungsmöglichkeiten von getrockneten Tomaten. Als sie sich umwandte, um etwas Parmesan zu reiben, sah ich meinen Vater ein Gähnen unterdrücken. Tania meinte, sie würde heute nur schnelle Küche machen, damit sie und mein Vater »die Berichterstattung von der Beisetzung in größtmöglicher Breite verfolgen« könnten.

Die Depressionen meines Vaters scheinen sich verflüchtigt zu haben. Am Montag geht er zu einer Job-Initiative. Tania hat ihm augenscheinlich gesagt, er sei ein »hochintelligenter Mann«. Sie hat ihm »die Verwirklichung seines Potentials« versprochen, wenn er aufhört zu rauchen. Das zeigt, wie wenig sie ihn kennt. Für seine Rothmans wird er Glück und Geld jederzeit sausen lassen.

Samstag, 6. September

Oh! Die Karte am Blumengebinde des Sargs. »Mami«! O weh!

An diesem Tag gingen uns schon bald die Taschentücher aus. Meine Mutter sah ihre Bekannten Alan und Abo vom Groby Theatre Workshop in der Prozession hinter dem Sarg hergehen. Sie waren die Vertreter der Ashby-de-la-Zouch-Sektion der AIDS-Hilfe-Stiftung Terrence Higgins Trust, dessen Ehrenvorsitzende Diana war. Meine Mutter sagte, sie hätte die beiden zum erstenmal mit einem ernsten Gesicht gesehen.

Sonntag, 7. September

Beim Frühstück wieder einmal eine kleine Vorlesung von Iwan über die guten Seiten von New Labour. Ich sagte, für meinen Geschmack sei Tony Blairs Rede auf der Kanzel von Westminster Abbey ein bisschen zu theatralisch ausgefallen. Ich könne mir nicht helfen, aber ich hätte das Gefühl, diese endlosen Pausen habe Alastair Campbell mit der Stoppuhr ausgetüftelt.

Meine Mutter warf mir »herzlosen Zynismus« vor. Seit Iwan bei uns eingezogen ist, pflegt sie auf einmal eine andere Ausdrucksweise. Sie trägt auch plötzlich einen anderen Lippenstift, »Pink Blush«, statt ihrer gewohnten Farbe »Erotic Flame«. Auf ihrem Nachttischchen liegt »Internet für Anfänger« neben »Führerschein, leicht gemacht«.

Montag, 8. September

Heute bekam ich zufällig ein schauerliches Gespräch aus dem Badezimmer mit. Iwan sagte: »Mein Gott, Pauline, was bist du schön!«

Meine Mutter kicherte, dann sagte sie: »Aber sieh dir doch diese scheußliche Zellulitis an, Ivy!«

»Pauline, Baby«, schnurrte er, »Zellulitis ist nichts weiter als eintausend süße Grübchen, und ich hebe jedes Einzelne davon.«

Als ich an der einen Spalt offenstehenden Badezimmertür vorüberging, sah ich Iwan sich herabbeugen und einen Zellulitisknoten an Mutters linkem Oberschenkel küssen. Könnte es sein, dass er sie *wirklich* liebt?

Nur noch drei Tage, und ich werde in aller Munde sein. Sollte ich nicht besser einen zweiten Telefonanschluss legen lassen?

Dienstag, 9. September

Archie Tait hat von einer Telefonzelle aus angerufen und mir viel Glück gewünscht – es war nett von ihm, daran zu denken. Aber wieso eigentlich? Ich habe an *ihn* überhaupt nicht mehr gedacht.

Mittwoch, 10. September

Zippo rief heute in aller Frühe an, um zu vermelden, er habe »Alle schreien nach Innereien« einer Zielgruppe von Erstsemestern in Oxford vorgeführt, und alle hätten den Daumen hochgeklappt. »Sie sagten, es sei saukomisch«, berichtete Zippo. Nachdem ich den Hörer hingelegt hatte, dachte ich noch lange über diese Bemerkung nach.

In der »Times« ist eine Vorauskritik von A. A. Gill erschienen. Er schreibt:

»Alle schreien nach Innereien« tut weh. Ein hölzerner Moderator, Adrian Mole, stolpert und holpert sich durch zwanzig Minuten Fernsehen von »Crossroads«-Qualität. Mit entsetzter Faszination sehen wir ihm bei der Bereitung von Lammhirnbrühe zu (die noch nicht einmal ein Innereiengericht ist, weshalb uns die Drahtzieher hinter dem Programm ohnehin von Anfang an etwas vormachen). Nach zwanzig schrecklichen Minuten weist uns Mole einen Topf mit einer grauen Flüssigkeit vor, auf der eine Schaumschicht treibt. Dev Singh allerdings bot brillante und echte Komik. Ich habe das Gefühl, ein Star wurde gezeugt, wenn nicht geboren.

Ich bin von meinen beiden »Elternpaaren« offiziell eingeladen worden, die Sendung mit ihnen anzuschauen. Wie kann ich mich für eines der Paare entscheiden? In beiden Häusern ist extra ein Kabelanschluss gelegt worden, um die Sendung »Alle schreien nach Innereien« empfangen zu können.

Ein Kompromiss konnte jedoch gefunden werden. Ich schaute die erste Hälfte im Wisteria Walk an, stürzte in der Werbepause zum Auto, raste wie ein Wahnsinniger quer durch die Stadt und verfolgte die zweite Hälfte in The Lawns. Beide Haushalte betrachteten die Sendung schweigend. Der Neue Hund schien sie anfangs zu genießen, verlor aber bald das Interesse und ging in die Küche, um dort sein Kissen zu besteigen.

Ich konnte meine Mutter zu Iwan sagen hören: »Ich weiß nicht, ob ich mich hiernach noch in der Öffentlichkeit sehen lassen kann.«

Donnerstag, 11. September

Ich blieb den ganzen Tag im Bett und zog mir die Decke über den Kopf. Niemand rief an, um mir zu gratulieren. Meine eigene Familie bringt es nicht mehr fertig, mir in die Augen zu schauen. Die kommenden fünf Mittwochtermine werden eine einzige Tortur.

Freitag, 12. September

Zippo rief an, um mitzuteilen, dass die Quoten von »Alle schreien nach Innereien« für Richard und Judy derzeit noch kein Anlass zum »Rückzug aufs Altenteil« seien. Als ich den Schafskopf spaltete, sagte er, hätten 55 000 Zuschauer auf »Good morning« umgeschaltet, somit seien 57 000 übrig geblieben, die weiterhin mir zugeschaut haben.

Ich erzählte Zippo von dem Buchprojekt mit Stoat. »Fünfundzwanzig Prozent aller Einnahmen aus Nutzungsrechten gehen an Pie Crust«, sagte er. Auf meinen Protest meinte er: »Schau mal kurz in deinen Vertrag, Aidy.« Das tat ich denn auch. Er hat Recht.

Erschreckt stellte ich fest, dass am fünfzehnten Oktober das Manuskript an Stoat abgeliefert werden muss. Er will das Weihnachtsgeschäft mitnehmen.

Montag, 15. September

Ein historischer Tag. William tat heute den ersten Schritt einer Bildungsreise, die mit seinem Besuch von Oxford oder Cambridge ihren krönenden Abschluss finden wird. Er trat heute bei Kidsplay Ltd ein, einer privaten Kindertagesstätte, die von Mrs Parvez betrieben wird, Stadträtin der Liberalen und Geschäftsfrau hier am Ort.

Ich bin zwar nicht davon begeistert, Mrs Parvez pro Tag neun Pfund in den Rachen werfen zu müssen, aber es ist einfach kein Zustand mehr, dass ich den Jungen den ganzen Tag am Bein habe. Ich muss ungehindert schalten und walten können (wozu ab jetzt zwischen neun Uhr fünfzehn und fünfzehn Uhr fünfzehn Gelegenheit sein wird).

Als William in seinem weinroten Sweatshirt (mit dem Kidsplay-Ltd-Slogan »spielend lernen«), Gap-Cordhosen, Baseballmütze und Turnschuhen mit Klettverschluss den Wisteria Walk verließ, gab es eine hochgradig emotionale Abschiedsszene. Meine Mutter brach in Tränen aus und schluchzte: »Es ist ihm ja alles drei Nummern zu groß!«

Ich erklärte ihr, dass er mit der Zeit in seine Uniform schon noch hineinwachsen werde, und bat sie, sie möge sich doch etwas zusammennehmen. Sie führe sich auf wie Antigone. »Er ist auf dem Weg in den Kindergarten, nicht zu seiner rituellen Schlachtung auf einem Opferstein«, beruhigte ich sie.

Als wir an The Lawns vorbeifuhren, standen mein Vater und Tania vor der Tür Spalier und winkten am Wegesrand wie die Zuschauer von königlichen Hochzeiten. Hoffentlich rechnet der Junge von nun an nicht jeden Morgen mit einem solchen Aufgebot.

Auf unserer Fahrt zu Kidsplay Ltd wollte William wissen, wo die Vögel »rumhängen« (er hat den Ausdruck von Rosie). Ich ließ ihn die Frage noch einmal stellen, aber anständig.

»Wo gehen die Vögel hin, wenn sie müde sind?«, fragte er und schaute angestrengt durch die Scheibe in den Himmel.

Ich sagte: »Sie begeben sich natürlich in ihre Nester, wo sie schlafen.«

Kidsplay Ltd hat seine Räumlichkeiten in einer ehemaligen Kirche. In deren Rückwand befindet sich ein Glasfenster mit einer Darstellung von Jesus am Kreuz. »Das ist der Mann von Rosies Halskette«, sagte William, als er das Bild erblickte.

Es bot sich keine Gelegenheit, den Symbolgehalt von Rosies zum Modegag gewordenen Kruzifix zu erläutern, denn Mrs Parvez in ihrem grünen Sari kam geschäftig herbei und führte William in die Garderobe zu seinem hölzernen Garderobehaken. Als Gedächtnisstütze hing an jedem Aufhänger eine symbolische Tiergestalt. William hatte einen Ameisenbären. Ich fragte Mrs Parvez, ob sie nicht etwas Liebenswürdigeres, Knuddeligeres hätte.

»Drei sind noch da«, sagte sie kühl, »ein Elch, eine Gazelle und ein Warzenschwein.«

Ich beließ es bei dem Ameisenbär.

Auf der Rückfahrt beschlich mich das unbestimmte Gefühl, dass meine Beziehung zu Mrs Parvez von Anfang an aufs falsche Gleis geraten war.

Als ich William wieder abholte, sagte er: »Daddy, du hast gelogen. Mrs Parvez hat gesagt, dass die Vögel *nicht* in ihren Nestern schlafen.«

Ich ärgerte mich maßlos über Mrs Parvez. Sie hatte meine elterliche Autorität untergraben. »Und wo zum

Teufel schlafen die Viecher dann angeblich?«, wollte ich wissen.

»Auf den Zweigen«, sagte William.

Ich lachte verächtlich auf. »Aha, auf den Zweigen also«, sagte ich abschätzig. »Nein, mein lieber Sohn, da hat dir die liebe Mrs Parvez eine Falschinformation gegeben.« Ich sah, wie er an dem Wort »Falschinformation« herumrätselte. »Sie hat gelogen«, erläuterte ich. Ein für allemal machte ich William klar: *»Alle Vögel schlafen in ihren Nestern, und zwar das ganze Jahr.«*

Dienstag, 16. September

Als William heute Nachmittag nach Hause kam, hatte er einen kleinen Brief dabei.

Kidsplay Ltd
Castle Road
Ashby-de-la-Zouch
16. September 1997

Lieber Herr Mole,

William hat mir berichtet, dass Sie mich als Lügnerin bezeichnet und meine Darstellung, dass Vögel nicht gewohnheitsmäßig in ihren Nestern schlafen, infrage gestellt haben. Ich möchte Sie auf Seite 29 des Buchs »Die Vögel in unserem Garten« von Roy Wren, herausgekommen bei Glauberman & Arthur Ltd, 1979, hinweisen.

Mit freundlichen Grüßen
Mrs Parvez

PS: Wenn Sie möchten, dass William am Donnerstag an unserem Ausflug zu Brown's Farm Park Ltd teilnimmt, einem

»Bauernhof zum Anfassen«, bitte ich darum, ihn morgen 5 Pfund 50 mitbringen zulassen.

Mittwoch, 17. September

Ich rief die Stadtbibliothek in Leicester an. Das Werk von Mr Wren war dort gänzlich unbekannt. Mein nächster Anruf galt dem Vogelschutzbund. In der Warteschleife wurde mir der Schlag des Buchfinken geboten – mal was anderes als immer nur Vivaldi. Schließlich meldete sich ein Herr mit raspelnder Stimme. Ich stellte meine Vogelnestfrage.

»Einen Moment bitte«, sagte er, »Sie sind hier in der Buchhaltung gelandet. Ich verbinde Sie mit unserer Auskunftsstelle.« Es klickte in der Leitung, dann begann eine Eule ins Telefon zu rufen. Plötzlich sagte eine alte Dame: »Auskunftsstelle.«

Ich brachte meine Nestfrage vor. »Sie sind hier bei der Stelle für *allgemeine* Auskünfte. Ich verbinde Sie mit unserem Vogeldienst.« Wieder brach die Verbindung ab. Dann sang eine Nachtigall in Berkeley Square. Anschließend kam eine automatische Ansage: »Willkommen bei unserem Vogeldienst. Drücken Sie an Ihrem Apparat Taste eins für Identifikation, Taste zwei für Vogelzug, Taste drei für Fütterung, Taste vier für Standorte, Taste fünf ...«

Ich legte wieder auf. In meinen Ohren summte es: »Fräulein, bitte melden.«

Die zweite Folge von »Alle schreien nach Innereien« (Kutteln) schaute ich mir nicht an. Archie Tait hatte während des Tages angerufen und eine Nachricht hinterlassen. »Gut gemacht«, stand auf dem Zettel. Der

Mann ist praktisch ein Fremder, was soll das? Heute Abend fand ich in der Tasche von Williams Anorak folgende Nachricht:

Lieber Herr Mole,

William hat bislang den Betrag von 5 Pfund 50 für den morgigen Ausflug zu Mr Browns »Bauernhof zum Anfassen« nicht mitgebracht. Falls er daran teilnehmen soll, möchte ich Sie auffordern, den offenen Betrag morgen früh zu entrichten. Andernfalls wird William in der Obhut unseres Hausmeisters Mr Lewis zurückbleiben müssen, der keine Ausbildung in Erster Hilfe vorzuweisen hat.

Mit freundlichen Grüßen
Mrs Parvez

Donnerstag, 18. September

Liebe Mrs Parvez,

zu meinem größten Bedauern musste ich von William hören, dass ihm heute während des Besuchs von Brown's Farm Park Ltd das Lunchpaket von einer Ziege (Noreen) entrissen worden ist. Offensichtlich fraß das Tier nicht nur den Inhalt der Plastikdose, sondern auch die Dose selbst. William berichtet mir, er sei hungrig und unglücklich gewesen, habe jedoch von Ihnen keinerlei Trost (oder gar Ersatz für den eingebüßten Imbiss!) erhalten. Ich habe wiederholt versucht, Farmer Brown anzurufen, wurde jedoch stets mit der automatischen Ansage abgespeist, Farmer Brown befinde sich nicht an seinem Platz(!).

Ich habe den Eindruck, dass Noreen eine öffentliche Gefahr darstellt und besser unter Verschluss gehalten werden sollte.

Ich hoffe in dieser Angelegenheit auf Ihre Unterstützung.

Mit freundlichen Grüßen
A. A. Mole

PS: Laut meiner Internet-Recherche gibt es sehr wohl Vogelarten, die in ihren Nestern schlafen. Einige sorgen sogar mit Federn und Daunen für eine gewisse Bequemlichkeit des Nests, ganz ähnlich wie wir Menschen mit Kissen und Decken.

Freitag, 19. September

Kidsplay Nursery Ltd
18. Sept. 1997

Lieber Mr Mole.

Ich habe an Farmer Brown unter @Foobar.co.uksetaside eine E-Mail geschickt. Er hat mir folgende Botschaft zurückgemailt:

»Die Aufzeichnung der Überwachungskamera neben dem Ziegengehege zeigt uns ein dunkelhäutiges Bürschchen in rotem Sweatshirt und braunen Cordhosen, das über den neunzig Zentimeter hohen Verbundzaun mit einer Plastikdose nach unserer Ziege Noreen wirft.«

Mit freundlichen Grüßen
Mrs Parvez

Samstag, 20. September

William sagt, er hätte das getan, weil Noreen aussah, als sei sie hungrig und würde frieren. Er ist ja ein so weichherziges Kind. Obwohl er auch, das muss leider gesagt werden, sehr überzeugend lügen kann. Ich erzählte ihm die Geschichte von dem Jungen, der so lange log, bis ihm keiner mehr glaubte. Außerdem sagte ich zu ihm, wenn er in Zukunft nicht aufhören würde, Unfug zu machen, würde ihn ein Mann namens Jack Straw holen und ins Gefängnis stecken.

Heute trieb sich wieder dieser Junge vor dem Haus herum. Ich klopfte an die Scheibe und schrie zu ihm hinunter, er solle aufhören, die Beeren von dem Strauch am Zaun abzureißen. Er machte ein finsteres Gesicht und stopfte die Fäuste in die Taschen.

Um zwanzig Uhr dreißig setzte ich mich an meinen Schreibtisch, um mit der Arbeit an »Alle schreien nach Innereien – das Buch!« zu beginnen. Um elf Uhr siebenunddreißig stand ich wieder auf, ohne ein Wort zu Papier gebracht zu haben. Kein einziges Wort.

Sonntag, 21. September

Pandora hat den politischen Sturm abgewettert und wurde zu etwas befördert, das sich parlamentarische Privatsekretärin einer gewissen Soundso im Landwirtschaftsministerium nennt, deren Namen ich noch nie gehört habe. Sie hat heute früh hier angerufen, um ihrem Vater die Neuigkeit zu melden – als ob wir es nicht schon längst wüssten! Sämtliche Medien berichten darüber. Am Telefon sagte sie zu mir, aus der

Wohngemeinschaft ihrer Mutter mit meinem Vater »ist eindeutig eine sexuelle Affäre mit allen Schikanen geworden«. Sie hatte anscheinend heute früh auch bei ihrer Mutter Tania angerufen, die aber noch im Bett lag. »Ich habe deutlich deinen Vater flüstern hören ›Tan, ich setz schon mal das Wasser auf‹.« Pandora behauptet sogar, sie hätte den Raucherhusten meines die Schlafzimmertür öffnenden Vaters erkannt. »Sie haben eindeutig miteinander im Nahkampf gelegen«, sagte sie.

Ich wollte wissen, was sie vom Partnertausch unserer Eltern halte. »Einerseits bin ich von der Synchronität des Vorgangs entzückt, andererseits bin ich auch entsetzt und angewidert.«

Eine typische Politikerantwort.

Ich für meinen Teil bin über meinen Vater sehr betroffen. Augenscheinlich hat er hinsichtlich seiner Impotenz die Unwahrheit behauptet. Hoffentlich wird meine Mutter nicht gewahr, dass er wieder sexuell aktiv ist.

Ich fragte Pandora, ob sie zufällig »Innereien« gesehen hätte.

Die Sendung sei das Tagesgespräch im Unterhaus, sagte sie. Im Innungsblatt des Metzgereigewerbes sei eine Jubelkritik erschienen. Schafsköpfe gingen weg »wie warme Semmeln«. Metzgerläden und die Fleischtheken der Supermärkte seien landauf, landab von Studenten überlaufen. Eine nationale Versorgungskrise mit Schafsköpfen sei ausgebrochen. Über eine Luftbrücke müsse aus Australien und Neuseeland Nachschub eingeflogen werden. Auch die Gesellschaft der Unterstützungsempfänger habe sich anerkennend über die Sendung geäußert. Ich fragte sie, woher sie all das wisse. Sie sagte: »Ich habe natürlich im Internet gesurft.« Ihre

Antwort tat mir sehr gut. Offensichtlich macht sie sich etwas aus mir.

Ich erkundigte mich, wann sie wieder nach Leicestershire käme. »Heute nachmittag«, gab sie zur Antwort. »Um fünfzehn Uhr bin ich in The Lawns. Gib bitte deiner Mutter und meinem Vater Bescheid. Sie möchten sich ebenfalls dort einfinden.« Ich fragte an, ob ich vorsorglich einen Mitarbeiter des Familienberatungsdienstes bestellen solle. »Keinesfalls!«, ließ mich Pandora wissen.

Montag, 22. September

Es war ein Fehler, beim Gipfeltreffen fünf Flaschen Wein zuzulassen. Manchmal glaubte ich, in eine besonders unerbittliche Inszenierung von »Wer hat Angst vor Virginia Woolf?« hineingeraten zu sein. Pandoras Vermittlungskünste verpufften wirkungslos, während die Fünfzig- und Darüberjährigen sich angifteten und ankeiften und kurz vor einem Handgemenge standen. Schreckliche Dinge wurden ausgesprochen. Iwan möchte, dass das Haus an The Lawns verkauft und der Erlös zwischen ihm und Tania aufgeteilt wird. Tania sagte: »The Lawns ist mein Leben! Ich werde mich niemals aus meinem Garten vertreiben lassen.«

»Genau daran ist ja unsere Ehe gescheitert«, beklagte sich Iwan. »Du musstest ja stets mitten in der Nacht mit der Grubenlampe auf dem Kopf noch gärtnern, während ich im Bett lag und sehnsüchtig deiner harrte.«

»Die Schnecken mussten doch vernichtet werden!«, schrie Tania auf, wobei ich einen gefährlichen Beiklang von Faszination in ihrer Stimme mitschwingen zu hören glaubte. Dann brach es aus ihr hervor: »Iwan, wie hättest du mit einer Frau leben können, bei der der ganze Garten voller *Ackerwinden* ist?«

Iwan schritt hinüber in die Raucherhälfte des Zimmers (in der meine Mutter, mein Vater und Pandora saßen) und nahm meine Mutter in den Arm. Dann wendete er sich um zu Tania. »Ich liebe jede Brennessel, jeden Löwenzahn und jeden Hahnenfuß in Paulines Garten«, sagte er.

Mein Vater schlurfte in die Nichtraucherabteilung hinüber und legte den Arm um Tanias bebende Schultern. »Mach dir nichts draus, Tan«, sagte er. »Jetzt bin ich ja da. Ich werde dir helfen, diese Scheißschnecken abzumurksen.« Es war eine ausgewachsene Liebeserklärung. Meine Mutter konnte es sich nicht verkneifen, abfällige Bemerkungen über die Potenz meines Vaters loszulassen, was Pandora und ich zum Anlass nahmen, uns zu entschuldigen und uns draußen auf die Bank unter dem Apfelbaum zu setzen. Ich trat in fauliges Fallobst und ruinierte mir mein zweitbestes Paar Timberland-Schuhe. Pandora sagte, sie fände die Aufschneiderei meiner Mutter mit Iwans Potenz unangebracht. Ich gestand ihr, es hätte mich obendrein gestört, dass ihr Vater die zwei Schweigeminuten für Diana nicht eingehalten habe.

Zippo rief mich über mein Handy an. Er ist wieder in London. Er sagte, die Quoten von »Alle schreien nach Innereien« gingen ab »wie eine Rakete«. Das Fanpostaufkommen für Dev sei »unglaublich«. Ich wollte wissen, ob auch für mich Fanpost gekommen sei. »Ja, sicher. Sobald sich ein A4-Umschlag dafür lohnt, schicken wir es dir«, sagte er.

Habe die ganze Nacht an »Alle schreien – das Buch!« gearbeitet, viel kam aber dabei nicht heraus. Ich bekam einfach keinen Schwung in das Rezept für die Schweinsfüße.

Donnerstag, 25. September

Gestern vormittag lief die Folge mit dem Lammbries in Schwarzbohnensauce. Ich schaute die Sendung ganz alleine an: Sämtliche Mitglieder unseres Haushalts hatten sich empfohlen und offenbar Wichtigeres zu tun. Bin ich nun ein engagierter Fernsehprofi oder ein hoffnungsloser Amateur? Ich weiß es nicht. Ich kenne keinen einzigen Menschen, bei dem ich mich darauf verlassen könnte, einen guten und unparteiischen Rat zu bekommen. Ich brauche einen Agenten. Ich rief das Büro von Brick Eagleburger an. Der Anrufbeantworter mit Bostons Ansage meldete sich. Ich sagte: »Hier spricht Adrian Mole von ›Alle schreien nach Innereien‹. Ruft mich mal zurück.« Ich zwang mich, das »bitte« wegzulassen. Forsches Auftreten ist die neue Masche.

Nach einer Viertelstunde meldete sich Brick persönlich. »Ich finde die Sendung einfach zum Brüllen«, tönte er. »Als die Hammeleier aus dem Wok fielen, hab ich mich regelrecht bepisst. Adrian, über Sie könnte ich mich toot-lach-chen!«

Wieder einmal war ich sprachlos. Lammbries ist doch etwas anderes als Hammeleier, oder?

Als Brick sich wieder gefangen hatte, erklärte ich ihm, wie notwendig ich einen Agenten brauchte. »Sie haben bereits einen!«, sagte er.

Morgen werden wir in London miteinander mittagessen, um alles zu planen. Meine Karriere, meine Werbung, meine Schriftstellerei, meine Finanzplanung, meine Scheidung, meine steuerliche Situation. *Mein Leben.*

Freitag, 26. September

Brick sieht aus wie ein Gangster, der Proust gelesen hat. Er überragte mich gewaltig und brachte mit seinem Händedruck fast meinen Kreislauf zum Erliegen. Ich bin mir ziemlich sicher, dass er eine schwarze Perücke trägt. Er kaut unentwegt auf einer kalten Zigarre herum. Wir gingen ins »Ivy«. A. A. Gill sah mich hereinkommen und hob grüßend die Hand wie vor seinesgleichen. Ich produzierte ein zerknittertes Lächeln und hob die Brauen. Als ich später die Toilette aufsuchte, wiederholte ich diesen Gesichtsausdruck vor dem Spiegel. Ich sah aus wie der Clown Coco, den ich schon immer zum Speien fand.

Brick ermutigte mich, vier White Ladies zu trinken, und ließ mich während der nächsten zweieinhalb Stunden ausgiebig von mir selbst berichten. Er schien sich die ganze Zeit blendend zu unterhalten – ausgenommen den Moment, als er die Rechnung abzeichnen musste. Ich gewährte ihm zwanzig Prozent meiner Einkünfte auf Lebenszeit.

Samstag, 27. September

Als ich heute im BP-Shop den »Guardian« zur Hand nahm, sah ich erstaunt ein Foto von Dev Singh in einem Kasten oben auf der ersten Seite, mit dem die

Leser auf ein Interview auf Seite vier im Inneren des Blattes hingewiesen wurden. Ich las es, während ich im Auto auf dem Abstellbereich stand. Meine Wenigkeit fand nur ein einziges Mal Erwähnung: »Der sprühende Witz und das umwerfend komische Agieren Dev Singhs heben sich äußerst wohltuend ab von der fürs Fernsehen wenig geeigneten drögen Persönlichkeit Adrian Moles, eines griffelspitzerischen Pedanten aus Mittelengland.«

Als ich nach Hause kam, fand ich eine Einladung der Schildkrötenzüchter von Leicester, die Weihnachtsausstellung ihres Vereins am Samstag, dem 1. November, zu eröffnen. Mein erster öffentlicher Auftritt.

Sonntag, 28. September

Ein Schlag ins Kontor! Meine Mutter hat mir eröffnet, sie sei nicht mehr bereit, sich um William zu kümmern, auch falls ich wieder anfinge zu arbeiten! Iwan hat sie eingeladen, mit ihm durch die weite Welt zu reisen. »Adrian«, sagte sie, »da muss ich doch mitfahren, oder nicht? Ich kann der Welt doch nicht die kalte Schulter zeigen, oder?« Ich schlug vor, den Kleinen mitzunehmen, das würde seinen Horizont erweitern. »Nun kapier doch, du selbstsüchtiger Tropf«, meinte sie. »Mit dem Kinderhüten ist jetzt Schluss!«

»Und was ist mit Rosie?«, fragte ich.

»Rosie ist mittlerweile groß genug, um an Herd, Kühlschrank und Bügelbrett zu kommen, und schließlich hat sie auch noch ihren Vater«, sagte meine Mutter.

Montag, 29. September

Iwan und meine Mutter haben den Küchentisch mit ihren Karten, Führern und Reisebroschüren vollkommen in Beschlag genommen. Sie haben zu mir gesagt, sie hätten vor, um die Welt zu *radeln*. Sie leiden offensichtlich unter einem gemeinsamen Realitätsverlust. Bis zum heutigen Tag ist keiner der beiden weiter geradelt als bis zu den Geschäften am Ort.

Heute bekam ich eine Postkarte von Arthur Stoat. Auf der Vorderseite befand sich das Bild einer norwegischen Bäuerin beim Ritt auf einem Schwein. Hintendrauf stand: »Bitte schicken Sie eine Probe, die beweist, dass Sie mit der Arbeit am Buch begonnen haben. Viele Grüße, A. Stoat. PS: Neuer Ablieferungstermin: 21. Oktober.«

23 Uhr 30

Rosie kam mich heute Nacht in meinem Zimmer besuchen. Bei Williams Leben verlangte sie von mir, keinem das Geheimnis zu verraten, das sie mir anzuvertrauen im Begriff sei. Ich versprach es.

Sie ist im zweiten Monat schwanger!

Ich tat all das, was man in einem solchen Fall macht – ich rief »o Gott!«, schlug mich mit der flachen Hand gegen die Stirn, sprang aus dem Bett, tigerte in dem knapp bemessenen Zwischenraum zwischen Bett und Fenster auf und ab.

»Wie ist das denn passiert?«, fragte ich.

»Ganz normal. Nix von wegen ein Engel hat mich heimgesucht oder so was«, spottete sie. Dann versuchte sie ihren Zustand zu rechtfertigen. »Wir ham' es doch nur viermal gemacht!«

»Und ohne Verhütung, wie ich wohl annehmen darf«, konterte ich.

»Du redest wie der Innenminister Jack Straw«, maulte sie vorwurfsvoll.

Ich überging die Beleidigung und erkundigte mich, ob sie ganz sicher sei.

»Klar bin ich sicher. Ich hab Dad gesagt, ich brauche Kohle für ein Paar Nike-Turnschuhe. Die kosten sechzig Pfund, aber ich hab' billigere genommen und mir für den Rest einen Schwangerschaftstest geholt.«

Neidvoll musste ich anerkennen, dass sie mit größter Leichtigkeit meinem Vater sechzig Pfund aus dem Kreuz zu leiern verstanden hatte. Sie war schon immer sein Liebling gewesen. Die Kunde, dass sie schwanger war, konnte ihn leicht wieder in die Untiefen seiner Depressionen abgleiten lassen. »Wenn er das merkt, wird er total durchdrehen«, sagte ich.

»Er wird es aber nicht merken«, sagte sie – zunächst unverständlicherweise. »Er weiß doch nicht, wie Nike-Turnschuhe aussehen.«

Ich ging wieder ins Bett und lag, in Gedanken mit Rosie beschäftigt, im Dunkeln. Ich halte mich für einen zivilisierten Menschen, aber ich wäre am liebsten zum Haus der Michelwhaites gerannt, hätte Aaron auf die Straße gezerrt und für das, was er meiner kleinen Schwester angetan hatte, windelweich geprügelt. Er ist größer als ich, aber ich glaube, ein unerwarteter und gut gezielter Schlag auf den Hinterkopf mit meiner leinengebundenen Ausgabe von »Krieg und Frieden« würde ihn schon in die Knie gehen lassen.

Ich war im Kreißsaal dabei, als Rosie am elften November 1982 auf die Welt kam. Meine Gegenwart bei der Geburt entsprach keineswegs meiner Absicht, aber widrige Umstände führten dazu, dass ich gezwungen war, zuzusehen und zuzuhören, wie meine Mutter ihr Kind zur Welt brachte. Dieser Anblick! Diese Geräusche! Ich versuchte ein paarmal zu flüchten, aber meine Mutter wollte meine rechte Hand einfach nicht loslassen (bei kaltem Wetter macht sie [die Hand] mir manchmal immer noch Beschwerden). Meine Mutter schrie ununterbrochen »Adrian, lass mich nicht allein!« – sie lebte zu dieser Zeit von meinem Vater getrennt. In der Tat gab es über Rosies Erzeuger hinter vorgehaltener Hand Gerüchte, an denen vor allem Edna May Mole, meine Oma väterlicherseits, beteiligt war. Sie segnete das Zeitliche in der Überzeugung, dass Rosies Vater *nicht,* wie auf der Geburtsurkunde eingetragen, ihr Sohn George Albert Mole war, sondern Mr Lucas, der Mann, der meine Mutter nach Sheffield fortgelockt hatte.

Meines Wissens hat Rosie keine Ahnung davon, dass über ihrer Empfängnis und Geburt ein Fragezeichen schwebt. Ich sah sie Sekunden, nachdem sie aus dem Leib meiner Mutter gekommen war, noch bevor sie den ersten Atemzug tat. Sie war zur Hälfte kahl, sah wütend aus und ähnelte meinem Vater. Mr Lucas glich sie überhaupt nicht, aber sie hatte damals natürlich noch keine Zähne. Ich war der Erste, der sie auf dem Arm hielt, nachdem man ihr den Geburtsschleim abgewaschen hatte. Ich habe Rosie gezeigt, wie man mit Lego baut, und sie folgte mir wie ein kleiner Schatten, bis sich bei ihr im Alter von zwölf Jahren irgendetwas Schlimmes vollzog, das ihr Wesen ins Dämonische umschlagen ließ.

Ich bin mir zwar bewusst, dass ich Rosie versprochen habe, ihr Geheimnis zu wahren, aber ich spüre es in mir wuchern wie ein Geschwür. Das Geheimnis will heraus, das Geschwür will aufbrechen. Nicht einmal Aaron Michelwhaite ahnt, dass er einen Fötus gezeugt hat.

Heute Abend fragte ich Rosie, ob sie das Baby eigentlich will. Sie sagte: »Vielleicht schon.« Ich war überrascht. Sie hat nie die geringste Spur von Mütterlichkeit erkennen lassen. Ihre Puppen hat sie nur malträtiert. Sie schnitt ihnen die Haare und Augenbrauen ab, bekritzelte die Gesichter mit Kugelschreiber und vollführte mit ihnen unter Benutzung der Gerätschaften aus dem Werkzeugkasten meines Vaters entsetzliche Experimente. Sie gebärdete sich wie der Lehrling eines Folterknechts.

Ich hielt es für meine Pflicht, sie darauf hinzuweisen, dass New Labour sehr wenig für allein erziehende Mütter und Väter übrig hatte, und falls sie sich für diesen Lebensweg entscheiden sollte, würde sie feststellen, dass er »steinig und voller Schlaglöcher« ist. Ich sagte: »Rosie, Tony Blair wird dich in die Arbeitslosigkeit abschieben. Und wenn du davon träumst, deinem Baby vor dem Bildschirm zur Fernsehserie ›The Big Breakfeast‹ die Brust zu geben, so wird es genau das bleiben, ein Traum nämlich.«

»Diese Denise Van Outen finde ich ätzend«, sagte sie. »Und die Brust geben finde ich total abartig.«

Ich spürte, wie es in meinen Schläfen zu pochen begann. Ich setzte ihr zu, sie müsse sich unbedingt an jemand wenden, der sich berufsmäßig mit ihrer Situation befasst, aber sie wollte nichts davon wissen.

Wir saßen schweigend beieinander. Ich schaute mich in ihrem Zimmer um und bemerkte, dass sie alle ihre Barbiepuppen mit dem Gesicht zur Wand gedreht hatte.

Ich erkundigte mich, ob es an ihrer Schule Kurse für junge Eltern gab. »Ja, schon, da zeigen sie uns, wie man so 'n Formular ausfüllt, damit man als Alleinerziehende irgend so 'ne Stütze bekommt.«

Ich ließ es für heute gut sein und zog mich zurück.

Wie soll Rosie ein Kind großziehen? Sie ist ja selbst noch ein Kind.

Dienstag, 30. September

Als ich heute William zur Tagesstätte fuhr, hörte ich in unserem Lokalsender eine Frau über Schwangerschaften bei Minderjährigen sprechen. Ich stellte das Radio schnell lauter und hörte gerade noch, wie sie sagte: »... und diese Puppen sind außerordentlich lebensnah. Sie wiegen gut acht Pfund. Sie sind so programmiert, dass sie schreien können. Sie müssen regelmäßig gefüttert werden und die Windeln gewechselt bekommen. Die minderjährige Mutter muss sie entweder überallhin mitnehmen oder einen Babysitter besorgen.«

Nachdem ich William abgeliefert hatte, rief ich das Hörertelefon des Senders an und ließ mir die Faxnummer des Babyersatz-Herstellers geben. Ich habe für ein bis zwei Wochen eins seiner Erzeugnisse gemietet. Das Gummibaby müsste eigentlich morgen gegen zehn ankommen, wenn die Paketpost hält, was sie dem Kunden verspricht.

Rosie sagte heute, falls sie sich zu dem Baby entschließt, soll ich ihr das Geld leihen, um die Tätowierung von ihrem Bauch wieder abzulasern. »Bis ich mit meinen Wehen in die Gynäkologische komme, hat sich das Äffchen so gedehnt, dass es aussieht wie King Kong«, meinte sie.

Mittwoch, 1. Oktober

Alle wollten wissen, was in dem Paket sei. Ich musste natürlich lügen und sagte, ich hätte schon mit meinen Weihnachtseinkäufen begonnen. Meine Mutter verdrehte die Augen und tauschte mit Iwan einen amüsierten Blick. Ich sah ihre Lippen das Wort »… puppe« formen.

Als William im Kindergarten und Iwan und meine Mutter auf Trainingsfahrt für ihre Weltumradelung waren, rief ich Rosie zum Auspacken in mein Zimmer. Die Babypuppe sah beunruhigend echt aus – wie eine hübschere Version von William Hague. Sie war mit einem gelben Strampelanzug bekleidet, um ihren Hals hing ein Schildchen, auf dem stand:

Hallo, ich bin fünf Wochen alt, wiege fünf Kilo und muss rund um die Uhr alle vier Stunden »gefüttert« werden. Man hat mich so programmiert, dass ich zu den verbotensten Zeiten anfange zu schreien. Wenn man grob zu mir ist, wird ein ohrenbetäubendes Sirenengeräusch ausgelöst, das Ihre Nachbarn stören könnte.

Warnung: Unterlassen Sie jeglichen Versuch, meine Solarbatterien zu manipulieren. Baden Sie mich nicht. Meine Augäpfel sind für den menschlichen Verzehr nicht geeignet.

Lieferumfang:
Puppe
1 elektronisches Fläschchen
1 Babytrageschlaufe
Reinigungslösung für Fläschchen
6 Windeln
1 Schnuller

Ich knöpfte den Strampelanzug auf. Die Puppe war unbestimmbaren Geschlechts. Rosie reagierte enttäuscht, sie hätte gern ein Mädchen gehabt.

Gestern Abend brauchte ich fast eine Stunde, bis ich Rosie überredet hatte, die Puppe für vierzehn Tage zu nehmen und zu versorgen. Am Ende erkaufte ich mir ihre Zusage mit dem Versprechen, eine Haarverlängerung im Frisurenstudio von Toni und Guy für sie zu bezahlen.

Rosie zog die Puppe wieder richtig an. »Ich werd sie Ashby nennen«, sagte sie.

Sie steckte Ashby in die Trageschlaufe und ging in die Schule. Wir hatten beschlossen, unserer Mutter zu sagen, Rosie würde an einem Forschungsprojekt ihrer Schule teilnehmen. Die Mühe, auch eine Geschichte für die Schule zu erfinden, machten wir uns nicht. Man rechnet dort mit einer Schulinspektion und hat andere Sorgen.

Meine Mutter und Iwan kamen erst nach Einbruch der Dunkelheit nach Hause. Für den Weg ins etwas über elf Kilometer entfernte Coalville und zurück durch fast immer ebenes Gelände hatten sie den ganzen Tag gebraucht. Sie erschraken gewaltig, als sie die Puppe mit dem Gesicht nach unten auf der Spüle liegen sahen, wo und wie Ashby zu liegen gekommen war, als Rosie den Neuen Hund fütterte. Später nahm ich Rosie beiseite. Ich machte ihr klar, dass sie sich schon an die Regeln halten müsse, wenn aus der Haarverlängerung etwas werden solle. Mit meiner Familie und Iwan schaute ich mir die dritte Folge von »Alle schreien« an (Belgian Faggots). Störenderweise krähte Ashby während der ganzen Sendung. Ich war sehr verärgert, wenn auch nicht so sehr wie Rosie, die schließlich mit den halblaut gemurmelten Worten »Die geht mir so was von auf den Keks!« das Zimmer verließ.

Zur Schlafenszeit wurde William sehr unartig. Er stolzierte in seinem Schlafzimmer herum wie der kleine Lord Fauntleroy, bis mir zu guter Letzt nichts anderes übrig blieb, als ihn anzubrüllen. Meine Mutter steckte den Kopf zur Tür herein und sagte: »Sei nicht so streng mit ihm, er ist bestimmt eifersüchtig auf das neue Baby.«

In der Nacht hörte ich Rosie zweimal aufstehen, um sich um Ashby zu kümmern.

Donnerstag, 2. Oktober

Heute wurde unser Haus (und die ganze Nachbarschaft) um sechs Uhr fünfzehn von einem Geräusch aus dem Schlaf gerissen, das dem der Alarmsirenen des Seenotrettungsdienstes in Lowestoft in nichts nachstand. Es war Ashby. Rosie streitet jegliche Grobheit gegenüber der Puppe ab, aber sie kann mir nichts erzählen. Durch die Rigipstrennwand zwischen unseren Zimmern habe ich deutlich gehört, wie sie Ashby angiftete. Das Sirenengeheul hörte erst wieder auf, als ich Ashby auf den Arm nahm und mit ihr einige Zeit treppauf und treppab ging. William stand derweil in der Tür seines Schlafzimmers und sah uns zu. Die flammende Eifersucht stand ihm ins Gesicht geschrieben.

Freitag, 3. Oktober

Zippo hat sich gemeldet. Bei Pie Crust häufen sich die Beschwerden verschiedener belgischer Standesorganisationen von Musikern, vor allem des Bundes der Fagottisten, über die in dieser Woche gesendete Folge von »Alle schreien nach Innereien«.

Ich rief Mr Zwanzig-Prozent-auf-Lebenszeit an und bat seinen Anrufbeantworter um Rat. Brick rief persönlich zurück, aber da ich gerade mit Ashbys Fütterung beschäftigt war, musste ich ihn bitten, auf meinen Rückruf zu warten. Wenn man Ashby das elektronische Fläschchen nicht genau im richtigen Winkel in den Mund steckt, verweigert sie die Nahrung.

Brick riet mir, »die Betroffenheitsschiene zu fahren«, wie es in PR-Kreisen heißt. Er machte den folgenden Entwurf für die Presse:

Adrian Mole gibt seinem tiefempfundenen Bedauern Ausdruck, falls er ohne jede Absicht einer Person oder Nationalität, Hautfarbe, Religion oder Berufsgruppe zu nahegetreten sein sollte. Er möchte darauf hinweisen, dass seine eigene Schwester ihn als virtuosen Flötenspieler bezeichnet.

Belgian Faggots sind ein traditionelles Gericht der englischen Küche. Im Folgenden möchten wir ein Rezept wiedergeben, das wir dem »Kochbuch für die arbeitenden Klassen« von Charles Elme Francatelli, Chefkoch ihrer Majestät Königin Victoria, entnommen haben.

BELGIAN FAGGOTS

Können aus Schweineinnereien oder auch aus Ochsenleber zubereitet werden, wobei allerdings die meisten renommierten Küchenchefs Schweineinnereien bevorzugen.

Herz, Leber, Lunge und Nieren werden faschiert, gut gewürzt, durchgemengt und zu apfelgroßen Bällen geformt.

Die Bälle werden traditionellerweise durch ein Stück Schweinenetz zusammengehalten, das man mit einem Holzspan verschließt, und dann etwa eine halbe Stunde bei guter Hitze im Backrohr gebraten. Wer auf seinen Cholesterinspiegel achten muss, kann das Fett vor dem Servieren abtropfen lassen. Wurden Späne als Verschluss benutzt, sollte man beim Einführen der Speise in den Mund auf Fremdkörper achten.

PS: Wer als Stadtbewohner keinen Zugriff auf Holzspäne hat, kann auch Holzspieße verwenden, wie sie in den meisten griechischen und türkischen Supermärkten erhältlich sind.

Freitag, 10. Oktober

Rosie hat mich heute gebeten, auf Ashby aufzupassen. Sie wollte sich im Kinocenter mit der Multiplex-Leinwand Leonardo DiCaprio in Shakespeares »Romeo und Julia« anschauen. Ich lehnte ab. Von den Großeltern war niemand greifbar. Sie hatten wieder einmal eine ihrer Mammutsitzungen zum Thema Scheidung, Wiederverheiratung und Finanzen.

Rosie blieb zu Hause und kümmerte sich um das Baby. Sie ist sauer, zumal ich sie mit meiner Flötenbemerkung »geoutet« hätte.

Samstag, 11. Oktober

Heute Morgen fand ich Ashby draußen im Garten. Sie war durchnässt und kalt und hatte eine Delle im Kopf.

Rosie gab zu, das Baby letzte Nacht aus dem Fenster geworfen zu haben. »Es macht mein ganzes Leben kaputt«, beschwerte sie sich. »Ich drehe noch durch, wenn ich nicht endlich wenigstens *ein bisschen* Schlaf bekomme.«

Nachmittags
Ich war im Garten und spritzte den Neuen Hund ab (Liebes Tagebuch, frage mich nicht, warum. Bitte nicht!), als Rosie herauskam, um mir Gesellschaft zu leisten. Sie hatte die Arme um sich geschlungen, wie man es bei Frauen oft beobachten kann, wenn sie sich nach draußen ins Kühle wagen. Sie betrachtete die Reinigungsaktion ein Weilchen, dann sagte sie: »Ich habe mir überlegt, dass ich es nicht haben will.«

Ich drehte das Wasser ab. Der Neue Hund schüttelte sich trocken und machte sich durch ein Loch im Zaun davon. »Dann sollten wir Mutter lieber reinen Wein einschenken«, sagte ich.

Wir schauten quer durch den Garten zum Küchenfenster hinüber, hinter dem meine Mutter beim Abwaschen zu sehen war. Iwan stand mit einem Geschirrtuch in der Hand dicht hinter ihr. Sie lachten. Am heutigen Vormittag hatten sie von der mongolischen Regierung die offizielle Genehmigung erhalten, einen Zipfel der Wüste Gobi mit dem Fahrrad zu durchqueren.

Rosie sagte: »Lass es uns lieber lassen.«

Die öffentliche Gesundheitsfürsorge hat Rosie für den Schwangerschaftsabbruch einen Termin am Mittwoch, dem fünfzehnten, gegeben. Es ist der Tag vor dem geplanten Aufbruch der Radler zu ihrer Weltreise.

Montag, 13. Oktober

Liebes Tagebuch, ich habe es nicht fertiggebracht, vor dem heutigen Tag darüber zu sprechen, aber »Blind«, der neue Roman von Barry Kent, ist für den »Bücherwurm-Preis 1997« nominiert worden. Ich bete mit jeder Faser, jedem Molekül, jeder DNS-Spirale meines Körpers darum, dass »Blind« den Preis nicht bekommt. Gestern Abend habe ich mich dazu gezwungen, Iwans Exemplar von »Blind« zu lesen. Das Buch handelt von einem Jungen aus der Arbeiterklasse, Ron Angel, der in den Gräben des Ersten Weltkriegs das Augenlicht verliert und mit seinem Augenchirurgen Cedric Palmer-Tomkinson eine sexuelle Romanze erlebt.

»Blind« ist der Renner im hiesigen Buchladen. Melvyn Bragg bezeichnete das Buch als »beunruhigend«, Hanuf Kureishi sagte, es sei »cool«, Kathy Lette nannte es »einen Knaller«. Ich zitiere Dr. E. E. G. Head aus der »Literary Review«: »Kents Buch ist eine gnadenlose metaphorische *tour de force.*« Ich habe ein Rezept aus meinem Buch an Arthur Stoat gefaxt. Ich hoffe, es beruhigt ihn.

Dienstag, 14. Oktober

Im Wohnzimmer ist der ganze Boden mit Campingausrüstung in Leichtbauweise übersät. Iwan hat seine Packtaschen fünfmal ein- und wieder ausgepackt. Meiner Mutter gegenüber zeigte er sich kompromisslos und hat ihr die Mitnahme von Föhn und Reisebügeleisen untersagt. Ich fragte Iwan, wie sie nach Dover kommen würden.

»Mit dem Rad natürlich«, sagte er.

Meine Mutter meinte: »Könnten wir nicht mit der Eisenbahn fahren und die Räder im Zugführerabteil mitnehmen?«

Iwan schmiss die Zeltstangen auf den Boden und sagte: »Pauline, wenn du es dir anders überlegen willst, dann lieber jetzt als später!«

Meine Mutter trippelte zu ihm hin und schlang die Arme um ihn. Sie trug Radlerhosen aus Lycra. Ihr Hintern sah aus wie zwei Ballons beim Ringkampf in einer schwarzen Mülltüte.

Ich überließ die beiden ihrem Schicksal und suchte Rosie. Sie war oben in ihrem Zimmer. Sie hatte Ashby ein Paar alte Kinderlatzhosen von William angezogen und reinigte die Babyöhrchen mit einem Wattebausch. Ich sagte: »Rosie, ich muss Ashby heute wieder zurückschicken – die Leihfrist ist abgelaufen.«

Sie legte eigenhändig Ashby in die Schachtel zurück und sah mir zu, wie ich mit Klebeband alles sorgfältig verschloss. Anschließend bat sie mich, den Karton noch einmal aufzumachen, damit sie Ashby richtig auf Wiedersehen sagen könne. Als Mrs Porlock, unsere Postdame, den Karton auf die Waage legte, aktivierte sich Ashbys Weinmechanismus. Es war sehr unangenehm. Aus Mrs Porlocks Gesicht wich die Farbe bis auf den letzten Rest. Sie verlangte unerbittlich von mir, das Paket vor ihren Augen auszupacken. »Glauben Sie etwa im Ernst«, sagte sie, »ich würde mich darauf einlassen, ein *lebendes Baby* per Paketpost zu versenden?«

Mittwoch, 15. Oktober

Es ist meine Schuld, dass meine Familie von Rosies heutiger Abtreibung Wind bekommen hat.

Bevor wir uns im Auto aufmachten, hatte ich die Klinik angerufen und mir den Weg beschreiben lassen. Wir waren kaum aus dem Haus, da hatte meine Mutter, von ihrer unersättlichen Neugier getrieben, den Wahlwiederholungsknopf gedrückt, worauf sich die Dame in der Vermittlung der Klinik in Leamington Spa meldete. Meine Mutter veranstaltete mit der armen Frau ein Kreuzverhör, jedoch sehr zum Zorn meiner Mutter weigerte sich die Dame standhaft, »patientenbezogene« Informationen weiterzugeben.

Mein Handy piepte auf der Fahrt nach Leamington Spa ununterbrochen. Rosie flehte mich an, nicht dranzugehen. Ich respektierte ihren Wunsch.

Ich ging mit ihr in die Klinik hinein und hielt ihre Hand, aber Rosie flüsterte: »Aidy, es gucken schon alle.« Ich schaute mich um und erschrak über die Gesichter der in langen Reihen auf ihren »Abbruch« wartenden Frauen, die mich alle mehr oder minder böse anstarrten. Es war kein dankbarer Ort für einen Mann. Ich ging wieder hinaus, setzte mich ins Auto und hörte Radio Four.

Zwischendurch machte ich einen Spaziergang durchs Gelände. Auf dem Personalparkplatz standen einige sehr teure Autos.

Auf dem Rückweg hielt ich an der BP-Tankstelle und kaufte Rosie ein Magnum-Eis, um sie ein bisschen aufzuheitern.

Nach Hause zurückgekehrt, schwappte uns eine Flut von Vorwürfen und Beschuldigungen entgegen. Schon beim Öffnen der Haustür hörten wir meine Mutter schreien: »Wie soll ich morgen auf Weltreise gehen, wenn mein kleines Mädchen mich braucht?«

»Was soll diese gottverdammte Hysterie?«, murrte Iwan. »Pandora hatte einmal einen Abbruch in der Mittagspause.«

Meine Mutter schluchzte hysterisch. »Das ist keine Hysterie, Iwan, das ist *Gefühl!* – etwas, was dir und deiner Familie mit euren zusammengekniffenen Arschbacken völlig fremd sein dürfte.« Der Neue Hund mischte sich mit lautem Gebell ein und trieb den Geräuschpegel weiter in die Höhe. Der Einzige, der sich nicht am Lärm beteiligte, war William. Das Herz blieb mir stehen. In all dem Chaos hatte keiner daran gedacht, William vom Kindergarten abzuholen. Ich rannte zum Auto und raste unter mehrfacher Überschreitung der Geschwindigkeitsbegrenzung zu Kidsplay Ltd.

Mrs Parvez saß bereits im Mantel neben dem Eingang. William schlief auf ihrem Schoß. Der Kindergarten lag still. Die kleinen Stühlchen standen umgedreht auf den Kindertischen. Als Mrs Parvez mich hereinrennen sah, blickte sie auf und sagte: »Er hat sich in den Schlaf geweint. Er dachte, Sie wären jetzt auch noch fort, wie seine Mama.«

Donnerstag, 16. Oktober

Mit meinem Skript für die Radio Seifenoper bin ich bemerkenswert gut vorangekommen.

Ländliche Dudelsackmusik

QUEEN: Phil, war das gerade der Tierarzt, den ich mit diesem Lieferwagen wegfahren sah, zwischen dessen Hinterrädern Eddy Grundy so amüsant eingeklemmt war?

PHIL *(tiefer Seufzer):* Ja, Liz, er war's, und ich fürchte, das bedeutet Ärger. Die Corgies haben krätzige Läufe bekommen.

QUEEN: Das ganze Rudel?

PHIL: Fürchte, ja. Werde alle erschießen müssen.

QUEEN: Das bedeutet für uns das Aus. Wir werden den Hof verkaufen müssen.

SHULA: Hallo, Mum, komme nur mal eben in deiner Bauernküche vorbeigerutscht, um zu seufzen und mich neben das Öfchen zu stellen und dir zu sagen, dass ich mit dem Mann meiner besten Freundin, dem Dorfarzt, ein Verhältnis habe.

QUEEN: Weiß Andrew Morton davon, Shula? *(Pause)* Weiß er es? *(Pause)* Sag's mir, du sagst es mir jetzt, sofort!

Ländliche Dudelsackmusik.

Freitag, 17. Oktober

Arthur Stoat rief heute persönlich an und bat um Klärung hinsichtlich des Rezepts für Schweinsfüßchen, das ich ihm am Montag, dem dreizehnten, zugefaxt hatte. »Werden die Hufe – also die Teile, die im Schweinestall in direktem Kontakt mit dem Schweinekot stehen – beim Kochen drangelassen, oder werden sie zuvor ausgelöst und weggeworfen?«, erkundigte er sich.

Ich belehrte ihn, dass die Hufe ein integraler Bestandteil des Gerichts seien. Falls er versuchen sollte, das Buch um die Hufe zu kürzen, würde ich meinen Namen von dem Werk zurückziehen.

»Nun lassen Sie sich mal keine grauen Haare wachsen«, sagte er (hat er von meinen Haarproblemen erfahren?). »Ich will von Ihnen doch nur ein Ja oder ein Nein. Das Rezept lässt in der jetzigen Fassung zweierlei Lesart zu.«

Sein Ton gefiel mir nicht. Ich fragte ihn, ob er aus Cardiff käme. Ich darf mir durchaus etwas auf meine Fähigkeit zugute halten, einen regionalen Zungenschlag sofort herauszuhören. Er antwortete, nein, er komme ursprünglich aus Südafrika, räumte allerdings ein, viele Hörspiele über walisische Bergbauern im Überseeservice der BBC gehört zu haben. Er sagte: »Ich muss also davon ausgehen, dass Sie das vollständige Manuskript innerhalb der nächsten paar Tage *nicht* abliefern werden?«

Ich erwiderte, ich hätte mich in der letzten Zeit sehr stark auf familiäre Angelegenheiten konzentrieren müssen.

»Sie können den Termin nicht einhalten, nicht wahr?«

Ich räumte ein, es sei nicht besonders wahrscheinlich, dass ich das Buch binnen Wochenfrist zu Papier bringen könnte.

Mein neuer Termin ist der erste November. Stout will das Opus unbedingt rechtzeitig zum Weihnachtsgeschäft in den Buchläden stehen haben. Er meint, er könne ein Buch »in drei Wochen durchpauken«. Er sagte: »Bei ›Diana an meinen Fingerspitzen‹ von ihrer persönlichen Maniküre habe ich das auch gemacht, und bei ›Innereien‹ mache ich es wieder.«

Wenn ich nonstop durcharbeite, mich nicht mehr mit essen und schlafen aufhalte und sämtliche nicht absolut lebensnotwendigen Tätigkeiten einstelle, könnte ich es vielleicht schaffen.

Samstag, 18. Oktober

Aaron Michelwaite hat mit Rosie Schluss gemacht. Er sagte zu ihr, er könne sich nicht auf eine »langfristige Beziehung« einlassen, weil er an der Universität von Plymouth Schiffbau studieren wolle. Ich war empört über seine herzlose Wahl des Zeitpunkts und sagte es ihm auch.

Rosie drückt sich nur noch in ihrem Satinpyjama von Knickerbox im Haus herum. Sie lehnt es ab, sich anzukleiden, da sie nicht beabsichtige, »jemals wieder« das Haus zu verlassen.

Eine Tonbandansage im Haus der Michelwaites informiert die Anrufer, die Familie sei »mit dem Wohnmobil nach Devon, um die Batterien wieder aufzuladen«. Sie haben sich keineswegs zur Unzeit dazu entschlossen, denn mein Vater, über Rosies Abtreibung ins Bild gesetzt, hat gedroht: »Dem Kerl knips ich das Licht aus.« In diesem Fall dürften volle Batterien von Vorteil sein.

Letzte Nacht kam William zu mir ins Bett gekrochen. Rosies Schluchzen über Ashby hat ihn wach gemacht.

Sonntag, 19. Oktober

Eine Rechercheurin der Sendung »Kilroy« rief heute früh an und legte mir nahe, morgen vormittag in der Sendung zum Thema »gemischtrassige Ehen« mitzumachen. Ich sagte zu ihr, meine afrikanische Frau habe die Scheidung eingereicht. Sie geriet ganz aus dem Häuschen. »Wegen rassischer Unverträglichkeit?«, hechelte sie.

»Nein«, gab ich zurück. »Wegen persönlicher.«

Sie sagte, im November würden sie eine Sendung machen mit dem Titel »Die Marotten meines Partners treiben mich zum Wahnsinn«. Ob ich interessiert sei?

Ich verneinte.

Nun wollte die Rechercheurin mit meiner Mutter sprechen. Sie sagte, sie habe in der Presse viel über deren bewegtes Leben gelesen. Ich gab das Telefon mit überaus gemischten Gefühlen weiter. Als meine Mutter eine Stunde später einhängte, führte ich ihr die Gefahren der Fernsehprominenz vor Augen, aber ich merkte sogleich, dass meine Warnungen auf taube Ohren stießen. Sie ließ durchblicken, sie wolle in dem Salon, wo sie sich die Haare machen lässt, ein sechswöchiges Anwendungspaket »Facelifting ohne Messer« buchen.

Montag, 20. Oktober

Ich werde keine Tagebucheintragungen mehr machen, bis mein Buch fertig ist. Ich muss einfach den Termin einhalten, sonst ist meine Glaubwürdigkeit dahin. Ich habe den Schildkrötenzüchtern geschrieben, dass ich wegen Arbeitsüberlastung leider nicht in der Lage sei, ihren Weihnachtsmarkt zu eröffnen.

Freitag, 31. Oktober

Heute ist etwas Schreckliches geschehen. Als William mein letztes Paket Gummibärchen fand und verschlang, verlor ich die Beherrschung. Ich rastete vollkommen aus und brüllte ihn an, er würde noch im Gefängnis landen, wenn er nicht aufhöre, das Eigentum anderer Leute zu entwenden. William floh in Tränen aufgelöst zu meiner Mutter.

Einige Zeit darauf kam Iwan zu mir ins Zimmer, setzte sich mit fürsorglichem Gehabe auf mein Bett und sagte: »Adrian, könnte es sein, dass du von diesen Gummibärchen irgendwie *abhängig* bist?«

Ich streifte mir seine haarige Flosse von der Schulter, fuhr zu einem Großmarkt und kaufte ein Großgebinde Gummibärchen. Ich habe es unter meinem Bett versteckt und an der Tür einen Riegel angebracht. Obwohl ich täglich sechzehn Stunden an meinem Schreibtisch gesessen habe, ist das Buch noch nicht beendet, ja, noch nicht einmal begonnen.

An: Boston Goldfrau – Brick Eagleburger Associates
Von: Adrian Mole
Per Fax
Datum: 31. 10. 97

Liebe Boston,

zuerst möchte ich Ihnen sagen, wie sehr ich die Entschlossenheit bewundere, mit der Sie Ihren Namen von Goldman zu Goldfrau umgeändert haben. In diesen Zeiten, da so viele Frauen den Prinzipien des Feminismus untreu werden, ist es ermutigend, in Ihnen nach wie vor eine Trägerin der Fackel zu wissen.

Nun zu den schlechten Neuigkeiten. Es zeichnet sich ab, dass es mir unmöglich sein wird, den 1. November als neuen Ablieferungstermin für »Alle schreien nach Innereien – das Buch!« einzuhalten. Familienangelegenheiten haben zum Nachteil meiner kreativen Impulse meine ganze Zeit und Aufmerksamkeit beansprucht.

Wären Sie bitte so freundlich, in Ihrer Rolle als persönliche Assistentin meines Agenten diesen Tatbestand Mr Arthur Stoat von der Firma Stoat Books Ltd zu vermitteln. Selbstverständlich werde ich den bereits erhaltenen Vorschuss von 250 Pfund wieder zurückzahlen, auch wenn ich bei meiner Bank eine einmonatige Kündigungsfrist einzuhalten habe, um nicht des aufgelaufenen Zinsbetrags verlustig zu gehen. Ich hoffe auf ein persönliches Zusammentreffen mit Ihnen bei meinem nächsten Besuch in London! Ich bin etwas beunruhigt, dass »Verspätungen« und »Der weiße Lieferwagen« trotz ihrer augenscheinlichen Attraktivität für den Massenunterhaltungsmarkt weiterhin unverkauft geblieben sind.

Mit besten Grüßen
A. A. Mole

Samstag, 1. November

Von: Boston Goldfrau
An: Adrian Mole
per Fax

Hören Sie zu, Sportsfreund, das Sch…-Innereienbuch ist bereits verkauft. Der Großsortimenter W. H. Smith hat es zu seinem *Buch der Woche* gemacht. Der Schutzumschlag mit dem Titelbild ist zur *Prämierung* vorgelegt. Stoat Books hat Vorbestellungen von 25 000 Hardcover-Exemplaren. Das Buch ist verdammt noch mal ein Bestseller! Der Tinnef muss geschrieben werden! Stoat droht unserer Agentur mit Klage bis zum letzten Penny, wenn wir nicht liefern. Hocken Sie sich gefälligst auf den Arsch, und schreiben Sie!
Boston

Sonntag, 2. November

William scheint mir den Zwischenfall mit den Gummibärchen vergeben zu haben, auch wenn meine Mutter keine Gnade walten lässt und schon seit drei Tagen für mich kein Gedeck mehr auflegt. Iwan verhandelt mit Tania über sein Tiroler Gartenhäuschen. Er möchte es abbauen und hier im Garten von Wisteria Walk wieder aufstellen. Ich meldete Einspruch an und sagte, die Bude würde fast den ganzen Rasen einnehmen. »Und wo soll William spielen?«, fragte ich meine Mutter demonstrativ.

»In *deinem* Garten«, sagte sie.

»Ich habe aber keinen Garten«, erläuterte ich.

»Dann sieh zu, dass du einen bekommst!«, bellte sie.

Ich sehe darin einen Hinweis, dass sie mich und William gern aus dem Haus haben möchte.

Montag, 3. November

Heute ging ich meinen Vater und Tania besuchen. William nahm ich mit. Mein Vater hob im Rasen hinter dem Haus eine Mulde für Tanias japanischen Zierkarpfenteich aus. Ein schwarzer Labradorwelpe mit dem Namen Henry sah ihm zu.

Ich fragte, ob wir einstweilen in der Tirolerhütte wohnen könnten, bis ich etwas auf Dauer gefunden hätte. Die zwei sahen nicht sonderlich erbaut aus. Unglücklicherweise bekam William in genau jenem Moment einen spektakulären Tobsuchtsanfall, weil ich nicht bereit gewesen war, ihm hier und jetzt den Teletubbies-Song vorzusingen. Nachdem er fünf Minuten lang gebrüllt, mit den Beinen gestrampelt und sich im Gras gewälzt hatte, sagte Tania: »Sollten wir nicht lieber einen Krankenwagen rufen?«

Mein Vater sagte: »Nicht nötig, als Adrian drei war, war er genauso. Man musste ihm fünfzigmal am Tag ›Ene, mene, muh‹ vorsingen.«

»Adrian, ich glaube nicht, dass es funktionieren würde«, meinte Tania schließlich. »Nicht mit dem Hund und den japanischen Buntkarpfen. Dein Vater und ich haben einen Tagesrhythmus gefunden, der uns behagt, weißt du, und überhaupt, hier ist nichts gegen kleine Kinder versichert.«

Der Einwand war natürlich hochgradig lächerlich, aber ich ging nicht weiter darauf ein. William, der sich von seinem Wutanfall wieder erholt hatte, verlangte Schoko-Pops. Mein Vater, vormals hatte er selber täglich drei Schüsseln von dem Zeug vertilgt, sagte: »In Schoko-Pops sind lauter Zusatzstoffe und künstliche Sachen. William, wie wär's denn mit einem schönen Glas Möhrensaft?«

Wir begaben uns in die Küche, wo mein Vater einem desinteressierten William den Entsafter vorführte. Henry allerdings verfolgte jede Bewegung meines Vaters mit gespannter Aufmerksamkeit.

Tania erkundigte sich, wie ich mit dem Buch vorankäme.

Wenn ich drei Tage und Nächte lang ununterbrochen wach und vollkommen aus jedermanns Schusslinie bleiben würde, könnte ich es vielleicht hinkriegen. Noël Coward schrieb »Privatleben« mithilfe von Stimulantien an einem verlängerten Wochenende. Ich rief Nigel an, um mit seiner Hilfe an ein paar Aufputschtabletten zu kommen, aber er war zur Beerdigung seiner Großmutter gefahren.

Um Mitternacht, als es im Haus relativ ruhig war, setzte ich mich an die Einleitung:

Hallo Innereienfreunde,
seit Urzeiten hat der Mensch von Innereien gelebt. In steinzeitlichen Höhlen in Frankreich hat man versteinerte Innereien gefunden, was beweist, dass Innereien einst zu den Hauptnahrungsmitteln des französischen Höhlenmenschen gehörten. Dieses Vermächtnis hat sich in der weltberühmten französischen *cuisine* erhalten, der *gourmets* der ganzen Welt zupilgern.

Irgendetwas an dem letzten Satz stimmt nicht. Die Grammatik? Die Syntax? Nachdem ich den Satz eine Stunde lang angestarrt hatte, ging ich erschöpft zu Bett.

Mittwoch, 5. November

Iwan hat das traditionelle Feuerwerk und Freudenfeuer zum heutigen Guy-Fawkes-Tag untersagt. »Es ist primitiv, barbarisch und gefährlich«, sagte er. »Es wird langsam Zeit, dass man den Guy-Fawkes-Tag abschafft.« Die Regierung scheint seine Meinung zu teilen. Die britische Bevölkerung wird aufgefordert, organisierte Veranstaltungen zu besuchen, bei denen medizinische Hilfsdienste begleitend anwesend sind. Ich hatte für William ein paar Wunderkerzen gekauft, mit denen er ein bisschen im Hinterhof herumwedeln durfte. Der Neue Hund schaute ihm durch die Hintertür zu.

Bis drei Uhr an der Einleitung gearbeitet.

Die *gourmets* der ganzen Welt pilgern immer noch aus ihren Häusern herzu, um am Vermächtnis der Innereien teilzunehmen.

Auch das klingt noch nicht gut.

Donnerstag, 6. November

William hat im Schuhladen von Clark's einen Mega-Tobsuchtsanfall hingelegt. Er wollte ein Paar Mini-Doc-Martens Schnürstiefel aus rotem Wildleder mit zwölf Schnürlöchern.

Ich wollte für ihn ein Paar schwarze Lederschuhe mit Klettverschluss, etwas »Schulschuhartiges«. Er schmiss sich auf den Teppichboden von Clark's und fing an zu brüllen. Auf Verlangen des Geschäftsführers schleifte ich das tobende Bündel aus dem Geschäft. Der Schuheinkauf endete damit, dass ich für ihn bei Woolworth ein Paar Bugs-Bunny-Schläppchen erstand. Für den Winter sind sie völlig ungeeignet, aber wenn er dicke Socken anzieht, könnten seine Füße eventuell einigermaßen warm bleiben.

Als wir nach Hause kamen, sagte meine Mutter: »Ich dachte, du wolltest mit ihm *Winterschuhe* kaufen gehen. In den Dingern holt er sich doch den Tod.« Verachtungsvoll blickte sie auf die Schläppchen herab. Ich spürte meine elterliche Zuversicht in sämtlichen Ritzen des Hauses versickern.

Freitag, 7. November

Ich habe jetzt keine Zahlungszugänge mehr. Ich muss mein Kapital angreifen. Habe Call-Center von Bank in Panik angerufen, aber Codewort vergessen. Sagte der Dame am Telefon, es sei der Name eines Seebadeorts an der Ostküste, aber sie wiederholte beharrlich: »Mein Herr, ich fürchte, Sie müssen mir schon den fünften Buchstaben ihres Passworts nennen.«

Ich flehte sie an, mir meinen Kontostand zu verraten, doch es war fruchtlos.

Sind unsere Finanzdienste von Außerirdischen unterwandert? Gehört das alles zu einem raffinierten Plan, mit dem die Aliens die Menschheit in den Wahnsinn treiben und unsere Welt übernehmen wollen? Liebes Tagebuch, ich neige normalerweise nicht zu paranoiden Phantasien, aber ich möchte dir anvertrauen, dass ich mir ernsthaft überlege, mein gesamtes Geld aus der Bank abzuziehen und in einer Schatulle unter dem Bett zu horten. Für dieses Geld habe ich hart gearbeitet, und kein Marsmännchen soll seine glitschigen Pfoten (Tentakeln?) darauf legen können.

Habe die Einleitung zusammen mit einem weiteren Innereienrezept an Arthur Stoat abgeschickt. Habe das Gefühl, es geht voran.

Samstag, 8. November

Liebes Tagebuch, wo hatte ich nur meine Gedanken? Nicht im Traum würde ich daran denken, mein Geld unter *dem Bett* aufzubewahren. Ich werde es in mehrere täuschend echt nachgemachte Konservendosen für gebackene Bohnen stecken und auf dem obersten Brett der Speisekammer deponieren.

Sonntag, 9. November

Veteranengedenktag

Habe heute versehentlich eine Einpfundmünze in eine Sammelbüchse gesteckt. Ich wollte eigentlich zwanzig Pence geben. Der Alte, der mit der Büchse klapperte, war ziemlich unhöflich. Die achtzig Pence Wechselgeld hat er mir regelrecht in die Hand *geknallt.*

Montag, 10. November

Brick rief um fünfzehn Uhr an. Er sagte, er hätte von Arthur Stoat ein Fax bekommen.

An: Mr Brick Eagleburger
Von: Arthur Stoat
Datum: 10. 11. 97

Lieber Mr Eagleburger,

Ihr Klient Mr Adrian Mole hat seine mit Stoat Books Ltd getroffene Vereinbarung, das fertige Manuskript von »Alle schreien nach Innereien – Das Buch!« bis zum 1. November d. J. abzuliefern, nicht eingehalten.

Ich habe begründeten Zweifel, dass Mr Mole in der Lage ist, dieses Buch überhaupt zu schreiben, und schlage deshalb vor, dass Sie und Mr Mole einen Ghostwriter ausfindig machen, der der Aufgabe gewachsen ist. Selbstverständlich gehen wir davon aus, dass Mr Mole für sämtliche in diesem Zusammenhang entstehende Kosten aufkommt.

In Ansehung der Tatsache, dass die Finanzlage von Stoat Books Ltd leider hin und wieder Durststrecken zu überwinden hat und wir zudem die günstige Gelegenheit nicht wahrnehmen konnten, die Kapitallage durch das Weihnachtsgeschäft aufzubessern, hat Mr Moles Unterlassung der Ablieferung die betrübliche Folge, dass die Mitarbeiter von Stoat Books auf ihren Bonus zum Jahresende werden verzichten müssen. Das ist insofern besonders bedauerlich, als eine von Stoat Books Ltd durchgeführte Marktanalyse ergab, dass jeder zehnte männliche studentische Zuschauer der Fernsehsendung den Kauf des Buches als Weihnachtsgeschenk für Mutter oder Stiefmutter ernsthaft erwogen hat.

Ich habe nunmehr den Ablieferungstermin auf die dritte Dezemberwoche verschoben und hoffe, das Buch am 14. Januar zeitgleich mit der ersten Sendung von »Klingeling mit Singh« herausbringen zu können.

Mit freundlichen Grüßen
A. N. Stoat
Geschäftsführer – Stoat Books Ltd

Was ist »Klingeling mit Singh«? Höre zum erstenmal davon.

Dienstag, 11. November

War bei der Kriegsveteranen-Schweigeminute in einem Supermarkt. Man hatte die Kassen abgestellt. Eine Verkäuferin an der Käsetheke fing in der dreißigsten Sekunde an, nervös zu kichern.

Dev Singh hat offenbar ein Kochbuch für die Mikrowelle geschrieben. Die Zeitschrift »Good Housekeeping« hat die Serienrechte gekauft, und eine Bühnenfassung unter der Regie von Ned Sherrin ist ebenfalls im Gespräch.

Mittwoch, 12. November

Iwan hat heute früh in der Küche von mir verlangt, ich solle mir einen eigenen Telefon/Fax-Anschluss legen lassen. Er sagte, er beabsichtige, eine neue Firma als Website-Designer zu eröffnen, und brauche das alleinige Verfügungsrecht über den vorhandenen Anschluss. Ich machte geltend, dass es sich in Wirklichkeit um den Anschluss meiner Mutter handle. Diese sei mit mir blutsverwandt, weshalb mein Anspruch auf den Anschluss schwerer wiege als der seine.

»Das ist völliger Blödsinn«, tat er meinen Einwand ab. »Deine Mutter und ich sind Lebenspartner, und außerdem habe ich die letzte Telefonrechnung bezahlt und die neue Faxrolle eingelegt.«

Als ich ihn daran erinnerte, dass ich für meinen Aufenthalt in diesem Haus wöchentlich vierzig Pfund bezahle, sagte er: »Du weißt wohl nicht, wie viel wir für dich und William zusetzen müssen, der immer das Licht anlässt und den Teller nicht leerißt.«

Rosie kam mit verdrossener Miene herein. Während sie das Brotmesser am Zipfel ihrer Schlafanzugjacke abwischte, sagte sie zu Iwan: »Geh doch heim zu deiner Frau, wenn's dir hier nicht passt.«

»Zufällig liebe ich deine Mutter«, sagte Iwan, »und sie liebt mich, kapiert?«

Er ging nach draußen, um den Recyclingmüll in die verschiedenen Beutel zu sortieren, bevor die Müllabfuhr kam. Rosie schaute ihm aus dem Fenster zu, während sie auf das Braunwerden ihrer Toastscheibe wartete. »Was kotzt dich an dem Macker eigentlich am meisten an?«, wandte sie sich forschend an mich. »Seine Birkenstocksandalen, seine haarigen Affenarme oder die beknackte Mütze, die er immer aufsetzt, wenn's regnet?«

»Dass er uns jedes Mal vor dem Essen ›Gedeihliche Mahlzeit‹ wünscht«, sagte ich.

Donnerstag, 13. November

Nachdem ich William in der Kindertagesstätte abgeliefert hatte, führte mich mein Weg zur kommunalen Wohnungsvermittlung. Ich gab zu Protokoll, dass ich dringend ein einzeln stehendes Einfamilienhaus mit mindestens vier Zimmern und Garten brauche, für maximal sechzig Pfund pro Woche. Bessere Wohnlage in gepflegter Umgebung wäre mir angenehm. Baumbestand sei erwünscht, ebenfalls Garten mit Südlage. Der Sachbearbeiter hinter seinem Schreibtisch, ein schnurrbärtiger junger Mann in modisch überweit geschnittenem Anzug, sagte: »Die Highlands von Schottland sind von uns noch nicht erfasst.« Ich hinterließ ihm meine Karte, aber als ich draußen am Fenster vorbeiging, sah ich, wie er sie in den Papierkorb warf.

Als ich William von Kidsplay Ltd abholte, sagte er: »Papa, dein Atem riecht wie Bäh-Bäh.«

Erst eine halbe Stunde zuvor hatte ich mir die Zähne geputzt. Wie lange schon riecht mein Atem wie Bäh-Bäh?

Mit dem Handy vereinbarte ich in der Zahnklinik einen Sprechstundentermin. Dr. Chang eröffnete mir, ich litte an einer Zahnfleischerkrankung mit der wissenschaftlichen Bezeichnung Pyorrhoe. Falls ich mich nicht umgehend bei ihm in eine eintausend Pfund teure Behandlung begäbe, wäre ich innerhalb eines Jahres sämtliche Zähne los.

Mr Chang hat bislang auch Kassenpatienten behandelt, aber die Minderbemittelten sind ihm gleichgültig geworden. »An ihlel Kalies sind sie selbel schuld«, sagte er. »Sie velzehlen immel nul Süßwalen.« Ich habe mir die Sache also durch die Gummibärchen geholt.

Mrs Wellingborough, die Empfangsdame von Mr Chang, flüsterte mir zu, es sei vielleicht angebracht, eine zweite Meinung einzuholen. Anscheinend wird Dr. Chang nächste Woche vor dem zahnärztlichen Selbstkontrollkomittee zu seinem Liquidationsgebaren bei einer Zahnsteinentfernung befragt. Mrs Wellingboroug empfahl Dr. Atkins. »Er ist die *crème de la crème*«, meinte sie. Nächsten Donnerstag habe ich einen Termin bei Dr. Atkins.

Rosie hat eine hinterhältige Methode entdeckt, Iwan zu quälen. Als am Mittagstisch darüber diskutiert wurde, ob uns als Kinder zu wenig geboten worden sei, sagte Rosie zu meiner Mutter: »Du hast uns immer nie mitgenommen.« Man konnte Iwan zusammenzucken sehen und hörte ihn flüstern: »Pleonasmus oder doppelte Verneinung?«

Rosie hat die grammatikalische Folter auf Dauerbetrieb geschaltet.

Samstag, 15. November

Heute bin ich mit William in den Taycross Zoo gegangen. Als er die Löwen im Käfig sah, fing er an zu weinen und bettelte: »Daddy, lass sie raus, bitte, lass sie alle raus.« Er scheint zu glauben, dass es sich um Geschöpfe aus einem Walt-Disney-Film handelt und nicht um lebendige Raubtiere, die ihm den Kopf von den Schultern reißen könnten.

Sonntag, 16. November

Es ist herausgekommen, dass ein Millionär mit Simpelfransen und Pilotenbrille – Bernie Ecclestone – der Labour Party eine Parteispende von einer Million Pfund gemacht hat. Der schmächtige Formel-Eins-Boss hat Angst, dass ihm die Tabakindustrie als Sponsor seines Krawallsports abhanden kommen könnte. Tony Blair gibt sich über die öffentliche Kritik und die Korruptionsvorwürfe überrascht und beleidigt. »Ich bin eigentlich ein ziemlich ehrlicher Bursche«, war seine Einlassung. Ich habe über diesen Satz lange nachgedacht. In seine Bestandteile zerlegt, sagt er eine ganze Menge aus.

Verdauung – blockiert
Stimmung – düster
Aussichten – keine
Atem – übel

Montag, 17. November

Den ganzen Tag sind alle von mir abgerückt. Mein Zahnfleisch hat mich zum sozialen Paria gemacht.

Dienstag, 18. November

Jeffrey Atkins war entsetzt über den miserablen Zustand meines Gebisses und die Plomben von Dr. Chang. Er untersuchte mich und sagte, die Ursache meines üblen Atems sei »*ein* Zahn mit eingebissenen Speiseresten«.

Während er in meinem Mund herumpolkte, ließ er sich über das Kunstgeschehen in Leicester aus. Das Gespräch war natürlich ziemlich einseitig (obwohl ich hoffe, mit dem beredten Rollen meiner Augen einen eloquenten Beitrag gemacht zu haben). Anschließend ging ich mit weichen Knien zum Empfang und erkundigte mich bei Hazel, der Empfangsdame, ob ich Jeffrey ein anerkennendes Trinkgeld geben dürfe. Sie verneinte – der zahnärztliche Ehrenkodex lasse Sonderzuwendungen nicht zu.

Freitag, 21. November

Der Popsänger Michael Hutchence von der australischen Band INXS ist tot, am eigenen Gürtel am Türknauf in seinem Hotelzimmer erhängt. Meine Mutter sagte, sie könne nicht verstehen, wieso Männer sich zur Steigerung der sexuellen Lust strangulieren würden. »Was findet einer, der mit ein paar von den schönsten

Frauen der Welt im Bett gewesen ist, eigentlich daran, an einer Tür zu hängen?«

»Dass es nicht so *kompliziert* ist wie die Beziehung zu einer Frau«, sagte Iwan. »Eine Tür fragt einen nicht zwanzigmal am Tag, ob man sie noch liebt.«

Oho! Oho! Hat Iwan von der emotionalen Unersättlichkeit meiner Mutter allmählich genug?

Samstag, 22. November

Nach ihrer Bürgersprechstunde im Gesundheitszentrum hat Pandora heute den Wisteria Walk mit ihrer Gegenwart beehrt. Sie war müde und beklagte sich über ihren endlos langen Arbeitstag. Die Wähler ihres Wahlkreises hängen ihr zum Hals heraus. Die leidigen Umzugswünsche in bessere Sozialwohnungen und das ewige Gemecker über tagsüber brennende Straßenlaternen kosten sie den letzten Nerv. »Wenn Mandy und unser Großer Plan nicht wären«, sagte sie, »würde ich wieder nach Oxford gehen.«

Ich wollte natürlich wissen, was der »Große Plan« sei. Sie sagte: »Ich soll die erste Frau auf dem Premierministersessel von England werden.«

»Und Mrs Thatcher?«, wandte ich ein. »Sie hat wohl nie existiert?«

»Mrs Thatcher ist ein Mann in Weiberkleidung, das weiß doch jeder«, sagte sie verächtlich.

Die Enthüllung machte mich schwindeln. »Wie lautet denn ihr/sein wirklicher Name?«, erkundigte ich mich mit gespannter Neugier.

»Leonard Roberts«, sagte sie. »Seine Eltern hatten etwas gegen Jungen, deshalb wurde er von einem korrupten Vikar in Gratham auf Margaret umgetauft und in der Nachbargemeinde von einem Standesbeamten neu registriert, der gleichzeitig eine falsche neue Geburtsurkunde ausstellte. Leonard wurde wie ein Mädchen angezogen und behandelt.«

»Und seine Geschlechtsorgane?«, warf ich ein.

»Hochgradig unterentwickelt«, sagte sie.

Es gab so viele offene Fragen, die ich gerne gestellt hätte. Wusste Denis, dass seine Frau in Wirklichkeit ein Mann war?

Und wie hat Thatcher die beiden Zwillinge Carole und Mark zur Welt bringen können? Ich erzählte Pandora von meiner Theorie, dass William Hague ein von Mrs Thatcher ausgetragenes Kind der Liebe sei. »Nein«, sagte sie, »William Hague ist das Resultat eines Klonexperiments, das in den sechziger Jahren stattgefunden hat. Das Sperma stammte von Churchill, und die Eizellen hatte man der Schauspielerin Thora Hird entnommen.«

Sie verschwand in der Küche, um mit Rosie und meiner Mutter ein »Gespräch unter Mädels« zu führen. Sie lachten sich anderthalb Stunden lang mehr oder weniger schimmelig und hörten nur einmal kurz damit auf, als ich hineinging, um mich über den Zigarettenqualm zu beschweren, der unter der Tür hervorquoll.

Sonntag, 23. November

Zu The Lawns gefahren, um Williams Wunschzettel dort im offenen Kamin zu verbrennen. Diese Methode der Übermittlung der Weihnachtswünsche an den Nikolaus ist eine Molesche Tradition, die aufrechtzuerhalten ich entschlossen bin. Ich werde es meinen Eltern nicht so leicht nachsehen, dass sie unseren eigenen Kamin mit Brettern vernagelt und in dem Zwischenraum zwischen der Sperrholzplatte und dem Kamingitter einen elektrischen Nachtspeicherheizkörper installiert haben.

William wünscht sich:

1. Po
2. Tinky Winky
3. Laa-Laa
4. Dipsy
5. und den, dessen Name mir immer entfällt

Mein Vater sagte: »Du weißt doch, nicht wahr, dass es längst keine mehr gibt?« Das »t« und das »r« in nicht wahr verschluckte er nicht und sagte »dass« anstatt »dat«. Er trug Timberland-Leinenschuhe und streichelte Henry den schwarzglänzenden Kopf. Er ist zur Eliza Doolittle von Professor Tania Henry Higgins geworden.

Montag, 24. November

Mit dem Neuen Hund zum Nägelschneiden zum Tierarzt. Er schlittert über das Pergolan der Küche wie die Eiskunstläufer Torville oder Dean, wer immer von den beiden der pelzigere ist.

Heute kam der Umschlag mit meiner Fanpost. Edwin Log, ein Mann aus Wolverhampton, teilt mir mit, er habe seit fünfundvierzig Jahren täglich Innereien verzehrt, sei aber trotzdem immer noch »absolut gesund«. Eine Frau in Battersea meint, ich riefe »zum Massenmord an Unschuldigen« auf, und sie wolle mich an meinem Gedärm an der Blackfriars Bridge hängen sehen.

Dienstag, 25. November

William hat mich gefragt, warum ich nicht arbeite »wie alle anderen Väter auch«.

Ich erklärte ihm, ich sei ein veröffentlichter Schriftsteller und ein Fernsehmoderator – ein Prominenter eben. Ich deutete auf die fünf Fanbriefe auf meinem Schreibtisch/Herrendiener und sagte: »Die Menschen da draußen lieben mich.«

William ging zum Fenster und schaute auf die Straße hinunter. »Da ist aber niemand«, sagte er.

Donnerstag, 27. November

3 Uhr 30

Ich sitze im Krankenhaus neben Williams Bett. Man hat ihn über Nacht zur Beobachtung hierbehalten, nachdem er sich eine Kaffeebohne ins linke Ohr gesteckt hatte, um herauszufinden, »ob es da drin klappert«.

Die Kaffeebohne ist entfernt worden, aber man musste ihm dazu eine Vollnarkose verabreichen. Es war der fürchterlichste Abend meines Lebens. Vier Leute, meine Mutter, zwei Krankenschwestern und ich, mussten William festhalten, während eine winzige Ärztin namens Surinder sein Ohr mit einem Leuchtdiopter untersuchte. Die Notaufnahme des Leicester Royal

Infirmary hallte wider von seinen gellenden Schreien. Als man sich zu einer Operation entschließen musste, wandte ich mich in meiner Seelenpein an meine Mutter und sagte: »Daran ist für mich Iwan Braithwaite schuld. Er hat im Wisteria Walk den ungemahlenen Kaffee eingeführt.«

Sie reagierte jedoch anders, als ich erwartet hatte. Zu meiner Überraschung sagte sie: »Ich höre, was du sagst. Ich höre deinen Kummer.«

Ich war bei William im Aufwachzimmer, als er nach dem Eingriff wieder zu sich kam. Er rief nach meiner Mutter. Eine Krankenschwester, die meine Bestürzung bemerkte, sagte: »Er weiß noch nicht, was er sagt.« Aber ich glaube, er wusste es sehr wohl. Ich muss feststellen, dass ich nicht der wichtigste Mensch in seinem Leben bin – ebenso wenig wie er in meinem.

Freitag, 28. November

William ist ein sehr liebes Kind, besonders wenn er durch rezeptpflichtige Medikamente sediert ist. Ich sitze zum Schreiben ganz allein in der Klinikcafeteria »Zur Nachtigall« auf einem der siebzig Plätze der Nichtraucherzone. Die knapp bemessene Raucherzone ist proppenvoll mit qualmenden Ärzten und Schwestern. Warum kommen sie nicht auf den Gedanken, dass es besser wäre aufzuhören? Hatte ein »Ganztagesfrühstück« bestellt, war verärgert, dass die Blutwurst vergessen worden war. Ging zur Ausgabetheke, um mich zu beschweren, wurde aber belehrt, es gäbe *entweder* Pilze *oder* Blutwurst. Wollte Blutwurst extra bestellen und bezahlen, wurde aber wieder belehrt, mit der Computerkasse gehe das nicht. Wurde laut zu dem dicken Mädchen mit nettem Gesicht hinter Theke.

Sie sagte: »Dafür bin ich nicht verantwortlich.«

»Es gibt keinen mehr, der noch für irgendetwas verantwortlich ist«, sagte ich. »Keiner entschuldigt sich, keiner tritt zurück.«

Sie schaute mich verständnislos an.

Ging wieder in Nichtraucherzone zurück. Raucher glotzten den nichtrauchenden Sonderling an, Ganztagesfrühstück war auf Teller zu fester Masse geworden.

15 Uhr

Bin immer noch da, an Williams Bett. Die Schwestern sind in ihn verliebt. Er hat ihnen erzählt, dass er zu Weihnachten alle vier Teletubbies bekommt. Eine sehr nette Vollschwester namens Lucie kam zu mir und sagte: »Falls Sie eine Quelle wissen, ich suche noch verzweifelt den Po.«

Ich gestand ihr, dass es mir an Teletubby-Insiderwissen fehle. Ich bin verunsichert: Ist es Zeit, eine Suchaktion zu starten?

Ich erkundigte mich, warum William noch nicht entlassen worden sei. Schwester Lucy (blond, schlank, hellblond behaarte Arme, mittelprächtiger Busen) sagte: »Dr. Fong ist etwas besorgt wegen der Prellungen in Williams Beckenbereich.« Ich erklärte ihr, dass William von der Armlehne des Sofas heruntergefallen war, als er in Jeremy-Clarkson-Manier eine Kurve nehmen wollte. Lucy, die eine dreijährige Tochter hat, lachte und sagte: »In diesem Alter sind sie nicht zu bändigen, nicht wahr?« Dr. Fong hat allerdings noch nie etwas von Jeremy Clarkson gehört und meine Erklärung nicht ernst genommen.

Samstag, 29. November

Royal Infirmary – Zur Nachtigall

Bin immer noch da. William wird körperlich und geistig durchgecheckt. Ich habe ihn angefleht, nicht immer »Nein, Dad, nein!« etc. zu sagen, aber er ist zu einem kleinen Teufel geworden. Ich verließ ihn, während er inmitten seiner bewundernden Großeltern und Stiefgroßeltern saß, die ihn mit Spielzeug, Süßigkeiten und Bilderbüchern zum Aufklappen überhäuften. Kein Wunder, dass er dort nicht wegwill.

Lucy ist alleinerziehend wie ich. Ihre Tochter heißt Lucinda. Schwester Lucie sagt, auch Lucinda könnte manchmal ganz schön biestig sein. In der Schlange bei der kommunalen Wohnungsvermittlung hätte Lucinda einmal gebrüllt: »Mami, sperrst du mich wieder in den Schrank, wenn wir nach Hause kommen?« Lucys Beziehung zu einem Polizisten ist unlängst in die Brüche gegangen wegen der kleinen krummen Dinger, die er auf Nachtstreife immer gedreht hat. »Mr Mole«, sagte sie, »ich unterhalte mich wirklich sehr gern mit Ihnen, oder darf ich Adrian zu Ihnen sagen?«

Zehn Gründe, weshalb ich mich für Vollschwester Lucie nicht so stark interessiere, dass ich mit ihr ausgehen möchte:

1. Behaarte Arme – blonde Behaarung zwar, aber viel zu dicht.
2. Hat sich wegen Cliff Richard elfmal »Sturmhöhe« angesehen.
3. Glaubt, »Liebe in einem kalten Land« sei von Tolstoi.
4. Lucinda.
5. Mag Reiniger lieber ohne Zitronenfrische.
6. Sie hält es für eine Großtat, dass Chris Evans von Ri-

chard Branson für acht Millionen Pfund einen Radiosender gekauft hat. Findet, die beiden sind »lustige Kerle«.
7. Schätzt Prinzessin Anne, weil sie »schwer arbeitet«.
8. Hat auf von mir versuchsweise losgelassene politisch rechtslastige Bemerkungen aus dem Repertoire des »Telegraph«-Journalisten Auberon Waugh nicht reagiert.
9. Hat unvorsichtigerweise erzählt, sie hätte in ihrem Wohnzimmerfenster eine elektrische Weihnachtsdekoration, in der alle drei Sekunden der Schriftzug »MERRY YULTIDE« aufflammt.
10. Sagt, sie hätte vom »Independent« noch nie gehört, geschweige denn das Blatt gelesen.

Sonntag, 30. November

Dr. Fong hat erlaubt, dass William wieder nach Hause geht, obwohl William brüllte: »Dad, bitte, Dad, ich möchte bei Schwester Lucy bleiben.«

Mein Vater, der dabei war, sagte: »Halt die Klappe, Freundchen, sonst mach ich dir deine Klappe zu.« Er klang wie sein altes Selbst.

William machte die Klappe zu und ließ sich von mir zum Fortgehen anziehen. Er verließ das Krankenhaus in Bedeckung seines Gefolges, bestehend aus meiner Wenigkeit, Rosie, meinem Vater, meiner Mutter und Tania.

Im Auto hielt er meine Hand und wollte sie nicht wieder loslassen. Es beeinträchtigte zwar meinen Umgang mit dem Schalthebel, störte mich aber trotzdem kein bisschen.

Montag, 1. Dezember

Habe erfolgreich bei der Bank angerufen! Auf meinem Hochzinskonto befinden sich 7961,54 Pfund. Ich weiß sogar, dass es stimmt: Ein Sprechautomat namens Jade hat es mir angesagt.

Meine Mutter hat ein Gedicht geschrieben. Es heißt »Der weinende Schoß«. Sie wird es dem »Daily Express« schicken, an einen Typ namens Harry Eyres. Ich habe ihr gesagt, dass ihre Chancen auf Veröffentlichung gleich Null seien. Das ist zwar hart von mir, aber ich kann es nicht ertragen, wenn sie enttäuscht wird.

Der weinende Schoß
Von Pauline Mole

Horch! Weint da nicht jemand?
Hör doch mal hin –
Klingt wie in mir selber!
Ganz nah (bestimmt in mir drin!).
Ruhig doch – wer weint da?
Wo kommt es denn her?
Mein Schambein vibriert,
mein Hintern noch mehr.
Hörst du es weinen?
Hab acht auf den Schmerz!
Mein Schoß, will ich meinen,
stirbt ab, o mein Herz!

Sie hat es mir in der vergangenen Nacht unter der Tür durchgeschoben.

Als ich meine Mutter beim Frühstück sah, habe ich mich nicht dazu geäußert. Was hätte ich dazu auch sagen sollen? Ganz bestimmt steckt Iwan dahinter. Er predigt immer: »Jeder hat irgendein Talent, unsere Gesellschaft kann lediglich nichts damit anfangen …« usw., usw., usw., sein übliches Blabla.

Dienstag, 2. Dezember

Allmächtiger Herr und Gott Jesus Christus! Gott rette mich vor der biblischen Plage, die mich heimgesucht hat!

Ich erhielt einen Brief von Sharon Bott, mit der ich vor langer, langer Zeit ein stürmisches Bumsverhältnis hatte.

Lieber Aidy,

wahrscheinlich haut dich das ein bisschen um. Ich bin für dich völlige Vergangenheit, das weiß ich, aber meinethalben würde ich dir diesen Brief ja auch gar nicht schicken. Es ist wegen meinem Sohn Glenn.

Er ist jetzt schon ein großer Bengel von zwölf Jahren und möchte gern wissen, wer sein Vater ist. Und so, wie es steht, weiß ich es selber nicht. Wie du ja damals entdeckt hattest, war ich mit dir und Barry Kent gleichzeitig zugange. Ich habe Barry genauso geschrieben wie dir. Glenn sagt, du und Glenn müssten einen Gentest machen, damit festgestellt wird, wer sein Vater ist. Zu Hause führt er sich tadellos auf, Probleme kenne ich gar nicht. Ich weiß nicht, warum die Lehrer an der Schule so gegen ihn sind. Tut mir Leid, dass ich dich damit behellige, ich tue es ja nur für Glenn. Würdest du mich anrufen? Ich mache Schichtdienst in Parker's Hühnergrill, aber abends ab zehn bin ich immer zu Hause. Glenn und ich haben dich im Kabel gesehen. Du warst ziemlich gut. Hast du mitgekriegt, dass Barry einen Preis gewonnen hat mit einem Buch, das er über einen Blinden geschrieben hat? Gestern hat es im »Mercury« gestanden.

Liebe Grüße
Sharon L. Bott

Ausgeschlossen! Absolut ausgeschlossen! Nicht mit zehn Pferden wird sie mich dazu bringen, Glenn Bott als meinen Sohn anzuerkennen, und wenn sämtliche Lehrer gegen ihn sind. Ich *habe* einen Sohn. Noch einer wäre einer zu viel.

Ich habe Rosie den Brief gezeigt. Sie sagte: »Den Glenn Bott kenn ich. Er ist ein Spinner, aber er hat deine Nase. Donnerstags hilft er nach der Schule immer am Leicester Market an einem Obststand aus, gegenüber von Walker, dem Schweinemetzger.«

Ich rief bei Sharon Bott an. Ein kleines Kind sagte: »Meine Mama ist arbeiten.«

Mittwoch, 3. Dezember

William ging heute wieder zu Kidsplay Ltd. Die Kinder bereiteten ihm ein Hallo wie einem heimgekehrten Kriegshelden, wobei sich die Betreuerinnen erkennbar reserviert verhielten. Bei den Kindern hat es einige Nachahmungsfälle von in den Gehörgang eingeführten Fremdkörpern (Linsen, Perlen) gegeben. Mrs Parvez ist krankheitshalber nicht da, stressbedingt, heißt es.

Habe heute spät abends Sharon angerufen. Aufgrund der immer noch nachklingenden sexuellen Erregung und wegen des Hintergrundlärms von Fernsehton und Kindergeschrei fiel es mir schwer, mich zu konzentrieren. Das Gespräch war quälend. Ich hatte immer wieder schlaglichtartige Erinnerungen an unsere Vögelei im Haus meiner Eltern auf dem pinkfarbenen Veloursofa an den Dienstagabenden, an denen die Alten zur Eheberatung gegangen waren.

Ich sagte Sharon, dass ich schon wegen meiner

abnorm niedrigen Spermienzahl kaum als Glenns Vater in Betracht käme, aber sie bat mich trotzdem, »für Glenn« den Test zu machen. Was konnte ich da anderes tun, als in Gottes Namen einzuwilligen? Dann legte sie auf mit den Worten: »Douggie ist gerade gekommen.«

Donnerstag, 4. Dezember

Um vier Uhr nachmittags fuhr ich nach Leicester, parkte auf einem Kaufhausparkplatz und ging durch die Weihnachtseinkäufe tätigende Menge zum Marktplatz. Ich bezog Stellung vor der Metzgerei von Walker und beobachtete den gegenüberliegenden Obststand.

Es konnte mich nur mäßig überraschen, dass Glenn eben jener Junge ist, der sich in den letzten Monaten vor unserem Haus herumgedrückt hat. Er ist schon groß für sein Alter, und wenn er einen vernünftigen Haarschnitt hätte und nicht immer ein finsteres Gesicht machen würde, sähe er recht passabel aus. Er war angezogen wie einer, der in den allerschlimmsten Gegenden von New York auf der Straße lebt, mit überdimensionalen lächerlich herunterhängenden Hosen und einem Steppanorak. Als er nach vorne kam, um das Obst wieder nett herzurichten, sah ich an seinen Füßen Turnschuhe von der Größe und Form kleiner Planierraupen.

Der Standbesitzer, ein wieselgesichtiger Mann mit Ohrring und grauhaarigem Pferdeschwanz, schien es in Ordnung zu finden, dass Glenn, vom Kassieren abgesehen, die Hauptarbeit leistete. Vermutlich handelte es sich um Sharons Lebensgefährten Douggie.

Während ich Glenn zusah, lauschte ich in mich hinein nach meinen Gefühlen.

Liebes Tagebuch, es gab keine.

Schon von weitem konnte ich dem Jungen ansehen, dass ihm jedes intellektuelle Erbgut abging.

Sharon wohnt in der übel beleumundeten Thatcher-Siedlung. Ich parkte in der Howe Road vor der Hausnummer neunzehn und hielt es für besser, die Alarmanlage zu aktivieren *und* die Wegfahrsperre am Lenkrad anzubringen. Das wackelige Holztörchen schrappte beim Aufdrücken über den Betonweg. Am Fenster des Zimmers zur Straße pappte ein Sticker mit einem zähnefletschenden Riesenköter aus einer Comicserie. Drunter stand: »Treten Sie doch näher, es wird mir ein Vergnügen sein!«

Bevor ich anklopfen konnte, öffnete Sharon bereits die Tür. Sie sah aus wie Moby Dick mit Dauerwellen. Die Sharon, die ich früher einmal gekannt hatte, war für mich in dem Fleischberg, der vor mir stand, nur noch mit Mühe auszumachen. Die Zigarette zwischen ihren Wurstfingern nahm sich aus wie eine jener »Kinderzigaretten« aus Schokolade, die ich früher einmal »geraucht« hatte. Sie ging voran in ein Wohnzimmer, in dem zwei kahlgeschorene kleine Buben auf einem Sofa saßen und ein Video anschauten. Auf dem Bildschirm jagte ein rasender Wüstling mit einer Kettensäge ein großbusiges Mädchen eine dunkle Kellertreppe hinunter. Der Kleinste packte ein Kissen und verbarg darin das Gesicht. Ich wurde den Kindern nicht vorgestellt. Nach einem flüchtigen Blick in meine Richtung wendeten sie ihre Aufmerksamkeit wieder dem Bildschirm zu. Sharon machte mir ein Zeichen, in einem der beiden Sessel der Zweiergarnitur Platz zu nehmen. Der Teppich unter meinen Füßen fühlte sich klebrig an.

Sie drückte ihre Zigarette in einer Untertasse aus. Es überstieg meine Vorstellungskraft, wie ich mich mit dieser Frau jemals in Fleischeslust vereinigt haben konnte. Die atonale Radaukulisse des Fernsehers veranlasste mich, Sharon zu fragen, ob wir uns nicht in der Küche unterhalten könnten. Als wir dort eintraten, wünschte ich mir allerdings, wir wären im Wohnzimmer geblieben.

»Hatte noch keine Zeit zum Spülen«, sagte sie mit einem Blick über das spektakuläre Chaos.

Ich sah durch die trübe Fensterscheibe in den Garten hinaus. Auf dem seit langem ungemähten Gras lag eine durchweichte Matratze. Glenns Fahrrad war draußen am Betonpfahl der Wäscheleine angekettet. Im Lichtschein des Küchenfensters blitzten die Speichen und Chromteile. Das Rad war bestens gepflegt. Befriedigt stellte ich fest, dass der Junge ein Rad mit Kette und das andere mit einem Steckschloss gesichert hatte.

Sharon reichte mir einen Zettel, aus dem hervorging, wann und wo ich mich zum Bluttest einzufinden hatte: Montag, 8. Dezember, in der Klinik an der Prosper Road. »Barrys Anwalt hat alles arrangiert«, sagte sie. Sie schaute immer wieder nervös auf die schmale goldglänzende Armbanduhr, die aus den Wülsten an ihrem Handgelenk hervorlugte.

»Hat Glenn erkennen lassen, wer ihm als natürlicher Vater lieber wäre?«, fragte ich.

Sharon spülte unter dem Kaltwasserhahn einen Teebecher aus. »*Er* nicht«, sagte sie, »aber für *mich* wäre Barry besser, unterhaltsmäßig, meine ich.«

Sie bot mir Tee an, aber ich lehnte dankend ab. Sie sagte, ich würde eine Kopie des Laborergebnisses bekommen, »und dann sehen wir weiter«.

Als ich nach Hause kam, fragte ich meine Mutter, ob sie irgendwo noch Fotos von mir als Zwölfjährigem hätte.

Sie wühlte sich durch ein paar Schuhkartons und kramte schließlich ein Schulfoto hervor. Hintendrauf stand in der schnörkeligen Schrift meines Vaters: »Adrian, elfeinhalb Jahre alt.« Ich drehte das Bild um und erschrak. Glenn Bott schaute mich an. Meine Mutter wollte wissen, wozu ich ein Foto von mir als Halbwüchsigem brauchte. Ich war nicht fähig, es ihr zu verraten.

Sonntag, 7. Dezember

Schwester Lucy rief an, um mitzuteilen, ich hätte die Tolstoibiographie von A. N. Wilson in Williams Nachttisch liegenlassen. Sie könne problemlos bei uns vorbeikommen, sie wohne nämlich auch hier im Blumenviertel, im Clematis Close – ob sie das Buch bei uns in den Briefkastenschlitz stecken solle? Ich sagte, meiner Meinung nach passe das Buch nicht durch den Türschlitz. »Wenn Tolstoi mit fünfunddreißig gestorben wäre, hätte es vielleicht klappen können«, scherzte ich. Sie fragte, wie alt Tolstoi denn gewesen sei, als er starb. »Er war in seinen Neunzigern«, sagte ich. Ich erwartete sie jetzt sagen zu hören, sie hätte auf der Station zu tun, aber sie schien jede Menge Zeit zum Schwatzen zu haben. Sie sagte, nach der Arbeit würde sie mit Lucinda mal einen Spaziergang zu uns herüber in den Wisteria Walk machen. Ich bat sie, davon Abstand zu nehmen, ich würde mich gern in Ruhe hinsetzen und den »Observer« lesen, aber sie war nicht davon abzubringen.

Rosie und meine Mutter gerieten vor Aufregung ganz aus dem Häuschen, und Iwan ging nach oben und erschien bald darauf wieder mit Schlips und Kragen. Ich sagte zu ihnen, sie könnten sich alle wieder abregen. Ich bin nicht im Geringsten an Schwester Lucy interessiert.

Ich versuchte, Lucie und Lucinda an der Tür abzufertigen, aber William zog Lucinda zum Spielen mit seinem Bauernhof ins Haus, in dem sich eine Vielzahl von Dinosauriern und anderen prähistorischen Tieren tummelt. Ich sah mich gezwungen, Schwester Lucy in die Küche zu bitten, wo ich auf eine ihr zu Ehren auftauende Schokoladentorte aus dem Tiefkühlfach stieß. Lucy blieb zwei volle Stunden. Sie fand die Schokotorte »njam-njam«.

Bevor sie ging, kam sie zusammen mit meiner Mutter und mir noch schnell nach oben, um zuzusehen, wie William und Lucinda die Dinosaurier in dem Bauernhaus gemeinsam ins Bett brachten.

»Ah, welch ein Segen«, sagte Lucy. »Sie kommen richtig gut miteinander aus, nicht?«

Ich schaute meine Mutter an. Es stand ihr ins Gesicht geschrieben, dass William und ich uns vor ihrem inneren Auge bereits am Clematis Close bei Lucy und Lucinda installiert hatten. Als die beiden gegangen waren, redete ich ihr die Flausen mit dem Hinweis auf die behaarten Unterarme wieder aus. »Das Problem wäre mit einer Tube Haarentferner schnell gelöst«, meinte sie.

Die Enttäuschung hängt schwer über unserem Haus. Als ich William ins Bett brachte, fragte er, wann Lucinda wieder zum Spielen käme.

»Nie wieder«, lautete meine Antwort.

Montag, 8. Dezember

Ich hätte meine Unterwäsche nicht zu wechseln brauchen. Ausziehen war überhaupt nicht nötig. Ich brauchte nur den Ärmel hochzustreifen. Als ich die Spritze sah, wurde mir ziemlich flau. Ich musste die Augen schließen, während der dicke Typ im weißen Kittel mir das Blut abzapfte. Zur Ablenkung flüsterte ich das Vaterunser.

»Wie bitte?«, fragte der Butabzapfer.

Ich öffnete die Augen und sah ihn meinen schwärzlichroten Lebenssaft in einer großen Plastikspritze aufziehen. »Ich habe nichts gesagt«, murmelte ich.

»Natürlich haben Sie etwas gesagt«, widersprach er. »Sie haben ›Amen‹ geflüstert. Haben auch Sie den HERRN gefunden?«

Während ich meine Manschette zuknöpfte, angelte er ein Traktätchen aus einer Schublade und legte es mir hin. Er war Angehöriger einer Sekte, die sich »Godhead« nennt. Diese Leute glauben, dass die Welt mit dem letzten Glockenschlag des alten Jahrtausends in der ersten Sekunde des 1. Januar 2000 untergehen wird. Ich stand schon im Mantel an der Tür, aber er wollte mich nicht gehen lassen, ohne mir zuvor erklärt zu haben, dass der Millenniumsdom in Greenwich der Ort von »Satans letztem Auftritt« sei. Meinem Blutabzapfer zufolge ist Mr Peter Mandelson der Oberteufel und das ganze Regierungskabinett eine Versammlung von bösen Dämonen. Jack Cunningham habe gespaltene Hufe und müsse sich die entsprechenden Schuhe nach Maß anfertigen lassen. Ich bedankte mich für die wertvolle Information, und er bedankte sich, dass ich ihm so bereitwillig zugehört hätte. »Viele Leute glauben, wir seien nicht ganz richtig im Kopf«, meinte er.

Ich war froh, als er mir endlich mein Blut mit den Worten übergab, ich möge es unten am Empfang der Klinik abgeben, wo es abgeholt werde. Die Vorstellung, dass er andernfalls nach meinem Weggang noch damit hätte herumspielen können, war mir irgendwie unheimlich.

Als ich nach Hause kam, berichtete meine Mutter freudig, Arthur Stoat habe angerufen und sich angelegentlich nach Namen und Telefonnummer meines Ghostwriters erkundigt. »Ich verstehe überhaupt nicht, warum du das blöde Ding nicht selber schreiben kannst«, sagte sie. »Sind doch nur ein paar Rezepte. Wenn du dich auf den Hosenboden setzt, bist du in längstens einer Woche fertig.«

»Ach, ihr Nichtschriftsteller«, sagte ich, »so was *begreift* ihr eben nicht. Das ist eine Frage des richtigen Tons, der inneren Spannung und des klaren Ausdrucks. Es will gut überlegt sein, wie man die Wörter zueinander in Beziehung setzt, wo ein Strichpunkt hingehört und wo es *unbedingt* ein Punkt sein muss!«

Das Ergebnis der Genanalyse wird mir am Freitag per eingeschriebenem Eilbrief zugestellt. Barry Kent kommt für das Eilporto auf.

Dienstag, 9. Dezember

Bin heute Nachmittag bei meiner undankbaren Suche nach Teletubbies zu Toys'Я'Us gefahren. Ich fragte einen Jungen (der unerklärlicherweise ein Schildchen mit der Aufschrift »Gary Heppenstall, Assistenzmanager« anstecken hatte), wo die Teletubbies zu finden seien. »In

China, mein Herr«, sagte er süffisant grinsend, »da, wo sie hergestellt werden.« Er sagte, er hätte am Montag ein paar La-Las gehabt, die aber innerhalb von Minuten schon wieder weggewesen seien. Ich fragte ihn, warum es nicht möglich sei, Teletubbies in unserem eigenen Land herzustellen. Mitleidig lächelnd schaute er mich an und sagte: »Mein Herr, der Chinese arbeitet für eine Schale Reis eine ganze Woche. Da können wir nicht mithalten.«

Habe die Stadt nach Teletubbies abgeklappert. Es sind keine zu bekommen. Ich stehe jetzt bei sieben Geschäften auf der Warteliste und nehme mein Handy überallhin mit, falls irgendwann mitten in der Nacht eine Lieferung eintreffen sollte. Nigel habe ich ebenfalls auf Tubbies angesetzt.

2 Uhr nachts

Hat das Leiden von Paula Yates denn nie ein Ende? Die jüngste Tragödie, die über sie hereinbrach, war der Gentest, der erbrachte, dass sie die Tochter des ultrarechten Fliegers und grantigen Quizmasters Hughie Green ist. Was mich angeht, verfluche ich den Tag, an dem die Gene entdeckt wurden. Waren wir nicht alle in unserer vormaligen Unwissenheit viel glücklicher aufgehoben?

Am Abend fuhr Iwan zu The Lawns, um seinen Computer samt Zubehör abzubauen. Er will sich bei uns in der Esszimmernische einen Arbeitsplatz einrichten. Tania besteht darauf, das Häuschen bei der Scheidung zugesprochen zu bekommen.

Während Iwan aus dem Haus war, schmückten wir das Haus mit Papiergirlanden und Luftballons, und ich hielt die Leiter, damit meine Mutter auf den Speicher klettern konnte, um den Plastik-Weihnachtsbaum und die Schachtel mit dem Christbaumschmuck herunterzuholen.

Die Lichterkette gab zwar bereits nach einer halben Stunde den Geist auf, aber, wie ich zu meiner Mutter sagte, »in unserer Kultur gehört das nun mal zur Weihnachtstradition«.

Mittwoch, 10. Dezember

Der Weihnachtsbaum hat für einen gewaltigen Streit gesorgt. Iwan sagte: »Ich möchte ganz ehrlich zu dir sein, Pauline. Es ist noch viel zu früh, um den Baum aufzustellen, und das Glitzerzeugs, das du drübergeworfen hast, finde ich abscheulich. Allein vom Hinschauen könnte einem schon schlecht werden.«

Meine Mutter gab ihm mit dem Messer in der Hand Kontra (sie schälte gerade Kartoffeln im Spülbecken): »Für wen hältst du dich eigentlich? Vielleicht für einen dieser ausgemacht dämlichen Nobeldesigner?«

»Bitte, Pauline, keine Grobheiten«, sagte er, »das würdigt dich nur herab.«

»Dann mecker nicht über mein Lametta, Iwan«, gab sie zurück.

Der Weihnachtsbaumstreit ging nahtlos über in den Wer-verbringt-wo-und-mit-wem-den-Weihnachtstag-Streit. Ich nutzte die Gelegenheit, um mich bei jedem nach seinem idealen Weihnachten zu erkundigen. Meine Mutter sagte: »Idealerweise möchte ich William am Weihnachtsmorgen zuschauen, wie er seine Geschenke auspackt, und dann mit Iwan verreisen, irgendwohin, wo es warm ist.«

Iwan sagte, er würde idealerweise seine zweiundneunzigjährige Mutter – sie lebt in einem Altersheim in Rutland – einladen, die Weihnachtswoche im Wisteria Walk zu verbringen. »Es könnte ihr letztes Weihnachten sein«, meinte er ungewollt vielsagend.

Rosie sagte: »An meinem idealen Weihnachten würde ich den ganzen Tag im Bett bleiben, Tortillachips essen und in mein Weihnachtsgeschenk glotzen: einen neuen tragbaren Farbfernseher.«

William sagte, ihm sei es egal, was er machen würde, solange es nur mit einem kompletten Satz Teletubbies vonstatten ginge.

Ich rief meinen Vater an, um seine Meinung einzuholen. Er sagte: »Idealerweise würden wir gerne William zusehen, wie er am Weihnachtsvormittag in The Lawns zusammen mit uns seine Geschenke auspackt, und dann den restlichen Tag in aller Ruhe mit Henry verbringen.« Es sei übrigens von Pandora eine Pressemitteilung gekommen, aus der hervorging, dass Pandora am Weihnachtstag das Leicester Royal Infirmary besuchen würde und vorhabe, in der Kinderstation ein Truthahnessen für die armen Kinder zu veranstalten.

Die Eltern meiner Mutter, die Sugdens, sagten, für ein ideales Weihnachten würden sie am liebsten am Weihnachtsmorgen von Norfolk heraufgefahren kommen und »maßvoll essend und trinkend zwei ruhige Tage im Wisteria Walk verbringen«.

Ich sagte: »In einer idealen Welt würde ich gerne William in ein Hotel mitnehmen, wo während der Feiertage ein richtiges Kaminfeuer brennt.«

Iwan hatte indessen sämtliche Ideal-Weihnachten in seinen Computer eingegeben. Er blickte vom Bildschirm auf und sagte: »Das schafft der Rechner nicht.« Er fand jedoch eine Woche ohne Verpflegung auf Teneriffa, Abflug am vierundzwanzigsten Dezember fünfzehn Uhr von Stanstead. Meine Mutter fragte an, ob ich ausnahmsweise einen Bruch der Moleschen Tradition zulassen und William die Weihnachtsgeschenke schon am Heiligen Abend statt am Morgen des darauffolgenden Weihnachtstages öffnen lassen würde.

Ich sagte: »Nein.«

Donnerstag, 11. Dezember

Meine Mutter schickte mich nach The Lawns hinüber, um ein paar Zweige für das Mistelgebinde zu schneiden, das sie nach der Anleitung aus der Weihnachtsbeilage von »Good Housekeeping« zu basteln gedachte. Ich fragte Tania, ob sie mir ein Paar Gartenhandschuhe und ein Gartenschere borgen könnte, aber sie antwortete: »Ich fürchte, ich kann einen Nicht-Gärtner an meinem Immergrün und den Nadelhölzern nicht blindlings drauflossäbeln lassen.«

Mein Vater blickte irritiert von der Marmorplatte hoch, auf der er Pfefferkuchenmänner aus dem Teig stanzte, die nach erfolgtem Anstrich an den feinsinnig ausgesuchten Baum dekoriert werden sollten, den sich Tania in einer Spezialbaumschule bereits hatte reservieren lassen.

Ich sagte: »Dann besorge ich mir das Grünzeug eben woanders.«

Mein Vater sagte: »Sohn, verlass uns doch jetzt nicht einfach so …«

»George, begreifst du denn nicht?«, begehrte Tania auf. »Das sind die typischen Nadelstiche von Pauline, mit denen sie mich *so gerne* quält.«

Ich überließ die beiden ihren Reflexionen und fuhr

zum staudenbestandenen Großparkplatz vom Kaufhaus Sainsbury, wo ich unter Einsatz meines Schweizer Offiziersmessers zwei Einkaufstüten mit dem stacheligen Grünzeug füllte.

Während ich noch unterwegs war, hatte meine Mutter aus drei Drahtkleiderbügeln das Kranzgerüst fabriziert. Es gelang uns, die Tannenzweige und die Stechpalmen in eine gerundete Form zu zwingen, dann hängten wir unser Werk mit rotem Band an der Eingangstür auf. Iwan sagte, ein »archaischer Geist« hafte dem Gebilde an. Es entging mir nicht, dass meine Mutter unsicher war, ob das als Lob oder Tadel gemeint war.

Freitag, 12. Dezember

Im Morgengrauen weckte mich das stürmische Klingeln der Türglocke. Da ich glaubte, es wäre der eingeschriebene Brief, torkelte ich nur mit meinen Boxershorts bekleidet nach unten, um vor der Tür den wankenden Milchmann anzutreffen, der ein Taschentuch auf sein linkes Auge presste. Auf unserer Schwelle lagen zwei zerbrochene Milchflaschen. »Ich habe mir Ihren verfluchten Stechdorn verdammt noch mal ins Auge gestoßen!«, schimpfte er. Vor unseren (drei) beobachtenden Augen löste sich aus dem Gebinde ein Stechmistelzweig und landete inmitten der Glasscherben in der weißen Pfütze. Es blieb mir nichts anderes übrig, als den Mann in die Notaufnahme der Augenklinik des Royal Infirmary in Leicester zu fahren. Als ich wiederkam, fand ich meine Mutter mit dem eifrigen Studium des Kleingedruckten der Haftpflichtversicherung beschäftigt. Stechmistelzweigunfälle mit Drittschäden fanden in keiner Zeile Erwähnung. Sie hat die Milch »bis auf weiteres« abbestellt und das Weihnachtsgebinde wieder von der Tür abgenommen.

Mit pochendem Herzen und trockenem Mund wartete ich auf den Briefträger und schickte Stoßgebete zum Himmel, die wie ein abgeschossener Pfeil heranschwirrende Unterhaltspflicht möge Barry Kent treffen. Es kam aber lediglich der »Weihnachts-Rundbrief« von George & Tania, den sie an ihre »zahllosen Freunde und Verwandten in aller Welt« verschicken:

Ihr Lieben,

für uns beide war 1997 ein turbulentes Jahr. Die meisten von Euch dürften bereits von dem Zusammenbruch von Tanias und Iwans Ehe gehört haben, der die Folge von Iwans Liebesaffäre mit Pauline, Georges Frau, gewesen ist. Vielleicht ist das für manchen von Euch auch neu, in diesem Fall: Einmal tief Luft holen! Tut uns Leid!

Aber es ist Euch doch allen recht, wenn wir mit dem Jahresanfang beginnen, oder?

Im *Januar* waren Iwan und Tania in Norwich zu finden, wo sie ein Arbeitslosentreffen der Beschäftigten des Molkereigewerbes besuchten. Iwan freute sich, wieder einmal ein paar alte Kollegen zu sehen und die letzten Neuigkeiten zu erfahren.

Im *Februar* schrieb sich Tania in einen Kursus für die Wartung und Pflege von Citroën-Automobilen ein, nachdem sie von Honest Jacks Hinterhofwerkstatt eine haarsträubende Rechnung erhalten hatte. Iwans und Tanias geliebter rothaariger Kater Bismarck starb an Leukämie. Bis zum heutigen Tag fehlt er uns sehr.

Im *März* erweiterte Tania ihren Aufgabenkreis an der De-Montfort-Universität – sie gründete einen Club für Gartenfreunde, genannt *Doigts verts.* Die grünen Daumchen treffen sich alle vierzehn Tage von 19 bis 21 Uhr in der physikalischen Fakultät, und ihre Mitgliederzahl ist in kräftigem

Ansteigen begriffen. Im gleichen Monat hat George den Wettbewerb unserer lokalen Anzeigenzeitung gewonnen – fünfundzwanzig Pfund dafür, dass er ein Kreuz an die richtige Stelle gemacht hat. Aber keineswegs so leicht, wie es aussieht!

Der *April* sah Iwan und Tania ein bisschen auseinander driften, desungeachtet machten sie eine schöne Wochenendfahrt nach Stratford und waren im Dirty Duck lecker essen.

Mai: Pandora, das Prachtmädel, ist als Abgeordnete von Ashby-de-la-Zouch ins Parlament gewählt worden. Wir sind ja so stolz auf sie. Sie ist inzwischen zur parlamentarischen Privatsekretärin von Julia Snodworthy aus dem Landwirtschaftsministerium ernannt worden. Pandoras Exehemann Julian hat sich ebenfalls einen Namen gemacht als Bannerträger einer Gesetzesinitiative zur Herabsetzung der Altersgrenze der Zustimmungsbedürftigkeit von homosexuellen Akten auf sechzehn Jahre.

Ende Mai nahm Iwan in aller Heimlichkeit eine Beziehung zu Pauline Mole auf. Tania arbeitete währenddessen hart, um für die Hypotheken, den Lebensunterhalt und auch für die Rückzahlung des Kredits für das Gartenhäuschen aufzukommen, in dem Iwan als Unternehmensberater für das Molkereigewerbe freiberuflich tätig sein wollte, jedoch, wie sich herausstellte, dieses nur allzu selten war. Tania war von Iwans Betrug am Boden zerstört. Das Ehegelöbnis war für sie mit jedem Wort absolut verbindlich gewesen. Im Juni jedoch bemerkten Tania und George, dass ihre Beziehung mehr als nur eine Freundschaft war, und Tania gibt langsam dem Gedanken Raum, dass es mögiich ist, ein zweitesmal zu lieben.

Im *September* schrieb uns Brett, Georges einziger Sohn mit Doreen Slater, alias »die Klette«, von der Rugby School in einem Brief, dass er ein Stipendium erhalten hat. George war hoch erfreut und nicht wenig stolz! Brett war inzwischen ein paarmal bei uns zum Essen und ist ein liebenswürdiger, gut aussehender Junge mit ausgezeichneten Manieren!

Liebes Tagebuch, das ist mir ja ganz neu! Wieso kommen plötzlich überall Söhne aus den Ritzen gekrochen? Es muss auf den Jahrtausendwechsel zurückzuführen sein. Warum hat mir mein Vater Bretts Erfolg verschwiegen? Schließlich handelt es sich doch um meinen Halbbruder!

Aber weiter im Text …

Georges älterer Sohn Adrian war in London und hat in Soho eine Arbeit! Einmal hat er sogar Ned Sherrin auf der Straße getroffen!

Und mehr nicht? Gibt es über meine beträchtlichen diesjährigen Erfolge nicht mehr zu berichten, als dass ich Ned Sherrin auf der Straße getroffen habe? Übrigens habe ich Ned mehr als nur »getroffen«. Ich habe ihn in ein Gespräch über politische Satire verwickelt, als er gerade im Begriff war, in ein Taxi zu steigen.

Wir haben mit der Ausführung eines ehrgeizigen Plans begonnen und wollen den Garten von The Lawns neu gestalten. Wir werden den Rasen abtragen und durch feinen Kies ersetzen. Wenn alles fertig ist, hoffen wir ein Abbild der Palastgärten von Kaiser Hirohito geschaffen zu haben, wenn auch nur im kleinen Maßstab! George wird in Bälde einen Kursus in Zen-Gartengestaltung am Dartington College in Devon besuchen, der von Isokio Myanoko, dem Gartenmeister der japanischen Königsfamilie, geleitet wird.

Als letzter, aber nicht zuletzt, ist der wunderbare schwarze Labradorwelpe Henry in unser Leben getreten, das er nun mit uns teilen wird. Gemeinsam mit ihm und unseren japanischen Zierkarpfen Yin und Yang sind wir eine Familie geworden!

Frohe Weihnachten und liebe Grüße an alle,
Tania & George

Ich konnte es kaum erwarten, dass meine Mutter aus dem Bad auftauchte. Als sie den Brief las, lachte sie, bis ihr die Tränen über die Wangen kullerten. Sogar Iwan musste bei der Vorstellung meines den Rechen in bedeutungsvollen Mustern durch den Kies führenden Vaters lächeln.

Wir haben die gemeinsame Erklärung von Tania & George über dem Brotkasten an die Wand gepinnt. Bei jeder Scheibe Ökotoast, die ich mir zum Frühstück hole, muss ich still in mich hineinlachen.

Die meisten Angehörigen der Baby-Boom-Generation nach dem Zweiten Weltkrieg können einem Leid tun. Meine Mutter hat oft von den überfüllten Klassenzimmern erzählt: »Zu dritt in einer Schulbank, ein Buch für vier Kinder.« Sie behauptet, dass damals, als sie ein Mädchen war, die Menschen sich auf den Trottoirs drängten und man sich an den Kinderschaukeln im Park anstellen musste!

Um zehn Uhr zehn fuhr das Postauto vor, dann klingelte es an der Tür, und der Neue Hund fing an zu bellen. Ich verstand es als böses Omen. Der Neue Hund bellt nie. (Im April hatte ich deshalb beim Tierarzt für 26 Pfund seine Stimmbänder untersuchen lassen.)

Der Neue Hund mit seiner raubtierhaften Intelligenz spürte offenbar, dass das Kuvert, das der Briefträger mir entgegenstreckte, schlechte Nachrichten barg. Auf dem Klemmbrett des Postlers quittierte ich mit meinem gekritzelten Namen, dann wünschte ich ihm frohe Weihnachten und zog mich mit dem Schreiben nach oben in mein Zimmer zurück. Ich verriegelte die Tür und öffnete den Umschlag.

Labtest Ltd
Abteilung 1, Branson Trading Estate
Filey-on-Sense
Essex

Sehr geehrter Mr Mole,

die von unserem Laboratorium an der eingesandten Blutprobe durchgeführten Untersuchungen haben schlüssig ergeben, dass Sie der Vater von Glenn Bott sind, der zur Zeit in der Geoffrey Howe Road, Thatchersiedlung, Leicester, wohnhaft ist.

Sofern Sie das Testergebnis anzufechten wünschen, werden Ihnen Kosten in Höhe von 150 Pfund plus Mehrwertsteuer entstehen. Kopien dieses Testberichtes wurden wie vereinbart an Mr Barry Kent, an Mrs Sharon Bott und an Mrs Botts Anwältin, Ms Pankhurst von der Organisation »Gerechtigkeit für Kinder«, gesandt.

Mit freundlichen Grüßen
Amanda Trott
(Ressortleiterin Elternschaftsnachweis)

Inzwischen habe ich den Brief einschließlich des beigefügten Laborberichts, der angesichts dessen, was ich damit anfangen kann, genausogut auf Walisisch abgefasst sein könnte, mehrmals gelesen. Ich habe die Schriftstücke unter einem Stapel Taschentücher neben meinen aufgerollten Socken verschwinden lassen.

Ich befinde mich im Schockzustand.

Samstag, 13. Dezember

Verbrachte den Morgen mit der Suche nach einem Wort oder einer Phrase, die meine Gefühlslage auszudrücken geeignet sind. Ich versuchte mir vorzustellen, was Tony Blair in der obwaltenden Lage tun würde, und kam zu dem Schluss, dass auch er den Tränen ziemlich nahe wäre.

Glenn Bott
Von ferne betrachtet:
Groß, finsteren Blicks, zwölf,
Hip-Hop-Klamotten an, jobbt er
auf einem englischen Marktplatz.
Zur Hälfte Sharon, zur Hälfte ich,
dennoch ganz er selbst.

Sonntag, 14. Dezember

Habe heute Vormittag Sharon angerufen. Douggie war am Apparat. Er sagte, Sharon sei weg, Weihnachtseinkäufe machen. »Soll lieber mal machen, dass sie wiederkommt«, sagte er. »Sitze hier mit den Blagen fest, komm nicht weg zum Frühschoppen.«

Ich sagte, ich würde später noch einmal anrufen. »Wohl Pech gehabt mit dem Gentest?«, spottete er.

Eisig sagte ich, ich erwarte in Bälde die Bekanntschaft meines Sohnes zu machen. Er stieß ein Raucherlachen aus und legte auf.

Montag, 15. Dezember

In einem unerwarteten Energieanfall griff der Neue Hund heute früh den Weihnachtsbaum an und hat ihn fast ruiniert. Iwan erbot sich, den Schaden zu beheben.

Der Baum steht inzwischen wieder, aber von seinem alten Schmuck scheint einiges abhanden gekommen zu sein. Ich durchwühlte die Mülltonne und den Müllcontainer, ohne etwas Verräterisches zu finden. Deshalb muss der Pappstern, den ich für meine Mutter vor fünfundzwanzig Jahren gebastelt habe, noch irgendwo im Haus sein.

Als ich heute Abend die Wäsche in die Maschine stopfte, fand ich in Williams Anorak einen vom dritten Dezember datierten Zettel:

Liebe Eltern/Erziehungsberechtigte/Bezugsperson

Ihrem Sohn/Ihrer Tochter wurde im Krippenspiel von Kidsplay eine Rolle übertragen.

Er/sie benötigt ein Kostüm für folgende Rolle:

Ziege.

—

Die Vorstellung findet am Dienstag, den 16. Dezember, Punkt 16 Uhr statt.

Mit freundlichen Grüßen
Mrs Parvez

Also morgen!

Ich war außer mir. William soll eine jämmerliche Ziege spielen! Mrs Parvez trägt mir offensichtlich immer noch den Zwischenfall auf dem Erlebnisbauernhof nach. Und spielt im Weihnachtsgeschehen überhaupt eine Ziege eine Rolle? Ich sah die bei uns eingegangenen Weihnachtskarten durch, die an einem roten Band im Wohnzimmer aufgehängt waren, konnte aber auf keiner der Krippendarstellungen eine Ziege entdecken.

Meine Mutter erklärte sich für das Ziegenkostüm

absolut unzuständig, wodurch ich gezwungen war, Tania um Hilfe anzugehen.

Dienstag, 16. Dezember

William war mit Abstand der beste Darsteller des Krippenspiels. Er war der Inbegriff des Ziegenhaften. Meine Mutter flüsterte: »Wie macht er das nur, dass ihm die Augen so aus dem Kopf quellen?«

Er sah großartig aus in seinem Ziegenkostüm – auch wenn Iwan anfing, schwer zu meutern, als er sah, dass Tania seine alte graue Flauschjacke auseinander getrennt hatte, um daraus den Rumpf, die vier Beine und den Ziegenbart zu gewinnen. Mit den »Hörnern« aus angemalten Möhren tat William sich ein bisschen schwer, aber seine gespaltenen Hufe, die mein Vater aus vier leeren Plastikblumentöpfen angefertigt hatte, waren eine kostümbildnerische Offenbarung.

Pauline & Iwan und Tania & George nahmen keine Notiz voneinander, auch nicht von den fotokopierten Zetteln auf unseren Stühlen:

> Bitte keine Blitzlichtaufnahmen!
> Die Kindertagesstätte Kidsplay bietet Ihnen im neuen Jahr ein offizielles Fotosortiment an, Preis 27,50 Pfund.
> Achtung: Wir weisen darauf hin, dass die Fotos nur im Gesamtpaket erhältlich sind.

Für mein Empfinden lieferten die anderen Kinder ziemlich unspektakuläre Leistungen, besonders der Josef wirkte sehr unbedarft.

Während die Kinder einen langen und atonalen Abgesang des Liedes »Hier in meiner Krippen« boten, wanderten meine Gedanken zu Glenn Bott, einer Kindergestalt, die niemand je aufgefordert hatte oder auffordern würde, eine Rolle in einem Krippenspiel zu übernehmen, noch nicht einmal die einer Ziege.

Als ich nach Hause kam, rief ich bei den Botts an, doch niemand hob ab.

Mittwoch, 17. Dezember

Weihnachtskarte von Pandora. Der Text begann mit »Liebe Wählerin, lieber Wähler« und endete mit einer gestempelten Unterschrift.

Fuhr heute Abend zu Sharon. Im Auto probte ich, was ich zu dem Jungen sagen wollte. Wurde von mir erwartet, ihn in die Arme zu nehmen und zu küssen, oder war es besser, ihm lediglich mannhaft die Hand zu schütteln?

Während ich noch im Wagen saß, fuhr ein ramponierter Lieferwagen vor, und Glenn und Douggie sprangen heraus. Douggie deutete grinsend auf meinen Wagen. Glenn zog den Kopf ein, schnürte ins Haus und schlug hinter sich die Tür zu. Ich ließ den Motor an und fuhr davon.

Donnerstag, 18. September

Brick Eagleburger rief an und sagte, er habe einen wütenden Arthur Stoat am Telefon gehabt, der das Manuskript von »Alle schreien nach Innereien – Das Buch!«, verlangt hätte.

Brick sagte: »Nun mal Hosen runter, Aidy, ich bin Ihr Agent, verdammt noch mal, mit Lügenmärchen verdiene ich mein verdammtes Geld. Ich kann Stoat anrufen und ihm erzählen, Sie hätten, verdammt noch mal, im Koma gelegen, aber ich muss die Wahrheit wissen, verdammt noch mal. Ich werde Ihnen jetzt zwei Fragen stellen. Erstens: Haben Sie das verdammte Buch geschrieben?«

»Nein«, sagte ich.

»O.k., langsam wird's Tag! Zweitens: Sitzt ein Ghostwriter an der Scheißschwarte?«

»Auch nicht«, gestand ich ein.

Arthur Stoat droht, mich wegen Vertragsbruch vor den Kadi zu zerren und Schadenersatz für entgangenen Gewinn und Rufschädigung zu verlangen. Ich fragte, wie viel Stoat haben wollte. Brick sagte: »So über den Daumen gepeilt sechzig Riesen.«

Nachdem ich aufgelegt hatte, saß ich eine volle Minute auf der Treppe und versuchte, mir das Leben vorzustellen, das mich erwartete. Auf dem Telefonblöckchen machte ich eine Überschlagsrechnung:

Stoat Books	60 000
Anwaltskosten	6 000 (geschätzt)
	66 000

Ich werde unter äußerster Beschränktheit der Mittel im Haus meiner Mutter leben müssen, zwei Söhne zu unterhalten haben – und meine berufliche Reputation war im Eimer. Es war eine meiner schwärzesten-Stunden.

Als meine Mutter von ihren Weihnachtseinkäufen

zurückkehrte, erzählte ich ihr alles: über Glenn, über Stoat Books, über die trostlose Zukunft, die mich erwartete.

Sie legte den Arm um mich und sagte: »Mach dir keine Sorgen, Kleiner, deine Mutter ist auch noch da. Ich hab' genug Mumm für uns beide.«

Dann ging sie in ihr Schlafzimmer und legte sich mit einem kalten weißen Flanelltuch auf dem Gesicht ins Bett.

Freitag, 19. Dezember

Ich hörte meine Mutter heute Morgen um fünf Uhr früh aufstehen. Dann begann die Tastatur des Computers zu klacken. Da mein Zimmer direkt über Iwans Arbeitsplatz liegt, trieb mich die Störung aus dem Bett. Ich ging hinunter, um mich zu beschweren. Meine Mutter schwang ertappt auf ihrem Drehstuhl herum und sagte: »Ich schreibe *unseren* Rundbrief für Weihnachten. Leg dich wieder ins Bett.«

Sie ist so unbedacht. Unter den gegenwärtigen Umständen brauche ich doch jede Minute Schlaf, die ich irgendwie kriegen kann.

Sonntag, 21. Dezember

Bin ich der Einzige im ganzen Haus, dem die Weihnachtsvorbereitungen nicht vollkommen gleichgültig sind? Es gibt keine Kerzen, kein Weihnachtsgebäck und keinen Sack mit Nüssen. Und mit dem bisschen Energie, das mir verblieben ist, muss ich versuchen, ein Teletubby aufzutreiben.

Montag, 22. Dezember

Ich habe bei Waterstones für alle Buchgeschenke besorgt, außer für meine Mutter, für die ich bereits ein Geschenk habe. Es ist ein Satz Mini-Toilettartikel, die ich im letzten Jahr in einem Hotel nach meiner Übernachtung eingepackt habe: Shampoo, Haarconditioner, Badegel, ein Mini-Nähzeug, Wattebäuschchen und ein Schuhputzkissen. Ich habe vor, alles hübsch in ein geflochtenes Brotkörbchen zu packen und mit Frischhaltefolie zu verschließen. Sie wird niemals merken, dass es kein echtes gekauftes Geschenk aus dem Laden ist.

Dienstag, 23. Dezember

Meine Mutter hat immer noch keinen Truthahn gekauft, obwohl wir offenbar am Weihnachtstag die Familie vollzählig bei uns zu Gast haben werden. Sie sitzt sechzehn Stunden am Tag am Computer und hackt ihren dämlichen Rundbrief in die Tasten.

Mittwoch, 24. Dezember

Heiliger Abend

Ich stand im Morgengrauen auf, und als ich hinunterging, fand ich meine Mutter neben einem überfließenden Aschenbecher immer noch vor dem Computer sitzen. Ich versuchte ihr begreiflich zu machen, dass ihr Tun vergebliche Liebesmüh war, da sie längst den letzten Termin zum Aufgeben von Weihnachtspost versäumt hatte. Sie meinte, deswegen hätte sie ja den Brief zu einem Neujahrsgruß umgestrickt. Als ich ihr sagte, dass ich mich jetzt gleich einem Tip Nigels folgend vor dem Supermarkt Safeway für ein Teletubby anstellen gehen wolle, sagte sie: »Wenn du schon dort bist, bring doch in einem einen Truthahn mit und Weihnachtsgebäck und was man sonst noch so braucht.« Während ich schon die Tür hinter mir ins Schloss warf, rief sie mir noch nach: »Und vergiss nicht die Fertigpackung für die Soße!«

Als ich eintraf, war die Teletubbyschlange mindestens dreißig Personen lang; einige hatten die Nacht dort kampiert. Ich verfluchte Gott, ging in den Konsumtempel, füllte zwei Einkaufswagen mit Weihnachtskram, fuhr nach Hause, packte aus, legte den Truthahn zum Auftauen in die Badewanne, fuhr zu Toys'Я'Us, schmiss einen Haufen für Dreijährige gemünzten Plastikkrempel in mein Einkaufsgefährt und fuhr wieder nach Hause.

Ich war gerade in meinem Zimmer mit dem Einpacken der Buchgeschenke beschäftigt, als es mit einer gewissen aggressiven Dringlichkeit an der Tür klingelte. »Kann denn um Himmels willen nicht mal jemand die Tür aufmachen gehen?«, schrie meine Mutter aus der Computerecke.

William war noch vor mir an der Tür.

Glenn Bott stand auf der Schwelle und schaute auf seinen Halbbruder herunter. Er hatte einen großen Umschlag in der Hand. Wortlos überreichte er ihn mir.

Wortlos nahm ich ihn an. Er vermied den Blick in meine Augen.

William sagte: »Möchtest du meine Dinosaurierfarm sehen?«

Glenn nickte, und William führte ihn die Treppe hinauf. Ich ging hinterher und riss den Umschlag auf. Er enthielt eine Weihnachtskarte. Ein pfeiferauchender Familienvatertyp in Wollweste saß an einem gemütlichen Kamin im Sessel, neben sich auf einem runden Tischchen eine Karaffe und ein Weinglas. Oben stand in goldenen Prägebuchstaben: »Für Dad zu Weihnachten«, darunter ein Gedicht:

Mögen Weihnachtsfreuden
dich dies Jahr begleiten,
mögen deine Weihnachts-
wünsche sich erfülln.
Bin ich verzagt,
denk' ich an Dad.
Ich bin ja so froh,
mein Dad bist du!

Darunter hatte er geschrieben: »Für Dad von Glenn.«

Ich bedankte mich bei ihm, und er runzelte die Stirn. Vom Lächeln scheint er wenig zu halten. Er sieht aus wie eine Kreuzung aus William Brown (an seinem Hinterkopf lässt er die gleiche Haarlocke sprießen) und einer jüngeren, blonderen, dünneren und authentischeren Version von Gordon Brown. Der Schatzmeister der Regierung.

Bar jeder Eingebung, was ich dem Jungen hätte sagen können, dankte ich Gott für Williams unverkennbare soziale Begabung. Als William zur Toilette musste und ich kurz mit Glenn alleine war, berichtete ich ihm von meinen Schwierigkeiten, für William einen Satz Teletubbies aufzutreiben.

Wollte mein Unterbewusstes dem Jungen eine Warnung vor meiner elterlichen Unzulänglichkeit zuspielen?

Auf einmal fragte Glenn: »Wie soll ich zu dir sagen? Dad oder Adrian?«

Ich sagte: »Sag Dad.«

Als William wieder erschien, stand Glenn auf und sagte: »Ich muss jetzt los, Dad.«

Am Fuß der Treppe stand meine Mutter. Als sie Glenns ansichtig wurde, umwölkte sich ihr Gesicht. Ich stellte die beiden einander vor. Glenn wurde dunkelrot, und meine Mutter fand uncharakteristischerweise kein passendes Wort, weshalb ich Glenn schnell zur Tür schob. »Ich komm dann mal wieder, Dad«, sagte er im Hinausgehen. Als er fort war, fuhr ich zur BP-Tankstelle, wo ich in einem Panikkauf einen Plastikfußball erstand. Ich hoffe, dass der Junge an diesem Spiel wenigstens ein vorübergehendes Interesse hat.

Zu Hause zurück fand ich meine Mutter in der Küche mit Iwan. Mit einem Anklang von Verzweiflung in der Stimme sagte sie immer wieder: »Wart's nur ab, bis du ihn mal *gesehen* hast!« Iwan sagte: »Pauline, dieses Kind musste die Annehmlichkeiten unserer eigenen Kinder zur Gänze entbehren: unentgeltlich in die Bibliothek, vollwertiges Essen usw.«

Das ist bestenfalls ein schlechter Witz. Ich bin mit

Kochbeutelreis und billigen Tütensuppen großgezogen worden.

Rosie sagte: »Er fährt mit einem zweihundert Pfund BMX-Rad durch die Gegend.«

»Vermutlich geklaut«, meinte meine Mutter.

Ich verteidigte Glenn. »Er ist mein Sohn«, sagte ich, »ein Mitglied der Mole-Familie. Wir müssen bereit sein, ihn zu lieben.«

»Ich werde versuchen, ihn zu mögen«, sagte meine Mutter, »aber mit der Liebe kann es noch eine Weile dauern, Adrian.«

Rosie hatte meine Mutter gegen Glenn eingenommen, indem sie ihr erzählte, er sei ein Spinner und schon dreimal vom Unterricht suspendiert worden, einmal, weil er die Schuhe über die Schuleiche geschmissen hatte (einer davon war an einem der unteren Äste hängengeblieben), dann, weil er das Moussaka, das es mittags in der Schule gegeben hatte, als »Scheißfraß« bezeichnete, und schließlich, weil er vor der Lehrerin im vergleichenden Religionsunterricht nachdrücklich das Votum abgegeben hatte, Gott sei ein »ziemlicher Sausack«, weil er Hungersnöte und Flugzeugabstürze zulasse.

Donnerstag, 25. Dezember

Erster Weihnachtsfeiertag

Der Tag war sehr anstrengend. William war morgens schon um halb sechs auf. Ich versuchte, ihn mit seinem Nikolaussocken abzulenken und wieder ins Bett zu bekommen, aber das Kind war vor lauter Aufregung völlig überdreht und unternahm mehrere Versuche, ins Wohnzimmer einzubrechen, wo der Weihnachtsmann seine Geschenke hinterlassen hatte. Verabredungsgemäß rief ich meinen Vater und Tania an, um anzukündigen, dass William unmittelbar davorstehe »auszupacken«, dann klopfte ich mit der gleichen Information an die Tür von meiner Mutter und Iwan. Im Hinunterrennen brüllte ich »Rosie« und stellte den Wasserkocher an. Das war lediglich die erste meiner vielfältigen häuslichen Pflichten dieses Tages. Manchmal wünsche ich mir, in vorfeministischen Zeiten zu leben, wo ein Mann schon als effeminiert galt, wenn er nur einen Teelöffel abwusch. Es muss eine schöne Zeit gewesen sein, als die Frauen noch die ganze Arbeit machten und die Männer nur herumsaßen und Zeitung lasen.

Ich befragte meinen Vater nach jenen Tagen, als es noch Rosenkohl, frisch zubereitete Möhren und Kartoffeln etc. gab. Ein verträumter Ausdruck trat in seine Augen. »Das waren noch goldene Zeiten«, sagte er, wobei ihm die Stimme vor lauter Wehmut fast versagte. »Ich bedaure ja so, dass du es als erwachsener Mann nicht mehr erleben durftest. Wenn ich von der Arbeit heimkam, stand mein Essen auf dem Tisch, meine Hemden waren gebügelt, die Socken waren ordentlich zu Bällen aufgerollt. Ich wusste noch nicht einmal, wie man den Herd anmacht, geschweige denn, wie man kocht.« Seine Augen verengten sich zu Schlitzen, seine Stimme wurde schneidend. »Diese verfluchte Germaine Greer hat mein ganzes Leben kaputtgemacht«, zischte er. »Als deine Mutter dieses verdammte Buch gelesen hatte, war sie nicht mehr wiederzuerkennen.«

Um dreizehn Uhr trafen die Sudgens aus Norfolk ein, die Eltern meiner Mutter. Es erstaunt mich, dass die

Zulassungsbehörde von Swansea Opa Sudgens Führerschein noch nicht eingezogen hat. Er leidet an grauem Star und außerdem an Narkolepsie, einer Krankheit, die ihn alle zwanzig Minuten übergangslos in Schlaf versinken lässt.

»Lange ist er nie weg«, sagte Oma Sudgen, »immer nur höchstens eine Sekunde oder so.«

Fünf Minuten nach ihrer Ankunft saßen sie schon vor dem Fernseher und schauten fasziniert und leicht offen stehenden Mundes wahllos alles an, was kam. Sie wohnen in einem Empfangsloch. Ich fragte meine Mutter, ob sie die Sudgens schon über die große Mole-Braithwaitesche Partnertauschaktion aufgeklärt hätte.

»Bloß nicht«, sagte sie. »Das sind doch Kartoffelbauern im Ruhestand. Das bringt die nur durcheinander.«

Oma Sudgens Irritation war in der Tat beträchtlich, als Iwan meine Mutter unter dem Mistelzweig in die Arme nahm und ihr einen gut zweiminütigen Zungenkuss applizierte. Ich war froh, dass ich mich dem weiteren Geschehen durch den Gang in die Küche entziehen konnte, wo ich allerdings entsetzt feststellen musste, dass der Truthahn nur partienweise aufgetaut war.

Wie konnte das sein? Er hatte doch mindestens sechzehn Stunden in der Badewanne gelegen.

Rosie saß mit ihrem auf volle Leistung geschalteten neuen Rowenta-Haarfön eine ganze Stunde vor dem Tier und lenkte einen heißen Luftstrom in dessen Körperhöhlungen. Als der Braten aus dem Ofen kam, wurde es bereits dunkel, und alle hatten sich inzwischen mit Schokolade und Gebäck vollgestopft. Mein liebes Tagebuch, ich muss gestehen, die letzten zehn Minuten, bevor das Essen aufgetragen werden sollte, waren möglicherweise die spannungsgeladensten meines Lebens.

Im Hoi Polloi sechzig Gäste abzufüttern war vergleichsweise eine leichte Übung. Ich habe meiner Mutter schon seit Monaten in den Ohren gelegen, sie soll die große Platte auf ihrem Herd reparieren lassen, aber nein, das wäre ja mal etwas Vernünftiges gewesen!

Als ich endlich das Gemüse in die Servierschüsseln gegeben und die gerösteten Kartoffeln, die Cocktailwürstchen und die aus der Füllung geformten Klößchen nett um den Vogel herum garniert hatte, traf mich wie ein Blitzschlag die entsetzliche Erkenntnis: Ich hatte die Soße vergessen!

Nun wäre das in einem normalen Haushalt kein Beinbruch gewesen – mit ein bisschen Sud und ein paar Soßenwürfeln hätte man überall schnell und problemlos den Schaden behoben. Aber nicht so im Hause Mole, wo die Weihnachtssoße im Lauf der Jahrzehnte zum metaphysischen Gegenstand von Mythenbildung und Legenden hochstilisiert worden war.

Der Soßenstandard verdankt sich meiner verstorbenen Großmutter Edna May Mole. Zuerst lässt man die Truthahninnereien vierundzwanzig Stunden schmoren, und wenn endlich die Brühe verkocht und der Schaum abgezogen worden sind, dann und nur dann dürfen handelsübliche Soßenpräparate langsam und in kleinen Gaben zugefügt werden, bis genau der richtige hellbraune Farbton getroffen ist und eine nicht zu dick-, aber auch keinesfalls zu dünnflüssige Soße in der Weihnachtssoßenkasserolle schmurgelt.

Ich riss ein paar Papiertücher von der Küchenrolle, um darin mein Antlitz zu bergen, wurde jedoch von Tania aus meinen Unzulänglichkeitsgefühlen gerissen, die mit der Frage in die Küche platzte: »Wie lange müssen wir eigentlich noch warten? Ich bin schon ganz hypoglykämisch, weißt du.«

Zähneknirschend gestand ich ein, dass ich die Weihnachtssoße zu bereiten vergessen hatte.

»Ich mach' schnell eine«, sagte sie.

Sie gewähren zu lassen wäre gleichbedeutend mit der Erteilung des päpstlichen Ostersegens »urbi et orbi« durch Yasser Arafat gewesen, aber bevor ich sie davon abhalten konnte, hatte sie mir schon die Soßenwürfel aus der Hand genommen und in den Bräter gekrümelt, in dem der Truthahn gelegen hatte. Sie rührte gerade (etwas hektisch, wie ich meine) darin herum, als meine Mutter auf den Plan trat. »Was machst du da eigentlich?«, forderte sie herrisch Auskunft.

»Ich mache Soße«, erwiderte Tania.

»Nur ein Träger des Namens Mole hat hier die Berechtigung, die Weihnachtssoße zu machen«, schnaubte meine Mutter, deren ohnehin nicht besonders volle Lippen zu einer hauchdünnen Linie geworden waren. »Gib sofort den Löffel her!«

Tania bockte. »Ob es dir nun gefällt oder nicht, Pauline, in Bälde *bin* ich eine Mole. George und ich werden heiraten, sobald wir alle geschieden sind.«

»Schon gut! Schon gut!«, schrie meine Mutter. »In deinem eigenen Haus kannst du von mir aus Weihnachtssoße machen, so viel du willst, aber bis es soweit ist, scherst du dich gefälligst aus meiner Küche!«

Alle drängten jetzt neugierig herbei, um nichts von dem Streit zu verpassen, außer William, der seine Plastikinsekten (ein Geschenk von Rosie, dreißig Stück für 1 Pfund im Pennymarkt) in verschiedenen Behältnissen zu Bett brachte.

Das Weihnachtsessen, an das ich fast einen ganzen Tag schwere Arbeit gewendet hatte, wurde inzwischen kalt. Ich ging nach oben, knallte die Tür zu und warf mich auf mein Bett. Ich hoffte, Schritte auf der Treppe zu hören. Es würde doch gewiss jemand kommen und mich wieder zur Weihnachtsparty herunterbitten …? Das Nächste, was ich hörte, war das »Klingeling« der Mikrowelle, platzende Knallbonbons, knallende Korken und schließlich, zu meinem Abscheu, gar aufkommende Heiterkeit.

Wiederholt klang das Wort »Soße« auf, um in quiekendem Gelächter unterzugehen.

Ich muss diesem Haus bei der ersten sich bietenden Gelegenheit den Rücken kehren.

Um neunzehn Uhr dreißig rüttelte mich jemand wach. Es war Glenn Bott. »Danke für den Fußball«, sagte er, und dann: »Dad, du hast Spucke seitlich am Mund.« Er gab mir ein unbeholfen eingepacktes und mit Tesafilm zugepapptes Päckchen, auf dem ein holprig geschriebenes Schildchen prangte: »Für Dad, von Glenn.« Ich machte es auf und fand darin ein Fläschchen Enteiser und einen Eiskratzer für die Autoscheiben. Ich war sehr gerührt. Ich werde dem Jungen nahelegen, er soll sich das Haar wachsen lassen. Von dem Haarbüschel abgesehen, sieht seine Kopfhaut furchtbar aus.

Tania wandte sich belehrend an Glenn: »Eines muss ich dir sagen, Glenn, diese Turnschuhe sind einfach unmöglich«, dann machte sie sich auf zu ihrer Verabredung mit Pandora beim Weihnachtsgottesdienst in einem Pflegeheim. Ich war froh, als ich sie von hinten sah. Sie hatte die ganze Zeit heraushängen lassen, dass Weihnachten bei den Moles nicht ganz ihr Niveau war. Mein Vater war vom Johnnie Walker rührselig geworden und lud uns alle für morgen nach The Lawns zum Weihnachtsfeiertags-Brunch ein.

Glenn half mir, die Campingliegen für die Sudgens aufzubauen. Wir arbeiteten recht gut zusammen. Bevor er sich aufs Rad schwang, um heimzufahren, sagte er: »Dad, ich denk mir gerade, dass Jesus heute 1997 Jahre alt geworden ist, oder nicht?«

Es war eine rhetorische Frage, die von mir Gott sei Dank keine Antwort verlangte. Hat der Junge einen religiösen Fimmel? Wie wird er reagieren, wenn er dahinterkommt, dass sein Vater bedingungsloser Agnostiker ist?

Freitag, 26. Dezember

Zweiter Weihnachtsfeiertag

Der Brunch in The Lawns verlief spannungsgeladen. Es nahm schon einen ungünstigen Anfang, dass Opa Sudgen ausglitt (Narkolepsie?) und in den Karpfenteich fiel, wobei die Folie zu Schaden kam. Tanias Mund wurde zu einem Schlitz und verharrte während des ganzen Essens in dieser Form. Es konnte die Atmosphäre keineswegs entspannen, als meine Mutter über den Weihnachtsbaum mit den fünfundzwanzig am Hals dekorativ aufgehängten Pfefferkuchenmännern in unverhohlenes Gelächter ausbrach und sagte: »Tania, ich dachte, du bist gegen die Todesstrafe.«

»George hat die Löcher im Kopf für das Band vergessen«, verteidigte sich die Angegriffene, während sie eine Platte mit hausgemachten Sushi herumreichte. Die Delikatesse wies eine fatale Ähnlichkeit mit Stücken von Buntkarpfen auf, deren noch lebende Artgenossen draußen im Teich nach Luft schnappten, während mein Vater verzweifelt darum bemüht war, die beschädigte Folie zu dichten. Ich bemerkte, wie Iwan sich wehmütig in seinem geräumigen ehemaligen Heim umblickte.

Es wurde dann etwas lebendiger, als der Labradorwelpe aufwachte und sich mit einer Pfote in Rosies Flechthaar verfing. Nachdem die Verfilzung gelöst war, machten wir uns auf den Heimweg.

Am späten Nachmittag ging ich mit William und seinem Schubkarren spazieren. Vor der BP-Tankstelle stießen wir unvermutet auf Archie Tait, der dort soeben ein paar Truthahnburger für sein Abendessen erstanden hatte. Ich erkundigte mich, wie er Weihnachten verbracht hätte.

»Allein«, sagte er.

Er fragte mich, wie es bei mir gewesen wäre.

»Einsam, aber nicht allein«, gab ich zurück.

Ein an Wahnsinn grenzender Impuls ließ mich ihn fragen, ob er Lust hätte, um achtzehn Uhr zum Wisteria Walk herüberzukommen. Es gäbe Weihnachtsgebäck, Mixed Pickles, Truthahnreste und dergleichen mehr. Er betrachtete seine Truthahnburger und sagte: »Bin gespannt, ob sie mir dafür das Geld wiedergeben.« Was sagt man zu einem solchen Geizhals!

22 Uhr

Ich habe gerade festgestellt, dass Archie Taits Bemerkung über die Wiederherausgabe des Geldes mit größter Wahrscheinlichkeit ein Scherz gewesen ist. Archie ist weit davon entfernt, ein Geizhals zu sein. Mit Geschenken hoch beladen traf er bei uns ein. Ich bekam von ihm »Das Leben des Dr. Johnson«, das Buch, das ich so sehr bewundert hatte, als ich damals bei ihm gewesen war. William schenkte er einen erstklassigen Satz bester Lakeland-Buntstifte in wunderbar abgestuften Farben in einer Kassette mit sechzig Stiften. Für einen Dreijährigen ist das Geschenk viel zu anspruchsvoll. William wird die Stifte unweigerlich in Stundenfrist verloren oder kaputtgemacht haben, was ich Archie nicht verhehlte.

Er beugte sich zu William herab und sagte: »William, schau mal, jeder Stift hat in dieser Kassette sein eigenes Bettchen, und da musst du ihn jeden Abend wieder hineinlegen, bevor du selber ins Bettchen gehst.«

William verbrachte den Rest des Tages, indem er unentwegt die Stifte aus der Kassette nahm und fein säuberlich wieder hineinlegte. Ich fragte Archie, wo er in so kurzer Zeit ein so schönes Geschenk hätte auftreiben können. Er sagte, die Kassette mit den Stiften hätte seit fünfzehn Jahren bei ihm herumgelegen. Man konnte ihm ansehen, dass er wenig geneigt war, in Einzelheiten zu gehen.

Samstag, 27. Dezember

Gott sei Dank ist jetzt alles vorüber. Jetzt gilt es nur noch, Neujahr zu überstehen.

Mittwoch, 31. Dezember

Meine Mutter bekam heute von Archie Tait den folgenden Brief:

Liebe Mrs Mole,
es war wirklich sehr freundlich von Ihnen, mich am zweiten Weihnachtstag an Ihrem Familienfest teilhaben zu lassen.

Ich habe den Abend außerordentlich genossen. Der Aufenthalt unter Menschen, mit denen ich mich im inneren Gleichklang fühlen darf, war für mich sehr erfrischend. Als junger Mann bin ich aus Ablehnung der bürgerlichen Moralvorstellungen für die Prinzipien der freien Liebe auf die Straße gegangen. Es war für mich sehr befriedigend zu beobachten, dass meine damaligen Prinzipien in Ihrer Familie so geflissentlich praktiziert werden.

Mit Dank und vielen Grüßen
Ihr Archibald Tait

PS.: Adrian ist ein prächtiger junger Mann. Meinen Glückwunsch.

Meine Mutter hat aus diesem kurzen Schreiben einen Freibrief für ihr seit ihrer sexuellen Reifung notorisch laxes und undiszipliniertes Verhalten herausgelesen.

Glenn kam am Abend (wieder), um uns allen ein gutes neues Jahr zu wünschen – und um mir eine Neujahrskarte von seiner Mutter Sharon zu überreichen. Ich legte sie ungelesen auf den Kühlschrank. »Du musst mal reingucken, Dad«, sagte Glenn.

Ich klappte die Karte auf und las:

Lieber Adrian,

ich hoffe, du hast ein schönes Weihnachtsfest gehabt und wünsche dir ein glückliches und erfolgreines Neues Jahr.

Sharon

Ich nehme an, sie wollte »erfolgreiches« schreiben. Wenn sie das Geschriebene noch einmal durchgelesen hätte, wäre ihr diese Peinlichkeit erspart geblieben. In der Dudelsackpfeifer-vor-Berghintergrund/Labradorhund-im-Vordergrund-Karte steckte eine Zahlungsaufforderung:

An rückständigem Unterhalt: 15 000 Pfund.

Sofort zahlbar an Pankhurst, Barnwell, Brewin, Laker, Medwin, O'Keefe – Öffentlich beauftragte Schwerpunktkanzlei für Familienrecht.

Ich machte im Kopf eine kleine Überschlagsrechnung. Die 66 000 Pfund, die ich Arthur Stoat schulde, plus jetzt 15 000 Pfund, macht zusammen 81 000 Pfund!!!!

Ich musste mich gegen den Kühlschrank lehnen.

»Tut mir Leid, hat nichts mit mir zu tun, Dad«, sagte Glenn.

Ich kämpfte mit der Versuchung zu sagen: »Im Gegenteil, mein lieber Glenn, es hat *ausschließlich* mit dir zu tun.«

Meine Lebensbahn hat einen so katastrophalen Knick erlitten, dass ich nicht weiß, wie ich mich jemals davon wieder erholen soll. Ich habe einen krankhaften Horror vor Schulden. Meine Eltern haben meines Wissens *nie* ohne Schulden gelebt. Mein Vater behauptet sogar, schon als kleiner Junge verschuldet gewesen zu sein (für den Kauf eines Spielzeugferrari von Corgi).

Im Moment kann ich überhaupt nichts unternehmen. Sämtliche Sorgentelefone sind pausenlos besetzt. Ich habe es wiederholt bei der Nummer der Schuldenhilfe versucht. Sogar zur Talk-Moderatorin Anna Raeburn bei Radio Four habe ich durchzukommen versucht, aber ich war lediglich einer der vielen, die sich enttäuschen lassen mussten.

Später ging ich mit William und Glenn zum Rathausplatz von Leicester, obwohl mir eigentlich nicht nach Feiern zumute war. Hunderte von Leuten waren da, manche sogar in phantasievollen Kostümen. Die Stadt hatte sämtliche Weihnachts- und Straßenbeleuchtungen abschalten lassen. Der Platz lag in völliger Dunkelheit. Als einziges Licht war die rote Betriebsanzeige der Infrarotkamera zu sehen, mit der die Polizei vom Balkon des Bürgermeisters herab die Menge abfilmte.

Schlag Mitternacht geriet die Menge aus dem Häuschen. Die Polizisten sprangen aus den Mannschaftswagen, in denen sie bis dahin gesessen hatten. Alle sangen »Auld Lang Syne«. Von Krawallen war keine Spur, lediglich ein schlimmes Gefühl der Enttäuschung und der Leere kam auf, weil Stadtverwaltung und Polizei eine so schlechte Meinung von ihren Bürgern hatten.

Um ein Uhr brachte ich meine Jungen nach Hause. Als ich Glenn ablieferte, stellte ich befriedigt fest, dass Sharon zur Tür gekommen war, um ihn zu begrüßen. Wir winkten einander wortlos zu. Sie sah unförmiger aus denn je.

Donnerstag, 1. Januar 1998

Ich machte eine Liste meiner Neujahrsvorsätze:

1. Mehr Nächstenliebe. Nicht in Form von Geldspenden, sondern als Menschenfreundlichkeit gegenüber jenen, die weniger gut dran sind als ich.
2. Ich werde für den Unterhalt meiner Söhne sorgen. Für beide.
3. Ich werde eine eigene Wohnung finden.
4. Ich werde mich versichern.
5. Ich werde dafür sorgen, dass »Der weiße Lieferwagen« produziert wird.

6. Ich werde wieder geschlechtliche Beziehungen zu Frauen aufnehmen.
7. Ich werde Mr Blair noch einmal sechs Monate geben.
8. Ich werde sämtliche weißen Socken wegschmeißen.
9. Ich werde mir über meinen Haarausfall keine zwanghaften Sorgen mehr machen.
10. Ich werde anfangen, Sport zu treiben.

Freitag, 2. Januar

Ich habe mich mit Sharon Bott im McDonald's im Leicester City-Center verabredet. Sie bezeichnet den Laden als »Restaurant«. Ich kam ein bisschen zu früh und traf sie an, als sie sich den Mund mit irgendeinem Tripleburger oder einer ähnlichen Köstlichkeit bis zum Bersten vollgestopft hatte.

Es gab eine verlegene Pause, in der sie wie wild draufloskaute und ich mir den Kopf nach einem Satz zermarterte, der ihrerseits keiner Antwort bedurfte. Ich bemerkte, Glenn und ich kämen in Ansehung unserer kurzen Bekanntschaft erstaunlich gut miteinander aus. Sie nickte. Ich fügte hinzu, dass er viel besser aussehen würde, wenn er das Haar an den rasierten Teilen seines Schädels wachsen ließe. Hektisch kauend nickte sie ebenso hektisch. Ihre Finger sahen aus wie die Riesenbockwürste von Walker's.

Als sie endlich heruntergeschluckt hatte, konnten wir uns über die 15 000 Pfund unterhalten, die ihre Anwälte verlangt hatten. Ich wies darauf hin, dass ich, anders als Barry Kent, kein wohlhabender Mann sei. Ich bot Sharon an, einstweilen tausend Pfund für sie lockerzumachen, vorausgesetzt, sie verschwieg dem Jugendamt, wo ich wohne. »Sie würden von dir nur alles wieder zurückfordern«, sagte ich, »und deinen Anspruch auf Sozialhilfe könntest du auch noch verlieren.«

Sie war mit der Überweisung von tausend Pfund einverstanden.

Samstag, 3. Januar

Heute Nachmittag ging ich in Pandoras Bürgersprechstunde. Ich wollte mich über meinen Anspruch auf unentgeltliche Rechtsberatung aufklären lassen. – Ach, liebes Tagebuch, es hat keinen Zweck. Ich kann dir nichts vormachen. In Wahrheit wollte ich Pandora wiedersehen.

Dunkle Schatten lagen unter ihren Augen, aber in ihrem pinkfarbenen Kaschmir-Twinset sah sie immer noch sehr schön aus. Sie nahm aus ihrer grauen Wildlederhandtasche von Prada ein Päckchen Ultra Low. Ich erlaubte mir, eine Bemerkung über ihre Handtasche zu machen. Sollte Pandora sich nicht des Kaufs britischer Produkte befleißigen?

»Es ist ein Weihnachtsgeschenk«, sagte sie.

»Offenbar von einem reichen Mann«, ergänzte ich, darum bemüht, meine Eifersucht nicht allzu offen zu zeigen.

Ihr Gesicht verzog sich zu einem rätselhaften Lächeln.

Ich berichtete ihr von meiner Unfähigkeit, das Buch zu schreiben, von Arthur Stoats Prozessdrohung gegen mich und von der Unterhaltsproblematik in Sachen Glenn Bott.

Am Ende lachte sie schallend. »Dein Leben ist eine

Fernsehseifenoper!«, sagte sie. »Du bist über dreißig, du wohnst zu Hause bei deiner Mutter, du hast Angst vor Frauen – du bist der Ronnie Corbett der neunziger Jahre!«

Mit mühsam wiedergewonnener Fassung erkundigte ich mich, wie ihr die Welt von Landwirtschaft und Fischerei zusage. Sie verzog das Gesicht und sagte: »Von Rechts wegen gehöre ich ins Außenministerium. Ich spreche fließend Mandarinchinesisch und Serbokroatisch, verdammt noch mal! Dort könnte ich etwas ausrichten. Aber wie die Dinge liegen, vergeude ich meine Zeit mit *Meeresschnecken!*« Ihr Rufgerät piepste, und eine Botschaft flimmerte über das Display: Alastair anrufen. Sie wurde eine Stufe bleicher und griff nach dem Handy.

Ich ging. Mein Herz war schwer.

Verdauung – locker und reichlich
Alkohol – 1 Flasche Niersteiner, 2 Wodkas
Schmerzen – rechtes Knie, Nacken, linker Hoden
Schlaf – sehr wenig
Phobien – Briefmarken anlecken, Netze, Getränkedosenverschlüsse, elektronische Organizer

Sonntag, 4. Januar

Jetzt verstehe ich endlich die wahre Bedeutung des Wortes »Mutterliebe«. Ich darf mich glücklich preisen, die wunderbarste Mutter der ganzen Welt mein eigen nennen zu dürfen. Beim Wiederlesen meiner Tagebücher steigt mir die Schamröte ins Gesicht. Es findet sich so gut wie keine einzige wohlwollende Eintragung über diese wahrhaft liebe und selbstaufopferungsbereite Frau. Pauline Mole ist eine Heilige – sie hat mich nicht nur vor der Erniedrigung gerettet, sondern auch vor einem Leben unter der Last drückender Schulden.

MEINE MUTTER HAT »ALLE SCHREIEN NACH INNEREIEN – DAS BUCH!« FÜR MICH GESCHRIEBEN! UND MEHR NOCH: SIE HAT ES AM 24. DEZEMBER AN ARTHUR STOAT ABGESCHICKT! UND AUF DER ERSTEN SEITE STEHT MEIN NAME!

Die Sache wurde mir heute früh durch einen überraschenden Anruf von Arthur Stoat offenbar. Ich hob ab, weil ich mich an einem Sonntagmorgen um sieben Uhr dreißig vor seinen Anrufen sicher wähnte.

»Gut, dass ich Sie erwischt habe«, sagte Stoat, »ich lese gerade die Fahnen von ›Alle schreien nach Innereien‹. Auf Seite dreiundvierzig schreiben Sie: ›Wir verwenden die Warzen unserer Großmutter.‹ Soll das nicht heißen: ›Würzen‹?«

Ich hatte keine Ahnung, wovon er sprach. Für mich gab es keine Seite dreiundvierzig. Ich konnte jedoch gerade noch einen Rat meiner Oma beherzigen, die einmal zu mir gesagt hatte: »Wenn du nicht weißt, was sagen: Einfach Maul halten.« Ich hielt also das Maul und gab lediglich hin und wieder ein vieldeutiges Grunzen von mir.

Mit dem Bemerken, »Alle schreien nach Innereien« sei eine ausgezeichnete Arbeit, unterhaltsam zu lesen, informativ und manchmal sogar leidenschaftlich, kam Stoat zum Schluss. Er sagte, er hätte gar nicht gewusst, wie stark ich dem Feminismus verbunden sei, das zehnte Kapitel beispielsweise mit seiner Überschrift »Die düstere Zukunft des Mannes« hätte ihn in einem Buch über Innereien überrascht.

Er sagte, er sei von der vorne im Buch stehenden Widmung »außerordentlich berührt«: »Für meine geliebte Mutter Pauline Mole, die mich mein ganzes Leben genährt und inspiriert hat. Ohne die außerordentliche Weisheit und Bildung dieser großartigen Frau wäre es mir niemals gelungen, dieses Buch zu schreiben.«

Stoat seufzte und sagte: »Adrian, Sie sind ein Glückspilz. *Meine* Mutter ist für mich eine furchtbare Enttäuschung. Sie ist eine spießige, ewig herumjammernde Frau, die sich dauernd irgendwelche Krankheiten einbildet.«

Nachdem ich aufgelegt hatte, hüpfte mir das Herz vor Freude in der Brust. Während ich meine Mutter in der oberen Etage herumwirtschaften hörte, legte ich Speckscheiben zum Braten in die Pfanne, und als sie herunterkam, um den Neuen Hund zu füttern, wurde sie am Küchentisch vom Anblick eines vollständigen, aus einem Becher frischgebrauten Kaffees und abgekratztem Toast bestehenden englischen Frühstücks begrüßt. Sogar einen Aschenbecher hatte ich in Reichweite ihres Platzdeckchens hingestellt. »Danke schön, dass du das Buch für mich geschrieben hast«, sagte ich, während ich ihr Platz anbot und den Stuhl rückte.

»Ich habe es ausschließlich für mich selbst getan«, knurrte sie. »Dein dauerndes Gejammer über das verdammte Ding war keine Sekunde länger auszuhalten.«

»Ich bin wahnsinnig gespannt darauf, es zu lesen«, sagte ich. »Hast du ein Exemplar davon im Haus?«

Sie trottete zur Esszimmernische und drückte am Computer ein paar Tasten. Surrend begann der Drucker, säuberlich beschriebene Blätter auszuspucken. Als sie ihr Frühstück beendet und ein Zigarettchen gepafft hatte, lag »Alle schreien nach Innereien – Das

Manuskript!« als säuberlicher Stapel lesefertig bereit. Meine Mutter sagte: »Ich erwarte fünfzig Prozent sämtlicher eingegangenen und ausstehenden Erlöse, einschließlich Tantiemen, einen angemessenen Anteil am Merchandising und an allen Verkäufen ins Ausland und natürlich an den Zweitverwertungsrechten.«

Bei der unverkennbaren Schwäche meiner Position verbot sich jegliches Feilschen von selbst.

22 Uhr

Bin soeben mit der Lektüre des Manuskripts fertig geworden. Es ist nicht schlecht, allerdings ist für meinen Geschmack die Geschlechterpolitik entschieden überbetont. Germaine Greer erscheint im Register vierzehnmal.

Montag, 5. Januar

Zippo rief heute an. Er wollte mir zu dem Buch gratulieren, das ich nicht geschrieben habe. Pie Crust hat die Absicht, »mit dem Rückenwind durch das Buch« die erste Serienstaffel zu wiederholen. Er sagte, das Buch hätte hohes Kultpotential, vor allem seit dem Rindfleischverbot wegen BSE. »Wir müssten uns eigentlich ein paar rechtsgerichtete Rindfleischesser unter den Nagel reißen können, die Typen mit dem ›Telegraph‹ unter dem Arm. Unser Sex-Appeal am Werbemarkt würde sich dadurch kolossal erhöhen.« Er zitierte das Werbeprofil des typischen »Daily Telegraph«-Lesers, der offensichtlich sehr zugänglich ist für: Gartenhäuschen, Inkontinenzeinlagen, Gartenscheren, Reizwäsche, Flüssigdünger, Kreuzfahrten auf dem Nil, Pergolas, Besteck,

Haftpaste für künstliche Gebisse und alles, was mit Hunden zu tun hat.

Zippo will sich mit Stoat Books in Verbindung setzen. Das Buch soll am vierundzwanzigsten Februar herauskommen, was, laut Zippo, absolute Sauregurkenzeit auf dem Buchmarkt ist. »Kein Mensch bringt um diese Zeit ein Buch heraus«, sagte er. »Buchumsatzmäßig ist das ein schwarzes Loch.« Als ich wissen wollte, warum »Alle schreien nach Innereien – Das Buch!« ausgerechnet in dieser toten Zeit auf den Markt gebracht würde, sagte er: »Aidy, ›Alle schreien‹ ist eigentlich kein Buch in dem Sinn, weißt du. Es ist mehr ein Begleitbuch zu einer TV-Serie.«

Mittwoch, 7. Januar

Archie Tait ist tot. Ein Polizist mit Namen Darren Edwards rief an, um mich zu informieren. Er hatte meine Telefonnummer unter einem Glas Haywood's Mixed Pickles gefunden. Er ist der Meinung, Archie sei schon am vergangenen Montag gestorben. Ich fragte den Beamten, warum er mich angerufen hätte, schließlich bin ich mit Archie in keiner Weise verwandt. Wachtmeister Edwards sagte, meine Telefonnummer sei die Einzige im ganzen Haus gewesen.

Dienstag, 8. Januar

Ich habe William gestern Abend von Archies Tod erzählt. Zuvor hatte ich meine Mutter um Rat gefragt. Wie erklärt man einem Dreijährigen den Tod?

Sie sagte: »Ich weiß es nicht. Als man noch an Gott geglaubt hat, war das einfach. Man hat den kleinen Kindern einfach gesagt, die Leute sind jetzt beim lieben Gott im Himmel.«

»Man sollte Gott vielleicht neu erfinden«, meinte Iwan, »manchmal war er doch zu etwas nütze.«

Rosie riet zu einer ökologischen Herangehensweise. Sie sagte: »Erzähl William doch, dass Archie irgendwie so was wie Dünger wird und so, und dass dann das Gemüse total wachsen kann und so.«

Am Ende sagte ich William, Archie sei schlafen gegangen und hätte keine Lust mehr aufzustehen. Das leuchtete ihm ein. Er hat oft genug erlebt, dass ich morgens einfach nicht hochkommen konnte.

Samstag, 10. Januar

Hat diese Baby-Boom-Generation kein Gefühl für Anstand im Leib?

Außenminister Robin Cook wurde als Serienehebrecher entlarvt. Wie ist das möglich? Ich sehe mindestens doppelt so gut aus wie er! Es ist wohl etwas dran an dem Spruch, dass Macht das beste Aphrodisiakum ist. Wie sonst soll man sich erklären, dass Gaynor Regan in diesen Gnom verliebt ist?

Mittwoch, 14. Januar

Der Typ in der BP-Tankstelle hat zu mir gesagt, dass Archie Tait ein Begräbnis von der Rentenversicherung bekommt, falls sich nicht bis Freitag jemand meldet. Mein Problem ist es nicht. Ich habe den Alten ja kaum gekannt. Und überhaupt, tot ist tot. Archie kann es egal sein, ob ihn das Sozialamt oder ein vornehmes Beerdigungsinstitut verbrennt. Der BP-Typ sagt, Archie sei an Lungenentzündung gestorben. Er fragte mich, ob ich die Büchermarktzeitung »London Review of Books« haben wollte, die Archie noch bestellt hatte. Ich sagte, ich würde ihn davon befreien.

Freitag, 16. Januar

Archie wird am Dienstagvormittag um elf Uhr verbrannt. Ich sorge für die Musik und halte die Ansprache, der BP-Typ stiftet Fertigkuchen und Wurstbrötchen.

Samstag, 17. Januar

Der arme Präsident Clinton hat sich seit seiner Wahl vieles bieten lassen müssen. Der Ku-Klux-Klan, die Survivalisten, die Töchter der Revolution, alle haben sie an seinem Stuhl gesägt. Jetzt hat man die lächerliche Geschichte in Umlauf gebracht, er hätte im Jahr 1991 eine gewisse Paula Jones in einem Hotelzimmer in Arkansas sexuell belästigt. Das soll einer glauben! Clinton ist ein gut aussehender Bursche, er hat es überhaupt nicht nötig, irgendwelche Frauen sexuell zu belästigen. Ich fragte meine Mutter, ob sie von der Paula-Jones-Geschichte schon gehört hätte. Sie schenkte mir einen mitleidigen Blick. »Die ganze Welt hat von Paula Jones gehört«, sagte sie. »Wo warst du die ganze Zeit? Auf dem Planeten Zog?«

Ich verteidigte mich, ich könnte nicht auf *allen* Gebieten auf dem neuesten Stand sein.

»Adrian, hier geht es nicht um einen Auffahrunfall von drei Autos an einer Kreuzung irgendwo hinter Luton«, sagte sie. »Das sind heißeste Nachrichten, Aufmacher bei CNN, BBC und allen Sendern der Welt.« Sie riet mir, einen Neurologen aufzusuchen, es sei zu befürchten, ich litte an partiellem Gedächtnisverlust.

Dienstag, 20. Januar

Auf der Beerdigung von Archie Tait waren nur acht Leute: Ich, meine Mutter, Rosie, der Typ von der BP-Tankstelle, Archies Nachbar (ein Student namens Liam), ein Vertreter der Socialist Labour Party, Archies Anwalt Mr Holden und ein Angestellter des Krematoriums. Ich kannte Archie erst seit Mai, und da stand ich nun und leitete die Totenfeier. Meine Mutter hatte mit dem Computer ein sehr schön gestaltetes Programm der Feier erstellt und ausgedruckt:

11 Uhr – Louis Armstrong: It's a Wonderful World
11 Uhr 02 – Adrian Mole: »Archie Tait, wie ich ihn kannte«
11 Uhr 05 – Liam O'Casey liest aus »Die Menschenrechte« von Tom Paine
11 Uhr 08 – Hymne: »Jerusalem« von William Blake
11 Uhr 10 – Gelegenheit für alle, des Verstorbenen mit ein paar ehrenden Worten zu gedenken
11 Uhr 15 – Ode »Freude, schöner Götterfunken« von L. v. Beethoven, während der Sarg in die Verbrennungskammer einfährt

Die Totenmahlzeit findet im Wisteria Walk, Ashe-de-la-Zouch statt
Die Beköstigung wird von BP gesponsert

Alle waren einhellig der Meinung, es sei eine schöne Feier gewesen. Der morbide klerikale Unterton nach dem Motto »In Sünde geboren, in Sünde gestorben« fehlte völlig. Der Typ von der BP-Tankstelle trat ans Lesepult und sagte, Archie habe jeden Tag seine Lebensmittel bei ihm eingekauft und sei stets sehr höflich aufgetreten, selbst dann, wenn sein Bücherjournal wieder mal nicht mitgeliefert worden war. Archie habe sich auch nie über sein künstliches Bein beklagt, noch nicht einmal bei vereistem Bürgersteig. Mr Holden, der Anwalt, sagte, er sei mit Archie lediglich ein paarmal zusammengetroffen, habe aber trotz aller Kürze feststellen können, dass Archie ein echter Gentleman gewesen sei, der für die Sache des Sozialismus große persönliche und berufliche Opfer gebracht habe.

Eine Beerdigung, bei der niemand weinte, war dennoch etwas Beklemmendes. Manchmal hätte ich wahrhaftig nichts gegen ein bisschen mediterranen Gefühlsüberschwang.

Der Abgesandte der Sozialistischen Partei und Liam kamen als Einzige mit zum Wisteria Walk. Der BP-Typ musste wieder in seine Tankstelle zurück, und Mr Holden hatte einen Gerichtstermin. Der aus dem Kindergarten zurückgekehrte William unterhielt die Gesellschaft mit dem Absingen von traditionellem Kinderliedgut, bis Müdigkeit einsetzte und die Gäste sich empfahlen.

2 Uhr in der Nacht
Habe ich Prinzipien, für die ich große persönliche und berufliche Opfer bringen würde? Die Antwort auf diese Frage kenne ich nicht.

4 Uhr 30
Bei Mr Blairs offenkundiger Abneigung gegen den Krieg werde ich mich niemals auf dem Schlachtfeld zu bewähren haben. Ein trauriger Fall.

Mittwoch, 21. Januar

Bekam heute eine teuer gestaltete Broschüre von Peter Savage zugeschickt, die sein neuestes Unternehmen bewirbt, eine Sauerstoffbar mit dem Namen H_2O. In der Mitte der Broschüre befindet sich eine steife weiße Karte mit dem mittigen Eindruck H_2O in kleiner schmaler Silberschrift. Das Innere bietet eine Aufstellung, die ich für eine Liste der angebotenen Sauerstoffsorten halte:

Montblanc
Frische Nordseebrise
Kalifornischer Traum
Nacht auf Cape Cod
Hindukush

Abgabe sämtlicher Sorten zum Einheitspreis von 25 Pfund pro Liter incl. MWST.
Die Atemmasken werden vor jedem Gebrauch sterilisiert.

Ich zeigte es meinem Vater, als er Rosie und William heute Abend besuchen kam. Er war entsetzt. »Fünfundzwanzig Eier für einmal kurz durchatmen!«, sagte er. »Es gibt Leute, die sich mit Zehnpfundnoten den Arsch wischen würden, wenn man ihnen sagt, das ist jetzt Mode.« Ich erinnerte ihn daran, dass er pro Woche mindestens fünfundvierzig Pfund dafür ausgab, an krebserregendem Blattwerk zu saugen.

Er führte protestierend ins Feld, dass er jetzt, wo Tania ihm die Hölle heiß machte, mit dem Rauchen aufzuhören, auf fünfzehn Stäbchen pro Tag herunter sei, gab allerdings zu, flankierend sechs Pfund pro Tag für Nikotinpflaster auszugeben. Er sagte: »Adrian, du hast Glück, dass du keinen suchtgefährdeten Charakter hast.«

Augenscheinlich ist ihm mein alarmierend hoher Tagesverbrauch an Gummibärchen nicht bekannt, speziell meine sich verstärkende Abhängigkeit von den grünen.

Archies Anwalt Mr Holden rief heute an und fragte, ob ich am Freitagnachmittag um halb drei in seine Kanzlei kommen könnte. Ich nehme an, er will mir einen Teil der Beerdigungskosten aufs Auge drücken – was überhaupt nicht gerechtfertigt ist. Ich habe ja bereits mehrmals betont, dass ich den Alten so gut wie gar nicht kannte.

Stoat hat vier Seiten Änderungswünsche gefaxt. Während ich dies schreibe, sitzt meine Mutter an den Korrekturen. Es ist schon spaßig. Ha, ha, ha.

Donnerstag, 22. Januar

Glenn hat in der Schule Ärger bekommen, weil er in Mathematik laut gefurzt hat. Seine Mathelehrerin, Miss Trellis, behauptet, er habe es absichtlich getan. Glenn verteidigt sich, bei seiner Mutter gebe es zu oft Bohnen.

Habe die Schule angerufen und mit Miss Trellis einen Termin vereinbart (Montag, 16 Uhr 30).

Freitag, 23. Januar

Mr Holden lächelte, wobei er seine gelben Zähne entblößte. Dann reichte er mir ein Dokument mit den Worten: »Das ist das Testament von Mr Tait. Er hat es vor drei Wochen erst neu abgefasst.«

Letzter Wille und testamentarische Verfügung
von Archibald Erasmus Tait

Ich machte die Bekanntschaft von Adrian Mole am ersten Mai, als er so freundlich war, mich zum Wahllokal und wieder zurück zu fahren. Die gemeinsame Fahrt war zwar kurz, dennoch berührte unser Gespräch eine Vielzahl von Themen, und wir konnten feststellen, dass uns trotz des Auseinanderklaffens unserer Lebensalter eine ganze Reihe gemeinsamer Interessen verband.

Mr Mole hatte die Güte, sich wohlwollend über meinen Kater Andrew zu äußern, den ich sehr liebe. Ich bin ein schwieriger Mensch. Die Gabe der Freundschaft ist mir nicht gegeben; den überwiegenden Teil meines Lebens habe ich mich der Sache der revolutionären Politik verschrieben – wo Freundschaft oft genug dem Prinzip zum Opfer fällt.

Der Kontakt zu meiner Familie fand zur Zeit der Suezkrise ein Ende, als ich durch die Straßen von Downham Market, wo meine Frau und ich damals lebten, einen Pro-Nasser-Demonstrationszug führte.

Abgesehen von meinem Haus und einer kleinen Versicherungspolice zur Begleichung meiner Beerdigungskosten hinterlasse ich wenig. Nach sorgfältiger Überlegung habe ich mich entschlossen, mein Haus, Nr. 33 Rampart Terrace in

Ashby-de-la-Zouch, mit allem, was sich darin befindet, Mr Adrian Mole, wohnhaft Nr. 45 Wisteria Walk, zu hinterlassen, mit der Auflage, dass er dieses Haus bewohnt und meinen Kater Andrew bis zum Tode desselben versorgt. Danach mag Mr Mole ungehindert und nach eigenem Belieben über den Besitz verfügen.

Mein silbernes Zigarettenetui vermache ich Herrn Rajit von der BP-Tankstelle, Kedlestone Road, zum Dank für die vielen freundlichen kleinen Dienste, die er mir erwiesen hat.

William Mole, wohnhaft Wisteria Walk, hinterlasse ich meinen Klappfeldstecher.

Glenn Mole hinterlasse ich das signierte Autogrammfoto von Stanley Matthews, das er unlängst bewundert hat.

Falls Mr Adrian Mole nicht zu den genannten Bedingungen im Haus Rampart Terrace zu wohnen wünscht, soll das Objekt von meinem Anwalt, Mr Holden, verkauft und der Erlös der Sozialistischen Labour Partei von Großbritannien als Spende zugeleitet werden.

Archie Tait

Als ich mit dem Durchlesen fertig war, hob ich den Blick und sagte: »Mr Holden, wie alt ist der Kater eigentlich?«

Er lächelte. »Mr Mole, ich hatte nie das Vergnügen einer persönlichen Begegnung mit dem geschätzten Tier«, antwortete er.

Die Schlüssel werden mir am 27. ausgehändigt. Als meine Mutter die Neuigkeit vernahm, brach sie in Freudentränen aus. Wir fuhren zur Rampart Terrace hinüber, aber es war schon zu dunkel, und man konnte nicht viel sehen.

Samstag, 24. Januar

Liam war mir behilflich, Andrew in seinen Transportkorb zu stecken. Der Kater lieferte ein beachtliches Gefecht. Meine marineblauen Chinos waren mit einer Schicht aus weißen und roten Katzenhaaren überzogen. Ich brachte den Kater in die Vormittagssprechstunde des kommunalen Veterinärdienstes, wo auch der Neue Hund registriert ist. Der Tierarzt untersuchte das sich verbissen sträubende Tier.

»Wie lange hat der noch zu leben?«, erkundigte ich mich.

»Da brauchen Sie sich keine Sorgen zu machen, Mr Mole«, sagte der Tierarzt frohgemut, »Ihr Kater wird es noch zu einem schönen Alter bringen.«

Während ich dies schreibe, liegt Andrew auf meinem Bett. Die untere Etage ist für ihn zum Sperrgebiet erklärt worden, nachdem er sich unter Hinterlassung blutiger Male von hinten an Iwan hochgehangelt hatte.

Sonntag, 25. Januar

Heute Vormittag bin ich mit der Familie zu Archies Haus gefahren, um es ihnen von außen zu zeigen. Meine Mutter spähte durch den Briefschlitz ins Innere und wusste zu melden, da sei noch eine Menge zu tun. Rosie wies darauf hin, dass von außen nichts auf eine Zentralheizung hinweise. Iwan stellte sich auf die andere Straßenseite und betrachtete das Dach. Er gab zu Protokoll, dass »der eine oder andere Dachziegel« fehle, der Schornstein »unstabil« aussehe und die Dachrinne »jederzeit« undicht werden könne. William verkündete, die Farbe der Eingangstür (Rot) gefalle ihm sehr gut. Er war der Einzige, der ein positives Votum abgab.

Später fuhr ich mit William und Glenn noch einmal hin. Glenn verschwand in einem Seitenweg und kletterte über das Hoftörchen, das er von innen entriegelte. Wir gingen hinein und befanden uns in einem gepflasterten Hof mit Bäumchen in Kübeln und einem winzigen Rasen. Auf einer Bank mit integriertem Abstelltischchen stand eine Tasse samt Untertasse. Nahe beim Küchenfenster war ein Futterplatz für die Vögel. »Ist doch gar nicht so übel, Dad, oder?«, meinte Glenn.

Hinten im Hof stand ein kleiner Schuppen. Glenn drückte die Tür auf und sagte: »Mensch, William, das ist ein prima Lager!« Sie spielten in dem Schuppen, bis es allmählich zu kalt wurde.

Einige Zeit später setzte ich Glenn an der Geoffrey Howe Road ab. »Meine Mam wartet bestimmt schon mit meim' Abendessen, Dad«, sagte er beim Aussteigen.

Glenn kann nicht richtig lesen, wie mir eben erst aufgegangen ist. In dem Schuppen stand ein Plastiksack mit der großen Aufschrift »John Innes Komposterde«. Als William von Glenn wissen wollte, was in dem Sack sei, war Glenn überfragt. »Solche Wörter kann ich nicht lesen«, hatte er erklärt.

Ich habe bislang nichts dazu gesagt, aber wenn ich am Montag mit Miss Trellis spreche, werde ich darauf zu sprechen kommen. Der Junge ist intelligent und unterliegt seit *sieben* Jahren der Schulpflicht. Im Auto hatte er mich gefragt, ob ich der Ansicht wäre, er solle sich einen Ohrring stechen lassen. »Nein«, sagte ich, »kommt überhaupt nicht infrage. Ich verbiete es dir.« Er sah ziemlich erleichtert aus.

Manchmal wünsche ich mir, ich wäre kein Vater. Selbst wenn ich allein bin, schleppe ich Glenn und William mit mir herum, auf den Schultern und im Herzen.

Montag, 26. Januar

Miss Trellis ist ein mausartiges winziges Geschöpf in einem beigen Wollpullover. Vieles geht ihr ab: Persönlichkeit, Humor, Stil, Charme. Ich setzte sie über meinen unlängst erfolgten Eintritt in Glenns Leben ins Bild und versicherte ihr, ich würde sein zukünftiges Betragen scharf im Auge behalten.

Beim Hinausgehen ließ ich mir einen Termin bei Roger Patience, dem Schuldirektor, geben.

Glenn wartete draußen auf dem Parkplatz vor der Schule.

»Dad, wie isses gelaufen?«, erkundigte er sich.

Ich sagte: »Ganz gut«, und informierte ihn darüber, dass und wie man Pupse geräuschlos ablassen kann. Ich sagte, das sei durchaus machbar.

Er sagte, er werde »daran arbeiten«.

Auf dem Heimweg nahm ich ihn in die Bibliothek, wo ich früher einmal tätig war, und ließ ihn als Mitglied eintragen. Er war völlig platt, als er erfuhr, dass die Benutzung nichts kostete. »Dad, wie wissen die denn, dass man die Bücher nicht klauen will?«, fragte er verwundert. Er nahm vier Stück mit. Fotobände über Fußball.

Dienstag, 27. Januar

Heute wurde mir der Schlüssel für Archies Haus ausgehändigt. Irgendwie fühle ich mich dort fehl am Platze. Archie ist in jedem Zimmer noch gegenwärtig. Das ungemachte Bett, auf dem Boden ein Paar Socken, der Abwasch in der Spüle. Ein Messer, eine Schüssel, eine Tasse, eine Untertasse. Ein Tafelmesser, eine Gabel, ein Dessertlöffel, ein Teelöffel, ein Eierbecher. Ich öffnete sämtliche Fenster, dann schaute ich die Bücherregale durch. Welche Schätze! Welche Lesefreuden warten hier auf mich! George Orwells »Mein Katalonien« trug eine Widmung von jemand namens Eric Blair: »Für Archie, mit besten Wünschen, Eric Blair.« Bis jetzt weiß noch niemand, dass ich im Besitz des Schlüssels bin.

Mittwoch, 28. Januar

Roger Patience ist ein durch und durch neurotischer Mensch. Er bildet sich ein, der Schulinspektor Chris Woodhead sei darauf aus, ihn fertigzumachen.

Patience ist noch tabellenversessener als der Manager eines Oberligafußballvereins. Ich fragte ihn, warum seine Schule am Tabellenende rangiert. Er machte das Schuleinzugsgebiet verantwortlich und das »Gesocks« aus den Problemsiedlungen. Er beschwerte sich über die Lehrer: »Andauernd dieser Wechsel.« Er beschwerte sich über den Hausmeister: »Er untergräbt meine Autorität.« Auch Glenn Bott machte er verantwortlich, den er als »Lernschwachen im Grenzbereich« bezeichnete.

Bei der letzten Schulinspektion hatte ein Inspektor offensichtlich rein zufällig ausgerechnet Glenn aufgefordert, drei Branchen der britischen Konsumgüterindustrie zu nennen.

Glenn kannte keine einzige.

Ich forderte Roger Patience auf, dafür zu sorgen, dass Glenn wirksame Unterweisung im Lesen und Schreiben bekam. »So was bezeichnet man nach gängiger Auffassung als *Unterricht,* glaube ich«, sagte ich sarkastisch.

Die Schulsekretärin stellte einen Anruf durch und meldete: »Roger, Ofsted ist am Apparat.«

Patience holte ein Prozacfläschchen aus der Schreibtischschublade, bekam es unter Schwierigkeiten auf (kindersicherer Verschluss) und legte sich eine Kapsel unter die Zunge. Dann sagte er: »Hier Patience.« Nach Abschluss des arschkriecherischen Telefonats rief er ins Sekretariat durch, um sich zu erkundigen, ob Miss Flood »frei« sei.

In den fünf Minuten Wartezeit, die bis zum Eintreffen von Miss Flood vergingen, führten wir ein unerquickliches Gespräch über meine Schwester Rosie und ihr loses Mundwerk. »Ich glaube, sie leidet an einem unerkannten Tourette-Syndrom«, gab ich zu bedenken.

Es klopfte. Eleanor Flood wurde hereingeleitet. Sie ist blass, zierlich, mit üppigem schwarzen Haar und grauen Augen. Zu ihrem schwarzen Hosenanzug trug sie einen schwarzen Pullover mit Polokragen. Eine große schwarze Wildleder-Umhängetasche hing ihr über die Schulter. Der Anblick ihrer fragilen Handgelenke trieb mir fast die Tränen in die Augen.

Sie sprach mit leiser Stimme. »Mr Patience, es tut mir sehr Leid, aber meine Klasse für Leseschwache platzt jetzt schon aus allen Nähten«, sagte sie, nachdem Patience sie gefragt hatte, ob sie »Bott noch irgendwie reinquetschen« könne. »Und außerdem«, sagte sie, während ihr Blick zu mir herüberschwenkte, »Glenn braucht unbedingt jede Woche ein paar Stunden Einzelunterricht.«

Patience grunzte etwas Dahingehendes, dass die Schule außerstande sei, diesen Service zu bieten.

»Ich gebe auch private Nachhilfestunden«, sagte Miss Flood, »am Abend.«

»Miss Flood«, meinte Patience, »ich könnte auch nicht zulassen, dass Sie Mr Mole während der Unterrichtsstunden zur Last fallen.«

Ich führte vor Miss Flood aus, dass ich absolut gegen private Bildungseinrichtungen sei. Angesichts des prekären Zustands von Glenns Lesefähigkeit hielte ich es allerdings eventuell für vertretbar, einen pragmatischen Standpunkt einzunehmen. Sie verlangt neun Pfund pro Stunde und wird mich anrufen, sobald der Unterricht beginnen kann. Ihre Handgelenke gingen mir auf der ganzen Heimfahrt nicht aus dem Kopf.

Donnerstag, 29. Januar

Präsident Clinton hat in der denkbar massivsten Weise bestritten, mit einer Praktikantin des Weißen Hauses namens Monica Lewinsky eine sexuelle Beziehung gehabt zu haben. Mit Blick in die Kamera und die Worte mit dem ausgestreckten Zeigefinger akzentuierend, sagte er in gusseiserner Ehrenhaftigkeit: »Ich habe keine sexuellen Beziehungen zu dieser Frau gehabt«, um dann mit dem Charme des Südstaatlers hinzuzufügen: »... Miss Monica Lewinsky.« Ich für meinen Teil nehme es ihm hundertprozentig ab! Meine Mutter und Iwan scheinen über die Lewinsky-Affäre bis ins letzte Detail im Bilde zu sein. Als ich sagte, ich hätte bis zum heutigen Tag noch nie etwas von dieser jungen Dame gehört, schauten sie mich ungläubig an. Iwan sagte: »In der Molkerei hatte ich mal eine Sekretärin, die noch nie etwas von van Gogh gehört hatte. Sie dachte, die ›Sonnenblumen‹ hätte Van Morrison gemalt.«

»Mir scheint, du filterst alles aus, was nur entfernt gegen Clinton sprechen könnte«, meinte meine Mutter.

Ich sagte, ich würde den Mann bewundern.

»Der ist doch sexbesessen«, beharrte sie.

Ich verwies darauf, dass Clintons Frau Hillary eine attraktive Person sei. Wozu sollte er aus Gründen der sexuellen Befriedigung anderswo herumwildern?

Sie schauten sich gegenseitig an. »Ich glaube, wir haben es hier mit einem klassischen ›in flagranti‹ zu tun«, sagte Iwan belehrend.

»Adrian, in ein paar Monaten wirst du einunddreißig«, sagte meine Mutter. »Ich weiß, dass du zumindest zweimal Geschlechtsverkehr gehabt hast, aber mir scheint, von *Lust* hast du keinen blassen Schimmer.«

Ich ging nach oben, um mir in meinem tragbaren Fernseher die Nachrichten anzuschauen. Pandora ist neuerdings ziemlich oft zu sehen.

Freitag, 30. Januar

Ich habe mir das Lewinsky-Statement von Präsident Clinton unzähligemal angesehen. Der Mann lügt nicht. Die Wahrheit schreit ihm förmlich aus den Augen, den Nasenlöchern und von den Lippen.

Samstag, 31. Januar

Beunruhigende Träume von Monica Lewinsky. Sie wohnt im Haus von Eleanor Flood. Nach einer Runde »Ich sehe was, was du nicht siehst« nehmen wir eine lustvolle Beziehung auf.

Montag, 2. Februar

Nach der Lektüre einiger Fanbriefe, die mir von Pie Crust heute zugeschickt worden sind, hat sich in mir die Überzeugung gefestigt, dass die großen viktorianischen Irrenhäuser wieder aufgemacht werden sollten. Eine Frau in Dorset sammelt die abgeschnittenen Zehennägel von Prominenten, um sie für wohltätige Zwecke zu versteigern. Sie legte ihrem Schreiben ein kleines verschließbares Plastiktütchen mit der Aufschrift »Adrian Mole« bei und bat, es ihr in dem ebenfalls beigefügten frankierten Rückumschlag zuzusenden. Rosie stutzte dem Neuen Hund die Klauen und steckte die Schnipsel in das Tütchen. Der Neue Hund sah nach der Pediküre recht zufrieden aus, und somit war die Sache wenigstens für etwas gut.

Am nächsten Sonntag ziehe ich hier aus. Nigel stellt mir seinen Lieferwagen zur Verfügung. Nachdem er gewahr geworden war, dass einer seiner Onkel im Jahr 1979 eine Geschlechtsumwandlung hatte – seine Familie hatte ihm die Information vorenthalten –, war sein Outcoming kein Problem mehr.

Mittwoch, 4. Februar

Ich empfehle mich hier keine Minute zu früh! Heute konnte ich nur mit knapper Not einen Zusammenstoß mit meiner Mutter vermeiden. Als ich sagte: »Mit Glenn hast du seit Weihnachten, als du von ihm verlangt hast, er soll die Ellbogen vom Tisch nehmen, so gut wie kein Wort gesprochen«, schrie sie: »Der Kerl hing schließlich mit einem Ellbogen mitten im Rosenkohl, du lieber Gott und Vater!«

Iwan sprang meiner Mutter natürlich sofort verteidigend bei. In plötzlich aufwallender Wut warf ich ihm vor, er sei ein Kuckuck im Nest des Wisteria Walk.

»Wenn einer hier der Kuckuck ist, dann *du*!«, schrie meine Mutter. »Ich kann es schon gar nicht mehr erwarten, dass Sonntag wird!«

Ich sagte, sie hätte Glenn keine Chance gegeben. Da schrie sie schon wieder: »Mir ist noch nie ein Junge begegnet, der so ausdauernd furzt. Man glaubt ja, am Rande eines schwefelspeienden *Vulkans* zu wohnen!« Ich führte erklärend die Bohnen ins Feld, aber sie wollte nichts davon hören.

Auch ich kann es kaum noch erwarten, dass Sonntag wird.

Samstag, 7. Februar

Glenn hat zu mir gesagt, er wünsche sich, dass ich seine Mutter heirate. Wir schmissen gerade leere Bananenkartons in den Laderaum von Nigels Lieferwagen. Ich hätte über die Absurdität dieser Vorstellung beinahe laut aufgelacht, doch als ich Glenns Gesicht sah, war ich froh, dass ich mich noch einmal beherrscht hatte. Ich sagte zu ihm, Sharon und ich würden niemals heiraten.

»Dad, warum nicht?«, fragte er.

Von den tausendundein Begründungen, die ich dem Burschen hätte geben können, nannte ich ihm die Einzige, die er würde verstehen können. »Ich liebe nun mal ein anderes Mädchen«, sagte ich und bemühte mich, meiner Stimme den Klang seines Lieblingshelden Grant Mitchell zu verleihen.

»Alles klar, Dad«, sagte Glenn, und die Sache war erledigt.

Rampart Terrace, Leicestershire

Sonntag, 8. Februar

Meine Habseligkeiten waren mit einer einzigen Fuhre zu Archies Haus gebracht. Nachdem der letzte Karton aus dem Lieferwagen hereingeschafft und auf dem Boden des vorderen Zimmers abgestellt war, bemerkte Nigel: »Ein rollender Stein setzt kein Moos an, ist doch so, Moley?«

Das Haus war eiskalt. Zum Aufwärmen ging ich mehrmals vor die Tür. In der Küche fanden sich ein paar Anzünder und etwas kleingehacktes Holz zum Anfeuern. In dem kleinen Kamin brachte ich ein Feuerchen in Gang. Nigel fuhr zur BP-Tankstelle und brachte Sägemehlbriketts und einen Beutel rauchlosen Kaminbrennstoff. Bald fuhren die Flammen (samt der Wärme) den Abzug hinauf.

Archie war kein besonders ordentlicher Hausmann gewesen. Auf den Böden haftete eine dicke Filzschicht von Andrews Katzenhaaren. Nigel riet mir, einen hochpotenten Staubsauger und einen Katzenstriegel zu kaufen. Wir begaben uns nach oben, um mein zukünftiges Zimmer anzusehen. Nigel schüttelte sich beim Anblick von Archies ungemachtem Bett mit den grauen Betttüchern und dem Frotteebettzeug. »Ist er im Bett gestorben?«, erkundigte er sich, während er gleichzeitig ein paar Gummihandschuhe herauszog. Ich musste zugeben, dass ich es nicht wusste. Nigel sagte: »Moley, heute Nacht schläfst du mir nicht in diesem Bett. Das käme mir vor wie eine Szene aus ›Les Misérables‹.«

Wir fuhren zu »Bed-City«, wo wir uns abgelegten Schuhwerks Seite an Seite in jedes der im Geschäft angebotenen französischen Betten legten.

Nigel trug einen Diamantstecker in seinem Ohr. Ein aalglatter Verkäufer sprach ihn an: »Haben Sie schon unser Modell ›Queen‹ ausprobiert, mein Herr?«

Wir wählten ein vierteiliges Schlafsofa zum Ausziehen, das die Prüfplakette des Britischen Bettenbeirats trug. Außerdem leistete ich mir noch vier neue Kissen mit Schaumstofffüllung und ein Daunensteppbett der höchsten Wärmeklasse.

Als wir zurückkamen, aalte sich Andrew am Feuer. In seiner üblichen Indifferenz beobachtete er die beiden Menschen beim Herauswuchten der alten und Hereinwuchten der neuen Schlafstätte. Es war ihm nicht die Spur von Trauer anzumerken. William ist noch im Wisteria Walk. Meine Mutter weigert sich, ihren Enkelsohn ziehenzulassen, solange ich nicht der klammen Kälte in der Rampart Terrace Herr geworden bin. Ich werde also die ersten Nächte allein hier verbringen müssen.

Meine Adresse lautet jetzt: 33 Rampart Terrace, Ashby-de-la-Zouch, Leicestershire.

Mrs Flood rief mich auf dem Handy an, um zu sagen, sie habe ein »Terminfenster«. Glenns Nachhilfe könne am Freitag, dem dreizehnten, um neunzehn Uhr dreißig beginnen.

Montag, 9. Februar

Ich weiß immer noch nicht, ob ich oben aus dem Gästezimmer einen Arbeitsraum für mich oder ein Zimmer für Glenn machen soll. Meine Unentschiedenheit sorgt für einen Stau aus unausgepackten Kartons in Wohnzimmer, Diele und Küche. Der Junge hat noch nie ein eigenes Zimmer gehabt. Er haust mit seinen beiden kleinen Brüdern Kent und Bradford in einem Raum. Andererseits sehne ich mich danach, beim Schein der Arbeitsleuchte am Schreibtisch zu sitzen, zu schreiben und meinen Gedanken nachzuhängen. Ich glaube, Virginia Woolfs Ehemann Leonard hat einmal gesagt: »Jeder Mann sollte hundert Pfund pro Jahr und seine eigene Stube haben.« In der letzten Zeit habe ich mein intellektuelles Leben schleifen lassen. Den Film »Titanic« zum Beispiel habe ich immer noch nicht gesehen.

Dienstag, 10. Februar

Sharon Bott musste ins Krankenhaus. Ihr Blutdruck war ins Uferlose gestiegen. Ich dachte, sie wäre einfach nur fett, dabei ist sie im achten Monat schwanger. Glenn berichtete, ihr Typ Douggie »hat die Fliege gemacht, Dad«.

Sharons kleine Kinder sind bei Pflegeeltern untergebracht, und Glenn hat sich entschieden, hier zu wohnen. Er sollte eigentlich zu Großmutter Bott, aber er sagte: »Bei der gibt's nix zu fressen, Dad.« Sharon rief mich aus dem Krankenhaus an, um mir zu sagen, wie erleichtert sie sei. Auf meine Frage, wie lange sie wohl im Krankenhaus bleiben müsse, sagte sie: »Bis das Baby da ist. Wenn es zum ausgerechneten Termin kommt, dauert das noch einen Monat.« In ihrer Stimme schwang Hoffnung.

Das gibt eine ungute Überschneidung mit der Veröffentlichung und Promotion von »Alle schreien nach Innereien – das Buch!« Ich fragte Sharon, ob sie damit rechne, dass Douggie wiederkomme. Sie fing fürchterlich an zu heulen und sagte: »Nein, er hat mein ganzes Geld aus der Teebüchse geklaut und wohnt jetzt mit der Schnalle aus dem Videoladen in Cardiff.«

DAS ENTSPRICHT GANZ UND GAR NICHT MEINER LEBENSPLANUNG! ICH BIN ZU JUNG, UM ZWEI JUNGEN GROSSZUZIEHEN. ICH WOLLTE JA OHNEHIN NUR EIN KIND, UND ZWAR EINE TOCHTER. IHR NAME SOLLTE LIBERTY SEIN UND DER IHRER MUTTER PANDORA BRAITHWAITE!

ADIEU, DU ARBEITSRAUM IM OBERGESCHOSS! ADIEU, SCHRIFTSTELLEREI! ADIEU, IHR TIEFSINNIGEN GEDANKEN! ADIEU, FREIHEIT! HALLO, WASCHMASCHINE, HALLO, STAUBSAUGER! HALLO, KÜCHENHERD! WIE SOLL ICH JE IN MEINEM LEBEN FÜR DEN UNTERHALT VON ZWEI JUNGEN AUFKOMMEN? DAS KANN UNMÖGLICH GEHEN! VATER ZU SEIN HAT MAN MIR NIE BEIGEBRACHT! ICH KANN NICHT FUSSBALLSPIELEN! ICH HABE NOCH NIE DEN »SKATEBOARDER« GELESEN! UND MIT EINEM SCHLAGBOHRER KANN ICH AUCH NICHT UMGEHEN!

Mir schwebt vor, mit Pandora zusammenzuleben, tagsüber einer interessanten Beschäftigung nachzugehen (vorzugsweise Schriftstellerei), abends um sieben mit ihr in der Badewanne einen Cocktail zu trinken, um anschließend zum Abendessen auszugehen. So stelle ich mir mein Leben vor! Warum wird mir das verweigert?

Mittwoch, 11. Februar

Habe mich inzwischen etwas beruhigt. Habe ein Sorgentelefon angerufen – für allein erziehende Väter. Der Typ am anderen Ende meinte, meine Reaktion läge im Rahmen des Üblichen. »Wir sind im Grunde immer noch Höhlenmenschen«, sagte er. »Wir wollen draußen im Urwald herumstreifen und Beutetiere töten. Wir wollen nicht in der Höhle hocken, immer schön aufräumen und auf die Kinder aufpassen.«

Donnerstag, 12. Februar

Mein Geld und ich verlieren langsam, aber sicher den Kontakt zueinander. Habe einem Kostenvoranschlag für den Einbau einer Zentralheizung über 1405 Pfund zugestimmt, und einem zweiten über 795 Pfund für die Reparatur von Dach und Dachrinnen. Habe bei Bed City ein weiteres Bett gekauft, für Glenn. William passt Gott sei Dank noch in sein Rennautobett aus Sperrholz.

Habe auf Sharons Bank die Einzahlung der 1000 Pfund getätigt. Der Mann am Schalter erkundigte sich, ob es mir gut gehe (meine Hände zitterten, und auf meinen Wangen glitzerten Tränen, während ich die Banknoten auf den Schalter zählte). Ich sagte, ich sei gegen Kübelpflanzen allergisch. Die Bank war voll davon.

Mit Glenn ins Krankenhaus zur Gynäkologischen, seine Mutter besuchen. Ihre ganze stumpfsinnige Verwandtschaft stand um ihr Bett versammelt. Niemand hielt es für nötig, guten Tag zu sagen. Die Botts haben offensichtlich keine Beziehung zum Grüßen oder Vorstellen. Sharon gab Glenn zwei Einpfundmünzen als Taschengeld und sagte, sie hoffe, er sei »anständig«. Ich sagte, er benehme sich »tadellos«. Ein paar von den Botts nahmen dies zum Anlass zu kichern. Ich sorgte dafür, dass der Junge so schnell, wie der gute Ton es erlaubte, wieder wegkam. Auf dem Rückweg fuhren wir am Wisteria Walk vorbei. Ich sagte meiner Mutter, sie müsse ihre hartnäckige Weigerung, William herauszugeben, beenden. In seinem neuen Zimmer befinde sich ein Heizlüfter, falls ein solcher benötigt werde.

Mit der Attitüde einer Frau auf dem Weg zum Schafott begab sie sich nach oben, um Williams Siebensachen zusammenzupacken.

William liebt sein neues Zimmer, das nach hinten auf den Hof hinausgeht. Ganz besonders gefallen ihm die Rennwagenplakate, die ihm Glenn mit Filzstiften aus dem Pennymarkt gemalt hat und die jetzt seine Wände zieren.

Freitag, 13. Februar

Meine Mutter hat heute Nachmittag während ihres ganzen Besuchs ostentativ die Daunenjacke anbehalten. Sich ringsum umblickend, sagte sie: »Diese Heizlüfter sind reine Vergeudung. Hier drin ist es so kalt wie am Arsch eines Eisbären.«

William sagte, er läge so gern mit dem Anorak im Bett.

Ich hätte ihn am liebsten verdroschen. Meine Mutter bezweifelte, dass genug zu essen im Haus ist. »Ich wette, der Riesenlümmel frisst dir die Haare vom Kopf«, sagte sie dezidiert.

»Wen meinst du«, erkundigte ich mich, »Andrew oder Glenn?«

Sie behauptete, den Kater gemeint zu haben. Ich fragte sie, weshalb sie so schlechter Laune sei.

»Mir fehlt mein Baby«, sagte sie und zog William an sich. Er strampelte sich frei, kurz darauf verabschiedete sie sich.

Glenn und ich machten zu Ehren des Besuchs von Miss Flood die Küche sauber. Um neunzehn Uhr fünfzehn nahm Glenn die Baseballmütze ab, kämmte sich durchs mittlerweile sprießende Haar und setzte sich am Küchentisch parat.

Miss Flood traf Punkt neunzehn Uhr dreißig ein. Sie trug einen langen schwarzen Ledermantel und winzige schwarze Wildlederschühchen, die einer von den sieben Zwergen irgendwo unter einem Fliegenpilz angefertigt haben mochte. Ich half ihr aus dem Mantel. Nennenswerte Brüste hat sie nicht, jedoch zeichneten sich ihre Knospen in erfreulicher Deutlichkeit unter ihrem dunkelgrauen Pullover ab. Die Kälte draußen hatte ihre Nasenspitze blassrosa verfärbt – der einzige Farbtupfer in ihrem gesamten Erscheinungsbild.

Ich drückte mich noch einige Zeit in der Küche herum und sah zu, wie sie ihrer geräumigen Schultertasche Bücher und Schreibutensilien entnahm. Sie setzte sich neben Glenn an den Tisch. Glenn sagte: »Rein oder raus, Dad, oder was?«

Ich brachte William oben ins Bett und erzählte ihm eine Geschichte von einer stillen, dunkelhaarigen Prinzessin, die sich in einen Dinosaurier verliebt. Die völlig unwahrscheinliche Konstellation bereitete dem Kleinen keinerlei Problem. Als er eingeschlafen war, nutzte ich den Frieden im Haus, um mich ein bisschen meiner

Schreiberei zu widmen. Ich glaube, aus der Idee mit der Königsfamilie als die Archers kann was werden.

Pandora wurde gestern Abend von Jeremy Paxman in »Newsnight« in Sachen BSE durch den Wolf gedreht. Sie hielt sich an die Parteilinie, nach dem Motto »Wir sind es den Schutzinteressen des Verbrauchers schuldig« usw., das übliche Blabla – obwohl sie in unserem letzten Gespräch gesagt hatte: »Das ist alles ziemlich absurd. Statistisch gesehen stirbt der Durchschnittsengländer wesentlich wahrscheinlicher am Sturz von einer blödsinnigen Leiter.«

Im ganzen Interview ließ sie nur ein einzigesmal die Frau hinter der Politikerin aufblitzen. Paxmans Vorstoß: »Ah, Miss Braithwaite, versuchen Sie uns doch nicht für dumm zu verkaufen!«, konterte sie mit einem vertraulich leisen: »Jeremy, Sie sind heute wieder so *stark!*«, worauf sie in ihrer kehligen Art lachte und ihm andeutungsweise die Zunge herausstreckte.

Seit Barbara Windsor in »Carry on Camping« ihren Büstenhalter verlor, habe ich nichts vergleichbar Erotisches mehr gesehen.

Die Zeitungen sind heute vormittag voll davon. Im »Express« ließ Brutus durchblicken, es sei praktisch erwiesen, dass Paxman sich unmittelbar nach der Sendung und noch im Studio unverzüglich unter die kalte Dusche begeben habe, wo er volle zwanzig Minuten verblieben sei.

Samstag, 14. Februar

Valentinstag

10 Uhr
Keine einzige Karte in der Morgenpost. Nicht eine einzige. Ist das alles, womit ich nach nun fast einunddreißig auf dieser Welt verbrachten Jahren aufzuwarten habe? Einen leeren Kaminsims am Valentinstag?

Am Nachmittag allerdings fabrizierten William und Glenn für mich eine Karte. William hatte seine Lakeland-Buntstifte zum Einsatz gebracht. Die Karte war sehr hübsch, ein großes Herz mit dünnen Streichholzarmen und -beinen. Aus dem »Mund« kommt eine Sprechblase: »Für Dad von seinen beiden Nervensägen.«

Es mag einundzwanzig Uhr gewesen sein, als plötzlich eine Valentinskarte durch den Briefschlitz hereinplumpste. Ich riss sofort die Haustür auf und blickte rechts und links die Straße entlang, konnte aber niemand sehen. Die Karte sah aus, wie eine richtige Valentinskarte auszusehen hat, mit einem dicken roten gepolsterten Herzen. Drinnen stand als Einziges der Buchstabe E. Ich kenne aber niemand, dessen Name mit einem E anfängt. Liebes Tagebuch, wer kann das sein?

Sonntag, 15. Februar

Les Banks, der Dachdecker, den ich mit den Arbeiten an Archies Haus beauftragt habe, rief an, um zu sagen, er könne heute leider nicht wie verabredet anfangen. Seine Schwiegermutter sei vergangene Nacht unerwartet gestorben.

Montag, 16. Februar

Ein Mensch namens Nobby kam vorbei und fragte, ob er »die Leitern mal hinten abstellen« könne. Er behauptete, ein Betriebsangehöriger von Les Banks zu sein. Ich bat ihn, sich in irgendeiner Form entsprechend auszuweisen. Er sagte: »Rufen Sie doch Les über das Handy an.«

Ich tat's. Les bestätigte, dass Nobby einer seiner Arbeiter sei und dass die Arbeiten in Rampart Terrace am Mittwoch aufgenommen werden würden, »sobald wir die Beerdigung hinter uns gebracht haben«. Er hörte sich nicht besonders gramgebeugt an. Im Hintergrund dudelte Radio One, und es klang fast, als befände er sich auf einem Dach.

15 Uhr
Ich finde, die Familie Banks bringt die Verstorbene in unziemlicher Hast unter die Erde!

Dienstag, 17. Februar

Heute sagte Glenn zu mir: »Dad, glaubst du, dass Glenn Michael aufstellt?« Ich hatte keinen Schimmer, wovon der Junge sprach, und dachte, er hätte angefangen, von sich selbst in der dritten Person zu sprechen, wie Margaret Thatcher es zu tun pflegte. Ein untrügliches Zeichen für geistige Verwirrung und Größenwahn.

Nachdem ich die Nachrichten gesehen habe, weiß ich inzwischen, dass »Michael« der achtzehnjährige Fußballer Michael Owen ist und Glenn der englische Nationaltrainer Glenn Hoddle. Ich werde von jetzt ab die Sportseite des »Independent« lesen müssen. Bislang habe ich damit immer den Mülleimer unter dem Spülbecken ausgelegt.

Eleanor Flood kam heute wieder. Sie hatte Lippenstift aufgetragen und duftete nach reifen Mangos. Um ein Haar hätte ich ihr die zarten Handgelenke gestreichelt.

Mir ist jetzt erst zu Bewusstsein gekommen, dass ich bei Frauen auf die Gelenke abfahre: Ich bin ein Knie-, Schulter-, Nacken-, Fesseln- und Handgelenktyp.

Nach der Stunde mit Glenn sagte Eleanor zu mir, sie halte ihn »für einen sehr intelligenten Jungen, wenn auch kulturell depraviert«.

Ich sagte, ich sei dabei, das Problem anzugehen. Wir saßen uns im vorderen Zimmer am Kaminfeuer gegenüber und unterhielten uns. Sie blickte sich im Zimmer um, betrachtete die Bücher, meinen Druck von Matisses Goldfischen und sagte: »Glenn darf sich glücklich preisen, dass er Sie zum Vater hat. Mein eigener Vater war ein …« Sie senkte den Blick ihrer grauen Augen und schaute in die Glut der Sägemehlbriketts, unfähig, den Satz zu beenden. Ihr schwarzes Haar schimmerte im Feuerschein. Die Redensart »wie die Flügel eines Raben« kam mir in den Sinn.

»… Alkoholiker?«, sagte ich.

»Nein«, antwortete sie, aber es war zum Verrücktwerden, sie sagte nicht, was er war. Sie verabschiedete sich bald darauf, da sie noch einen kosmetischen Termin zur Entfernung überschüssiger Körperbehaarung wahrnehmen müsse. Um diese Zeit?

Als ich zu Glenn ins Zimmer schaute, um ihm gute Nacht zu wünschen, sagte er: »Dad, meinst du, dass ich bis zur Fußballweltmeisterschaft einigermaßen lesen kann?«

Ich fragte: »Wann ist die denn?«

Glenn zog die Stirn in Falten. »Dad, aber das musst du doch wissen«, sagte er. »Echt.«

Ich sagte, das Datum sei mir soeben entfallen, aber es war ihm anzumerken, dass er von mir enttäuscht war.

2 Uhr
Eleanor Flood erregt meine Lüsternheit. Ich muss unentwegt an ihre überschüssige Körperbehaarung denken.

Mittwoch, 18. Februar

Keine Spur von Les Banks. Nobby kam nachmittags um fünf vorbei und nahm die Leitern wieder mit. Ich rief Les an, bekam aber nur seine automatische Ansage zu hören.

Die Stadtverwaltung von Gateshead bei Newcastle hat direkt neben der A1 eine achtzehn Meter hohe Statue aufstellen lassen. Sie heißt »Der Engel des Nordens«, ihr Schöpfer ist der megalomane Bildhauer Anthony Gormley. Meine Mutter und Iwan wollen mit dem Fahrrad hinauffahren und sich das Werk anschauen. Unterwegs soll in Privatquartieren mit »bed and breakfast« übernachtet werden. Iwan sagte: »Ich bin ein altgedienter Fan von Gormley.«

Meine Mutter meinte dazu: »War der nicht mal mit Joan Collins verheiratet?«

Donnerstag, 19. Februar

Les Banks rief an, um mir mitzuteilen, er könne heute leider die Arbeiten nicht aufnehmen. Er sei »mit der Frau in der Unfallstation vom Krankenhaus. Sie ist mit den Fingern in ihr elektrisches Tranchiermesser geraten.«

Nobby brachte die Leitern wieder.

Freitag, 20. Februar

Die Finger von Mrs Banks haben sich entzündet, was einen neuerlichen Krankenhausbesuch erforderlich machte. Les ist seiner Frau offensichtlich sehr zugetan. Er hat hoch und heilig versprochen, am Montag anzufangen. »Da gibt es kein Vertun, Mr Mole.«

Samstag, 21. Februar

Meine Mutter rief aus Gateshead an und sagte: »An welchem Tag soll mein Buch herauskommen?«

»Ich meine doch, es ist mein Buch, wie du noch feststellen wirst«, entgegnete ich. Der Termin wäre der vierundzwanzigste. »Sollen wir es mit einem Fest feiern?«, wollte sie wissen.

Ich sagte, ich sei mit Werbeauftritten zugepflastert.

»Das sollten eigentlich *meine* Werbeauftritte sein«, sagte sie. Kommt jetzt auf einmal der Geist aus der Flasche? Sie lechzt danach, prominent zu werden. Dass sie im letzten Jahr in der Boulevardpresse in Erscheinung getreten ist, hat ihre Gier angeheizt. Ich wollte wissen, wie der »Engel des Nordens« gewesen sei. »Herzzerreißend«, sagte sie. »Wie alles in meinem Leben.«

15 Uhr

Haltet die Druckerpresse an! Heute Nachmittag kamen meine fünf Belegexemplare von »Alle schreien nach Innereien – Das Buch!«. Auf dem Schutzumschlag prangt das Bild von Dev Singh! Ich bin der verschwommene Farbklecks daneben. Mein Name verschwindet zum Teil hinter einem Kochtopf, seiner nicht.

Sonntag, 22. Februar

Heute Vormittag habe ich meinen guten Anzug von Next und meinen Boss-Mantel in die Reinigung von Safeway's gegeben. Ich verlangte den Express-Service und betonte gegenüber dem Jüngling hinter dem Ladentisch (»Darren Lacey, Reinigungsmanager«), wie wichtig es für mich sei, die Teile tadellos gereinigt und gebügelt zu bekommen. Ich wies ihn darauf hin, dass ich in diesen Kleidungsstücken in der Öffentlichkeit aufzutreten gedächte. Während ich mich mit meinem Abholschein zum Gehen wandte, hörte ich einen alten Knilch, der neben mir gewartet hatte, zu »Darren« sagen: »Wo trägt er die Klamotten denn sonst? Im Schrank?«

Montag, 23. Februar

An Mrs Banks verletzten Fingern hat sich eine Blutvergiftung entwickelt. »Die ganze Hand steht jetzt auf dem Spiel.« Im Haus ist es indessen eiskalt, und das Dach ist undicht. Wird der von häuslichem Pech verfolgte Mr Banks jemals in der Lage sein, die Arbeiten an meinem Haus aufzunehmen?

Dienstag, 24. Februar

Tag der Buchveröffentlichung

Der heutige Tag hätte ein Markstein in meinem Leben werden sollen. »Alle schreien nach Innereien – Das Buch!« mag zu achtzig Prozent von meiner Mutter geschrieben sein, und es ist gewiss keine große Literatur, aber nichtsdestoweniger steht mein Name vorne drauf. Aber war es mir etwa vergönnt, diesen beträchtlichen Erfolg unbeeinträchtigt von häuslichen und erzieherischen Kalamitäten zu genießen? Nein! Ums Verrecken nicht! Dieser Tag sah mich das Haus wegen Glenns Turnschuhen auf den Kopf stellen, die er unter sein Bett gebolzt zu haben behauptet, jedoch »sie haben sich einfach in Luft aufgelöst, Dad«.

Williams Kindergartenschuhe sind ebenfalls verschwunden. Ich sah mich gezwungen, ihn in seinen roten Gummistiefelchen in die Tagesstätte zu bringen, Dieses eine Mal betete ich um Regen, der natürlich nicht kam.

Glenn musste sich mit einem Paar Marks & Spencer-Turnschuhen von mir ausstaffieren, die ihm drei Nummern zu groß waren und ihn zwangen, zwei Paar Wollsocken übereinander anzuziehen. Als ich ihn am Schultor abgesetzt hatte, blickte ich ihm hinterher, wie er zögernd ins Schulgebäude schlurfte. Die Füße schleppte er zwar nicht nach, die lose daran hängenden Turnschuhe jedoch durchaus.

Warum ist der Morgen der Schultage in Rampart Terrace stets ein unerquicklicher häuslicher Kleinkrieg? Selbst Andrews Nerven liegen zwischen sieben Uhr dreißig und acht Uhr fünfundvierzig blank. Es ist noch kein einzigesmal vorgekommen, dass sich William, Glenn und ich mit jenem Leuchten im Gesicht an den Frühstückstisch gesetzt haben, das den Familien in der Werbung immer so mühelos gelingt. William benimmt sich wie der Letzte Kaiser und weist bockig seine Frühstücksflocken zurück, bis es zu spät geworden ist und er im Auto ein Stück Obst essen muss. Und Glenn macht einfach nicht voran. Allein schon, wie er seinen Toast mit Butter bestreicht, bringt mich zur Weißglut: Erst kommen die vier Ecken, dann die Mitte, dann wieder die Ecken, und das ganze lähmende Ritual beginnt noch mal von vorne.

Heute früh sagte Glenn im Auto: »Du brüllst ganz schön oft herum, Dad.«

Ich brüllte: »Quatsch nicht, wenn du den Mund voll hast. Du krümelst mir mit deinem schmierigen Toast die ganzen Polster voll!«

William saß mandarinenschälend auf dem Rücksitz. Mir fiel auf, dass er sein Kidsplay-Sweatshirt verkehrt herum angezogen hatte. Und wie kommt es eigentlich, dass dieses Haus unentwegt in solche Unordnung gerät? Ich brauche mich bloß umzudrehen, und schon vermüllt es sich selbsttätig mit allerlei herrenlosem Gut.

Um zehn Uhr dreißig war ich bei Zouch-Radio live auf Sendung. Der Moderator Dave Wonky (bestimmt nicht sein richtiger Name) stellte mich vor als »das neueste Talent, das Ashby-de-la-Zouch hervorgebracht hat. Liebe Hörer, wer ist dieser Mann?«

Die Einleitung machte mich etwas ratlos, bis Mr Wonky einen völlig hirnrissigen Jingle laufen ließ:

Ratet den Mystery Gast!
Alle mal aufgepasst!
Wer seinen Namen weiß,
bekommt unsern Siegerpreis!

Niemand rief an. Mr Wonky gab noch eine Ratehilfe. »O.k., hier noch ein Tip. Er ist Prominentenkoch.«

Die Telefone schwiegen. Mr Wonky ließ wieder den Jingle laufen und verlas dann die Verkehrsnachrichten. Auf der Umgehungsstraße von Billesdon war ein Lkw umgestürzt und hatte seine Ladung Goldfischfutter auf die Fahrbahn gekippt. Immer noch meldete sich niemand. Inzwischen hatte ich zehn Minuten im Studio gesessen, ohne ein Wort zu sagen. Ich durfte erst sprechen, wenn der erste Hörer meine Identität erraten hatte.

Nachdem Wonky eine Veranstaltungsliste mit Flohmärkten verlesen hatte, meldete sich eine Frau und fragte, ob ich Delia Smith sei.

Fünf Minuten später lieferte Wonky den dritten Hinweis. »Er hat in die nigerianische Aristokratie hineingeheiratet.«

Selbst ich hätte mich anhand dieser Beschreibung nicht erkannt. Ein leicht debiler Jugendlicher, Tez hieß er, rief aus Coalville an und fragte, ob ich der schwarze Komiker Lenny Henry sei. Wonky geriet ein bisschen aus dem Konzept. »Also hör mal, Tez, seine englische Frau Dawn French ist doch keine nigerianische Aristokratin, oder?«, sagte er.

Tez meinte, das könne er nicht wissen. Wonky schmiss ihn grußlos und ziemlich abrupt aus der Leitung. Er darf sich Hoffnungen auf die Position des ersten Schock-Moderators der Midlands machen. Er verriet es mir, während er »Die Windmühle in Alt-Amsterdam« von Max Bygrave dudeln ließ. Am Ende der Darbietung sagte er: »Das war für Mrs Agnes Golighty, die heute neunundachtzig Jahre jung wird, Gott segne sie.«

Seine vierte Hilfestellung lautete: »Die Familie meines Mystery-Gastes machte unlängst durch eine Liebesaffäre mit Partnertausch von sich reden, wobei eine gewisse junge Dame namens Pandora eine Rolle spielte.«

Schlagartig riefen alle auf einmal an, auch wenn niemand meinen Namen korrekt im Kopf hatte. War ich »James Vole«? »Adrian Sole«? »Lance Pole«? Es war kränkend und erniedrigend, besonders als Wonky den Hörern mitteilte, dass es den heutigen Preis, ein Radio-Zouch-T-Shirt, in der morgigen Sendung wieder zu gewinnen gäbe, da heute niemand den richtigen Namen erraten habe.

Er gestand mir zwei kurze Minuten zu, um mich zu »Alle schreien nach Innereien – Das Buch!« zu äußern, aber ich war rednerisch leider nicht in Hochform. Dann wurden die Hörer aufgefordert, anzurufen und Fragen zu stellen. Eine Vegetarierin namens Yvonne meldete sich und wollte wissen, weshalb ich es für richtig hielte, mich am Massenmord an unschuldigen Tieren mitschuldig zu machen, indem ich der Verwendung von Innereien in der Küche das Wort redete. Ich erwiderte, ich sei sowohl Tierliebhaber als auch Katzenbesitzer, und es sei im Übrigen eine wohlbekannte Tatsache, dass Gemüsepflanzen und Früchte qualvoll aufschreien, wenn man sie aus dem Boden reißt oder vom Baum bzw. Strauch abschneidet. Yvonne reagierte hysterisch und warf mir vor, ein Mann zu sein.

Wonky sagte: »Yvonne, ist das denn inzwischen schon ein Verbrechen?«

Nun erlitt Yvonne einen Zusammenbruch und gestand, dass ihr Ex, ein fleischverzehrender Weiberheld, sie mittels eines Zettels unter einem Teller mit Kalbsleber im Kühlschrank von seinem Abschied in Kenntnis gesetzt hatte. Wonky geriet in ein Beratungsgespräch mit Yvonne und gab mir Zeichen, das Studio zu verlassen. Es war mir ein Vergnügen.

William kam mit einem Briefchen von Mrs Parvez nach Hause:

Lieber Mr Mole,

falls Sie bei der Auswahl geeigneter Kindergartenschuhe für William Hilfe brauchen, möchte ich Ihre geschätzte Aufmerksamkeit auf die beiliegende Broschüre »Augen auf beim Schuhkauf« des Trägerverbandes der kommunalen Sozialbehörden lenken.

Mit freundlichem Gruß
Mrs Parvez

Auf dem Anrufbeantworter war ein Anruf von der Schule, Glenn sei weder vormittags noch nachmittags zur Anwesenheitskontrolle erschienen. Als ich ihn dazu befragte, sagte er: »Das war einfach nicht drin, Dad. Ich kann mich in der Penne unmöglich mit Marks & Spencer an den Füßen auf den Fluren sehen lassen.« Seine Augen füllten sich plötzlich mit Tränen. Es schien ihn selbst zu überraschen.

Ich fuhr mit ihm und William zum Einkaufsparadies »The Pasture«, das vor der Stadt aus der grünen Wiese gestampft worden ist und wo man neuerdings an sieben Tagen der Woche bis abends um zehn einkaufen kann. Wir gingen zu »Footlocker«. Ein gut aussehender schwarzer Verkäufer hielt Glenn ein Paar Turnschuhe hin und sagte: »Die sind respektmäßig voll der Bringer.« Die Gebilde wirkten auf mich wie jene Fahrzeuge, die von der NASA zum Einsammeln von Gesteinsproben auf Mond und Mars entwickelt worden sind. Glenn probierte sie an. Es war unverkennbar, dass er ein Verzückungserlebnis hatte. »Oh, Dad, die sind geil!«, rief er aus. Der Preis belief sich auf fünfundsiebzig Pfund neunundneunzig.

»Was, fast sechsundsiebzig Pfund für zwei Klumpen Schaumgummi? Ich glaube, ich spinne!«, sagte ich indigniert.

Glenn gab dem Verkäufer die Prachtstücke zurück, der sie wieder im Karton verstaute. Doch dann musste ich an die grauen Halbschuhe denken, die ich in der Schule hatte tragen müssen, statt der Doc-Martens-Schluffen, die alle meine Altersgenossen anhatten. Mit den Sticheleien von Barry Kent noch in meinem Ohr, ging ich in den Laden zurück und erstand die Latschen. Fünfundsiebzig Pfund neunundneunzig! Mir wurde fast schlecht.

Kaufte für William ein Paar Lion King zum Reinschlüpfen. Er wollte Titanic-Reißverschlussstiefel, aber ich sagte nein. Es gab dort auch einen Buchladen. Wir schauten uns um, aber von »Alle schreien nach Innereien – Das Buch!« keine Spur. Meine Söhne waren maßlos enttäuscht.

Barry Kents »Blind« mit einem Stapel Stephen-King-Romane überbaut.

Donnerstag, 26. Februar

Nobby kam und brachte die Leitern.

Um 12 Uhr 30 Interview bei Radio Leicester. Larry Graves, der Interviewer, sagte, er hätte das Rezept für die Schweinsfüße gestern Abend zu Hause ausprobiert, es aber ungenießbar gefunden. Er hatte die Fernsehserie gesehen und hielt Dev Singh für ein »komisches Genie«. Er fragte mich, ob ich wohl Dev darum bitten könnte, ihm sein Exemplar des Buches zu signieren.

Freitag, 27. Februar

Eleanor war heute nach der Nachhilfestunde sehr bedrückt. Ich sagte, hoffentlich sei Glenn nicht der Anlass. Sie erzählte, Roger Patience würde ihren Anstellungsvertrag an der Neil-Armstrong-Gesamtschule nicht verlängern. Ich wollte wissen, warum, aber sie äußerte sich merkwürdig unbestimmt. Sie zog ihren von der Beutelmode diktierten viel zu weiten schwarzen Mantel an und verabschiedete sich ziemlich überstürzt.

Roger Patience ist ein Idiot. Sie ist eine brillante Lehrerin. Glenns Lesealter hat sich innerhalb von zwei Wochen um die gleiche Anzahl Jahre verbessert. Er hat den Gleichstand mit einem durchschnittlichen Neunjährigen schon so gut wie erreicht.

Samstag, 28. Februar

Habe auf Radio Leicester gehört, dass auf dem Lehrerparkplatz der Neil-Armstrong-Gesamtschule gestern um die Mittagszeit mehrere Autos in Flammen aufgegangen sind. Als Ursache vermutet man »sinnlosen Vandalismus«.

Ich hoffe, dass Eleanors Fiat nichts abbekommen hat. Der Volvo des Rektors war Totalschaden.

Sharon Bott hat ein Mädchen auf die Welt gebracht. Sie hat dem armen Wesen nach dem Ort seiner Zeugung den Namen Caister verpasst. Habe Glenn zum Ortstermin mit seiner Halbschwester mitgenommen. Auf dem Heimweg sagte er: »Meine Mam macht mir Sorgen, Dad. Wie will sie das hinkriegen?«

Ich brachte Gazza ins Gespräch. »Wird Hoddle ihn aufstellen?«

»Den nich', Dad. Zu fett«, sagte er voraus.

Sonntag, 1. März

William hat ein neues Spiel: »Böckchen machen.« Er kommt auf sein Opfer zugeflitzt und rempelt es mit gesenktem Kopf in den Bauch. Ich habe bemerkt, dass Glenn, sobald William in Schussweite ist, sofort seine Genitalien abschirmt. Frauen wissen gar nicht, welch erlesene Gunst es ist, das Geschlechtszubehör ordentlich im Körper verstaut zu haben.

Eine Besprechung im Literaturteil der »Sunday Times«. In der Rubrik »Kurzkritik« steht:

> *»Love by Lamplight«,* Hermione Harper;
> grobkörnige Liebesgeschichte aus dem Krimkrieg.

»Filth«, Spike McArtney;
kaum verschlüsselte Autobiographie aus der Gosse von Glasgow.

»Alle schreien nach Innereien – Das Buch!«, Adrian Mole;
100mal Innereien rauf und runter – der Brüller.

Fuhr zur BP-Tankstelle und habe sechsmal ST gekauft. Die Buben waren stolz wie die Spanier, meinen Namen in (wie Glenn sagt) »einer von den richtigen Zeitungen« zu sehen. Meine Mutter rief abends um zehn an, um nachzufragen, ob ich »ihre« Kritik gesehen hätte.

Dienstag, 3. März

Habe Les Banks getroffen, als er im BP-Shop Zigaretten kaufte. Ich erkundigte mich nach seiner Frau. Er sah mir mit geweiteter Pupille tief in die Augen und sagte: »Es geht ihr gar nicht gut. Ihr Vater ist letzte Nacht tot umgefallen.« Ich gab ein zynisch-bitteres Lachen von mir und empfahl mich.

Ich hörte Banks »Gefühlloses Arschloch!« hinter mir herrufen.

Donnerstag, 5. März

Bin sehr erschrocken, als ich heute Abend im »Leicester Mercury« ein Foto von Les Banks und Familie sah. Die Schagzeile lautete: »Vom Pech verfolgt: Tapfere Familie zittert vor weiteren Schicksalsschlägen.«

Ich brachte es nicht fertig, den zugehörigen Artikel zu lesen, und wünschte, mein Blick wäre nicht zufällig auf das Fettgedruckte unter dem Foto gefallen, wo die Rede war von der »trotz Handamputation ungebrochenen Hausfrau Lydia Banks (41)«.

Glenn fragte mich heute Abend, wo das Kosovo sei. Ich gab ihm den von der »Times« herausgegebenen großen Weltatlas und sagte, er soll im Index nachsehen. Er schaute mich mit runden Augen an. Er weiß nicht, was ein Index ist.

Ich habe Les Banks angerufen und mich entschuldigt. Er sagte, er würde morgen kommen, »wenn das Wetter mitspielt«. Ich fragte ihn, wann das Wetter für ihn nicht mehr mitspielt. Er sagte: »Wenn's mich vom Dach weht.«

Freitag, 6. März

Den ganzen Tag Wind mit Sturmböen. Bin heute vormittag mit meiner Mutter zu ihrer Verhandlung in Sachen »Mole gegen Shoe-Mania!« vor der kommunalen Schiedsstelle des Zivilgerichts gegangen.

Dieser Anwaltsfuzzi Charlie Dovecote hat ihr den Floh ins Ohr gesetzt, sie hätte gute Aussichten auf einen saftigen Schadensersatz für das Unrecht, den Stress und das Trauma, die sie auf dem Mount Snowdon habe erleiden müssen, als ihr beim Erreichen der Gipfelregion des Berges in fälschlicher Erwartung eines für jenen Tag dort angekündigten öffentlichen Auftritts von Sir Anthony Hopkins der Stöckelabsatz abbrach. Als sie vom Richter befragt wurde, weshalb sie auf einer Bergtour derart ungeeignetes Schuhwerk getragen habe, erklärte sie: »Ich trug die Schuhe nur auf dem allerletzten Stück. Ich wollte doch nicht vor Sir Anthony in den geliehenen Bergsteigerstiefeln herumlatschen.« Charlie Dovecote nahm Justin Swayward, den Vertreter von »Shoe-Mania!«, ins Kreuzverhör.

»Mr Swayward, trugen die Schuhe einen Warnhinweis auf gesundheitliche Risiken?«

»Natürlich nicht!«

»Natürlich nicht? Und warum nicht?«

»Weil jeder *vernünftige* Mensch doch sofort sieht, dass diese Schuhe ...«

»Aha! Jeder *vernünftige* Mensch! Aber, Mr Swayward, das war meine Klientin Mrs Mole zu jenem Zeitpunkt keineswegs. Sie war eine Frau in den Wechseljahren, die unter einer hormonbedingten Wahnvorstellung über den Filmschauspieler Sir Anthony Hopkins litt, der kurz zuvor eine Million Pfund zum Erwerb jenes in Rede stehenden Berges gestiftet hatte.«

Sie bekam einen Schadensersatz von zweitausend Pfund zuzüglich der Prozesskosten zugesprochen. Der Richter/Schiedsmann begründete die Entscheidung, die Firma Shoe-Mania! »zielt durch das von einem Rufzeichen gefolgte Wort ›Mania!‹ darauf ab, ungefestigte Frauen zu unklugen und unangemessenen Schuhkäufen zu verführen«.

Ich muss schon sagen, diesen eklatanten Missbrauch unserer überlaufenen Zivilgerichte finde ich ziemlich widerlich.

Eleanor hat am Keith Joseph Community College eine neue Stelle angefangen. Sie ist Leiterin der Aufbau- und Nachholkurse. »Ich werde mich jedoch durch nichts von meinen wöchentlichen Besuchen in der Rampart Terrace abhalten lassen«, sagte sie. »Ich *lebe* für diesen Freitag.«

Sonntag, 8. März

Les Banks rief gestern an. Er sagte, ein Sattelschlepper habe beim Zurücksetzen seinen Hund angefahren. Ich achtete darauf, gebührend Mitgefühl zu äußern. Er kündigte an, er werde mir einen Subunternehmer herüberschicken: Bill Broadway. »Verlässlicher Mann, Mr Mole«, sagte er.

Ich wünschte ihm gute Besserung für seinen Hund.

Montag, 9. März

Dev Singh trat heute Vormittag in der Show von Richard und Judy auf und machte Werbung für »Alle schreien nach Innereien – das Buch!«.

Ich hängte mich augenblicklich ans Telefon und rief Brick Eagleburger an. Auf seinem Anrufbeantworter hinterließ ich den denkbar schärfsten Protest gegen die Usurpation meiner Rolle durch Dev.

Oben auf meinem Dach läuft Radio Two in voller Lautstärke. Bill Broadway ist oben. Seinem Akzent nach dürften seine Eltern aus Jamaica gekommen sein. Obwohl erst siebenunddreißig, ist er schon fast vollkommen ergraut. Er macht den beruflichen Stress dafür verantwortlich. Er hat Höhenangst.

Freitag, 13. März

Solange die Buben noch nicht aufgestanden waren, habe ich ein bisschen an meiner Radioserie über die königlichen Archers gearbeitet. Versuchsweise habe ich die Blairs hineingearbeitet.

DIE KÖNIGLICHEN ARCHERS

Ländliche Dudelsackmusik, Überblendung auf Hubschrauberlandegeräusch in Gerstenfeld.

QUEEN: Noch etwas gebratenen Speck, Philip?

PHIL: *(Mürrisch)* Wer landet da in meinem Gerstenfeld, während ich beim Frühstück sitze?

QUEEN: Ich gehe jetzt mit meiner Pfanne vom Kohleherd zum Fenster und schaue hinaus und sage dir dann, wer es ist. Oh, es ist Charles, aber es ist jemand bei ihm … eine Frau in Reithosen.

PHIL: Liz, wer ist es, wer? Wer begleitet da unseren Ältesten?

Schnitt auf:

Tagebuch von Cherie und Tony

Ton: Joghurtbecher werden ausgewaschen.

CHERIE: *(Seufzer)* Ich kriege den Joghurtpilz einfach nicht aus den Bechern, Tony *(Seufzer)*.

TONY: Ist das denn so schlimm?

CHERIE: *(Schreit)* Wenn ich den Pilz nicht herauskriege, kann sich doch ganz Ambridge an Milchschorf anstecken!

TONY: Ach, Cherie, sollen sie doch, sollen sie!

Ländliche Dudelsackmusik.

Ende

Ein starker Anfang, meine ich.

Als unten die Nachhilfestunde vorbei war, ging ich hinunter und gab Eleanor ihr Geld. Ich lud sie zu einem Glas Amselfelder ein. Sie nahm an. Wir saßen am Kaminfeuer und sprachen über Glenns Fortschritte. Er kommt gut voran und kann mittlerweile auf der Sportseite der »Sun« schon fast alles lesen. Eleanor blickte in die Flammen und stieß einen tiefen Seufzer aus. Ich fragte sie, was sie bedrücke. »Ich liege mit den Dämonen meiner Seele im Kampf«, sagte sie, ging aber nicht in Einzelheiten. Ich erzählte ihr von meiner Netzphobie. Bislang habe ich noch keiner Menschenseele etwas davon erzählt. Dr. Benjamin Spocks »Säuglings- und Kinderpflege« war die Bibel meiner Eltern. Sie befolgten die Ratschläge des Autors buchstabengetreu. Als ich im Alter von achtzehn Monaten begann, nachts mehrmals aus meinem Bettchen zu klettern, schlugen sie im Problemindex das Symptom nach. Meine doofen Eltern folgten wortgetreu Dr. Spocks Rat und hielten mich in nächtlicher Gefangenschaft, indem sie ein Federballnetz über mein Kinderbett warfen und an den Beinen befestigten (des Kinderbettchens, nicht meinen). Meine Eltern befolgten sklavisch die Vorschriften des Buches, obwohl es belegt ist, dass meine Großmutter Mole damals entschieden Einspruch eingelegt hat.* Sie hielt dafür, dass »ein kräftiger Klatsch auf den Hintern schon dafür sorgen würde, dass er nachts Ruhe hält«.

Ich erinnere mich gut an meine nächtlichen Kämpfe, um der Gefangenschaft des Federballnetzes zu entkommen. Dr. Spock mag sich mit Kriegsspielzeug ausgekannt haben, aber was Federballnetze angeht, war er vollkommen auf dem falschen Dampfer. Ihm habe ich es zu verdanken, dass Wimbledon für mich nie ein ungetrübter Genuss sein konnte. Allein der Klang der Stimme der Tennisspielerin Virginia Wade genügt, um mir den Angstschweiß auf die Stirn zu treiben. Aus die-

* Quelle: Brief von George Moles Mutter Edna May Mole an Mrs Sudgen, Mutter von Pauline, vom 2. Mai 1968.

sem Grund lasse ich auch William in Schlaf niedersinken, wo immer es ihm beliebt, und bringe ihn dann in sein Bett.

Dienstag, 17. März

Glenn ist jetzt schon vier Wochen hier in Rampart Terrace. Gestern Abend habe ich ihn gefragt, wo und mit wem er leben möchte. Er sagte: »Hier bei dir, Dad.«

Das entsprach nicht ganz dem, was ich gerne gehört hätte. Ich mag den Jungen durchaus, aber …

Heute Vormittag rief ich Sharon an und fragte, ob ich vorbeikommen und mich mit ihr über Glenns Zukunft unterhalten könne. Das Gespräch war etwas schwierig: Caister brüllte im angrenzenden Zimmer, und Bradford und Kent keilten sich ganz in der Nähe des Telefons. Es konnte mich nicht überraschen, dass Sharon abgelenkt wirkte. Als ich Glenns Namen erstmalig nannte, sagte sie: »Wer?«

Mittwoch, 18. März

Ein Streifenwagen der Polizei fuhr heute Nachmittag um fünfzehn Uhr vor. Ein Polizist kam an die Tür und sagte: »Ist Ihnen bekannt, mein Herr, dass sich ein Schwarzer an Ihrem Dach festklammert?«

»Ja, durchaus«, sagte ich. »Ich bezahle ihm sogar zwanzig Pfund die Stunde dafür.«

Glenn sehr betrübt. Manchester United ist nach dem eins zu eins gegen Monaco aus dem Europapokal herausgeflogen. »Glenn, im Fußball geht's wie im Leben«, tröstete ich ihn. »Jeder bekommt seine Chance. Manchmal gewinnt man, und manchmal verliert man eben.«

»Ja, schon«, sagte Glenn, »aber wenn die Jungs von Man U noch eine Chance bekommen hätten, dann hätten sie wahrscheinlich gewonnen, Dad!«

Metaphorik ist noch nichts für Glenn.

Donnerstag, 19. März

Mein Vater rief heute an, was durchaus ungewöhnlich ist. Er hatte die Stimme gesenkt, woraus zu erkennen war, dass sich Tania im Revier befand. Er sagte: »Adrian, hast du schon gesehen, was in den Zeitungen steht?«

Nein, sagte ich, ich hätte eingebranntes Zeugs von der Kochplatte und vom Bügeleisen entfernen müssen und zum Zeitungholen keine Zeit gehabt.

»Jetzt haben sie es verdammt noch mal zu weit getrieben«, sagte er. »Sie haben einer *Frau* das Kommando über ein Kriegsschiff gegeben, der HMS ›Express‹. Stell dir doch bloß mal das entsetzliche *Blutbad* vor, das diese Frau damit anrichten kann!«

Aus dem Garten hörte ich Tania rufen: »Liebling, komm doch mal, die Amsel singt so schön.«

»Muss jetzt Schluss machen«, murmelte mein Vater.

Meine Mutter hat einmal in einer Schachtschleuse einen Ferienkreuzer in die Schleusenmauer navigiert, wobei mein Vater fast über Bord ging. Die Begebenheit wurde von den Zechern im Garten der Schankwirtschaft des Schleusenwärters beobachtet. Ihre ungekünstelte Heiterkeit bleibt mir unvergesslich.

1 Uhr nachts
Sharon war so müde, dass sie während unseres Gesprächs über Glenns Zukunft zweimal einnickte. Caister gehört zu den Säuglingen, die gerne alle dreiviertel Stunde gefüttert werden möchten. Fatalerweise gibt ihr Sharon die Brust. Dem Baby mag das ja nützen, mich selbst hat es nur in Teufels Küche gebracht. Ihre achtzehnjährigen Brüste habe ich damals mit großer Freude betrachtet, doch jetzt ist Sharon dreißig, und aus den Freudenspendern sind furchterregende blaugeäderte Riesengewächse geworden. Sharon Bott ist eine Molkerei zu Fuß. Ihre Brustwarzen sehen aus wie verlaufene Spiegeleier, und die arme Sharon selber eher wie fünfzig als die dreißig, die sie in Wirklichkeit ist.

Ich fragte sie, ob es ihr etwas ausmachen würde, wenn ich Glenn vorschlüge, für immer bei mir zu bleiben. »Ich weiß, dass er bei dir ein besseres Leben hätte als bei mir«, sagte sie. »Ich kann ihm doch nichts geben.«

»Im Gegenteil«, sagte ich zu ihr, »du hast ihm sogar sehr viel gegeben«, und betonte, dass sie mit dem Aufziehen des Jungen eine anerkennenswerte Leistung vollbracht hatte. Ich würde Glenn sehr mögen.

Sie wirkte erleichtert und meinte: »Aber gelegentlich mal übers Wochenende darf ich ihn doch haben?«

Es sei mir sogar sehr recht, antwortete ich, wenn ich hin und wieder ein Wochenende für mich alleine hätte.

Ich sah mich in Sharons Wohnzimmer um. Nirgendwo ein Buch, eine Illustrierte oder auch nur eine Zeitung. Ich freute mich auf den Tag, an dem es möglich sein würde, meinen Ältesten in die Welt der Literatur einzuführen.

Als ich wieder zu Hause war, feierten wir den Tag mit einem chinesischen Essen, das wir uns vom Chinaimbiss ins Haus bringen ließen. Die Krabbenkräcker für William waren vergessen worden, aber er verzichtete auf seinen üblichen Wutanfall. Er freute sich, weil Glenn jetzt für immer bei uns wohnt.

Als ich William nach oben in sein Bett trug, sah ich an Glenns Tür ein Schildchen. »Glenn Bott, priwad« stand darauf.

Freitag, 20. März

Wies Bill Broadway von unten per Zeichensprache auf den Schornstein hin und fuhr dann nach Leicester. Ich sehne mich nach dem Großstadtleben. Kaufte für William in einem Alles-ein-Pfund-Laden olivfarbene Militärunterhosen. Stellte bestürzt fest, dass inzwischen schon jemand einen Alles-fünfzig-Pence-Laden aufgemacht hatte. Es geht überall mächtig bergab. Ein sicheres Zeichen, dass die Einkaufskultur in den Stadtzentren in den letzten Zügen liegt.

Ich überlegte mir gerade, ob ich die Baywatch-Eierbecher, die ich betrachtete, kaufen sollte, als ein Mann mit grüner Bommelmütze auf mich zutrat und sagte, er hätte mich im Fernsehen gesehen. Er bat mich um ein Autogramm, es sei für seine psychisch kranke Schwester Phyllis, meinen »größten Fan«. Auf die Rückseite seiner Gasrechnung schrieb ich: »Für Phyllis – meine Innereien fanden es zum Schreien, Ihren Bruder kennen zu lernen. Mit den besten Wünschen, Adrian Mole.«

Der Mann betrachtete den beschriebenen Rechnungsrücken und sagte: »*Das* wird ihr aber nicht gefallen.«

Ich fragte, warum. Offenbar kreisen Phyllis' psychische Probleme um den Tatbestand, dass sie als Erstgeborene »in die Röhre gucken« musste, als ihr Bruder auf die Welt kam. »Davon hat sie sich nie erholt«, sagte er. »Wenn Sie schreiben, Sie fänden es zum Schreien, den *Bruder* kennen gelernt zu haben, könnte ihr das den Rest geben.«

Er reichte mir einen Abholschein von der Reinigung. Hintendrauf schrieb ich: »Hallo, Phyllis, gute Genesung wünscht Ihnen der Fernsehkoch Adrian Mole!«

Er schüttelte den Kopf. »Gute Genesung dürfen Sie nicht schreiben«, sagte er. »Sie weiß ja gar nicht, dass sie krank ist.«

Ich riss ihm den Busfahrschein, den er hervorgeklaubt hatte, aus der Hand und kritzelte: »Viele Grüße, Adrian Mole.« Er brummte ein mürrisches »Danke schön«, rückte die Bommelmütze zurecht und schlurfte aus dem Laden.

Zur weiteren Betrachtung von Baywatch-Eierbechern war ich nicht mehr in Stimmung. Ich verließ das Geschäft, ohne etwas gekauft zu haben.

Um mich zu beruhigen, genehmigte ich mir in einem Straßencafé auf der High Street einen Cappuccino. Der Laden heißt »The Brasserie« und besteht erst seit einer Woche. Von einigen Segmenten der Bevölkerung von Leicester wird er mit großem Argwohn betrachtet. Eine Seniorin, die sich an meinem Tisch vorbeiquetschte, sagte zu ihrer Begleiterin: »Hier ist ja kein Durchkommen mehr, ist doch so. Und was soll ein Blinder machen, oder ein Behinderter im Rollstuhl?«

Nachmittags fuhr ich zu Tania und meinem Vater, um sie davon ins Bild zu setzen, dass Glenn jetzt auf Dauer bei mir wohnte. Sie waren soeben von der Sexualberatung im Krankenhaus wiedergekommen. Unglücklicherweise hielten sie es für angezeigt, den Inhalt der gemeinsam absolvierten Beratungsstunde detailreich vor mir auszubreiten. Während Tania die Hand meines Vaters hielt, sagte sie zu mir: »Ich habe ihn immer wieder beruhigt, dass beim Sex doch nicht alles mit der Penetration steht und fällt.«

Sie stand auf und ging in die Küche, um einen Kräutertee zu kochen. Während der Blick meines Vaters ihren ausladenden Hüften zum Zimmer hinaus folgte, sagte er: »Aber für *mich* steht und fällt alles beim Sex mit der Penetration. Bleib mir doch weg mit dem ganzen oralen Zeugs – schon bei der Führerscheinprüfung bin ich im Mündlichen durchgefallen.«

Ich versuchte auf das neu angeschnittene Thema umzusteigen und verriet ihm, dass inzwischen die Neulinge schriftlich geprüft würden, aber er kehrte wie eine Taube zu ihrem Schlag wieder zu seinem im argen liegenden Unterleib zurück, indem er mir auf die Nase band, dass Tania seinen Hämorrhoiden mit Aromatherapie zu Leibe rückte. Er verlagerte gequält das Gewicht auf seinem Stuhl. Ich suchte ihm begreiflich zu machen, dass ein aufblasbares Ringkissen oder eine *Operation* vielleicht eher Abhilfe schaffen würden als ein paar Wölkchen Lavendelölduft. Sein ängstlicher Blick streifte Tania, die soeben wieder ins Zimmer trat. »Ich setze großes Vertrauen in die Aromatherapie«, sagte er etwas zu laut. »Darüber brauchst du dich gar nicht lustig zu machen, Adrian.« Tania sah lächelnd auf ihn herab wie auf ein braves Kleinkind.

Eleanor rief mich über das Handy an, sie könne heute Abend nicht kommen, sie hätte einen »Notfalltermin« bei ihrem Therapeuten.

Auf dem Heimweg kaufte ich im BP-Shop allerlei ein, auch einen Spielplan mit den Ausscheidungsspielen der Fußballweltmeisterschaft für Glenn, den er sich in seinem Zimmer an die Wand hängen kann.

Samstag, 21. März

Heute sagte Glenn: »Dad, sollen wir mal Lotto spielen?« Um ein Haar hätte ich ihn mit meiner Standardtirade gegen das Lottospielen bedient, doch ich hörte mich sagen: »Warum nicht, Sohnemann?« Wir tippten die Zahlen 3 für Williams Alter, 13 für Glenn, 31 für mich (schon bald), 16 für Rosie, 30 für Sharon und 5 für den Neuen Hund.

Sonntag, 22. März

Ein Wochenende mit Arbeit ohne Ende. Wäsche waschen, bügeln, zusammenfalten, wieder wegräumen. Geschirr abwaschen, abtrocknen, wegstellen. Die schmutzigen Böden saugen! Staubwischen! Nebenher noch kochen! Ich brauche eine Frau, die das alles für mich erledigt. Eine Frau, die keine Bezahlung verlangt. Eine Ehefrau.

Nach der Hausarbeit stand stupides lautes Vorbeten

des WM-Qualifikationsfahrplans auf dem Plan. Glenn hat sich vorgenommen, Termine und Austragungsorte bis Juni auswendig zu können.

Dienstag, 24. März

Beim Abendessen unterhielten wir uns darüber, was wir machen würden, wenn wir in der Lotterie eine Million Pfund gewinnen würden. Glenn sagte: »Wie sieht eine Million Pfund eigentlich aus, Dad?« Ich schrieb einen Scheck über eine Million Pfund aus, zahlbar an »Glenn Bott, Esquire«. Er freute sich wie ein Schneekönig und steckte den Scheck in die Brusttasche seines Hemdes für die Schule.

Mittwoch, 25. März

Roger Patience rief mich um elf Uhr dreißig an. Er bat mich, umgehend zur Schule zu kommen, es bestünde ein ernstes Problem. Ich war so beunruhigt, dass ich unter beträchtlicher Überschreitung der Geschwindigkeitsbeschränkung (streckenweise 62,5 km/h) hinüberfuhr. Von der diensthabenden Schülerin des Tages, einem bezaubernden Mädchen namens Nell Barlow-Moore, wurde ich in das Rektoratsbüro geführt.

Patience saß hinter seinem auf Mahagoni getrimmten Schreibtisch und starrte auf den Computerbildschirm.

»Ah, Mr Mole«, sagte er und erhob sich von seinem

Schreibtischsessel mit der orthopädischen Rückenstütze. »Tut mir Leid, dass ich Sie kommen lassen musste, aber wir hatten einen Zwischenfall.«

Zwischenfall. Das Wort hing unheilschwanger in der Luft.

»Glenn hat heute einen Scheck über eine Million Pfund in die Schule mitgebracht«, sagte er. »Wir haben hier die strikte Vorschrift, dass Effekten ab zehn Pfund grundsätzlich der Schulsekretärin zur Aufbewahrung zu übergeben sind. Als jedoch Glenns Mathematiklehrerin Miss Trellis dem Jungen den Scheck abzunehmen versuchte, entzog er sich ihrem Zugriff, wurde ausfallend und bezeichnete sie als lahme Ente. Mr Mole, ich kann nicht zulassen, dass mein weibliches Lehrpersonal beschimpft und eingeschüchtert wird. Ich habe Glenn für die Dauer einer Woche vom Unterricht suspendiert.«

»Mr Patience, es handelt sich um einen Scheck über *eine Million Pfund*«, sagte ich. »Wofür haben Sie das denn gehalten? Glenns Taschengeld?«

»Er hat damit auf dem Schulspielplatz herumgewedelt«, entgegnete Patience. »Ein paar von den Erstklässlern sind vor Aufregung fast übergeschnappt!«

Ich drohte ihm an, Glenn von der Schule zu nehmen.

»Hier in der Gegend werden Sie ihn wohl kaum an einer anderen Schule unterkriegen«, meinte Patience. »Bott sorgt in den Lehrerzimmern landauf und landab für Gesprächsstoff. Er ist geradezu berüchtigt.«

Glenn hockte vor dem Rektorat auf einer alten ramponierten Schulbank und wartete. »Tut mir Leid, Dad«, sagte er.

Samstag, 28. März

William und Glenn haben sich erkundigt, was wir am Wochenende »tun« würden. Ich sagte zu ihnen, als ich noch ein Junge war, hätte ich am Wochenende überhaupt nichts »getan«. Ich hätte halt zu Hause rumgehangen, bis es Zeit war, wieder ins Bett zu gehen.

Montag, 30. März

Meine Mutter rief an und erkundigte sich, was ich mir zu meinem Geburtstag am Donnerstag wünschen würde. Ich sagte: »Ich hätte gern die fliederfarbene Klobürste mit Ständer aus dem Katalog von ›Innovation‹.«

Sie sagte: »Sei nicht albern.«

»Nein«, sagte ich, »das ist mein voller Ernst. An der Klobürste von Archie ist keine einzige Borste mehr dran.«

»Ich schenke dir was zum Lesen, wie immer«, meinte sie.

Sie wollte wissen, wie es William ging. »Es geht ihm absolut prächtig«, sagte ich, und dann, mit besonderem Nachdruck: »Wie übrigens auch Glenn, meinem anderen Sohn.«

Sie sagte: »Ich geb mir mit Glenn ja alle Mühe, Adrian, aber ich muss zugeben, dass …« Es gab eine kleine Pause, dann brach es aus ihr heraus: »Wenn ich ihn mit offenem Mund atmen sehe, kriege ich einfach zu viel, und wie er mit Messer und Gabel hantiert, ist für mich schlichtweg unerträglich!«

Ich ließ sie wissen, dass ich meinerseits die Krätze bekam von Iwans in der Mitte zusammengewachsenen

Augenbrauen, von seinen Schlipsknoten und von seiner Art, am Spülbecken von hinten Körperkontakt mit ihr aufzunehmen. Als ich den Hörer auflegte, fühlte ich mich dennoch nicht erleichtert. Wir hatten uns beide zu weit aus dem Fenster gelehnt. Gute Miene zum bösen Spiel machen ist eindeutig die bessere Politik.

Dienstag, 31. März

Panikanfall nachts um drei Uhr siebzehn. Was habe ich mit meinem Leben gemacht?

Ich bin als Ehemann gescheitert.
Ich bin als Sohn gescheitert.
Ich bin als Schriftsteller gescheitert.
Ich bin als Benutzer meines elektronischen Organizers gescheitert.

Inbrünstig gebetet, dass ich nicht auch noch an meinen beiden Söhnen scheitere.

Mittwoch, 1. April

Welche Freude! Oh, welches Entzücken! Ein Brief von der BBC ist gekommen!

Lieber Adrian Mole,
lassen Sie mich direkt zum Wesentlichen kommen. Ich bin soeben mit der Lektüre Ihres »Weißen Lieferwagens« durch (lassen Sie mich nicht lang und breit erzählen, wie das Stück in meine Hände gekommen ist, es mag genügen, wenn ich

Ihnen verrate, dass es hier bei der BBC schon Kultstatus gewonnen hat). Ich bin von dieser großartigen Arbeit zutiefst beeindruckt und würde gerne eine Fernsehserie daraus machen. Ich habe vorerst an zwanzig einstündige Folgen gedacht.

Die Besetzung ist natürlich ein kniffliger Fall, unsere Überlegungen bewegen sich derzeit Richtung Robbie Coltrane, Dawn French, Pauline Quirke, Richard Griffiths.

Ich befinde mich heute auf einem Seminar zur Sensibilisierung für Stress (keine Handys!), aber morgen werde ich wieder in meinem Büro anzutreffen sein. Es wäre nett, wenn Sie mich dann anrufen würden.

Mit freundlichen Grüßen
John Birt
Generalintendant

Und darunter, in Handschrift:

PS: Ich muss Ihnen sagen, dass ich so dermaßen begeistert bin!

Ich rief sofort Brick Eagleburger an und hinterließ mit der Bitte um Rückruf eine Nachricht auf seinem Anrufbeantworter. Nachdem ich die beiden Jungen abgefüttert, mit sauberer Kleidung versorgt und die mittlerweile fast obligatorische Suchaktion nach den Schuhen absolviert hatte, fuhr ich zu meiner Mutter und fotokopierte den Brief.

Ich habe Kopien an George & Tania, Brick Eagleburger, Pandora, Barry Kent, Peter Savage und den »Leicester Mercury« gefaxt. Dann versandte ich noch ein paar Kopien per Post an die Faxlosen: An Nigel, Oma und Opa Sudgen, Tante Susan und ihre Lebensgefährtin.

Liebes Tagebuch, heute werde ich sehr gut schlafen.

John Birt hat mir zu meinem einunddreißigsten Geburtstag ein wunderschönes Geschenk gemacht.

Donnerstag, 2. April

Ich wurde von William geweckt, der sich auf mein Bett geworfen hatte und mir die spitze Ecke einer Geburtstagsklappkarte in den Hals piekste. Er hatte die Karte im Kindergarten unter Anleitung von Mrs Parvez gebastelt. Vornedrauf befand sich eine näherungsweise Darstellung meiner selbst: Ein Strichmännchen mit übergroßen Zähnen und wildem Haarschopf, sieben Fingern an den Händen und Stöckelschuhen. Auf die Innenseite hatte Mrs Parvez William die Worte malen lassen: »Für Daddy, beste Wünsche von William.« »Beste Wünsche«! Allein das schon lässt tief blicken, was das Verhältnis von Mrs Parvez zu ihrem eigenen Vater angeht.

Glenn drückte sich abwechselnd grinsend und finster blickend auf der Schwelle meines Schlafzimmers herum. Sein Haar ist inzwischen merklich gewachsen, aber er sieht trotzdem noch aus wie ein Tunichtgut. Ich werde drei Kreuze machen, wenn er aus seiner Asozialen-Kluft herausgewachsen ist und ich die Jugendmoden von Next an ihn herantragen kann.

Nach einigem Zaudern trat er vor und drückte mir eine im Laden gekaufte Glückwunschkarte in die Hand. Ich nahm sie aus dem schreiendroten Umschlag. Außen befand sich die Abbildung eines Anglers mit markantem Kinn, der mit hüfthohen Gummistiefeln bis zum Anschlag in einem Flüsschen steht. Die kernige Type hatte einen erlesenen Oldtimer am

Ufer geparkt. Der Kofferraumdeckel war hochgeklappt und gestattete den Blick auf fünf Prachtfische, die unser Kerni schon gefangen und in einen Weidenkorb gelegt hatte. Ein schwarzer Labradorhund blickte treu zu seinem Herrn auf. Außen auf der Karte stand: »Für einen ganz besonderen Vater zum Geburtstag.« Innen war in gotischer Schrift ein Verslein abgedruckt:

Heut an deinem Ehrentag,
lieber Vater, mach behaglich
dir den Morgen, zieh hinaus ganz ohne Sorgen,
mit Hund und Korb und Angelschnur.
Zu Haus erwarten dich indessen
ein Bad und ein Geburtstagsessen.

Eine unpassendere Karte war kaum denkbar. Ich kann das Naturburschentum nicht ausstehen, und der Gedanke, einen harmlosen Fisch dahingehend hinters Licht zu führen, dass er sich einen scharfen Haken ins Maul beißt, erfüllt mich mit Entsetzen. Als ich allerdings sah, dass der Junge in gar nicht so übler Handschrift darunter »In Liebe, von Glenn« geschrieben hatte und auf die leere Innenhälfte einunddreißig Kussmünder gekritzelt hatte, war ich doch gerührt.

Glenn schenkte mir außerdem noch einen Schlangenaschenbecher, den er in der Schule im Werkunterricht getöpfert hatte. Er bestand aus einer langen, dünnen aufgewickelten Wurst aus gebranntem Ton, die am oberen Ende in einen Schlangenkopf auslief. »Falls du anfangen möchtest zu rauchen, Dad«, sagte er. Die Post brachte Kartengrüße von Pandora (Herzlichen Glückwunsch, liebe[r] Wähler[in]), von Nigel (eine Karte mit der Zeichnung eines Mannes im Kleiderschrank und dem Text: »Komm heraus, du weißt doch, Schwulsein ist toll«) und den Sudgens (wieder ein kerniger Typ, diesmal wusch er seinen Sportwagen).

Während ich unter der Dusche stand, kam jemand vorbei und warf den Kartensegen der Mole-Familie durch den Briefschlitz in der Tür. Die Karte meiner Mutter war von unbekümmerter Taktlosigkeit: Die Karikatur eines kahl werdenden Mannes (der in der Tat durchaus gewisse Ähnlichkeit mit mir aufwies) mit einer Sprechblase: »Ich bin über dreißig – wo geht's denn hier zum Friedhof?« Die Karte meines Vaters zeigte ein ländliches Kricketspiel auf einer Dorfwiese. Ringsum kauerten mehrere schwarze Labradorhunde und verfolgten das Spiel. Eine nette Frau mit einem Tablett Sandwiches kam die Stufen eines Pavillons heruntergeschritten, eine Schar von Zuschauerinnen trug hübsche Kleider, Hüte und hohe Absätze. Dazu hatte mein Vater geschrieben: »Das waren noch Zeiten! Lieber Adrian, herzlichen Glückwunsch von Dad und Tania.«

Ich rief John Birt an, aber seine Sekretärin sagte, er befände sich in einer Sitzung. Es überraschte mich, dass sie über den »Weißen Lieferwagen« nicht im Bilde war. Den ganzen Tag über versuchte ich in Abständen immer wieder, Birt zu erreichen, aber Mr Birt schien sich übergangslos von einer Sitzung in die nächste zu begeben. Nachmittags um vier gab es im Haus meiner Mutter eine kleine Geburtstagsfeier: Ein Spice-Girls-Kuchen und eine Packung Partyhäppchen von Marks & Spencer, die meine Mutter nur unzureichend aufgetaut hatte. Mit funkelndem Wein wurde ein Toast auf mich ausgebracht. Rosie schenkte mir einen Fund vom Flohmarkt: eine ledergebundene Ausgabe der Kurzgeschichten von Tschechow. »Riecht abartig nach Schimmel«, sagte sie, »wird aber vielleicht wieder.«

Ich dankte ihr aus tiefster Seele. Sie ist offensichtlich die Einzige in der Familie, die mich versteht. Meine Mutter stöhnte leise auf, als Glenn die Minipizza mit dem flachen Tafelmesser in seinen Mund einbrachte, was mich mit ihm und William alsbald den Heimweg antreten ließ.

Ungewöhnliches nachts um elf: Pochen an der Tür. Ich legte meine Lektüre beiseite (»Was Kinder von den Eltern beherzigt haben möchten«, von Lee Salk) und ging nach unten. Vor der Tür stand eine Schachtel auf der Schwelle. Ich holte sie herein und hob neugierig den Deckel, um hineinzuschauen. Ein Luftballon strebte heraus und entschwebte sanft zur Decke. In der Schachtel lag eine Karte mit der Aufschrift: »Ich brenne für dich ganz inniglich!« Liebes Tagebuch, *wer* kann das bloß sein?

Freitag, 3. April

18 Uhr 30

John Birt ist nicht mehr im Büro, wieder einmal. Er besucht ein Seminar, Titel: Werte und Visionen. Seine Sekretärin war außerstande, mir Aufschluss über seine Antreffbarkeit zu geben. Ich rief Brick an, der aber ebenfalls bislang nichts vernommen hatte. Ich wollte gern mit Boston sprechen, aber Brick sagte: »Aidy, die arbeitet hier nicht mehr. Sie hat angefangen zu spinnen, und da musste ich mich eben von ihr trennen. Sie ist jetzt wieder irgendwo an der Ostküste.«

Miss Eleanor Flood traf zur gewohnten Stunde ein. Sie bewunderte den Ballon und sagte: »Ich wusste ja gar nicht, dass Sie Geburtstag hatten.«

Ich war doch etwas erleichtert.

Dienstag, 7. April

Offensichtlich sind die Verkaufszahlen von »Alle schreien nach Innereien – Das Buch!« enttäuschend niedrig. Der Verlag überlegt sich, ob er einen Teil der Auflage verramschen und den Rest einstampfen soll. Offensichtlich hat der Großsortimenter W. H. Smith irgendwo eine Maschine, die aus Büchern Dünger herstellen kann. Für meinen Vater mit seiner Bücherphobie wäre es zweifellos ein großes Vergnügen, die Maschine in Betrieb zu beobachten.

Pie Crust rief an mit einem Auftrittstermin für mich in der Talkshow »Spätabends mit Derek und June«. Dev Singh hatte aus Stressgründen absagen müssen. Er hat eine Woche Exerzitien gebucht. »Derek und June« wird in den Studios in Soho um Mitternacht aufgezeichnet. Ich sagte, ich müsste ein Hotelzimmer haben, da ich Angst hätte, auf dem Heimweg am Steuer einzuschlafen, wenn ich am gleichen Abend hin- und zurückfahren müsste.

Rosie macht für mich den Babysitter.

Nichts von der BBC. Ein Typ vom »Observer« namens Richard Brooks rief mich an und erkundigte sich bei mir nach Einzelheiten des Deals mit der BBC. Er sagte, er hätte den Entwurf von »Der weiße Lieferwagen« vor drei Wochen gelesen. Auf meine Frage, wie dieser in seine Hände gelangt sei, verriet er mir, das Treatment hätte im Groucho Club die Runde gemacht. Ich weiß nicht, ob ich geschmeichelt oder empört sein soll.

Bei »Spätabends mit Derek und June« betete ich während der ganzen Sendung zu Gott, unter den Zuschauern dieser Ausgabe möge niemand aus meinem Bekanntenkreis sein. Es fing schon damit an, dass ich der

Illusion Vorschub leisten musste, wir säßen in Derek und Junes Küche, während wir uns doch in Wirklichkeit in einem engen und schäbigen Studio im Rotlichtbezirk von Soho befanden. Dann sagte auf einmal Derek sehr zu meiner Verwunderung vor laufender Kamera zu mir: »Adrian, wir sind ja seit Jahren miteinander befreundet, nicht wahr?«

Er schien irgendwie Mr Bean nachmachen zu wollen. Er griff nach einem Exemplar von »Alle schreien nach Innereien – Das Buch!«, schlug das Rezept für Hühnerklein mit Pastinakenwurzeln auf und begann, laut vorzulesen.

Die üppigen Schultern von June bibberten währenddessen ununterbrochen. Das ganze Interview war lachhaft unprofessionell. Derek und June erlaubten sich persönliche Bemerkungen über mein Äußeres, dann ignorierten sie mich auf einmal völlig und schwatzten ungeniert miteinander über ihren Wohnmobilurlaub in Ingoldmells. Die Studiobesatzung schien die unsäglich banalen Verlautbarungen wahnsinnig komisch zu finden. Als sich die beiden wieder mir zuwandten, war für mich nicht mehr zu übersehen, dass man sich hier auf meine Kosten zu amüsieren gedachte. Derek und June waren an dem Thema Innereien in keiner Weise interessiert. Ich war wütend und gekränkt. Sofort mit Abschalten der Kamera verließ ich das Studio.

Unten an meinem Wagen lehnte ein pickeliges Mädchen in knallengen Jeansshorts und engen Stiefeln und rauchte eine Zigarette. »Soll ich dir einen runterholen?«, fragte sie. »Nein, ich bin froh, wenn die oben bleiben«, sagte ich, stieg ein und fuhr zum Hotel Temple in Heaven Hill Gardens, W 2.

Hotel Temple
2 Uhr
Das Hotel ist der minimalistische Designeralbtraum eines Japaners. Mein Zimmer ist ganz in Weiß und Creme gehalten und hat eine schmückende Ausstattung aus alten japanischen Benzinkanistern erhalten. Es ist mir unerfindlich, wie man die Schränke aufbekommen oder die Toilettenspülung betätigen soll. Als es mir endlich gelang, die Dusche anzustellen, warf mich eine machtvolle Fontäne aus der Duschkabine, überflutete im Handumdrehen den Boden des Badezimmers, um sich dann als Katarakt in den versenkten Schlafbereich zu ergießen, wo der Futon die Bescherung aufsaugte.

Als mir der Nachtportier das Zimmer zeigte, hätte ich aufmerksamer zuhören sollen. Seine strenge schwarze Uniform und sein französischer Akzent hatten mich jedoch so eingeschüchtert, dass ich meiner Geistesgegenwart verlustig ging.

8 Uhr
Fand aus Sorge um die Springflut aus der Dusche keine Ruhe. Wird man mir den Wasserschaden am Futon in Rechnung stellen? Dann war da noch die Befrachtung der Toilettenschüssel. Wie sollte ich sie loswerden? Ich begab mich abermals auf die Suche nach dem Spülmechanismus, konnte jedoch nichts entdecken, was auch nur entfernt eine gewisse Ähnlichkeit mit einem Drücker, einem Knopf, einer Taste oder einer Fußbetätigung hatte. Mit dem Zahnputzglas goss ich zwanzig Minuten lang Wasser in die Kloschüssel, bis ich die Bescherung zum Verschwinden gebracht hatte.

Sonntag, 11. April

Glenn hat mir gesagt, dass er nächsten Sonntag Geburtstag hat. »Ich bin jetzt bald ein Teenager, Dad.« Ich wollte ihm nicht sagen, dass meine eigenen Teenagerjahre äußerst trübsinnig und öde verlaufen sind. Glenn ist mir gegenüber jedoch insofern im Vorteil, als man ihn in gar keiner Weise als Intellektuellen bezeichnen kann. Glenn liegt nachts nicht wach und grübelt über den Sinn des Lebens nach. Er liegt wach und grübelt, wen Hoddle wohl bei den Weltmeisterschaftsspielen ins Stadion schicken wird.

Montag, 13. April

Eine Postkarte aus Cape Cod in den Vereinigten Staaten! Aber ich kenne dort doch niemand. Unbeschrieben, bis auf meine Adresse auf der einen Seite und die Worte »April! April! Nebbich!« auf der anderen.

Ein Rätsel.

Dienstag, 14. April

O Schande! Kein Wunder, dass John Birt mich nicht zurückgerufen hat. Ich habe die Schrift des handgeschriebenen Postskriptums endlos studiert, aber ich kann einfach nicht feststellen, wer sich diesen Aprilscherz mit mir erlaubt hat. Wie soll ich je über diese furchtbare Blamage und Enttäuschung hinwegkommen?

Glenn bemühte sich, mich aufzuheitern. »Dass ich es nicht gewesen sein kann, ist jedenfalls sicher, Dad. Am ersten April *hatte* ich noch keine Handschrift.«

Mittwoch, 15. April

Mit Eleanors Hilfe konnte Glenn heute Abend seinen Namen und seine Adresse aufschreiben, ferner die Worte »Gazza«, »Hoddle« und »World Cup«.

Ich öffnete eine Flasche Mateus Rosé und bat Eleanor, gemeinsam mit mir Glenns Fortschritt zu feiern. Doch ich wünschte fast, ich hätte es nicht getan – nach einem halben Glas fing sie auf einmal an, mich sehr direkt und intensiv anzustarren. Ich glaube, ich muss ein bisschen mehr Abstand wahren.

Donnerstag, 16. April

Um halb acht rief Eleanor an (ein klein wenig zu früh am Morgen, wie ich meine), um sich für ihr melancholisches Verhalten zu entschuldigen. Offenkundig befindet sie sich in einer Therapie wegen »unzureichender Zuwendung im Kindesalter mit nachfolgender Schädigung des Selbstwertgefühls«. Einzelheiten wollte ich mir nicht nennen lassen. Ich sagte allerdings, auch ich sei in Therapie gewesen, weil meine Eltern mich im Kindesalter vernachlässigt hatten.

Nach einunddreißig Jahren weiß ich nur von zwei Akten elterlicher Selbstaufopferung seitens meines Vaters zu berichten. Die erste Gelegenheit erlebte ich als

Sechsjähriger, als mir in Wells-next-the-Sea meine Himbeerschnitte in den Sand gefallen war. Mein Vater gab mir seine (angegessene) eigene. Die zweite ergab sich, als ich wegen Verstoßes gegen die Schulordnung – ich hatte rote Socken getragen – vom Unterricht suspendiert wurde. Mein Vater nahm sich frei, stellte den furchteinflößenden damaligen Rektor Scruton zur Rede und nötigte dem Widerstrebenden eine Entschuldigung ab.

2 Uhr
Die Einzelheiten der Auseinandersetzung wegen der roten Socken sind mir soeben eingefallen.

1. Mein Vater hat sich *nicht* freigenommen. Er war damals arbeitslos.
2. Er hat Scruton *nicht* in der Schule zur Rede gestellt. Er rief ihn an.
3. Scruton hat sich *nicht* widerstrebend entschuldigt.
4. Nach drei Tagen strich ich die Flagge und ging wieder in schwarzen Socken zur Schule.

Samstag, 18. April

Glenns Geburtstag

Glenn kam heute früh in mein Zimmer und bedankte sich für meine »Lieber Sohn, jetzt bist du kein Kind mehr«-Geburtstagskarte. (Illustration: Ein blonder Junge, die Baseballmütze verkehrtherum auf, sitzt vor einem Computer.) Glenn bat mich, die Verse auf der Innenseite vorzulesen. Als ich damit fertig war, dachte ich, ich hätte mir den Text im Laden sorgfältiger ansehen sollen. Ich hätte mit großer Gewissheit eine andere Karte erworben.

»Ein Junge!«, rief die Kindsfrau aus.
  Freude herrscht im ganzen Haus.
Hab' immer auf dich aufgepasst,
  In Schule, Zoo und auf der Straß'.
Hab's ABC mit dir gebüffelt,
  war da, wenn jemand dich gerüffelt.
Jetzt bist du im Zwischenstand,
  nicht Kind mehr, aber noch kein Mann.
Wenn du durch dein Leben gehst
  und Sorgen, Kummer hast und Stress,
Dann denk daran, komm her zu mir,
  ich hör dir zu und helfe dir.
Ich bin dein Dad und du mein Sohn,
  So ist es und war's immer schon!

Ich hatte den Eindruck, dass die Sprüchlein ihre Wirkung auf Glenn nicht verfehlten, obwohl man es an seinem Gesicht, so, wie es nun mal ist, schwer ablesen kann. Das Trikot der englischen Nationalelf fand seine begeisterte Zustimmung, und er verschwand sofort im Badezimmer, um es anzuziehen. Er hat meine Beine. Kurze Hosen sind für ihn nicht sehr vorteilhaft. William schenkte ihm eine Glückwunschkarte, die er im Kindergarten fabriziert hatte: Eine Pappscheibe, die durch draufgeklebte und bemalte Polentasechsecke als Fußball erkennbar war. Als wir uns zum gemeinsamen Frühstück niedergesetzt hatten (ich bestehe darauf, dass sich zu sämtlichen Mahlzeiten gemeinsam an den Tisch gesetzt wird – ich wuchs auf mit dem Bild meiner ans Spülbecken gelehnt essenden Mutter und des auf dem Treteimer sitzenden Vaters), fragte Glenn: »Dad, gibt's eine Überraschungsparty für mich?«

Ich sagte: »Nein.«

»Etwas anderes kannst du ja auch gar nicht sagen, Dad«, meinte Glenn.

Als er mit William im Hof Fußball spielen gegangen war, rief ich Sharon an und lud sie mit ihren Kindern zur Party ein.

Sie schien sich über die Einladung zu freuen – sie war noch nie hier in der Rampart Terrace. Dann startete ich einen Rundruf bei meiner ganzen Familie und bat alle, sich um siebzehn Uhr mit Glückwunschkarten und Geschenken hier einzufinden.

Auf Eleanors Anrufbeantworter hinterließ ich eine Nachricht.

Den überwiegenden Teil des Tages verbrachte ich mit Einkäufen für die »Überraschungsparty«. Ich kaufte einen Kuchen in Fußballform und dreizehn Kerzen. Um sechzehn Uhr fünfundvierzig bereitete ich eine große Schüssel Kartoffelbrei und legte fünfunddreißig Walker's Würstchen im Backrohr auf den Rost. Zwei Pfund spanische Gemüsezwiebeln schnitt ich in feine Scheiben und röstete sie langsam. Die folgende Viertelstunde stand ich nervös in der Eingangstür und hielt unter Stoßgebeten die Straße hinauf und hinab nach den hoffentlich bald eintreffenden Gästen Ausschau.

Schließlich kamen Sharon, Caister, Kent und Bradford herbeispaziert, dann traf meine eigene Familie ein. Ich bat alle, draußen zu warten, bis ich Glenn unter dem Vorwand, er möge mir meine fußballerischen Fähigkeiten aufbessern helfen, in den Hof gelockt hatte. Es war eine dünne Geschichte, aber er kaufte sie mir ab. Nach zähen fünf Minuten gespielter fußballerischer Bemühungen führte ich ihn ins Wohnzimmer, das sich inzwischen mit seinen Freunden und Verwandten gefüllt hatte. Er errötete bis auf die Haarwurzeln und war völlig sprachlos, als die Versammlung »Happy Birthday« für ihn sang.

Eleanors Stimme erhob sich strahlend über den Gesang der anderen. Sie klang wie eine Singdrossel in einem Chor krächzender Raben.

Als ich den Teeimbiss auftrug, hörte ich Tania Braithwaite im Bühnenflüsterton zu meinem Vater sagen: »Kartoffelbrei mit Würstchen und Röstzwiebeln? Sehr einfache Kost.«

Meine Mutter nahm den Handschuh auf. »Wieso, was hast du gegen Würstchen?«

Tania entgegnete: »Ich bin nicht gegen Würstchen *an sich*.«

Mit einem Nicken in die Richtung meines Vaters sagte meine Mutter: »Ich darf wohl annehmen, dass du dich neuerdings mit Partywürstchen zufriedengibst.«

Tania wandte sich erzürnt ab und führte die nächste halbe Stunde mit Eleanor ein intensives Gespräch über Kaschmir. »Es ist ein Skandal!«, hörte ich sie sagen.

Als Tania gegangen war, sagte ich zu Eleanor: »Wenn sie die Preise für Kaschmirmoden für skandalös hält, braucht sie das Zeug doch nicht zu kaufen.«

Eleanor sah mich verblüfft an. Dann sagte sie: »Wir haben uns nicht über Kaschmirmoden unterhalten, sondern über die politische Situation in Kaschmir.«

Ich bin froh, dass sich meine Fixierung auf Eleanor gegeben hat. Welcher vollblütige Mann sucht schon eine Beziehung zu einer flachbrüstigen Frau, die am frühen Abend über Kaschmir redet? Caister wurde herumgereicht und von allen anwesenden Gästen bewundert, außer von Eleanor. Nach meiner unmaßgeblichen Meinung sieht der Säugling ein wenig aus wie Woody Allen, wenn auch ohne die Brille, natürlich.

Sharon war sehr befriedigt, als Glenn meine Mutter

bat, ein Foto von ihm zwischen seiner Mutter und seinem Vater zu knipsen.

Meine Mutter machte mit ihrer Wegwerfkamera einige Bilder. Als Glenn ihr mit den Worten »Danke, Oma« dankte, war sie leicht verstimmt. William hat Order, meine Mutter Granny Pauline zu nennen.

Sonntag, 19. April

Heute Vormittag habe ich Glenn gefragt, ob er wüsste, was »Sabbat« bedeutet. Er legte das Gesicht in konzentrierte Falten und sagte dann: »Ich meine, das wäre irgend so 'ne Oldie-Band, hab ich Recht, Dad?«

»Das ist *Black Sabbath*«, sagte ich, »eine Band, die sich damit hervortat, das Christentum und die bürgerlichen Moralvorstellungen aufs Korn zu nehmen.« Ich erklärte ihm, dass der Sabbat, den ich gemeint hatte, der siebente Tag war, an dem sich Gott von der Erschaffung der Welt ausruhte.

Er hörte fasziniert zu. Er sagte, dass sie in der Schule Islam, Hinduismus, Sikhismus, Buddhismus und Paganismus durchgenommen hätten, aber »das Christentum haben wir noch nicht gehabt, Dad«.

Von Moses und den Zehn Geboten hat er noch nie etwas gehört. Beim Abdecken des Mittagstischs erzählte ich ihm und William, wie Jesus Wasser in Wein verwandelt hatte. Als ich fertig war, erkundigte sich Glenn: »Hatte Jesus vielleicht Alkoholprobleme, Dad?«

Glenn kennt aus seinem früheren Leben fast nur Menschen, die mit staatlicher Hilfe irgendeine Problematik therapieren. Von meinen Gummibärchen und der Netzphobie habe ich ihm nichts gesagt. Er hält mich für geistig völlig gesund. Ich möchte ihn diesbezüglich nur ungern verunsichern. Nach dem Mittagessen machte ich auf dem Sofa ein Nickerchen, während die Jungen sich mit der Playstation beschäftigten, die Sharon für Glenn zum Geburtstag aus einem Katalog gekauft hatte.

Hatte einen erotischen Traum, in dem ich Eleanor in Kaschmir die Kaschmirmoden auszog. Es dauerte ein paar Minuten, bis ich mich mit einigem Anstand vom Sofa erheben konnte.

Mittwoch, 22. April

Bill Broadway versucht, in Paris an ein paar Eintrittskarten für die Fußballweltmeisterschaft zu kommen. Ich rief die Hotline an, um mir ein paar Tickets als Geldanlage zu besorgen, aber eine Million andere Leute hatte offensichtlich die gleiche Idee gehabt. Nur fünfzehntausend gelangten ans Ziel ihrer Wünsche. Ich gehörte nicht dazu.

3 Uhr
Glenn hatte soeben einen Albtraum: Glenn Hoddle hat sein Idol Alan Shearer aus der Nationalmannschaft gestrichen, weil er Atheist sei.

Freitag, 24. April

Auf dem Markt (nicht dem von Leicester) gibt es jetzt ein Medikament mit Namen Viagra. Es verleiht Männern eine einstündige Erektion.

Allein die Vorstellung hat meinen Vater in wilde Ekstase versetzt! Er hat Tania überredet, für zwei Hin- und Rückflüge nach New York einen gewissen Betrag aus der Altersvorsorge zu ziehen, um dort eine Bezugsquelle ausfindig zu machen. Noch ein Fall von einem durchgedrehten Babyboomer der fünfziger Jahre!

Um sechs Uhr früh fuhr ich meinen Vater und Tania zum Flughafen von Birmingham. Sie saßen alle beide angeschnallt auf dem Rücksitz. Auf der Autobahn herrschte furchtbarer Verkehr. Ich musste langsam machen und fuhr mich zwischen zwei Sattelschleppern fest. Auf einmal schrie mein Vater: »Mein Gott, nun mach doch mal voran! Überhol doch endlich! Bei dem Tempo haben wir ja keine Zeit mehr für den Duty-Free-Shop!«

Tania schaute noch verkniffener drein als sonst. Sie war wohl über die möglichen Auswirkungen von Viagra auf ihre Beziehung in Sorge. Ich lud das Gepäck der beiden auf einen Kofferkuli – sie haben von der vielen Gartenarbeit Rückenprobleme. »Neuntausend Meilen und zweitausend Eier für ein bisschen strammen Stengel!«, murmelte mein Vater mir zu. »Woll'n mal hoffen, dass es das wert ist.«

Wegen der für die Jahreszeit völlig außerplanmäßigen Hitzewelle musste ich versprechen, ihren Garten zweimal am Tag zu wässern. Die globale Erwärmung hat verheerende Auswirkungen auf unsere englische Gartenkultur. »Lass unsere Topfpflanzen nicht vertrocknen, bitte«, jammerte Tania. Es ist erschütternd, in welchem Maß sich die Leute zum Sklaven von ein paar Pflanzen machen lassen. Hoffentlich kommt es mit mir nie soweit.

Samstag, 25. April

Habe heute die Frau meines Herzens in den Nachrichten gesehen: Sie hielt irgendwo in einem Hafen eine Ansprache vor ein paar Beschäftigten von Meeresschneckenzuchtbetrieben. Ihr Haar wehte im steifen Nordseewind. Sie wusste über die Regierungsbestrebungen zum Schutz der Meeresschnecken nicht weniger leidenschaftlich und engagiert zu sprechen als andere Leute über Bach oder frühe englische Dichtung.

Sonntag, 26. April

Heute Nacht um drei kam ein Anruf von meinem Vater aus New York, der den Tatbestand, dass in England die Leute um diese Zeit im Bett liegen, außer Acht gelassen hatte. Er erkundigte sich nach dem Garten. Ich musste lügen und sagte, ich hätte alles reichlich gegossen. »Das ist gut«, sagte er. »Wir haben hier nämlich die Wettertante von CNN gesehen, und es hieß, England hätte für April eine völlig verrückte Hitzewelle.«

Um auf ein anderes Thema zu kommen, fragte ich an, ob sein Viagrabeutezug schon erste Erfolge gezeitigt hätte. »Ja«, sagte er, »wir konnten Kontakt zu einer Quelle herstellen. Heute Abend wird im Hotel geliefert.« Er hörte sich an wie Al Pacino.

Wir hatten kaum gefrühstückt, da fuhren wir schon nach The Lawns hinüber. Der Kies befand sich noch sehr schön in Ordnung, wunderbar geharkt, die Topfpflanzen allerdings waren vertrocknet und ließen die Köpfe hängen. Ich schloss den Gartenschlauch an und sagte den Jungen, sie sollten das Gras und vor allem die verzinkten Blumenwannen mit den verschiedenen Ex-Blumen gut durchwässern, aber das Wasser perlte von der strohtrockenen Erde einfach ab. »Zu spät, Dad«, sagte Glenn, »alles schon kaputt, Dad.«

Wir überlegten lange, ob wir die verdorrten Pflanzen entfernen oder stehen lassen sollten, wo sie waren. Am Ende holten wir sie aus den Wannen und ersetzten sie durch etwas nettes Buntes aus dem Gartenmarkt.

Zum Sonntagsessen hatte man uns in den Wisteria Walk eingeladen. Ich hatte dankend angenommen. Ich bin das Kochen und das ewige Bemühen, den Geschmäckern der Jungen gerecht zu werden, langsam leid. William isst derzeit nur Schoko-Pops, schwarze Hefepaste auf Weißbrot mit abgeschnittenem Rand, kernlose Trauben und glattgerührten Joghurt.

Glenn hat sich zum Vegetarier gewandelt, nachdem er einen Dokumentarfilm der Serie »World in Action« mit dem Titel »Die Metzelei auf der Perkins Avenue« gesehen hatte, einen Bericht über einen Schlachthof in Upper Norwood. Als die Sendung ihren grässlichen Höhepunkt erreichte, das Gesicht einer vom Bolzenschussapparat getroffenen Kuh in extremer Zeitlupe, schob Glenn die Wurstbrote beiseite, die ich zum Abendessen gemacht hatte, und sagte: »Fleisch einwerfen ist für mich von jetzt ab uncool, Dad. Haste Käse?«

Ich selbst scheine von einer Diät aus gekochten, gestampften, gebratenen, gerösteten, sautierten und gebackenen Kartoffeln zu leben, wie viele große Schriftsteller der Literaturgeschichte. Dostojewski und Joyce stammten beide aus Ländern, in denen das Grundnahrungsmittel die Kartoffel ist. Dieser schlichten Knolle wohnt augenscheinlich etwas inne, das den schöpferischen Prozess unterstützt.

Iwan sieht immer stressgeplagter aus. Beim Tischdecken verriet mir meine Mutter, dass er täglich sechzehn Stunden an seinem Computerterminal in der Esszimmernische zubringt. »Die Informationen kommen bei uns vierundzwanzig Stunden am Tag ins Haus geströmt«, sagte sie. »E-Mail, Voice-Mail, die Daten aus dem Internet, dann noch die Faxe, ganz gewöhnliche Anrufe und die Post durch den Türschlitz. Das menschliche Gehirn ist damit einfach überfordert. Sogar noch Iwans verdammtes *Auto* sagt einem dauernd an, was man tun soll.«

Ich pflichtete ihr bei und sagte, das höre sich an, als litte Iwan unter sensorischer Übersteuerung. »Was genau *macht* Iwan denn, um sein Geld zu verdienen?«, wollte ich von meiner Mutter wissen.

Sie räumte ein, dass sie das so genau auch nicht wisse.

Als ich zu Iwan ging, um ihm zu sagen, dass das Essen fertig war, saß er bleich und schweißgebadet an seinem Terminal. Ich fragte ihn, was los sei. Er sagte: »Ich habe gerade eine Internetrecherche nach Trinkhalmherstellern durchgeführt. Bislang sind siebzehntausend Adressen bei mir eingegangen.«

Ich führte ihn sanft in den Essbereich des Zimmers. Während er das Hühnchen ausbeinte, konnte ich feststellen, dass sein Blick unentwegt zu seinem Computerterminal glitt, wo immer noch Kolonnen mit Namen und E-Mail-Adressen von Trinkhalmproduzenten auf der ganzen Welt auf dem Bildschirm abrollten.

Während der Mahlzeit versuchte ich aus ihm herauszubekommen, was er eigentlich tat. »Ich bereite Informationen auf«, antwortete er gereizt.

»Und für wen?«, fragte ich weiter.

»Für *jeden,* der die von mir aufbereiteten Informationen kaufen will«, gab er aufbrausend zurück.

Es wurde still am Tisch, bis auf das Geklapper der Bestecke und Glenns geräuschvolles Abwracken einer gerösteten Steckrübe.

Als die Jungen und ich später beim Geschirrspülen waren, hörte ich meine Mutter zu Iwan sagen: »Wenn unsere Beziehung klappen soll, muss ich meinen eigenen Terminal und einen Telefonanschluss nur für mich alleine bekommen.« Später fragte ich sie, wozu sie eine eigene Computerausrüstung benötige. Sie hofft, bald eine eigene Firma für ihre mit dem eigenen Drucker erstellten Glückwunschkarten zum Millenniumswechsel aufmachen zu können, und für Wir-haben-uns-scheiden-lassen-Karten, für Unser-Liebling-ist-auf-die-Welt-gekommen-Karten, für Ich-bin-schwul,-damit-ihr's-alle-wisst-Karten und für In-vitro-Fertilisations-Karten, sagte sie mit Schärfe.

Ich war froh, als ich mich wieder innerhalb meiner eigenen vier Wände befand, wo das einzige Scharfe Archie Taits altes Brotmesser ist.

Montag, 27. April

Brick sandte mir einen Brief von einem Typ in Belgrad mit einem unaussprechbaren Namen voller Kas und Jots zu, der »Verspätungen« übersetzen wolle, falls die Erzählung im früheren Jugoslawien in Buchform herausgebracht werden sollte.

Lieber Mr Mole,

ich lesen Ihre sehr gute wunderbare Schrift »Verspätungen« und denken, dass das für serbokroatisches Leute auch zu lesen gut. Erlauben Sie mich Übersetzung in serbischer Sprache englisches Text?

Ich übersetzen auch »Fänger in Robben«, »Herr von Ringer« und meine letzte Werk »Tagebruch von Bridget Jones«.

Wenn Vorschlag angenehm, schicken Sie bitte Fax an meine Büro wie oben.

Ich schicke Sie Hoffnung für gutes Wunsch.

Lajkj Vljkjkjv.

Ich telefonierte mit Brick. Er war nicht so begeistert, wie ich gehofft hatte. »Ich trau dem Vljkjkjv seinen Sprachkenntnissen nicht so recht«, sagte er. »Außerdem hat der Typ für mich vorn und hinten kein Sprachgefühl.«

William hatte Tania kaum im Empfangsgebäude des Flughafens von Birmingham entdeckt, als er sie schon mit der Kunde von dem gärtnerischen Desaster in The Lawns beglückt hatte. Sie wurde sichtlich blass. »Ist es euch wenigstens gelungen, ein paar von den Krautstauden zu retten?«, sagte sie ängstlich.

»Wie sehen die denn aus?«, fragte ich.

»Sie blühen sehr hübsch, blassfarben und zart«, erläuterte sie.

»Mrs Braithwaite, Sie müssen das Tuwort jetzt in eine andere Zeitform setzen. *Hätten* sehr hübsch *geblüht,* müssen Sie jetzt sagen«, belehrte sie Glenn, bei dem die Privatstunden offensichtlich sehr gut angeschlagen haben.

22 Uhr 30

Tania hat sich telefonisch bei meiner Mutter beklagt. Sie glaubt offenbar, ich hätte ihren Garten absichtlich ruiniert. Sie hat meine farbenfrohen Ersatzpflanzen alle wieder ausgerissen und durch ihre unkrautartigen Kulturen ersetzt.

Meine Mutter sagte mir unter dem Siegel absoluter Verschwiegenheit, dass Tania der neuerlichen sexuellen Ansprüche meines Vaters mehr als überdrüssig ist. Meiner Mutter zufolge (die nicht immer eine sehr zuverlässige Zeugin ist) legt sich Tania für die Dauer einer Stunde auf den Rücken und denkt an ihre Sämereienkataloge. Sie hat zu meiner Mutter gesagt, sie freue sich auf den Tag, an dem der Viagravorrat meines Vaters erschöpft ist. Sie bete darum, dass die Krankenkassen dem Präparat die Genehmigung verweigern und dergestalt seine Ausgabe auf Rezept an impotente Männer verhindern. Sie habe gesagt: »Ich hatte gehofft, die Gartenarbeit würde George bei der Sublimierung seines Geschlechtstriebs eine Hilfe sein.«

Ich möchte nicht, dass sich meine Mutter und Tania freundschaftlich verbinden. Das widerspricht jeder natürlichen Ordnung. Es wäre, als würden Ian Paisley und Gerry Adams zusammen nach Ibiza fliegen.

Dienstag, 28. April

Pandora war heute Abend in den Nachrichten. Sie wurde von einem anonymen Widersacher als Meeresschneckenfeindin geoutet! Man hatte meine Geliebte in einem Restaurant in Notting Hill beim Gespräch mit Peter Mandelson mit versteckter Kamera gefilmt. Es gab keine Tonspur, aber der Widersacher hatte sich der Dienste eines anerkannten Experten für Lippenlesen vergewissert, und die folgende Transkription lief als Untertitel über den Bildschirm, während

»Pandy« und »Mandy« sich an Tex-Mex-Delikatessen gütlich taten:

MANDY: Pandy, Sie wissen ja, wie sehr ich Tony verbunden bin. Ich würde alles für ihn tun. Alles.

PANDY: Sicher, sicher, aber Sie können von ihm doch nicht erwarten, dass er sich zwischen Ihnen und Gordon entscheidet, oder? Wow! Die Salsa ist die Wucht.

MANDY: Ich habe mir alle Mühe gegeben, Gordon zu mögen, aber … Ist das dort in der Ecke nicht Robin Cook mit Gaynor?

PANDY: Nur keine Panik, ist bloß wieder mal so 'n bärtiger Waldschrat mit einem jungen Mädchen.

MANDY: Wo wir gerade von bärtigen Brechmitteln reden: Ich hab Sie zufällig am Sonntag in den Abendnachrichten gesehen, Sie wissen schon, die Meeresschneckennummer.

PANDY: Sie denken an Austern, Mandy, mein Schatz. Die haben Bart. Meeresschnecken sind diese aufgezwirbelten Dinger, die wie kranke Genitalien aussehen. Wie jemand es fertigbringen kann, sich so was in den Mund zu stecken! (Gelächter)

MANDY: Na, egal. Pandy, Sie waren großartig. Gefällt es Ihnen bei Landwirtschaft und Fischerei?

PANDY: Nein, ich will den Job von Robin! Ich spreche Serbokroatisch, Russisch, Mandarinchinesisch, Französisch, Italienisch und Spanisch. Ich bin für das Außenministerium wie geschaffen. Und ich würde eine tolle Figur abgeben, wenn ich vor den Vereinten Nationen spreche. In Vivienne Westwood, natürlich.

MANDY: Ich werde Tony bei Gelegenheit darauf ansprechen, Pandy.

PANDY: Wollen wir uns noch 'nen Pudding bestellen?

MANDY: Danke, für mich nicht. Nur Kaffee.

Mittwoch, 29. April

Schlagzeile im Boulevardblatt »Sun«: PAN: MEERESSCHNECKEN SIND »KRANKE GENITALIEN«!

Donnerstag, 30. April

MEERESSCHNECKEN:
ENTRÜSTUNGSSTURM ÜBER PANDORA
WÄCHST

Die Labour-Abgeordnete Pandora Braithwaite hat ihre Äußerung bestritten, dass Meeresschnecken wie kranke Genitalien aussähen. In einer Stellungnahme erklärte sie heute, Lippenlesen sei keine exakte Wissenschaft. Der Vorstand der Meeresschneckengesellschaft hat heute den Rücktritt von Frau Braithwaite gefordert. »Sie vertritt eine unhaltbare Position«, erklärte ein Sprecher der MSG.

Independent

Der Britische Bund der Lippenleser hat sich den Stimmen angeschlossen, die den Rücktritt von Dr. Pandora Braithwaite fordern. Auch eine Verbandssprecherin der Blinden äußerte sich kritisch. »Diese Frau wirft uns ins finstere Mittelalter zurück«, sagte sie heute.

Der für seine Meeresfrüchte-Spezialitäten bekannte Chefkoch Rick Stein kommentierte: »Wenn ich eine Meeresschnecke betrachte, denke ich beileibe nicht sofort an Sex.«

Brutus – *Express*

Meine Mutter hat gesagt, Pandora sei für heute Abend zu einer Sondersitzung des Labour-Ortsvereins von Ashby-de-la-Zouch herbeizitiert worden. Die Einjahresfeierlichkeiten zur Labour-Machtübernahme, bei denen sie als Ehrengast vorgesehen war, werden ohne sie stattfinden.

Freitag, 1. Mai

6 Uhr 30

Pandora hat soeben mein Bett verlassen. Gestern um Mitternacht stand sie vollkommen erledigt vor meiner Tür, nachdem sie von ihrem Job im Ministerium für Landwirtschaft und Fischerei zurückgetreten war. Sie sagte: »Ich weiß gar nicht, warum ich hier bin« und sank auf der Schwelle in meine Arme. Ich brachte sie ins Haus und sagte, es wäre eine Tragödie, dass sie ausgerechnet auf ein paar stinkenden Meeresschnecken ausgerutscht sei. Wir saßen am Kamin, sie holte eine Flasche Wodka aus ihrem Aktenköfferchen hervor und bat mich um zwei Gläser. Ich ging in die Küche, garnierte nett ein bisschen Knabberzeug in eine Schale, würfelte etwas Käse, gab Eis in die Gläser und entdeckte sogar noch eine Flasche Tonic. Ich stellte alles auf ein Tablett und brachte es ins Zimmer.

»Ich will mich besaufen«, sagte sie, als ich hereinkam. Sie hatte die Schuhe von den Füßen gestreift und sich in Archies vergammeltem Sessel zusammengerollt. Beatrice Webb blickte ernst aus ihrem Porträt herab, während sich Pandora eine Zigarette ansteckte. »Meeresschnecken sehen nun mal aus wie versiffte Genitalien, verdammt noch mal«, sagte sie trotzig, um hinzuzufügen: »Wieso kostet es mich eigentlich den Job, wenn ich doch lediglich die Wahrheit gesagt habe?«

Für eine gewählte Politikerin war das nun wirklich eine bemerkenswert naive Frage. Ich kniete neben ihr nieder und ergriff liebkosend ihre Hand. »Warum fühlst du mir den Puls?«, fragte sie und brach in Tränen aus. »Du bist immer für mich dagewesen, Aidy«, schluchzte sie.

Wir machten dem Wodka den Garaus und köpften dann eine Flasche Champagner, die ich für den Jahrtausendwechsel gebunkert hatte. Nachdem auch das verputzt war, durchsuchte ich Archies Speisekammer und wurde mit einer halben Flasche Martell fündig. Andrew fauchte mich wütend an, als ich Pandora davon eingoss.

Um halb drei ging das Telefon, aber am anderen Ende war nur schwach ein leises Atmen zu hören.

Kurz darauf stolperten Pandora und ich die Treppe hinauf in mein Bett. Sie schlummerte die ganze Nacht in meinen Armen. Wir behielten beide unsere Unterwäsche an (ihre war verdrießlich funktional). Ich hatte mich darauf gefreut, am Morgen, wenn wir wieder nüchtern waren, mit ihr zu schlafen, und vorsorglich die Tür von innen verriegelt, aber um viertel nach sechs piepste ihr Rufgerät, und sie sprang aus dem Bett, um die Botschaft in Empfang zu nehmen.

Sie war sofort wieder voll auf der Rolle.

Hastig zog sie sich an, murmelte »Danke«, entriegelte die Tür und lief nach unten. Einen Augenblick später hörte ich ihren Saab um die Ecke brettern. Um sieben rief sie mich von der Autobahn aus mit dem Autotelefon an. »Sag mal, Aidy, ich muss es unbedingt wissen: Ist zwischen uns was passiert?«

Ich konnte ihr versichern, dass unsere Bekanntschaft in fleischlicher Hinsicht sich unverändert auf dem gleichen Stand befand wie eh und je. Ich fragte sie, wohin sie so eilig unterwegs sei. »Ich habe einen Termin mit Alastair«, sagte sie. »Wir planen mein Comeback. Dann gehen wir bei Wilton's essen, dem Fischrestaurant. Ein Fotograf ist auch dabei.«

Ich weiß jetzt schon, was sie bestellen wird.

21 Uhr 30

Heute Abend lieferte Eleanor einen bemerkenswerten Auftritt. Ich muss sagen, als sie bei ihrem Eintreffen wortlos an mir vorbei zur Tür hereinrauschte, sah sie schon sehr aufgebracht aus. Als Glenns Stunde vorüber war, bot ich ihr eine Tasse Tee an. Sie nickte, biss sich auf die Lippen und sah ein bisschen aus wie Anna in »Der König und ich«, als sie Yul Brynner eröffnet, sie werde wieder nach England zurückkehren. Während ich den Tee bereitete, herrschte absolute Stille, bis auf das tockende Geräusch des draußen von der Hofwand abprallenden Fußballs. Ich reichte ihr einen Becher mit dem Logo »Meine Frisur ist heute wieder mal ganz entsetzlich« (Bild: Ein weibliches Strichmännchen, dem die Haare zu Berge stehen). Nach einem Blick auf den Becher sagte sie: »Warum ausgerechnet den?«

Ich sagte: »Reiner Zufall. Er hing einfach so am Becherbaum.«

Eleanor sagte: »Warum starren Sie nicht mehr auf meine Handgelenke?« Dann berichtete sie mit erstickender Stimme, sie habe die ganze Nacht vor meinem Haus verbracht und Pandora um sechs Uhr zwanzig aus dem Haus kommen sehen. Liebes Tagebuch, was konnte ich da noch sagen? Auf frischer Tat ertappt! Peinlicherweise unterlief mir beim Trinken des Tees ein Schlürfgeräusch, das ich durch Husten zu kaschieren suchte, wobei mir etwas Flüssigkeit in die Luftröhre geriet. Die Folge war ein längerer und unschöner, wenn auch mustergültiger Hustenanfall mit Schleimauswurf, tränenden Augen und geringfügigem Urinaustritt aus meiner gefüllten Blase.

Glenn kam herein. Er fragte: »Warum weinst du, Dad?«

Ich war immer noch sprachunfähig.

Eleanor sagte: »Glenn, die Welt ist ein trauriger Ort.«

Eine hanebüchenere Fehlinterpretation meiner Tränen war kaum denkbar. Glenn meinte: »Ich denke, die Welt ist schon o. k.«

Wenn ich mir vorstelle, dass ich in meiner Phantasie auf dieser Frau gelegen und ihren bleichen Körper mit Küssen bedeckt habe!

Als ich wieder vernehmungsfähig war, hatte sich Glenn zum Baden nach oben verzogen. »Es wäre mir lieber«, sagte ich zu Eleanor, »wenn Sie dem Jungen nicht den Eindruck vermitteln würden, dass ich über diese Welt Tränen vergieße.«

»Aber für mich sieht alles nur noch schwarz aus«, sagte sie.

»An Ihnen *ist* ja auch alles schwarz«, gab ich zurück. »Warum bringen Sie nicht ein bisschen Farbe in Ihr Leben? Ein rosa Shirt oder ein weißer Pulli könnten Ihre Stimmung vielleicht schon heben.«

»Mein Numerologe hat mir vorausgesagt, ich würde durch meine Arbeit einen neuen Liebhaber gewinnen, und das Ganze würde in Tränen enden«, sagte sie.

»Eleanor«, sagte ich, »anscheinend können Sie nicht bis zwei zählen. Wir sind *niemals* ein Liebespaar gewesen.«

Sie blickte mir in die Augen: »Möchten Sie, dass wir ein Liebespaar *werden?*«

Ich erklärte, dass ich wie der Schauspieler und Autor Stephen Fry ein Keuschheitsgelübde abgelegt hatte.

Sie sagte: »Das nehme ich Ihnen nicht ab. Der wirkliche Grund ist, dass Sie mit Roger Patience und der Polizei gesprochen haben.«

»Und worüber?«, forschte ich, von dieser Wendung des Gesprächs alarmiert.

Sie überging meine Frage. »Sie sind in diese Parlamentswachtel verliebt. Sie haben mit ihr in *unserem* Bett gelegen!«, trumpfte sie auf.

Ich sagte: »Richtig, Pandora und ich haben zusammen die Nacht verbracht. Es ist jedoch nicht zu der geringsten Intimität gekommen. Wir hatten beide die ganze Zeit unsere Unterwäsche an.«

Dann ließ sie die Bombe platzen: Der feinsinnige Schauspieler Stephen Fry hat seinem Keuschheitsgelübde abgeschworen und verkündete nun, wo er ging und stand, Sex sei »absolut phantastisch«.

Glenn schrie vom Badezimmer herunter, William sei mit der Fußballweltmeisterschaftsseife zum Umhängen abgehauen. Ich ging nach oben, um die Jungen zur Ordnung zu rufen. Als ich wieder herunterkam, fiel mir auf, dass Eleanor ihre schwarze Seidenbluse einen Knopf weit geöffnet hatte. Mehr oder weniger nebenbei erkundigte ich mich nach ihrer etwas beunruhigenden vorigen Erwähnung der Polizei.

»Wenn Sie es unbedingt wissen wollen«, sagte sie, »ich bin vorbestraft, was aber meine Befähigung als Lehrerin in keiner Weise …«

Ich fiel ihr ins Wort. »Wofür vorbestraft?«, wollte ich wissen.

»Warum muss mir das nur immer und immer und immer wieder passieren?«, sagte sie kopfschüttelnd. »Warum kann ich nicht einmal einen Mann treffen, der für mich durchs *Feuer* geht, so wie ich es für ihn tun würde?« Sie lüftete den Saum ihres langen Rocks und betupfte sich die Augen.

Auf ihrem linken Knie konnte ich die Tätowierung eines Phönix mit entfalteten Flügeln erkennen. Sie trug offenkundig niemals Miniröcke.

»Als ich dreizehn war, bin ich von meinem Vater verlassen worden«, sagte sie, »und seitdem haben mich die Männer immer nur sitzenlassen.«

Ich sagte: »Aber weil Ihr Vater davongelaufen ist, bedeutet das doch noch lange nicht …«

Sie sprang auf. »Er ist nicht *davongelaufen*«, unterbrach sie heftig. »Er kam bei einem Unfall ums Leben.«

»Das tut mir Leid«, sagte ich. »Verkehrsunfall?«

Sie lächelte bitter. »O nein, das wäre ja akzeptabel gewesen.« Sie sah mich trotzig an. »In Torremolinos ist ihm von einem Balkon ein kleiner Hund auf den Kopf gefallen.«

Liebes Tagebuch, ich habe mich wirklich bemüht, nicht zu lachen. Volle fünf Sekunden gelang es mir, die Haltung zu wahren, aber dann war es aus. Ich wandte mich zwar ab, aber sie bemerkte das Beben meiner Schultern. »Ja, lachen Sie nur«, sagte sie, »amüsieren Sie sich nur über das tragischste Ereignis meines Lebens.« Ich versuchte redlich, mich zu beherrschen, aber dann platzte es aus mir heraus: »War der Köter wenigstens reinrassig?«

Warum nur, warum? Ich weiß doch ganz genau, dass es auf Torremolinos keine reinrassigen Hunde gibt, vor fünf Jahren war ich schließlich selber dort.

Ich entrichtete die neun Pfund, die ich ihr schuldig war, dann bat ich sie, zu gehen und nicht mehr wiederzukommen.

Bevor sie die Haustür hinter sich zuschmiss, schrie sie. »Ich komme aber wieder!«

In diesem Fall werde ich einfach die Tür nicht aufmachen.

Samstag, 2. Mai, The Lawns

11 Uhr 59

Mir ist nichts geblieben. Kein Haus, kein Geld, kein Auto, kein Manuskript. Eleanor hat alles in Flammen aufgehen lassen, samt Williams Insekten und Glenns Turnschuhen. Der Typ von der BP-Tankstelle entschuldigte sich bei mir, weil er Eleanor das Benzin verkauft hatte. Er hatte sich in der erregten Menge befunden, die verfolgte, wie mein Haus niederbrannte.

Wir standen dabei, bis die letzten Flammen gelöscht waren. Ein gewisser Chefinspektor Baron informierte mich, Eleanor Flood sei verhaftet worden. Seiner Meinung nach war es »ein grober Fehler, dass man damals die Sicherheitsverwahrung aufgehoben hat«. Ihre Karriere als Brandstifterin hatte schon im Lehrerseminar mit einem kleinen Feuerchen in einer Bar ihren Anfang genommen, nachdem man Eleanor einen letzten Schlummertrunk verweigert hatte.

Meine Mutter tauchte plötzlich bei uns auf. Sie trug noch ihren Frotteebademantel und die grauen Socken, die sie im Bett immer anzieht. Sie sprang aus Iwans Auto und kam zu uns herbeigerannt, die wir am Ende der Straße hinter der Polizeiabsperrung herumstanden. Die Aufregung und der rote Feuerschein machten sie zehn Jahre jünger.

Ihre ersten Worte waren: »Adrian, bitte, sag mir eins: Du bist doch versichert?«

Ich brachte es nicht fertig zu antworten. Schließlich sagte Glenn: »Dad wollte dauernd eine Versicherung abschließen, aber er hat es immer wieder vergessen, so war's doch, Dad?« Er tätschelte unbeholfen meine Schulter. Ich tätschelte die seine.

Ein Feuerwehrmann kam aus den Ruinen des Hauses. Vorsichtig trug er etwas in seinem Helm. Ich hoffte, es wären ein paar Bündel meiner Fünfzigpfundnoten, aber es war Andrew. Wenn ihm der durchnässte Pelz am Körper klebt, ist er ziemlich schmächtig.

Mein Vater versuchte mich mit den Worten zu trösten: »Haus und Besitztum sind oft nur eine Kugel am Bein, mein Junge.«

Die Dinge stehen ausgemacht schlecht. Aber ich habe William und Glenn und Andrew und ein angesengtes Tagebuch, das ein Feuerwehrmann unter der Matratze von Glenns Bett gefunden hat. Vornedrauf steht: »Das streng geheime Tagebuch von Glenn Mole (13).«

Auf der ersten Seite steht geschrieben: »Wenn ich groß bin, würde ich gern mein Dad sein.«

Ich habe mich oft gefragt, wie ich mich bei Feuer, Überschwemmung und Sturm verhalten würde. Würde ich in Panik davonrennen und mein eigenes Leben zu retten versuchen? Bis zum heutigen Abend hatte ich den Verdacht, dass ich genau das tun würde. Aber als ich von dem splitternden Glas und dem beißenden Rauch und den die Treppe emporzüngelnden Flammen aus dem Schlaf gerissen wurde, war mein eigenes Leben für mich auf einmal unwichtig. Nichts zählte mehr, es gab nur noch einen Gedanken: meine beiden Söhne aus der Gefahr zu retten.

Ich nehme an, dass ich die Geschichte morgen schon ausgeschmückt und mich selbst zu einem Helden hochstilisiert haben werde, der ich nicht gewesen bin, aber wie auch immer, an diesem Tag und zu dieser Stunde stelle ich mit Zufriedenheit fest, dass ich mich wacker gehalten habe.